绝杀

【美】戴维·鲍尔达奇 著

朴 逸 裴翃云 译

第一章

即将发生的死亡事件,令道格·雅各布斯亢奋不已。他调整一下耳麦,增强了电脑屏幕的亮度。画面变得更清晰了,身临其境般的清晰。

感谢上帝,他并未身临其境。

虽然相隔万里,但从屏幕的影像上感觉不出距离的遥远。他们不会支付足够的费用让他亲临现场。而且,有许多人远比他适合干现场的活儿,他马上就要联系其中的一位了。

雅各布斯粗略地环视了一下办公室的四壁和那扇唯一的窗户。窗外是华盛顿特区的街景,阳光明媚。他的办公室在一幢寻常的低层砖混结构建筑里。这幢楼坐落于一片杂乱的街区,周围不乏正在衰败的或得到修复的各种历史建筑。雅各布斯所处的这幢楼尽管看似寻常,然而在某些方面确实是与众不同的。它的四周圈着高高的围墙,还有一道厚重的大铁门。全副武装的安保人员在楼内的过道里来回巡视,监控摄像机时刻监视着楼外的动静。但是仅从楼体的外表,人们完全无法判断它里面发生着什么。

这幢楼里确实发生着很多事情。

雅各布斯端起了杯子。里面是新鲜的咖啡,他刚刚又倒进了三袋糖。监看屏幕需要全神贯注,糖和咖啡因会帮他做到这一点。这也有助于他应对在短短几分钟内就会经受的情感冲击。

他对着耳麦说道:"阿尔法一号,报告位置。"他的语气干脆利落。一时间他不禁觉得,自己听起来像是一个正在维护航线安全的空中管制员。

没错,从某种意义上说,我就是这样的一个空管员。只不过,我们调度的每段航程的目的地都是死亡。

对方的应答几乎没有一点耽搁:"我是阿尔法一号,位于目标位置西侧七百米,公寓六楼东面,左侧第四个窗口。你只要拉近画面,就应该能看到我的枪口。"

雅各布斯俯身移动鼠标,放大了卫星画面。影像是从遥远的、被美国的许多敌人视为大本营的那座城市实时传送过来的。他把画面定格在那扇窗框上,看到的只是拧在枪口上的长长的消音器的端头。这款步枪是专门定制的,可以在很远的距离外进行狙杀——嗯,只要再有一双训练有素的手和一双眼睛的话。

眼下的情形正是如此。

"收到,阿尔法一号。是否准备就绪?"

"是的。瞄准镜已校正完毕,充分考虑了现场影响射击的一切因素。十字线对准了目标区域。消音器的移频功能做了相应调整。落日在我身后,余晖照在他们脸上,没有反光。一切就绪。"

"收到,阿尔法一号。"

雅各布斯需要对一下表。"现在是当地时间十七点吧?"

"十七点整。有需要通报的最新情况吗?"

雅各布斯调出了子屏幕里的信息。"一切都在按照计划进行。目标将在五分钟内到达。他会在人行道边走出轿车,并根据事先安排,在那儿回答一分钟的提问,然后步行十秒钟进入大楼。"

"十秒钟走进大楼,没错吧?"

"没错。"雅各布斯说,"但是站在那里回答记者提问的时间可能会长一点儿。你见机行事吧。"

"明白。"

雅各布斯重新将注意力集中到屏幕上。几分钟后他看到了目标。

"注意,车队来了。"

"我看到了。我的视线一览无余,没有遮挡。"

"人群会不会造成妨碍?"

"这一个小时我一直在观察人群的分布情况。特工人员用绳子把围观的人们拦在了两边,把那家伙要走的路给我闪开了,就像是灯光跑道一样。"

"对,我现在也看到了。"

雅各布斯喜欢像现在这样做一个场外教练,远离险象环生的一线。相比连线另一端的那人,他得到的报酬更加丰厚。这类事情有时候就是这么没有道理。

身临其境的是枪手。如果射击出现失误或撤退方案存在漏洞,枪手就死定了。这边只会否认一切,而绝不会承认与此事有任何关联。枪手身上没有文件,没有信用卡,没有身份证,没有任何能证明什么的东西。枪手将被绞死。在即将发生这起暗杀事件的这个特定的国家,枪手的命运无疑是上绞架,当然也可能是遭到斩首。

而雅各布斯却一直安全地坐在这里并挣到更多的钱。

不过他认为,很多人能够成功地实施狙杀并安全脱身,而我的责任是利用这些家伙来开展地缘政治的角力。一切皆是命定,我对得起我拿到的每一块钱。

雅各布斯再次对着耳麦说道:"目标正在接近,车马上就要停下了。"

"收到。"

"开枪前有六十秒准备时间。我们将进入静默状态。"

"明白。"

雅各布斯握紧了鼠标,就好像它是枪的扳机。以前在操纵无人机发起攻击时,他的确亲手点击过鼠标,眼见屏幕里的目标迅即变成了一团火球。计算机硬件制造商大概从未想过他们的设备会被用来干这个。

他的呼吸变得急促。他知道,枪手目前则恰好相反,几乎完全停止了呼吸。担当这种长距离狙杀任务的人需要这样。没有出现误差的余地。必须命中,击毙目标。就这么简单。

那辆豪华轿车停了下来。安保人员拉开了车门。他们个个人高马大,汗水涔涔,佩着枪,戴着无线耳塞,眼睛四下搜寻,观察是否存在什么危险。这些家伙相当能干,然而当面对的是出类拔萃的对手时,仅仅相当能干就显得远远不够了。

雅各布斯派出去的每个特工,都是出类拔萃的。

那个人迈下车,踏上了人行道。落日的余晖刺得他眯起了眼睛。他是个妄自尊大的家伙,名叫弗瑞德·艾哈迈迪。他的国家早已陷入一片困境,充满了血腥的暴力,而这个家伙却打算把国家拖向更加黑暗的道路。这是绝对不能允许的。

因此,到了彻底根除这个小小麻烦的时候了。这个国家已经有人做好了接替艾哈迈迪执掌政权的准备。这些人不像他那么邪恶,也能够接受文明程度更高的国家的掌控。在当今这个异常复杂的、盟友和敌人的角色似乎每个星期都在变换的世界上,如果能让这样一些人上台,是再理想不过的事情了。

不过,这不是雅各布斯关注的。他只是在这里执行一项任务,重点在于"执行"①。

耳麦里传来了声音:"六十秒。"

"收到,阿尔法一号。"雅各布斯说。他没再说什么"祝你好运"之类的废话。这和运气无关。

他的电脑屏幕上设着一个倒计时的时钟。他看了一眼目标,又看了一眼时钟。

雅各布斯看到艾哈迈迪在与记者交谈。他抿了一口咖啡,放下杯子,继续看着艾哈迈迪答完预先设计好了的那些问题。艾哈迈迪离开了记者,特工人员则拦住记者,阻止他们尾随。

屏幕上显出了专门设置的通道。画面将展现艾哈迈迪独自走在这条通道上的情景。这种安排是为了体现他的领导力和勇气。

这是安保方面的一个漏洞。虽然在地面的现场它也许容易被人忽略,但对处在高处、训练有素的狙击手而言,它却像是一座有数十亿束强光的灯塔照耀着船舷上一道50码宽的裂缝。

二十秒。十秒。

雅各布斯开始用自己的脑袋进行最后的倒计时。他的眼睛不再看时钟,只是紧紧地盯着屏幕。

死神即将降临了,他这样想到。

就这样了。任务马上就完成了。该考虑下一个目标了。

不过那要等到他享受牛排晚餐和最钟意的鸡尾酒并向同事炫耀这一最新成果之后。

三秒。一秒。

除了屏幕,雅各布斯什么也不去注意。他的精力万分集中,就

---

①这里用了动词 execute,既有执行、实行等意思,也有处决、处死的意思。

如同是他自己将要射出这致命的一枪。

窗玻璃突然碎了。

子弹穿过按照人体工程学设计的椅子,钻入了雅各布斯的后背,又穿透他的身体从胸口呼啸而出,最后击碎了电脑屏幕。碎裂的屏幕上,弗瑞德·艾哈迈迪正安然无恙地走进建筑物。

与之相反,道格·雅各布斯瘫倒在这边的地板上。

再不会有牛排晚餐,再不会有钟意的鸡尾酒,再不会有向人吹牛的机会。

死神真的降临了。

第二章

他的肩上背着背包,沿着公园的小径一路慢跑。现在是将近下午七点,空气清新,太阳即将落山。出租车鸣着喇叭。忙完一天的工作后踏上归途的人们行色匆匆。

观光马车在丽思·卡尔顿酒店对面一字排开,戴着破旧大礼帽的爱尔兰车夫正在渐浓的暮色中等待他们的下一笔生意。拉车的马匹用四蹄叩击着路面,硕大的马头深深地扎在饲料桶内。

这里是风光无限的曼哈顿城中心。传统和现代在这里交汇,就像派对中的陌生人不大自然地混杂一处。

威尔·罗比并不东张西望。他来过纽约很多次,也来过中央公园很多次。

在这儿,他不是游客。

他从未作为游客去过任何地方。

连帽衫的拉锁一直拉到了顶端,使人无法看清他的脸。中央公园有很多监控探头,他可不想让其中任何一个捕捉到他的面孔。

那座桥就在前方,他到了。他收住脚步,慢慢向前移去,让自己放松下来。

嵌在岩石中的那道门是锁着的。

他有开锁器。门不再是锁着的了。

他溜了进去,随手把门关严。这是一间储藏室兼控电房,是负责中央公园保洁和照明的市政工人使用的。工人们都回家了,直到明早八点不会有人回来。

他有足够的时间做他该做的事。

罗比放下背包并打开了它。里面有他工作所需要的一切。

罗比刚过四十岁,身高约1.85米,体重正好八十公斤。他身上的肌肉远远多于脂肪,结实紧致的肌肉。那种硕大的肌肉块对他没有什么帮助,在速度和精准度几乎同样重要的情况下,它们只会使他的速度慢下来。

背包里有一些设备组件。大约两分钟,他就用其中的三个组装成了一件具有特殊用途的东西,一支狙击步枪。

对他而言,第四样组件同样极有价值。

他的瞄准镜。

他将它插入步枪上方的皮卡丁尼导轨上。

他在头脑中不下二十次地重温了计划的每一个细节,包括枪的击发还有其后的如期安全撤退。他早已牢牢地记住了这一切,但是他要达到无需再想、只凭下意识照做的境界。这将大大节省宝贵的时间。

这一切用去了大约90分钟。

然后他开始吃晚饭。一瓶佳得乐G2运动饮料和一条蛋白棒。

这是威尔·罗比星期五晚上约会的典型版本。约会的对象是他自己。

他躺在储藏室的水泥地上,卷起背包枕在头下进入了梦乡。

十小时十一分钟后就该工作了。

其他与罗比差不多年龄的人,这时候不是回家与配偶和孩子们团圆，就是外出与同事们相聚，甚至可能去赴一场浪漫的约会。而罗比却独自一人待在中央公园里这么一个令人钦羡的小黑屋里，等待着某人出现并干掉他。

罗比明知得不出什么令人满意的答案，却依然去深入探寻他目前的生存状态，或者也可以干脆不做任何这类的探寻。他选择了后者，就像他曾经做过的那样，尽管忽略这一切已经不像过去那么容易了。

不过，入睡对他来说没有任何问题。

就像准时醒来对他没有任何问题一样。

是的，他醒了。九小时以后。

早晨，刚过六点。

现在，该进入下一个重要步骤了。瞄准线。事实上，这才是最关键的一环。

他面前是储藏室的一面光秃秃的石墙，墙上除了宽宽的砂浆缝儿什么都没有。但是如果近距离仔细观察，则会发现接缝处有两处孔洞，位置精确合理，方便向外观察。然而这两个孔洞都用柔性的着色材料进行了填充，看起来就同砂浆一样。这是冒充维修人员的一组特工上星期来这里做的手脚。

罗比用钳子夹住一处填充物的尾端将其拉了出来。他又重复了一次。两个孔洞都露出来了。

罗比将枪口探入下面的墙洞，并在它伸出洞的另一端之前停住了。这种布局将严重制约枪的瞄准角度，可是他对此无能为力。情况就是这样，他执行各种任务的条件从来就不是完美的。他的瞄准镜正好对着上面的墙洞，前缘牢牢地抵在砂浆的接缝上。现在他的眼睛可以看到外面的情形了。

罗比通过瞄准镜向外观察，分析了外部环境及其他可能影响他的任务的一切因素。

他的消音器套筒是为这支已经上膛的狙击步枪专门定制的。套筒能够减小步枪的冲击力和声波,并通过物理反射将其作用于枪托,从而有效地缩短消音器的长度。

他看了看表。就剩十分钟了。

他戴上耳塞,又将电池组件别在腰带上。他的通讯系统现在开始运行了。

他再次向外观察,瞄准镜的十字线落在公园的一个特定的点上。

枪管在墙洞里无法移动,因此罗比只有一毫秒的时间在瞄准镜里准确捕捉目标,他的手指将随即扣动扳机。

如果他晚了一毫秒,目标就能幸存。

如果他早了一毫秒,目标也能幸存。

罗比十分从容地对待这种难度。他当然执行过比这更轻松的任务,但也执行过比这困难得多的。

他深吸了一口气,放松自己的肌肉。通常他会带上一个远距离观测员。然而近来罗比与搭档的现场合作一直是灾难性的,因此,这次他要求单飞。如果目标没有出现或改变了路线,罗比会通过通信系统收到撤退的指令。

他看了看小小的储藏室。再有几分钟,以它为家的时光就结束了,他将再也不会看到它了。或者他搞砸了,这儿就将是他最后见过的地方了。

他又看了看表,还有两分钟。他仍没有去摸枪,太早拿起武器会使肌肉变得僵死、反应过于生硬,而这会儿需要的是灵敏和流畅。

还剩四十五秒的时候,他单膝跪下,眼睛贴近瞄准镜,手指搭在了扳机护圈上。他的耳塞一直保持静默,这意味着他的目标正在既定的路上。计划不变。

他不用再看表了,此刻他的体内计时器就同任何瑞士钟表一样准确无误。他的全部注意力都集中在步枪的光学部件上。

瞄准镜很了不起,然而并不容易驾驭。十字线里的目标可能在一次心跳的瞬间内失去,而找回目标要花去极其宝贵的几秒钟,这只会导致任务的失败。罗比自有他的一套来防止这种状况发生。在向目标射击的三十秒前,他开始进行深呼吸,他的心率一点点地下降,呼吸慢慢地变缓,逐步达到了"冰点"。"冰点"就是他追求的时刻。在那个甘甜的一刻扣动扳机,就会确保击杀成功。没有手指的抖动,没有腕部的抽搐,没有眼神的游移。

罗比听不到目标接近的声音,他也没有看到目标。

在十秒钟内,他既会听到也会看到对方。

然后,在电光石火之间,捕捉目标,开火。

体内计时器向他报时:最后一秒。

他的手指滑到扳机上。

对于威尔·罗比而言,开弓就没有回头箭。

第三章

那人在慢跑。他并不担心自身的安全,因为他已付过钱让别人替他操这份儿心了。比他更聪明的人也许会意识到,没有人会把其他某个特定的生命看得比自己的更重要。他显然不是一个聪明的人。他触犯了具有强大权力的政敌,而且马上就要为此付出代价了。

他继续跑着,瘦削的身材随着髋部和腿部每一次的运动而上下起伏。他的周围有四个男人,两个稍微在前,两个稍微在后。他们很强健也很机警,都在不约而同地放慢自己的正常步伐以适应主人的速度。

五个人的身高和身材都很相似,都穿着统一的黑色运动装。这种安排是特意的,这样就会形成五个可能遭到袭击的目标,而不仅仅是一个。他们的手臂和腿部摆动得很整齐,五双脚交替地砸在地面上。他们的头部和躯干并不胡乱晃动,而是分别朝向略有区别的角度。对于将要进行远距离射击的人来讲,所有这些无异于是一场噩梦。

此外,在中间跑着的那人身上穿着轻便防弹衣,它能够抵挡大多数步枪的子弹。只有朝他的头部开枪才能保证一击致命。然而要想在这种大大超出肉眼可视范围的距离一枪射中头部,绝对是一件极不容易的事情。有太多的物理性障碍。而且他们在公园里还布置了暗探,任何看着可疑的或是携带不寻常物品的人都有可能被盯上并受到盘问,直到那人安全地跑过去为止。这样的情况不算多,但是也已经发生过两次。

围着那人的四个家伙毕竟是专业的保镖。他们明白,尽管已尽了最大的努力,但是,他们仍有遭遇埋伏的可能。

他们的目光始终四下梭巡。如果需要,他们会立即采取行动。

前方的弯道令人鼓舞。它能够阻断可能存在的狙击手的视线,在接下来的十码里应该不会出现什么不测。虽然这些训练有素的保镖不该这么想,但此时他们每个人都稍许地放松了警惕。

尽管有消音器,子弹的呼啸还是惊起了一群鸽子。它们飞离地面有一英尺高,使劲拍打着翅膀,咕咕地对清晨的袭扰提出抗议。

在中间跑步的那人朝前扑倒了。他的曾经是脸庞的地方现在出现了一个大洞。

经过长途奔袭的7.62毫米的子弹聚集了惊人的动能。事实上,它奔袭得越远,聚集的能量越强。当它最终击中某个结实的物体比如一颗人头时,其结果无疑是毁灭性的。

剩下的四个人用难以置信的表情注视着倒在地上的那个保护对象。他的黑色运动装上溅满了血迹、脑浆和其他人体组织。这几个人拔出枪狂乱地四下搜寻着还击的目标。他们当中的头头冲着手机喊叫着要求增援。他们已经不再是保安人员。他们成了一心要报复的复仇者。

只是,他们找不到报复的对象。

这是一记绝杀。他们四个人都不明白怎么可能发生这样的事情,在这样一个转弯处。

周围只是其他一些跑步或是散步的人,他们中没有谁能够随身偷偷携带一支步枪。这些人都已停下了脚步,惊恐地盯着趴在地上的男子。如果他们知道这人是谁,他们的惊恐或许会转化为某种宽慰。

威尔·罗比没时间对他刚刚射出的精彩一枪进行自我欣赏,一秒钟的工夫都没有。枪管移动受到的限制,使他的这一枪显得更是非同凡响。这就像是用锤子打地鼠的电脑游戏,你永远无法知道目标会在何时从哪个洞里钻出来。你的反应必须是一流的,你的打击必须是精确的。

罗比做到了。从相当远的距离,用一支货真价实的狙击步枪而不是玩具锤子。而且他的对手不是屏幕里的玩偶,他们会还手。

他拾起刚才替代砂浆填充墙洞的那两条柔性材料,又从背包里取出一只瓶子倒出了一些硬化液。他把液体同另一个容器里的一些粉末搅拌在一起。他将搅拌物涂在那两条填充材料的一端和侧面,缓缓地将它们分别填入两个墙洞并仔细地抹平了边缘。接着他又把搅拌物涂抹在条状材料的这一端。两分钟之内,搅拌物就会变硬,与砂浆完全融为一体。再没人能从这里抠出那些柔性材料了。就是说,他刚才用来狙杀的瞄准线已经不见踪影了,就像是魔术师的助手从箱子里消失了一样。

他背起背包,边挪步边拆卸自己的武器。储藏间的地中央有个井盖。中央公园的地下有很多隧道,有些是老旧的地铁线路,有些是污水和自来水管道,还有些是当初不知因何修建而现在却已被遗忘的地道。

罗比将利用这些复杂的隧道逃出去。

身体完全进入井口后,他从里边把井盖拉回了原位,又在手电筒的照明下,朝下面悬放了一挂金属梯子。当他的双脚再次踏上坚实的地面时,事实上他已在地下 30 英尺的深处了。撤退的路线已经铭刻在他的头脑里。没有关于这项任务的任何书面记载。如果结局是罗比完蛋而不是他的目标,写下来的东西是会被人发现的。

即使对于短期记忆力超群的罗比来说,默记这一切也是一个艰难的过程。

他有条不紊地移动着,速度不快也不慢。他已经把灌注了快速硬化液的步枪枪管抛到一条隧道里了,不停地快速流动的水流将把它带入东河,让它永远不为人知地沉在那里。即使什么时候人们发现了它,灌满了硬化液和被河水腐蚀的枪管也不会回答任何一种弹道测试提出的问题了。

枪身被扔到了另一条隧道的瓦砾下面,看上去它好像已躺在那里有一百年了。即便被发现,在没有撞针的情况下,人们也无法把它与刚刚击毙目标的子弹联系到一起。撞针已被罗比放进了自己的口袋。

隧道里的气味远非令人愉快。曼哈顿的地下有超过六千英里长的隧道,这对于没有任何采掘业的岛屿来讲是颇不寻常的。隧道内的管线每天输送着数百万加仑的饮用水,以满足这个美国人口最多的城市的居民需求。其他的隧道把这些居民制造的污水输送至巨型处理厂,在那里将其转化成各种各样的物质。一般来说,是把废物转化成有用的东西。

罗比按照同样的速度走了一小时。在这一小时结束时,他抬起头,看到了它——标有"DNE EHT"标记的梯子。反向拼写的"THE END(结束)"。对于不知什么人干出的这种恶作剧,罗比没有露出笑容。杀人本身是件严肃的事情,他没有特别的理由为此高兴。

他穿戴好事先挂在隧道墙壁上的蓝色工作服和安全帽,背着背包爬上梯子,从井口钻了出来。

罗比已经在地下从曼哈顿的中城徒步走到了上城。他当然更希望是乘地铁来完成这段旅程。

他站着的地方是四周立着挡板的一处作业区,有道出口通向大街。身着和他一样的蓝色工作服的人们正在忙着施工。四周交通繁忙,出租车鸣着喇叭,人行道上人来人往。

生活仍在继续。

除了刚才公园里的那个家伙。

罗比没有瞅任何一个工人,也没有任何一个工人盯着他看。他走向停在作业区外边的一辆白色面包车,爬上了副驾驶的座位。车门刚刚关上,司机就挂上挡开动了车。这位司机非常熟悉这座城市,不停地变换道路躲避交通最拥堵的地方,终于把车开出了曼哈顿,驶进了前往拉瓜迪亚机场的路。

罗比挪到车的后面去换衣服。当面包车到达目的地的时候,罗比穿着一身西服,手里提着公文包下了车,走进了机场候机楼。

与它的著名兄弟——肯尼迪机场不同,拉瓜迪亚机场是短程航班之王。除芝加哥和亚特兰大的机场外,这里的短程飞机吞吐量比任何别的机场的都大。罗比的航程很短,到华盛顿特区只要飞行四十分钟。这点时间只够你放好随身行李,坐安稳后听自己的肚子咕噜作响。因为航程十分短暂,飞机上不会发给你任何食物。三十八分钟后,飞机降落在华盛顿里根机场。

有辆车在等着他。

他钻进车内,拿起一份《华盛顿邮报》靠在后座上,浏览了一下头版头条。网上肯定已经有消息了,报纸上还没有动静。他不在乎能否读到相关消息。应该知道的,他都已经知道了。

但是到了明天,全国所有报纸的头条都会是这个为了健康而跑步的家伙在中央公园暴毙身亡的消息。

会有一些人为死者而哀痛,罗比明白。这些人是死者的同伙,他们失去了给别人带来痛苦和折磨的机遇。但愿是永远地失去。除了这些家伙,这个世界上其他人会欢喜地庆贺这个家伙的死亡。

罗比以往也铲除过坏蛋。人们为此高兴不已,庆幸又一个恶魔得到了他应得的报应。但是这个世界却仍然与过去一样的不可救药,另一个恶魔——甚至是更坏的恶魔——将会应运而生,取代被铲除的那个。

罗比在晨风送爽、宁静如常的中央公园射出的那一枪,将会在相当一个时期里保留在人们的记忆中。侦查会就此展开。外交舆情会出现变化。有些人会死于报复。然后,生活将会继续。

为了报效国家,威尔·罗比会继续像今天一样,迈开双腿登上飞机、火车或巴士,扣动扳机、掷出飞刀或是赤手空拳夺走某个人的性命。然后,新的一天仍会继续来临,就像是有人按下了一个巨型的复位键,世界看上去将会一切照旧。

不过他仍然会接着干下去。原因只有一个,如果他不干,这个世界就不会有机会变得更好。如果有勇气的人都袖手旁观、无所作为,那么每次获胜的都将是恶魔。他不能任由这种事情发生。

车子驶过街道,来到弗吉尼亚州费尔法克斯县的西边,又穿过一道守卫森严的大门停了下来。罗比迈下车径直走进了大楼,没出示证件也没停下来登记。

他穿过短短的厅堂进了一个房间。他会在这里待一会儿,发几封电子邮件,然后回到华盛顿特区自己的公寓。一般情况下,他在成功完成一项任务后会跑到街上漫无目的地闲逛到凌晨。这是他结束这类工作的善后方式。

今天他却只想回到家去,坐在那里盯着窗外,什么也不做。

然而,这是不可能的。

一个男子走了进来。

这个人往往会带来 U 盘,其中有要求罗比执行新任务的指令。

这一次,他只是皱着眉头,没有带任何东西。

"蓝人要见你。"他简单地说。

这个人说的话,很少会让罗比感到好奇或惊讶。

这次却不然。

罗比近来常常见到蓝人,然而在这之前,更精确地说是在这之前的十二年里,他却一次也没见到过蓝人。

"蓝人?"

"是的,车在等你。"

第四章

杰西卡·瑞尔独自坐在机场休息室里的一张桌子旁。她穿着一套灰色裤装，配着白色衬衫。平底鞋是黑色的，鞋带一直系到高腰顶部。这种鞋重量很轻，在她需要奔跑的时候，它的设计能够有效地为她提供速度和灵活性。

有点出格的东西，是桌子上的那顶帽子。那是缀有黑色丝带的浅黄色巴拿马帽，由于能够折叠而非常适合旅行。这些年瑞尔经常在路上奔波，但是以往的旅行她从未戴过帽子。

从现在开始，她似乎应该戴上帽子了。

她的目光在成百上千的拖着行李、背着笔记本电脑、空出的手里端着星巴克杯子的旅客当中游弋。这些旅客焦虑地盯着电子大屏幕，寻找有关登机口和航班取消、到达或起飞的信息。几分钟或几小时后，如果天气特别不合作的话甚至是在几天后，他们将爬进银色的大飞机，飞越数百或数千公里的距离，到达自己所选择的目的地。但愿他们的大部分行李还有他们的神志到那时还完好无损。

在这个地球上的每个国家，千百万人每天都在万米高空上演这种相同的节目。瑞尔也参与其中好多年了。不过她的旅行一直是轻手利脚的,没有笔记本电脑,只有够穿上几天的衣服。没有在旅程中需要完成的工作,工作总是在她的目的地等待着她,还有所需要的一切装备。

然后她会撤离,身后至少留下一具尸体。

她触摸着手机。屏幕上显出了她的登机牌。电子机票用的名字不是杰西卡·瑞尔。在眼下这种急速变化了的局面中,使用真实姓名自然会带来麻烦。

她的上一个任务没有按照原来的计划进行——至少是没有按照她的前雇主的计划进行。尽管如此,它却按照瑞尔自己的设想执行了。留下了一具尸体,道格·雅各布斯。

正因为如此,瑞尔在美国本土不仅成了一个不受欢迎的人,更准确点说是成了一名通缉犯。她曾经为之工作的那些人可以召集到足够多的特工对她进行追捕,干净利索地结果她的小命,就像她对雅各布斯所做的一样。

这种情景绝对不在瑞尔的一系列计划之中。所以她有了新的名字、新的证件,还有了一顶巴拿马草帽。她的天然的棕色长发染成了金色,绿色的眼睛通过隐形眼镜变成了灰色,一次精巧的整形小手术使她拥有了修正过的鼻子和下巴。是的,在所有关键的地方,她都成了一个新的女人。

也许还可以说,成了一个头脑也开了窍的女人。

她的航班开始呼叫乘客了,她站起来。穿着平底鞋,她有1.75米多,就女人而言算是高个子了,但她巧妙地将自己混杂在熙熙攘攘的人群中。她压低帽檐,买了一杯星巴克咖啡,来到了登机口。航班准时起飞。

经过四十多分钟的颠簸飞行,客机抢在暴风雨来临前几分钟降落在跑道上,经过一阵猛烈的抖动,终于缓缓停了下来。瑞尔对湍急的空中气流丝毫没有在意。她从来相信自己在天上的运气，即使她每天都飞，飞上两千年她也不会遇上坠机事故。

她在地面上的运气就不见得会有这么好了。她下了飞机径直走向出租车停靠站，耐心排了很长时间的队，等着轮到她上车。

道格·雅各布斯是第一个，但不会是最后一个。瑞尔脑子里有一份将与雅各布斯在阴间相聚的人的名单，如果像雅各布斯这样的人在阴间真的有个落脚之地的话。

但是这份名单不得不等一等。瑞尔要先去一个地方。她钻进出租车进城了。

出租车送她到了中央公园附近。这座公园一直是个熙熙攘攘的地方，到处都是人，还有他们牵着的狗。五花八门的游园项目，形形色色的员工和小贩。往好了说，这里处于一种尚未完全失控的混乱状态。

瑞尔付了车费，从最近的入口走进了公园。她穿过广场，尽可能地靠近发生那起事件的现场。

警方已经用隔离带圈出了一大片区域，希望通过仔细搜索获取证据，并逮到杀手。

瑞尔知道，警方肯定会一无所获。即便是纽约最好的警察，目前也还不知道这一点。

她与一大群人并肩站在官方设置的警戒线外面。她看到警察们正在有条不紊地工作，在那人倒下的地点四周仔细地搜寻着，一草一木也不放过。

瑞尔盯着警察正在忙碌的那块地方，脑海中开始填补着警察在搜寻中遗漏的、甚至根本没有意识到的那些漏洞。

杀手的目标十分明确。他杀掉的是一个罪该万死的恶魔。

瑞尔对此不感兴趣。她自己也杀掉过很多恶魔，但是恶魔还是层出不穷,世界就是照这个样子运转的。你能做的不过是尽力让好人略占上风而已。

此刻她关注的是别的事情。警察看不到的那些事情。

她面对尸体位置、轮廓线,依据弹道学的原理从各个不同的角度进行观察。她确信警方肯定也早就这样做了,因为这毕竟是司法取证的最基本要求。然而他们的那一点推理能力甚至还有想象力很快就会达到专业极限,因此他们永远也不会找到正确的答案。

瑞尔却不然,她明白凡事皆有可能这样一个道理。她在脑海里运用自己独特的算法来确定枪手的位置。排除了其他一切可能性后,她的目光聚焦到了一堵石墙上。石墙看着坚不可摧,人们无法穿过这样的障碍物进行射击。石墙上倒是嵌着一道通往里边的小门,从那道门却完全构不成射向目标的瞄准线,而且毫无疑问门是紧锁着的。因此,警察自然立马就将这堵墙排除在侦查范围之外了。

瑞尔离开人群,开始了仿佛是漫无目的的游逛,先是向西,再转向北,最后向东。

她取出一副望远镜,视线重新聚焦在石墙上。

某人需要有两个墙洞,一个用于伸出枪口,它的孔径能足够插入消音器套管。另一个用来使用瞄准镜。瑞尔清楚地知道应在墙的哪个部位钻孔,钻多大的孔。

她调适着望远镜的转轮。石墙变得越来越清晰。瑞尔盯住了墙上的两个部位,一个高,一个低,都在砂浆接缝上。

警方永远不会寻找它们,因此它们也就永远不会被人发现。

但是瑞尔能够发现它们。

她注意到没有摄像头在监控这堵石墙。为什么要有呢?它不过是一堵墙。

这就让一切变得更完美。

墙上的砂浆有两个点,颜色与旁边略有不同,似乎是刚砌上不久。事实上的确如此,瑞尔明白。

一旦开了枪,墙洞立刻被重新填充。这时硬化剂化合物便会展现出它的魔力。在几个小时甚至几天之内,填充物的颜色与旁边的会略有差别,但是非常不明显。过了这段时间,它看起来就和墙的其余部分完全一样了。

那里就是子弹射出的地方。

那里也是枪手撤离的地方。

瑞尔向下望了望地面。

储藏室。井口。隧道。

公园的地下是隧道的迷宫——自来水和污水的管道,还有废弃的地铁通道。瑞尔通过几年前她执行的一项任务,对此早有了切身的体会。在美国的这座最大城市的地下竟然有如此之多的地方可供逃亡和隐藏。数百万人拥挤在地上有限的空间里,而在地下的世界你会感到十分孤单,就像是在月球的表面上一样。

瑞尔收起了望远镜,重新开始游逛。

出口很可能是在这座城某个偏远的地方。刺客可以在那里回到街面上来,快速乘车前往机场或火车站,就是这样。

刺客自由地离去了。

被刺的家伙进了太平间。

在一段时间内媒体会就此进行大量的报道。一些地区可能出现一些地缘政治方面的报复事件。然后,这起事件就过去了。

其他事件将取而代之。死一个人没什么大不了的,这个世界太大了,太多的人死于暴力,他们中的任何一个都不会得到太长时间的关注。

瑞尔走进一家酒店。她已经在这里预订了一个房间。她要去健身房让自己放松一下,蒸个桑拿,来份晚餐,思考一些事情。

她对中央公园的短暂造访不是没有目的的。

威尔·罗比如果不是他们当中最好的,也是最好的之一。

瑞尔毫不怀疑那天早上在中央公园扣动扳机的就是罗比。他已掩盖了所有踪迹,辗转回到了地面。

搭机回到华盛顿,去自己的办公室报到了。

符合一切程序,或者说一切的程序都符合罗比的规律。

我曾经也和他一样,但是以后不会了。在道格·雅各布斯死了之后再也不会了。现在他们想从我这里得到的唯一的报告,就是我的尸检结果。

瑞尔相当地确信,罗比将被赋予一项新的任务。

他的任务将是追踪我,干掉我。

派一个杀手去干掉另一个杀手。

罗比对瑞尔,棋逢对手。

听起来真像世纪之战。

她肯定,一定会是这样的。

第五章

外面下着雨。房间里没有窗户,但是罗比听得到雨滴在敲击屋顶。过去的二十四小时里天气已经转冷。冬天还没到,却也近在眼前了。

罗比把一只手放在桌子上,继续盯着蓝人。

很显然,蓝人不是他的真名。他叫罗杰·沃尔顿,但是罗比提起他来唯一的称呼就是蓝人。这是由于他身居高位,按照他们内部的暗语准确点说,他是"蓝圈"里的人。当然还有地位更高的圈子,不过已经很少了。

他看起来像个老祖父,银白色的头发,长长的下颌,圆边眼镜,无可挑剔的西装,红色的涡纹图案领带,老式的领扣,锃亮的带有翼状装饰的皮鞋。

是的,蓝人在中情局的地位确实很高。罗比同他一道工作过。相比这里的大多数家伙,罗比更信任蓝人。罗比信任的人很少。

"杰西卡·瑞尔?"罗比问道。

蓝人点了点头。

"你们能肯定吗?"

"雅各布斯和瑞尔一起执行一项任务,雅各布斯是她的协调人。结果被枪杀的是雅各布斯,而不是原定的目标。我们后来判定,瑞尔甚至根本就没去那个刺杀目标出现的现场。她制造的完全是一场骗局。"

"她为什么要杀雅各布斯?"

"我们不知道。我们只知道瑞尔已经失联了。"

"你们有证据证明是她杀了雅各布斯吗?也许她已经死了,是别人干的。"

"不会。在枪击之前与雅各布斯通话的就是瑞尔。雅各布斯根本不知道她在什么地方,不论是几百米内还是几千里外,她的声音听起来都不会有什么区别。"他顿了一下又说,"我们做了弹道分析,瑞尔这致命的一枪,是在雅各布斯办公的那条街上的一栋老房子里射出来的。"

"雅各布斯那里没有防弹玻璃?"

"以后就会有了。不过那里拉着百叶窗,整栋建筑也安装了阻防电子侦察的装置。枪手只有精确地了解雅各布斯办公室的布局才能一枪命中,否则只能是乱射一气。"

"在枪手开枪的那栋老房子里找到什么证物了吗?"

"没发现什么。如果是瑞尔,她会处理掉自己的弹壳的。"

她会的,不是吗?罗比想。我们就是这么被训练的,只要有可能,我们总会把现场处理干净。

蓝人用手指敲击着桌子,听起来像是伴着雨滴的节奏。"你认识瑞尔?"

罗比点点头。他明白即将向他提出的问题,只是有点儿纳闷为什么这么晚才提出来。"我们两人在局里可以说是差不多同时干起来的,很早的时候我们还一起执行过几次任务。"

"你觉得她怎么样?"

"她的话不多。我不介意,因为我话也不多。她干了她该干的,干得很好。她同我合作的时候,我从来不担心她的能力,而且我相信她在任何时候都会是个一流的特工。"

"确实如此。到目前为止,她是我们派出去执行这类任务的唯一的女特工。"

"干这行儿性别不是重要的,"罗比说,"只要你能顶住压力命中目标,只要你能完成任务。"

"关于她还有什么?"

"我们从未交流过任何私人的事情,"罗比说,"我们之间也没什么深厚的友谊。我们不是在部队,我们都明白彼此不会总是在一起干活儿的。"

"你们的合作是多久以前的事?"

"我们一道完成的最后一项任务,也都是十多年前的事情了。"

"你对她的爱国心有过怀疑吗?"

"我从没往那儿想。我的意思是,她已经干到这个地步了,她的忠诚早就不该是个问题了。"

蓝人若有所思地点点头。

罗比说:"找我来这儿是为了什么呢?只是为了从认识瑞尔的人那里收集有关她的情况?你完全能够找得到比我更了解她的人。"

"并不仅仅是为了这个。"蓝人说。

门把手转动了一下,又一个人走进了房间。

虽然蓝人已接近了局里生物链的顶端,但是刚进来的这个人的地位却比他还高。

吉姆·盖德是局里的二号人物。他的老板——中央情报局局长整天忙于去国会做证、出席各种派对、参与华盛顿特区的各种政治表演秀,还要尽力争取更多的预算资金。

盖德则负责其余所有的事情,这就意味着局里的工作基本上由他主持。秘密行动被很多人认为是局里最重要的工作,它自然也是由盖德来负责的。

盖德年近五十,但看上去更老。他曾经很帅气,现在却已经大腹便便了。他的头发掉得很厉害,脸上带着遭到阳光伤害的许多痕迹。这对一个曾经在海军服过役的人来说没什么不寻常的,过度的风吹日晒和盐分侵蚀等都是从事这个职业的代价。盖德和罗比一样高,但是看起来更粗壮。

他看了一眼蓝人,蓝人恭顺地点了点头。

盖德一屁股坐进罗比对面的椅子,靠到椅背上,解开了他那件并非专门定制的西装的扣子,又用一只手捋了捋灰白的头发。他清了清嗓子说:"你已经了解了相关的情况吧?"

"基本了解了。"罗比说。

他以前没有和盖德打过交道,但他并不感到胆怯,只是有点好奇。罗比从未怕过什么人,除非是那个人突然掏出武器向他射击,而这种情况几乎从未发生过。

"杰西卡·瑞尔,"盖德说,"妈的。"

"关于她,我已经说了我知道的一切,实际上并没多少东西。"

盖德下意识地啃咬着右手大拇指已略呈锯齿状的指甲。罗比注意到他的其他指甲都被咬得露出了嫩肉。当这个国家的第二号情报官员,感觉肯定不很舒服,罗比知道这个人有很多事儿需要操心。他们面对的几乎是一个沾火就着的世界。

盖德在转而当一名特工之前已晋升为海军少校。对于他上升迅速、最终坐到目前位置的职业生涯来说,海军的经历是一个重要的跳板。大家都知道,他本来可以成为局里的头号人物,但他不想担当那个角色。他喜欢做事,可是谄媚国会的那些议员却不在他想做的事情之列。

"我们必须找到她,"盖德说,"不管是活的还是死的。活着最好,那样我们就可以搞清到底发生了什么。"

"我明白,"罗比说,"我敢肯定您已经有了一个计划。"

蓝人看看盖德。盖德抬起头正视罗比。

"嗯,准确地说,你就是那个计划,罗比。"盖德说。

罗比没去瞅蓝人,虽然他感觉到蓝人的目光此刻正在盯着自己。

"你要我去追查瑞尔?"他缓缓地问道。

他没有预料到会出现这种情形,而且他突然有点儿奇怪为什么自己没早点儿想到这一点。

盖德点了点头。

"我不是侦探,"罗比说,"这不是我的强项。"

蓝人盯着他说:"关于这一点我倒是不敢苟同,罗比。"

"不管怎样,我们总得派一个杀手去寻找另一个杀手。"盖德坦率地说道。

"有很多家伙在你这里领薪水。"罗比这样回答。

盖德不再啃自己的指甲了。"你是其中的首选。"

"为什么?因为最近发生的事情?"

"如果我们忽略了最近的事情,我们就是严重失职。"盖德说,"你刚刚完成了一项任务。我想在追查瑞尔这件事上你会干得更好。"

"我有别的选择吗?"

盖德紧盯着他问道:"有什么问题吗?"

"不管您怎么说,我并不认为我是合适的人选。"

作为回答，盖德从西服里边的口袋中摸出了一个小小的长方形电子记事簿。他一边触动屏幕一边读了起来。

"好吧，让我给你一些特定的理由，说明为什么你是最合适的人选。当年受训时，你在你的年级里是作为第一名毕业的。两年后，杰西卡·瑞尔是他们那个年级的第一名，而且如果没有你，她的毕业成绩就会是破纪录的了。"

"是的，不过——"没等罗比说完，盖德举起一只手打断了他。

"在实训过程中，你是唯一一个查出了她的踪迹并最终抓到她的人。"

"都是很久以前的事儿了，而且那不是实战。"

"还有最后一条，你曾救过她一命。"

"那有什么关系？"罗比问。

"这可能会使她在紧要关头犹豫一秒钟，罗比。这应该就是你需要的一切了。"盖德又补充道，"我没必要向你解释这项任务是由最上面直接下达的命令，但是它的确如此，就当这是一个特殊情况下送给你的礼物吧。"

他站起身对蓝人说："随时向我报告进展。"他回头看了看罗比，"和以前一样，只能成功不能失败，罗比。"

"如果失败了，我最好就别活着回来了，对吧？"罗比说。

看盖德的样子，仿佛罗比不过是在陈述一个显而易见的事实。接着，这位二号人物拉开门走了出去。他回手关上门，如同是给一口棺材最后罩上了盖子。

蓝人有些不安地瞥了一眼还在盯着门口的罗比。随后，罗比也慢慢地将视线转向蓝人。

"你事先知道这事儿？"罗比问道。

蓝人点了点头。

"那你的看法呢?"

"我觉得你非常适合担当此任。"

"不管她是死是活?这话是随口说说还是当真的,或者是半真半假?"

"说实话,我认为他们希望她活着,因为需要对她进行审讯。她是我们最顶尖的一个外勤特工,在此之前这些特工当中还没有哪个人背叛过。"

"嗯,你知道那不是真的。最近局里就好像有内鬼在活动。"

罗比的话让蓝人露出了痛苦的表情。最近发生的一些事情,使他很难对罗比做出反驳。

罗比接着问道:"这么说,你们就是这么认为的?认为她已经叛变了?既然如此,为什么她要杀死雅各布斯呢?如果我们知道她已经变成了一个坏蛋,她就不可能继续在我们这儿干了,也就无法为她的新雇主收集有价值的情报了。这可是一点儿都不合逻辑。"

"其中肯定有合乎逻辑的地方。因为,事情已经发生了。"

罗比说:"雅各布斯死了,瑞尔不知去了哪里。她的叛变只是一种可能性,还存在着其他的可能性。"

"当时在保密专线上与雅各布斯通话的就是她,这怎么解释?"

"仍然存在着其他可能。"

"那你现在正好有机会去探寻这些可能性了,罗比。"

"我猜我已经无法拒绝这个任务了?"

蓝人甚至懒得回答他。

"他们本应刺杀的那个家伙依旧在中东活得好好的,也许瑞尔的反水是他做的手脚。为什么不从那儿开始调查呢?"

"情况很棘手。弗瑞德·艾哈迈迪正急于填补叙利亚的权力真空。他在当地的支持率很高。不幸的是,对我们来说,他的上台是一个完全不能接受的选择。在'阿拉伯之春'运动中已经发生过很多类似的事情了,这些国家总是选举仇视我们的人做他们的头儿。"

"是啊。不过我相信,对于我们继续在中东决定谁是赢家和输家,有些国家是不会高兴的。"罗比评论道。

"如果企图暗杀那个家伙的事情露馅了,对我们可没好处,绝对没有。"

"如果按原计划杀掉了那家伙,我们如何来遮掩这件事呢?"

"按标准的程序办。我们会嫁祸于艾哈迈迪的反对派领导人,当然我们无论如何也不会赤裸裸地这么干。反对派已经两次试图干掉艾哈迈迪了,只是他们在这方面还不太擅长。我们本打算在现场留下一点证据,用来证明暗杀是反对派中的某一派干的。"

"一箭双雕?"

蓝人点了点头。"我们确实想达到这个效果。这会有利地巩固那里第三方的地位,他们至少还能同我们进行较为理智的沟通。"

"但是,现在所有这些都泡汤了。"

"是的,是这样。"

罗比站了起来。"我需要你手头有关瑞尔的一切资料。"

"我们说话这工夫他们正为你准备着呢。"

"好的。"罗比这样说。然而对他而言,此刻没有任何事情是好的。

"你同她合作时,对她究竟是什么样的看法?"

"我已经对你说过了。"

"我想听听不加任何粉饰的真实看法。"

"她和我一样棒,也许现在她比我更棒了,我不知道,不过看来我也许能够找出答案了。"

他转身离开时,蓝人说道:"近来我们的运气不好,罗比。"

"是啊,我想的确是如此。"

"我估计一个人当特工的时间越长,有人对这名特工进行策反的可能性就越大。"蓝人说。他的手指敲击着桌子,目光望着别处。

"一个人当特工的年头越久,这名特工的价值也就越大。"

蓝人瞟了他一眼。"他们已经在其他一些特工身上试过,而且成功了。"

"那只是极个别的案例。"

"尽管如此,这仍然是个严重的问题。"

"让你头疼,是吗?"罗比问道。

"对你来说更是如此,我敢肯定。"

"很高兴我们能开诚布公。"罗比走了出去,开始去执行他的新任务。

第六章

罗比驾车行驶在华盛顿特区的街道上。他的大衣口袋里揣着一个U盘,里面是有关杰西卡·瑞尔职业生涯的资料。罗比已经知道其中的一些内容,到明天就会知道全部内容了。当然,档案里尚未记录的除外。

雨一直下个不停,华盛顿的景观在雨中显得更为奇妙。这里无疑有许多名胜古迹,它们是一辆又一辆大巴士里的那些游客必然要造访的地方。游客中的许多人也许十分鄙视这座联邦城,但他们还是来到这里呆呆地凝视着这些漂亮的建筑,觉得他们自己缴的税钱都花在了这上面。

在雨雾之中,无论是气势不凡的杰弗逊纪念堂和林肯纪念堂,还是高高耸立的华盛顿纪念碑,轮廓都变得模糊不清,就像是一张老旧破损的明信片上的画面。国会大厦高高的穹顶凌驾于附近的其他所有建筑之上,那里就是美国国会履行职责——或者说是越来越不履行职责的地方。不过透过雨雾,巨大的穹顶看着似乎也失去了许多气势。

罗比开着奥迪车驶向杜邦环岛。他曾在岩溪公园附近的公寓楼住过多年,然而不到一个月前,他搬走了。由于他以前执行过的一个任务,他已经无法再待在那里了。

杜邦环岛位于城中心。这里的夜生活丰富多彩。数十家时尚餐厅提供着来自世界各地的美食。圈内人才知晓的神秘的零售店、自诩为曲高和寡的书店,还有各式各样的、在其他地方无论如何也找不出的店铺。它令人兴奋、充满活力,是这座城市的一颗夜明珠。

但是罗比并不渴望这里的夜生活。他出去吃饭时总是一个人。他不逛成人情趣用品商店,也不逛那些曲高和寡的书店。他常在街上散步,尤其是夜半更深的时候,从不与他人搭讪。他不喜欢任何层面的伙伴。那没有意义,尤其是现在。

他把车停在公寓大楼的地下车库里,乘电梯到了自己住的楼层。他将两把钥匙插入房门的双保险防盗锁中,报警系统马上哔哔作响。他把它关掉了。

他脱掉了外套,但是没有拿出U盘。他走到窗前,盯着下面潮湿的街道。雨水将城市冲刷得很干净,至少在理论上是这样。然而,这个城市的某些地方从来都是无法冲刷干净的,他想,而这并不仅仅是指那些高犯罪率的地方。

他在政府公权力的世界里效命,但它和这座城市最肮脏的街道一样龌龊。

他最近也曾试图把自己刷洗干净,结果不过是在水里涮了涮。效果难以持久,最终还是归于原状。

然而毕竟也留下了一些痕迹。

他掏出钱包,取出了照片。

照片中的女孩14岁,差不多40公斤。茱莉·盖蒂。

小巧、纤瘦、头发散乱。罗比不在意她的外表。

他佩服她的勇气、她的智慧和她的活力。

他们分手时,她送给了他这张照片。他不应该保留它。这太危险,会暴露她的线索。可是到目前为止罗比依然保留着它,很简单,他似乎已经离不开它了。

罗比从未有过孩子,以后也不会有。如果说他有孩子的话,茱莉·盖蒂就是他引以为傲的女儿。然而,她不是他的女儿。摆在她面前的是一种新的生活,而他却不能成为其中的一部分。事实就是如此,他别无选择。

他将照片放回钱包。这时手机响了。

看清是谁的来电后,他笑了起来,随即笑容便凝固了。他犹豫着是否应该接电话,后来意识到如果不接,她就会不停地打下去。

这就是她的性格。

"喂?"

"罗比,好久不见。"

妮可·万斯,联邦调查局的一名特工,也是茱莉·盖蒂心目中的超级警探。茱莉总认为万斯和罗比之间会有点儿什么事,说真的,茱莉对此颇为肯定。

罗比却从未觉得此事会如此肯定,而且也不能认定他真的有这方面的愿望。最近发生的一些事情,已经使罗比的注意力转到了与男女之情全然不相干的领域。男女之情首先不是欲望的问题,而是一种互相间的信任。没有信任,罗比无法鼓起欲望。

罗比接受的训练要求他从不被人欺骗,从不被人耍弄,从不做在音乐骤然停止时没抢到椅子的傻瓜。然而他还是被人骗过。这是一次难堪的体验,他决不想再体验一次。

万斯的声音听起来一如既往,可眼下对罗比来说有点儿刺耳,但他不得不佩服她的这股子劲头。

"是啊,好久不见。"

"你最近还在到处跑吗?"

罗比有点迟疑,不知道她是否已经把他和中央公园的事件联系在了一起。

万斯对罗比的行当很了解。她是一名宣誓就职的联邦调查局特工,他不能向她透露任何比她目前知道的更多的情况。他们在两个不同的团队里工作,两者都很必要,并不相互排斥。

但也并非相互兼容。既然他们的工作是互不兼容的,那么他们各自作为独立的个体也是难以兼容的。罗比现在清楚地意识到了这一点。事实上,他一直都明白这一点。

"没怎么跑,你呢?"

"一直待在华盛顿这个破地方。"

"有什么事儿吗?"

"有空儿一起吃晚饭啊?"

罗比再次犹豫了一下。他犹豫得过久,以至于万斯最后说道:"没那么复杂,罗比。无论有没有时间都没关系,你说没有,也没人会扒了你的皮。"

罗比想说没有时间,但不知为什么,他问道:"什么时候?"

"八点左右怎么样?我一直想到十四大街那家新店去尝尝。"她告诉他餐厅的名字,"我听说他们用细麻布过滤西红柿汁儿来调制鸡尾酒。"

"你那么喜欢鸡尾酒吗?"他问。

"今晚我喜欢。"

罗比知道肯定有些隐秘的原因才使得万斯约他吃晚饭。是的,他相信她喜欢他。但是她毕竟是超级警探万斯,她从来不会辱没这个称号。

"好吧。"他说。

"就这样定了?"

"就这样定了。"

"真让我惊讶。"

我也惊讶,罗比想。

"你参与了什么有趣的案子了吗?"她问道,"当然,我只是随便问问。"

"你呢,怎么样?"

"哦,就那样。"

"不想透露点细节吗?"

"也许在吃晚餐的时候吧。或许不会透露,要看那鸡尾酒的品质如何了。"

"好吧,到时候见。"

他放下手机,再次看向窗外。人们在街上忙不迭地躲避着下得越来越猛的大雨,雨水把一切都变得潮湿阴冷。

罗比在一百多平方米的公寓内缓缓地来回走动着。这儿是他住的地方,但它看起来又像是无人居住。当然有家具,而且冰箱里有食品,衣服在衣柜里。但是除此之外再没有什么个人用品,因为罗比没有把它们带到这里。

他曾周游世界各地,却从未买回来过什么纪念品。他带回家的只是他自己。他又活了下来,开始新的一天,迎接新的任务。结束了某个人的生命后,他从不买明信片或是体现当地特色的玻璃雪景球什么的。他只是坐上飞机或火车,有时是开车或步行回到家里。

就是这样。

他睡了一会儿午觉,醒来后冲个澡,换了身干净衣服。去见万斯之前,还有几个小时需要打发。

他打开笔记本电脑,插入了那只U盘。杰西卡·瑞尔的生活在百万像素的画面上生动地展现出来。

没等他开始浏览,手机又响了。

他盯着刚刚跳进手机邮箱里的那份电子邮件。真是单刀直入。

对不起,威尔。到了这一步,只有一个人可以活下来。当然了,自私地说,我希望活下来的是我。

JR[①]敬上

[①]JR:杰西卡·瑞尔的英文首字母缩写。

第七章

罗比立即联系蓝人,向他说明发生了什么。对罗比收到的这份电子邮件的追查马上就展开了。三十分钟后,报告出来了。不是好结果。

无法追查。

对于罗比所在的中央情报局来讲,承认有什么东西无法追查可是一件大事儿。不论目前同瑞尔合作的是什么人,他们显然不是白给的。

还有一点需要考虑:瑞尔如何得到了罗比的邮箱地址。这个地址当然不是公开的。蓝人可能也正在想着同样的问题。

局里的某个部门可能潜伏着瑞尔的同伙,暗中为她提供信息。这些信息当中大概也包含着将由罗比来负责追查她的消息,而这件事只是在几小时前定下来的。不管那个内鬼是谁,他的能量可够大的。

罗比开始重新阅读 U 盘中有关杰西卡·瑞尔的文件。瑞尔在过去数年里实施过一些令人印象深刻的狙杀。像罗比一样,她也是一流的,甚至在就连罗比也会觉得十分棘手的条件下,她仍然完成了暗杀任务。

他从未怀疑过瑞尔是出色的,但他还是有点惊讶,没想到她竟出色到如此地步。

内部可能有个她的卧底,向她泄露她想知道的一切。这样,她就有足够的优势,在我拿下她之前解决掉我。这意味着我自己的部门倒成了我的一个威胁。

罗比继续读着,读到了刺杀道格·雅各布斯的那段情节。迅速、干净、富于创意。在她的协调人以为她要干掉别人时,她却将他杀死了。

而且,人们在中东的酒店里发现了一个狙击手的窝点。枪口摆放的位置恰到好处,因此当雅各布斯按照瑞尔的提议进行卫星监控时,他在屏幕上看到了枪管。但是,那里没有狙击手。

没有任何证据表明瑞尔就是结束雅各布斯生命的枪手。但是罗比刚刚收到的电子邮件令人信服地表明,她肯定以某种方式参与其间了。

就是说,这个本应去了中东的女人,实际是在华盛顿特区与雅各布斯用耳麦通话,在通话的同时她的准星大概已经瞄准了他。可能就是瑞尔本人向雅各布斯开的枪。如果换成是罗比,他也不可能假手他人,而是会亲自出马,确保刺杀万无一失。

这意味着与万斯共进晚餐之前,他不得不现在就去一下某个地方了。

罗比几乎看都没看雅各布斯咽气的那栋三层建筑物。他知道在那里、在弹道的终端都发生了什么。现在他需要了解的是弹道的起点。

如果没有几根残破的支柱支撑,这栋老房子几乎就会坍塌。这栋建于十九世纪后半叶的五层建筑在悠久的岁月里曾有过许多的用途,包括做过私立学校,后来还成为了一家男士俱乐部,只是俱乐部在五十年前就不复存在了。这里没有住过什么名人,因此它也就永远不会成为一栋历史保护建筑。在未来几年里它很可能就会被拆除,如果它还没有自行坍塌的话。

罗比凝视着蓬乱地攀爬着藤蔓的年代久远的砖砌楼面,还有地面的枯草和破败的大门。他小心翼翼地走上台阶,避开门廊地板上的窟窿。这栋建筑已经处于封闭警戒状态,然而从外表却看不出来。负责警戒的特工示意罗比可以进入。他用人家给他的钥匙打开了前门。这里的供电系统早已遭到弃用,罗比从口袋里掏出一只手电朝里走去。有人已经从地板上成堆的瓦砾中清理出了一条挺宽的通道。

这栋建筑距离雅各布斯工作的那处外勤工作站有几百码远。这无疑是很远的射程,但是对一个有能力的枪手而言,在这样的距离内做到百发百中完全是没有问题的。

罗比沿着楼梯上到五楼。他已从资料中得知这里就是射击现场。这是这座老房子里唯一能够无遮拦地对雅各布斯的办公室构成瞄准线的地方。

来到五楼后,他听到雨下得更大了。他顺着走廊向前走,感觉外面的寒气透过墙壁上的无数缝隙向他袭来。如果不是光线这么暗,他也许可以看到自己呼出的哈气。

他用手电照着前面,注意避开地板上不牢靠的地方。形成一条理想的瞄准线固然很好,可是在这里射击可真是有点儿玄,因为你无法知道你脚下的地板什么时候会坍塌下去。

地板没有坍塌,而且雅各布斯被击毙了。

接近那个房间时,罗比放慢了脚步。它位于建筑物右侧的角楼里。

他知道局里的特工已经查看过这个地方,同时他也被告知现场没有遭到破坏。关于这栋楼的相关情况还没有通知当地的警察局,但是毫无疑问,过些时候他们就会调查到这里。不过这给罗比目前独立地开展侦查提供了一个机会。

他打开房门走了进去。

屋里实际上只有一处地方可以实施那个暗杀计划。位于角楼里的这间屋子有三面朝南的窗户,只有通过中间的窗户才能真正清楚地看到雅各布斯。

罗比走到近前,手电照向周围。满是灰尘的窗台上留下了一道细长的痕迹,这是放置步枪枪管的地方。地板灰尘中的又一道痕迹,分明是枪手的膝盖留下的。

地板和窗台上还有子弹出膛的气流留下的轻微痕迹,枪筒上的消音器在枪弹击发的瞬间排放出了火药燃气。

没有发现弹壳,正如蓝人说的那样,它被枪手收起来了。不过,那些灰尘上的痕迹本来也是很容易处理掉的,它们却原封不动地保留在了原处。这告诉罗比,枪手根本不在乎这一处狙击点最终被人发现。

他拾起一根已经折断的地板压边条,跪下来,将压边条模拟为武器,朝着雅各布斯的办公室开了一枪。

从五楼向三楼开火,反之却不行,这当然是射击角度的缘故。你很难自下而上进行射击并命中目标,你只能自上而下开火。如果雅各布斯待的地方是一栋高于五层的建筑而且他恰好在更高的楼层办公,那么现在的这栋老楼就无法作为狙击点来使用了。

但是,如果是这样的话,他们还会找到另外一处适宜的场所进行刺杀。

罗比估计,中央情报局很多建筑物的窗户这会儿工夫都正忙着安装防弹玻璃呢。

有一点很明显，瑞尔或不论那个枪手是谁，早已对雅各布斯办公室的布局了如指掌。雅各布斯背朝窗户，面对电脑屏幕。夺命子弹在其飞行途中遇不到任何障碍。命中后心，击碎心脏，打断肋骨，穿过身体，然后击中了电脑。

罗比猜测着子弹与肋骨遭遇的情景。如果没有两者的这种碰撞，子弹顺畅地从身体穿过后最可能击中的应当是桌面，而不是电脑。射击的角度很陡。

肋骨足够硬，改变了子弹的飞行轨迹。他还没有看到尸检结果，但他对雅各布斯体内毁灭性的损伤状况是不会感到惊讶的。

就是说，子弹出膛了，雅各布斯完蛋了。如果枪手确实是瑞尔，她一定会在耳麦里听到窗户破碎、子弹击中目标和雅各布斯挣扎咽气的声音，确认刺杀成功。当你隔着窗玻璃实施所谓"盲射"的时候，这种确认总是非常美妙的。

她一定是清楚地掌握了雅各布斯办公室的格局。瑞尔绝不会鲁莽地进行真正的"盲射"。

又是内鬼提供的信息。

就像我的电子邮箱地址。

她现在可能正在跟踪我呢，也可能会来这里等我，盘算着某个时候我肯定会来这栋老房子。

罗比扫了一眼下面的街道，除了急急忙忙躲雨的人们以外什么也看不到。但是像瑞尔这样的人不会那么大意，让自己那么显眼。罗比低头看了看自己的鞋，鞋底沾到了某种白色的东西。他捡起了它。软软的，已经支离破碎。他把它凑向鼻孔，有香味。

当罗比听到屋外的声音时，他顾不上这些了。人声嘈杂。外面的门廊响起了杂乱的脚步声。

他冲出房间来到走廊，找到了一扇看得到大门外面的窗户。

一些人聚集在门口,正在争论着什么。罗比看得出其中有些人是他们局里的。

他也看得出有些人不是。

这两种人的区别很容易辨认。那些不是他们局里的人都穿着蓝色的防风夹克衫,背上印有金色的字母。

只有三个金色的字母,罗比不想看到的三个字母。

FBI①。

当他看清这群 FBI 特工的头儿是谁的时候,他转身以最快的速度躲进了房子里面。

他约好同妮可·万斯八点钟一道吃饭。

他可不想在接下来的两分钟内在这栋老房子里见到她。

---

①FBI:美国联邦调查局的英文缩写。

第八章

罗比知道如何悄悄溜走,他现在就在这样做。他溜到楼外的拐角处,躲在灌木丛后面看着万斯继续与其他人争论。

他拿出手机给蓝人发了条短信。

一分钟后,罗比看到与万斯争论的一名男子的手摸向自己的耳朵。

指令下达了。

那人不再争论了。罗比听到他说:"好吧,这个地方归你来搜查,万斯警探。我们不打扰了。"

万斯停住了讲到一半的话,盯着他。

万斯转过头朝四下张望,罗比迅速蹲了下去。他看出来万斯清楚地明白刚刚发生了什么。看门狗被喝回去了,这个地方现在对她开放了,命令显然是来自上头,在最后的几秒钟情况发生了变化。

罗比开始移动。他知道,万斯也许很快就会让手下人向现场的各个方向搜寻,以找出发生这种变化的原因。罗比可不想让她发现他就是那个原因。这会使原本就注定会有些尴尬的晚餐变得更不轻松。

罗比挪到车旁,迅速驱车离开。他按了一个号码,蓝人几乎是立刻就接起了电话。

"谢谢你去那儿帮忙。"蓝人说。

罗比抢白道:"我答应了今晚和万斯见面。答应她的时候我并不知道她参与了这件事。你们早点告诉我就好了。出其不意地看到她在现场的门口冒出来,这很难让我增强对你们的信任。"

"我们不知道这活儿给她了。联邦调查局不归我们管。我猜是她上次的成功让她得到了局里更多的青睐吧。"

"联邦调查局究竟对这件事了解多少?"罗比问,"你的那些伙计守在楼外,就等于告诉她这不是一件普通的谋杀案。"

"我们无法完全掩盖道格·雅各布斯的事。联邦调查局的介入是不可避免的。关键是我们要正确地掌控局面。"

"那么我再问一遍,他们究竟知道多少?"罗比问。

"他们知道道格·雅各布斯是联邦政府的雇员。他们不知道、以后也不会知道他是我们中央情报局的人。他的公开身份是国防部国防威胁减除局的一名在编人员。"

"国防威胁减除局?"

"更准确地说,是在那里的情报分析中心。雅各布斯办公的那栋楼是这个中心租的。这为我们提供了很好的掩护。我们从来没有预料到雅各布斯会在办公室里被人枪杀。"

"国防威胁减除局会合作吗?"罗比问道。

"他们会从大局着眼,就像我们一样。再怎么说他们也是国防部的一部分。"

"他们知道被枪杀时雅各布斯正在那间办公室里忙着什么吗?"

"挑明这件事对谁都没什么好处。我只想说,不知才是福。"

"就是说联邦调查局打电话询问时,他们就不需要特意撒谎了?"

"联邦调查局已经打过电话了。"

"那么对外的解释是什么呢?"

"雅各布斯在处理日常工作的时候被人刺杀了,可能是哪个对联邦政府心怀敌意的无赖枪手干的。"

"你认为联邦调查局会相信这个说法吗?"

"我不知道他们会怎么想,"蓝人答道,"那不是我关心的事。"

"但是你绝不能让联邦调查局发现雅各布斯实际上是正在指挥一起针对外国首脑的暗杀事件。"

"那家伙目前还不是一个首脑呢。我们要尽可能地赶在他上台之前动手。等到他这伙人掌了权,再想干掉他们就麻烦了。虽然有时也不得不这么做,可还是应该尽量避免,因为严格地说,这么干是非法的。"

"万斯可不是个轻易罢手的人。"

"是的,她的确如此。"蓝人表示同意。

"她可能会发现真相。"

"绝不能让这种事情发生,罗比。"

"就像你说的,联邦调查局不归你管。"

"今晚你们打算谈什么?"蓝人问。

"不知道。但是如果我取消约会,她可能会产生怀疑。"

"你觉得她会怀疑你参与了这起案子?"

"她很聪明。而且她也多少知道我是吃哪碗饭的。"

"失策,罗比。让她知道你是干什么的,真的是失策。"

"那是因为我没有别的选择,难道不是吗?"

"如果她打听这方面的事情怎么办?"

"那我就做出回答,以我自己的方式。"

蓝人似乎想就此继续追问下去,后来却转而说道:"下一步你打算怎么对付瑞尔?"

"有办法查出枪杀事件前她的活动踪迹吗?我是说,我们能肯定她是在国内并且是她扣动了扳机吗?她当时用耳麦通话并不证明她就是那个开枪的人。"

"临开枪前瑞尔进入了静默状态,所以我们没能听到她那头的什么声音,只听到了雅各布斯这边的。但是她的通话表明她不论怎样也逃不脱干系。"

罗比问:"那个狙击点在海外。那边有什么线索吗?"

"什么都没有。我们查出有人在当地看到过她,但那是在两天前。她有足够的时间赶回国内杀死雅各布斯。"

"有艾哈迈迪的最新消息吗?"

"他一如既往。当然,我们已经清除了那个狙击点里的所有痕迹。"

"打算再次狙杀他?"罗比问道。

"嗯,如果他已经知道了我们这次对他实施的暗杀,如果挫败这次行动并且反倒让我们的人遭到暗杀的事情就是他策划的,那么我估计他现在一定处在高度警觉的状态。在他变成叙利亚的新领导人之前,我们大概再也看不到他露脸了。"

"瑞尔搞到了我的邮箱地址,我可不喜欢这个。"

"我也不喜欢。"蓝人表示赞同。

"我们有只鼹鼠,就在我们的眼皮底下。"

"也许是这样,不过也可能她过去就知道你的邮箱地址。"

"那么她又怎么知道局里是派我去追查她?"

"也许是她推测出来的。"蓝人提出了另外的可能性。

"她现在可能正在盯我梢呢。"

"别疑神疑鬼地吓唬我,罗比。"

"你一定是多年都没有这种体验了。我现在的疑心都已经无边无际了。"

"你这时候打算干什么?"

"准备去赴我的晚宴。"

罗比关上手机踩下了油门。他望了一眼后视镜,看看是否有万斯或是瑞尔或是其他什么鬼魅的影子。

不是我神经兮兮。我的确是非常疑神疑鬼。这又怎么能怪我呢?

他猛地踩下油门。

让一个杀手去追捕另一个杀手还真有点道理。

我们当杀手的说着属于我们自己的语言,我们通过属于我们自己的特殊的棱镜观察世界。局外人对此是不会理解的。

但这样的做法是一柄双刃剑。瑞尔能够看透他,就像他能够看透瑞尔一样。

所以,瑞尔会死去。

或者,是我死去。

事情真的就这么简单。

它却又如此复杂。

第九章

杰西卡·瑞尔坐在酒店房间的床上,地板上扔着浸满了汗水的运动服。她全身赤裸,低头看着自己的脚趾。外面的雨越下越急。

像是弹雨,却不会像弹雨那样让你死去。

她用手揉了揉平坦的小腹。肌肉紧实的秘诀来自艰苦的锻炼和慎重的饮食。锻炼和饮食不是为了外表。关键是积蓄能量,多余的脂肪会让一个人慢下来。对她而言,迟滞身手的脂肪无疑就是毒药。瑞尔同时还精通所有的近距离格斗技能。

很多次,她不得不依靠自己的体能和格斗技能才活下来。不是每次都是从远距离开枪杀人的。有时对手就在她眼前,试图无情地杀掉她,就像她想对他们做的那样。而他们几乎全是男人,在体型和力量上有着天生的优势。但是到目前为止,她一直是赢家。然而,这只能说明在下一次行动之前是如此。干她这一行的,最多只会输一次。输了这一次,过去的那些记录就没什么意义了。

你剩下的,就是葬礼上人们说给你的几句美言了。如果真的有人致辞的话。

她在心里争论着是否再给罗比发一条信息,可后来觉得那么做有点儿过了。她从来不低估任何人。虽然她的手机应该是无法追踪的，但是也没准儿中情局会撞上好运，在通信渠道上发现她的踪迹。

而且，还有什么更多要说的吗？罗比已经领受了他的任务。他会竭尽全力去完成它。

瑞尔也会使尽自己的浑身解数，以确保最后失败的是罗比。到头来，他们中的一个或两个都会死去。这就是动物世界的天然法则，没什么公平不公平，就这么回事儿。

瑞尔披上一件浴袍，穿过房间，从挂在门上的上衣里掏出手机按起了键子。这些设备能做的事情确实令人惊叹。它们一步不落地跟随着你，精确地告诉你怎样才能到达另一个地方。你轻轻敲几个按键，就会在短短几秒钟内得到过去很难弄到的信息。

但是所有这些便捷同时伴随着另外的一面。

有亿万双眼睛会随时随地盯着你。盯着你的不仅仅是政府或大企业，可能只是大街上随便哪个带着最新式的小装置并懂点儿技术的家伙。

这使瑞尔的工作变得更加困难。不过，她的工作从一开始就没有容易过。

她吃透了屏幕上的信息，把手机放到一边，走进浴室脱下了浴袍。热水浴的感觉真好。她累了，比以往更加卖力的这场健身运动使她的肌肉变得酸疼。

刚才在健身房里，有两个年轻的小伙子对着镜子做单手俯卧撑。还有一个家伙在椭圆健身机上以中等强度练了二十分钟，看他的样子一定是以为自己强壮得像匹种马了。瑞尔进入另一个隔间开始锻炼。过了几分钟，她感觉到两个小伙子在看着她。这不是由于她穿的衣服。她没穿紧身的弹力裤。松垮、宽大的运动服将她的全身完全遮盖着。她是来这里流汗的,不是来为自己寻找老公或是一夜情。

瑞尔知道他们对她并不是威胁。他们只是惊诧于她正在对自己的身体所做出的一切。过了三十分钟,在她只是完成了整套训练内容三分之一的时候,他们不禁摇着头转身离开了。她明白他们在想什么:

以这样的运动强度,我连五分钟都坚持不下去。

他们是对的。

此刻,她关掉了淋浴喷头,擦干身体披上浴衣,用一条毛巾裹住了头发。她浏览着客房服务菜单,决定用沙拉和一杯加州仙粉黛葡萄酒犒劳一下自己。

年轻英俊的服务生托着托盘走进了房间。瑞尔从镜子里看到服务生在仔细打量她。

瑞尔在世界许多地方都和男人睡过觉。都和她的工作有关,都是达到目的的手段。如果性能够帮助她实现目的,那就运用它。她认为这是情报局雇用她的原因之一。他们曾经鼓励她把性也作为一种武器,同时提醒她永远不要和任何人产生真正的感情。她只是一部机器,而那些男人只是她用来完成任务的工具。

就此而言,男性的确是弱势群体。通过对钻进被单、贴紧墙壁或坐在膝上发生那类行为的承诺,女性可以让男性做任何事情。

她签了单,并且付了慷慨的小费。

服务生的眼神表明他还希望得到别的东西。

她只是用转过身去的简单动作,回绝了他的要求。

门在她身后关上了。她立即脱下浴衣,散开头发,换上了一条短裤和一件T恤,又用一张桌子顶住了门,这才坐下来吃饭。她慢慢地呷了一口酒。外面依然大雨瓢泼。

她很快就要去别的地方。不停地挪动地方始终是非常重要的。流水不腐,户枢不蠹。

过不了多久,威尔·罗比就会不遗余力地来追杀她。

这将耗去瑞尔许多的时间和精力。在此之前,她还有放手施展的机会。

她打算充分利用它。

道格·雅各布斯是第一步。

现在,瑞尔该走下一步了。

这一步变得不容易了,因为他们已经得到了预警。

道格·雅各布斯有个妻子和两个年幼的孩子。瑞尔知道他们长什么样子,知道他们的名字,知道他们住在哪里,也知道他们正在承受着巨大的悲痛。由于雅各布斯的工作性质,他的家人不会被告知他死去的确切情形。

这是中情局的规定,从来不会改变的规定。

永远保密。

会有一个葬礼,雅各布斯将从此安息。这是他的死亡过程中唯一正常的一件事情。他年轻的遗孀会继续自己的生活,可能再婚,也可能会有更多的孩子。如果让瑞尔提出建议的话,她应该嫁给一个管道工或推销员,那样她的生活就会简单得多。

雅各布斯的孩子可能记得他们的父亲,也可能不记得。

按照瑞尔的看法,忘却雅各布斯并不是一件多坏的事。

瑞尔认为,道格·雅各布斯不是一个多么值得怀念的人物。

瑞尔吃过饭,钻进了被窝。

她记起小时候躺在床上听着屋外雨声的情景。没人过来查看她是否入睡,她没有生长在那样一个家庭。如果有人在夜里来到她的房间,那通常都是别有用心,不带有一丝善良的动机。这样的经历使她从小就变得多疑并且坚强,也使她愿意一个人独自待着。即使找人陪伴,那人也必须符合她的意愿。

当不速之客夜里出现在你的面前,你唯一要做的就是出手攻击他们。在他们出手伤害你之前。

她的脑海里浮现出母亲的形象——一个体弱的、受尽虐待的女人,临死前的样子看着比她的实际年龄老了四十岁。她死得很惨,很痛苦。尽管她走得并不安详,但她终究还是走了。杰西卡·瑞尔当时只有七岁,眼睁睁地看着发生的一切。对于它造成的创伤,即使到了今天,瑞尔也无法完全理解,无法完全释怀。这样的经历塑造了她,也决定了其他人生活中许多普通的事情永远不会成为她的生活的一部分。

在你的童年发生过的事情,尤其是那些坏事情,会完全地、不折不扣地影响你的一生。好像是你大脑中的某个区域从此永远地封闭了,拒绝任何进一步的成熟。即使你已成为一个成年人,你对此也无能为力,直到你死的那一天这种状况都不会改变。没有什么样的疗法可以治愈它,这是一旦建立起来就无法拆毁的一堵墙。

也许这就是为什么我得干这一行。从童年起就决定了。

她把枪放在枕头下,一只手握着它。桌子依然顶着门。

今晚她会睡个好觉。

也许是最后一个好觉了。

第十章

罗比坐在餐厅里一张能够观望街道的桌旁。他一会儿看看窗外,一会儿看看吧台后面墙上的电视。电视上播报着即将在加拿大举行阿拉伯国家首脑峰会的消息。显然是有人以为,在一个中立的、远离恐怖行动和战争的环境下召开会议,有助于尽快地突破僵局。峰会由联合国主持。主持人说,会议希望给这些相互交战了很久的国家带来一个相互合作的新纪元。

"祝你们好运。"罗比对自己说。

屏幕瞬间切换成了希爱力药片的广告。罗比看着一个上了年纪的男人和一个女郎在户外浴缸里沐浴的画面,其中的性隐喻显而易见,只是他过去从未费心琢磨过这类事情。然后,浴缸消失了。另一位新闻主播开始谈论总统即将对爱尔兰的访问。总统将在那里主持一个关于遏制国际恐怖组织威胁的会议。

"也祝你好运。"罗比喃喃自语道。

他的目光离开了电视,恰好看到妮可·万斯步履匆匆地从街上走了过来。他瞥了一眼手表。她迟到了十五分钟。淡淡的妆,涂了口红。她掏出了一面小镜子检查自己的妆容。罗比还注意到她的工作服变成了裙子、长筒袜和高跟鞋。也许这就是她迟到的原因。

值得庆幸的是,万斯在经过罗比那扇窗户走向餐厅大门时,没瞧见他在注视着她。她把化妆盒放回了自己的小包。罗比猜想,万斯肯定不想让他发现两人会面前她对自己容颜所做的这番检查。

"你看起来瘦了。"

罗比抬头看着坐到他对面的妮可·万斯。"你看起来有点憔悴。"他答道。

"抱歉,来晚了,手头有个案子。"

服务生走过来请他们点酒水。他离开后,罗比掰下一段面包棒吃着,问道:"有了新案子?"

"至少是一件挺有趣的案子。"

"我认为你的所有案子都是挺有趣的。"

"做坏事的家伙通常很容易被人看穿,剩下的只是如何取证的问题,这往往很快就令人乏味透顶。"

"不介意谈谈案情吧?"

"你知道其中的规矩,罗比,这是正在调查中的案子。除非你调到了联邦调查局,可是还没人对我说你调来了。"她盯着他问道,"你是不是出城去了什么地方?"

"你已经问过我了。"

"可你还没回答我。"

"不,我回答过了。我已经说过,我没怎么往外跑。"

"可还是跑出去过?"

"你很关心我的行程安排,为什么?"他问。

"一些有趣的事发生在这个世界上,甚至就发生在咱们的后院。"

"事情总是这样的。那又怎么了?"

"对你用来谋生的行当,我并非完全陌生。"

罗比左右看看,然后盯住了万斯。

没等罗比开口,万斯就说:"抱歉,我不应该提起这样的话题。"

"是的,你不应该。"

"还没等谈起什么,我们俩就谈砸了。"

罗比没吭声。

"好吧,是我一开口就说了错话。你怎么样?"

"忙,和你一样。"他停顿了一下,"有几次我想给你打个电话,可是没抽出时间来。对不起。我手头的事情简直是杂乱无章。"

"我得说我很惊讶,你竟然想过给我打电话。"

"为什么会惊讶?我们说过要保持联系。"

"谢谢你还记得,罗比。不过我认为你干的这一行不像是有太多的歇工时间。"

"你的工作也一样。"

"还是有区别,这你是知道的。"

酒送上来了。万斯欣然地抿了一口。"天哪,太好喝了。"

"喝出过滤西红柿汁的麻布味道了,是不是?"

她摘下眼镜笑着说:"每一缕纤维的味道都喝出来了。"

"幽默感对一个人是很有帮助的。"

"人们总这么告诉我。不过我发现能让我笑的事情越来越少了。"

"那就让我们回到今晚的事情上来吧。为什么打电话约我喝酒吃饭?到底怎么回事?"

"只是两个朋友聚一聚。"

"一位总在加班的联邦调查局特工想放松一下?这我可

不信。"

"我没什么事儿,罗比。"

罗比只是看着她。

"好吧,我有一点儿事儿。"

"那我就听听。"

她向前凑了凑,压低了声音:"道格·雅各布斯。"

罗比脸色漠然。"他是什么人?"

"应该问他曾经是什么人。雅各布斯死了,在办公室被枪杀了。"

"很遗憾。发生了什么事?"

"不清楚。不过看起来他是在国防部国防威胁减除局任职。认识那儿的人吗?"

"认识。"

"我只是说'看起来',因为我敢肯定每个跟我谈过的人都他妈的在扯淡。"

"为什么?"

"你知道为什么,罗比。我敢说,这就是个没有任何透明度的行当,人们从来都是在撒谎。"

"不能说从来都是。"他提醒道。

"好吧,但是大多数时间他们在撒谎。"她又抿了一口鸡尾酒,锐利地望着罗比,"你确实不认识雅各布斯?"

"我从来没见过这个人。"罗比真诚地回答。

万斯向后靠了回去,怀疑地看着他。

"联邦调查局的每个人你都认识吗?"罗比问道。

"当然不是。它太大了。"

"行了,这就证实了我要说的观点。"

"我的直觉告诉我,雅各布斯参与了很重要的事情。他的遭遇已经把那些身居高位的人吓得屁滚尿流了。"

是的,他是参与了很重要的事情,而且是的,他身上发生的事儿也确实把那些人吓坏了,罗比暗想。

"即便我知道什么,万斯,我也不能告诉你。你知道的。"

"一个女孩总可以抱有希望。"她甜甜地说着,喝干了鸡尾酒,抬起手又叫了一杯。

接下来的大部分时间里,他们都在默默地吃着盘里的食物。吃完后万斯说:"摩洛哥的事情过后,从来没有人详细地告诉我那里究竟发生了什么。"

"我敢肯定是这样的,没有人会告诉你。"

"发生这一切以后,你还好吗?"

"当然,一切都很好。"

"他撒了谎,"万斯补充说,"在有关白宫的事情上。"

"怎么说?"

"你深深地参与了有关的事情。"

"不算是正式的参与。"

"但是参与了其中一切重要的方面,肯定是这样。"

"这是老黄历了。我对历史不大感兴趣,我更想尝试着做个前瞻性的思想者。"

"你忘掉过去的能力真令人惊叹,罗比。"

他耸耸肩说:"干我这行必须这样。当然事情总是过后回头看才看得清楚,人们吃一堑、长一智,再去迎接新的挑战。但是每一件事情都有不同的情况,过去的经验并不是在所有的场合都适用的。"

"工作中遇到的那些案子,在许多方面都是类似的。说到这里,这一行你打算干多久?"

"这一行你打算干多久?"

"也许会一直干下去,直到干不动为止。"

"你真这么想?"

"我不知道,罗比。你说你是个前瞻性的思想者,而我更多的是个只活在当下的人。那么你打算什么时候退出呢?"

"这恐怕不是由我说了算。"

她靠回椅背,琢磨着他的话,点点头说:"你也许应该争取做个说了算的人。"

"这一行里不可能有这样的事,万斯。"

大约有一分钟,他们什么都不说了,各自摆弄着面前的酒杯。

后来还是万斯打破了沉默:"你见到茱莉了吗?"

"没有。"他回答。

"你不是答应过她要保持联系吗?"

"我同样也答应过你,可是你看看后来怎样。"

"不过她可是个孩子。"万斯反驳道。

"没错,她还有很长的路在前头。"

"诺言就是诺言,它是必须被遵守的。"

"不,并非总是如此。"罗比说,"她并不需要我靠近她,她终于有了一个享受正常生活的机会,我可不想把它给毁了。"

"你的想法很高尚。"

"随便你怎么评价。"

"你是很难打交道的一个硬心肠的家伙。"

罗比再次沉默。

"我想,只要你继续干这行,你就会一直是这样。"

"的确如此。"

"你期望发生一些变化吗?"

罗比打算回答这个看似简单的问题,却意识到它并不像想象的那样简单。"很久以来我就不再期望什么了,万斯。"

"那么你为什么继续干这行呢?我是说,虽然不至于像你那样,可我的生活也是一团糟,然而至少我还能为清除那些社会渣滓出点力,这是让我觉得满意的地方。"

"你以为我就不能做这样的事吗?"

"我不知道。你在做这样的事吗?"

罗比把一些现金放在桌上,站起来说:"谢谢你的电话。叙叙旧真好。祝你的案子进展顺利。"

"这是你的真心话?"

"当然,我的真诚恐怕远远超出了你的想象。"

第十一章

杰西卡·瑞尔已从纽约飞到了华盛顿。这是因为,她下一步的事情只有来这里才能做到。

可以用三种顺序来完成使命,杰西卡·瑞尔正在履行的那个使命。

自下而上的顺序。

或者是自上而下的顺序。

或者是混合运用以上两种顺序,即打乱一切特定的顺序,令人完全无法预料。

第一种选择可能具有更为完美的象征意义。

第三种选择可以大大提高瑞尔的成功概率以及生存下来的可能性。

她选择了成功和生存,而没有去选择中看不中用的所谓象征意义。

华盛顿的这一带到处都是各种写字楼。天已很晚,这些楼里基本没什么人了。平时有很多政府机构的高层管理人员和比他们还要富裕的私营部门的老板在这里办公。

这和瑞尔没多大关系。瑞尔才不管这些家伙是富有还是贫穷,抑或是介乎两者之间。她去自己该去的地方。她曾按照别人的指使去杀人。她一直以来都是一部机器,像做外科手术般精准地执行任务。

她把一只无线耳塞塞进了左耳并将连接线插到挂在腰带上的电源组件上。她捋了捋头发,解开上衣的扣子。手枪在腋下枪套内处于待命状态。

她看看表,在心里算了算时间。她还有大约三十分钟可以用来想想将要做的事情。

夜色清凉,雨终于停了。每年这个时候的天气总是这样。街上空荡荡的,这个时候的夜晚也总是这样。

她走到角落,在长椅旁的一棵树下选好了位置。她调整了一下耳塞,又看看手表。

她是时间的囚徒,以秒为单位的精确时间的囚徒。在哪个环节上错过一星半点,她就死定了。

她通过耳塞得知,这个人动身了。

比计划提前了一点儿,他会在十分钟内到达这里。掌握局里的内部通信频率,真是有莫大的好处。

她从口袋里掏出了一件电子设备。黑色的,亚光,十厘米宽、十五厘米长,顶部有两个按钮。除了枪,这个物件大概是她身上最重要的东西了。

没有这东西,计划就无法顺利实现,除非她的运气非常好。

瑞尔不能指望运气。

我所有的运气已经用光了。

她抬起头看着沿街驶来的车。

一辆林肯轿车。

黑颜色。

他们造这种车的,就不能用点儿别的颜色吗?

她需要做出确认。毕竟,这座城里黑色林肯轿车多得像海里的鱼。她戴上夜视镜,观察那辆车风挡玻璃后面的情况。车的其他窗户全贴着深色膜。她看到了她想看到的。她摘下夜视镜放入口袋,又从中掏出了一只小手电。手电闪了一下,暗处有一束光线对她做了应答。她放回手电,拿着小黑盒子,抬头看看,走到了街对面。

接下来将要发生的事情,已经花费了她一百美金。

她希望这钱花得值。

她按下了黑盒子上右侧的按钮。

红绿灯立即由绿色转为黄色再变成了红色。

她收起了盒子。

林肯轿车在交叉路口停住了。

夜色中冒出一个人影,直奔林肯轿车而去。

他一只手拎着水桶,另一只手拿着些别的东西。

桶里的水哗地泼到了风挡玻璃上。

"嘿!"车里的司机大叫着降下车窗玻璃。

泼水的小孩儿是黑人,大约十四岁。他用手里的刮板刮起了玻璃上的肥皂水。

司机喊道:"滚蛋!"

红灯依然亮着。

瑞尔拿出了枪,枪管靠在旁边那棵树下方的一根枝杈上。手枪的皮卡丁尼导轨上装着瞄准镜,枪管是加长的,经过特殊的加工,射程要比大多数的手枪远得多。

孩子跑到车的一侧,用刮板去刮侧面车窗上的水。

副驾驶一侧的窗玻璃也滑下来了。

瑞尔等的就是副驾驶车窗降下来的这一刻。因为,后排的那个男人就坐在司机身后。一切取决于射击的角度。

瑞尔开始瞄准,深深地吸入一口气,手指移到了扳机上。情势已不可逆转。

黑孩子又跑到驾驶员那一侧伸出了手。

"擦得超干净。五块钱。"

"我说了,快滚蛋!"司机吼道。

"我妈妈需要做手术。"

"如果你不在两秒钟内消失——"司机的这句话永远说不完了,因为瑞尔开枪了。

子弹在副驾驶座位那人面前呼啸而过,从他和司机两人之间斜穿过去,击中了后排座位上男人的前额。

瑞尔把武器放入口袋,按下了黑盒子上的另一个按钮。

交通信号灯变成了绿色。

林肯轿车原地不动。

司机和副驾驶座上的人大喊大叫着跳下了车。

刮车窗的小家伙早已没影。开枪的一瞬间他就撒腿跑了。

被击中的男人身上满是溅出的鲜血和脑浆。

瑞尔消失在了夜色之中。她已经开始用一只手拆卸藏在口袋里的手枪了。

吉姆·盖德朝前边扑倒着。只是由于系了安全带,他的尸体还保持在座位上。他的一大团脑浆糊住了后车窗。

中情局不得不去寻找新的二把手了。

两名保镖忙着四处搜寻枪手。瑞尔早已走进附近的地铁站口,登上了一辆列车。没过几分钟,她已在数英里之外的地方了。

她已经忘掉了吉姆·盖德。她的注意力转移到了名单上的下一个目标上。

第十二章

在罗比的世界里,白天和黑夜没有多大区别。他从不朝九晚五地工作。对他来说,晚上七点照样是实施自己的下个步骤的好时光。

开车、乘公交车或乘飞机去弗吉尼亚州的东岸地区都不是一件容易的事。那里也不通火车。

罗比选择了开车。他喜欢那种自己做主的感觉。

他驱车向南一直到了弗吉尼亚州的诺福克。从那里,他向北开上了切萨皮克湾大桥。这条长长的桥梁隧道综合体将东岸地区同周边的其他地区联系在了一起。

沿着这条桥梁隧道的低栈桥,车辆驶入绵延一英里、穿行于人工岛之间的隧道。出了隧道,又驶上又高又险的跨越两条海运航道的高架桥。十一点多,罗比终于驶离了桥,回到了坚实的地面上。

东岸地区属于弗吉尼亚州的部分,是由阿科麦克县和北安普顿县这两个农业县构成的。这里用它自己平坦如砥的土地,代表着德玛瓦半岛这个名称当中的"瓦"[1]字。这两个县合计约有四万五千

---

[1] 美国德玛瓦半岛(Delmarva Peninsula)的东北部属特拉华州,南端属弗吉尼亚州,其余部分属于马里兰州,该半岛的名称也是由这三个州的州名缩写形成的。Delmarva一词中后面的"va",代表着Virginia(弗吉尼亚州)。

人,而地理面积更小的费尔法克斯县,一个县就有一百多万人口。这里放眼望去几乎全是农田,种植着大量的棉花和大豆,还有不少大规模的养鸡场。

东岸地区也是美国国家航空和航天局所辖的沃洛普斯飞行中心的所在地。而在其对面的钦科蒂格岛上,四处可见悠然闲逛或呼啸奔腾的野马。

罗比今晚要去寻找的,是一个比脱缰野马更难以制服的对手,一个失控的、转而为他人效力的枪手。

或者,也可能只是按照她本人意愿行动的枪手。

罗比又开了十英里,到达了一个看似无人居住的小村庄。在远处,离海岸线非常近的地方,他看到了一个颜色比周围的夜幕更暗的黑点。他驶上一条土路,停到了那个黑点的前面。从近距离看,这是一处小房子,常年的日照和含盐的空气使得瓦壁板已经变成了灰色。房子的背后是大西洋,海浪拍击着岸边,与用大块的岩石简单堆成的防浪墙一次次地相撞,水雾四下飞溅。

这里是海滨,不过罗比并不认为它会很快成为一处旅游胜地。他明白杰西卡·瑞尔为什么会住在这样一个地方。这里完全与世隔绝。对她而言,与人相伴似乎是一件过于奢侈的事情。

他坐在车里,观察着一切。从这一侧到另一侧,从上边到下边。

天上是暴风雨就要来临的迹象。地上是壤土,种植农作物也许还不错,在上面盖房子却不理想。这里建不了地下室,他得出了这样的结论。罗比相信,海洋说不定在什么时候就会吞没这片土地。

挨着这幢房子,只盖了一间小棚屋。没有菜园,没有草坪。

瑞尔肯定生活得非常简单。罗比甚至不知道她如何得到给养,如何唤来水管工或是电工,也许她根本不需要这些。

他也不知道她多久来这儿一次。他当然不指望现在她就在这里,不过想象和现实并不完全是一回事儿。

他下了车,枪已拿在手上。他小心地避开房子门口和窗户所能提供的一切视线范围。周围一片平地,没有可以隐藏枪手的树木,也没有等着他走入瞄准镜十字星的掩体。

这一切应该让罗比的感觉良好才是。

并非如此。因为,这里同样也没有任何东西可以掩护他自己。

还因为,这意味着这里还有他尚未发现的东西。

这样一个地方,肯定要采取些防范措施。至少会有一个防御堡垒,即使它看起来像是别的东西。如果这是他的地方,他是会设一个的。罗比并不认为瑞尔的生存手段同自己的会有多大的区别。

他蹲下来查看周围。小房子黑灯瞎火的,可能没有人。虽然如此,贸然进入也不安全。

杰西卡·瑞尔不是只有待在家里才能干掉入侵者的。

他围着小屋转了两圈,一次比一次靠得更近。房子靠海的一侧有个池塘,距房后门的直线距离不到三十米。他用手电照了照,发现水面是清澈的,池塘的周边却糊着一圈黏糊糊的藻类。

除此之外,没有别的细节能引起他的注意。这幢小房则另当别论。罗比蹲在空地上琢磨着。

他想好了攻击计划,返回车里拿出了需要的东西。他把它们放进一只长长的棕色皮口袋里,把袋子挎在肩上,蹑手蹑脚地来到了离房子前门不足三十米远的地方。

他取出了一支短管步枪,装上一颗子弹,瞄准后射向了前门。子弹穿过木门钻入小屋。

什么也没发生。

他装入第二发子弹,瞄准前门廊的地板。开火。木片飞溅。

还是什么也没发生。

他装入第三发子弹,瞄准,射向前门门锁。门崩开了。

也是仅此而已。

他把步枪装进袋子放回了车里。不过他从袋子里又摸出另一个装置放入了上衣口袋。

他掏出手枪,低下身子向前移动。

他来到房子旁,从口袋里取出那个装置对准了房屋,两眼盯着上边的小屏幕。

没有热成像。

除非是瑞尔把她自己冻了起来。她不在小屋里,屋里也没有其他人。

然而,这仍然不意味着它是安全的。

罗比无法如同机场搜寻炸弹一样搜寻这里的所有地方,手头也没有一条爆炸物嗅探犬,有些时刻他不得不冒这个险,现在就是这样的时刻。他放回热成像仪,从兜里掏出一个短短的金属物体并启动了电源。

他打开门走了进去,小心地迈出每一步,用那个电子设备搜寻肉眼看不见的绊线。在下脚之前,他仔细查看是否有新换的地板块,因为他的设备无法检测出地板下的炸弹压簧。

他搜寻了每个房间,什么发现也没有。地方不大,所以没费多少时间。令他印象深刻的是,这里看起来就像是他自己的公寓。不是指它的面积大小和开间,而是指里面的东西。

更确切地说,是指里面没有东西。没有私人用品,没有照片,没有旅行纪念品,没有任何小摆设。没有能够把瑞尔同什么人或什么地方联系起来的任何东西。

就像我一样。

罗比正要进入厨房,手机忽然响了。

他低头看了看屏幕。

屏幕上的文字全部是大写：

盖德在华盛顿车内遇袭,疑是瑞尔所为。

罗比放回手机思忖着。

不论从哪个角度说,这都是十分令人震惊的消息。不过他受过的训练已经教会了他对任何事情都没有过分的反应。他首先冒出的念头是离开这里,离开这个冒了很大风险却一无所获的地方。

他看到厨房的右墙有一扇门,看起来是通向茶水间或储藏室。他有点奇怪。为什么刚才没注意到它,随后意识到它被漆成了与厨房墙壁相同的颜色。

门关得不严,有条一英寸宽的缝隙。他用脚碰开它,同时枪口直接对准里面。

茶水间是空的。

此行一直是在浪费时间。

在他来这的工夫,瑞尔看来已经干掉了中情局的二号人物。她达阵得分,而他甚至还没有触球。

他用手电仔细照了照这个地方,尽管它显然是空的。这时他看见迎面的墙上写着：

抱歉。

罗比踢开了后门。他认为这是离开这幢小房的最简便的办法。他不想重新穿过小屋走回头路。

似乎是个好主意。更安全。

随后他便听到了咔嗒一响,接着又是嗖的一声。好主意瞬间变成了一场噩梦。

第十三章

漆黑宁静的东岸之夜被一团升腾的烈焰划破了。

小房子在大火中分崩离析,干透了的老房木为燃烧的火海提供了上佳的燃料。罗比在后门廊一跃而下,在地上打了个滚,起身就跑。

令他难以置信的是,在他的两侧燃起了两堵火焰墙,中间形成一条笔直的通道,迫使他沿着这条通道向外跑去。

一切都是预谋好的,一定是这样。起火的燃料早已仔细布在了土层下面,火焰墙的触发器也肯定是和小房子的燃火装置连接在了一起。

罗比奋力向前冲刺。

他别无选择。

他正在朝着刚才见到的那个小池塘奔去。那里应该是正在迅速向同一个方向蔓延的火焰墙的终点。

顷刻间,已经被烈火烧得七零八落的小房子猛然发生了爆炸。强大的冲击力使他跌在地上不由自主地重新翻滚起来,几乎滚进右侧的火焰墙里面。

他站起身用更快的速度奔跑,相信自己能够跑到水边。

水,是火的克星。

就在他快跑到池塘边上的时候,一个念头猛地闪现在他的脑际。

没有浮藻,虽然池塘周边的地面上遍布藻类,但是水面却没有。

什么东西能杀死这些绿色的浮藻?

还有,为什么逼迫他朝着可能获救的方向跑呢?

罗比把枪扔过火焰墙顶部,扒下外套,用它遮住头部和双手,朝着左侧的火焰墙一头扎了过去。他感觉火苗如同硫酸一样吞噬着他。

他冲出了火焰墙,顺势在地上一遍又一遍地翻滚,扑灭附在身上的火苗。他停下来,看到火焰已烧到了池塘。

池塘爆炸了。气浪将罗比抛到空中。他背朝地面摔了下来,幸运的是,地上一汪约一英寸深的浅水减缓了作用力。

他颤抖着双腿站起身来。衬衫撕碎了,外套不见了,他不知道枪抛在了哪里。值得庆幸的是,他还穿着裤子和鞋。

他看看裤袋,掏出里面的车钥匙,却马上把它扔到了地上,因为钥匙的塑料头十分烫手。

他小心翼翼地捡起钥匙,站在那儿默默地看着燃烧的池塘。

没有藻类——虽然在旁边到处生长——因为池塘里放入了燃料或是助燃剂。他奇怪为什么在查看这块小小的水池时没有闻到气味。不过有许多方法可以掩盖这种气味,而且附近海水的气味很刺鼻。

他回头看看曾伫立着那栋小屋的地方。

抱歉。

你觉得抱歉,杰西卡?罗比对此可不大相信。

这位女士肯定还想玩儿下去,罗比当然要奉陪到底。

他找到了自己的外套和枪。枪还行,它躲过了一摊水,摔在鹅卵石铺成的小路上。上衣烧坏了,他在里面摸到了金属和塑料的残块。

他的手机。制造商的保修范围未必会涵盖这类故障。

幸运的是他的钱包还在裤袋里,没有被烧坏。

他跛着腿回到了车上。右臂和左腿灼热难耐,像是患了重度冻伤。他钻进车里关上门,还上了锁,尽管数英里内唯一的人类成员可能也就是他一个。他发动车子,打开车内灯,通过后视镜检查了一下自己的脸。

脸没事。

右臂就没那么幸运了,严重烧伤。

他脱下烧焦的裤子检查左腿。膝盖上方的肤色通红,伴有轻微水疱,有的地方还嵌着裤子的纤维。

车上备有急救箱。他把它拉出来,尽力清洗大腿和手臂的伤处,涂上药膏,用纱布裹好,又把急救箱扔到车厢板上。

车辆掉头沿来路驶回。他没办法联系蓝人或其他什么人。他不能停下来找医院治疗,因为他无法做那么多的解释,也无法在询问笔录上签字。

即使像东岸这种偏僻的地方,上升六米高的火焰也是会引来注意的。迎面驶过了一辆警车,警灯闪烁,警笛长鸣。罗比明白,警察发现不了多少剩下的东西。

他在凌晨赶回了华盛顿。到了公寓后,他取出一部备用电话呼叫蓝人,简要地向对方说明了发生的事情。

"你很幸运,罗比。"

"我的确觉得很幸运,"他答道,"很糟糕,也很幸运。告诉我盖德的情况。"

蓝人用几分钟讲述了盖德的遭遇。

罗比说,"看来,也就是这点情况,只是知道出事地点和作案手段。没有人亲眼看见瑞尔吗?"

"到局里来吧,让我们看看你伤得如何。"

"关于她刺杀二把手的原因,做了一些猜测吗?"罗比追问下去。

"到目前为止他们做的就是这个,只不过是在猜测。"

蓝人的声音里有什么东西引起了罗比的关注。"你好像是话里有话。"罗比说道。

蓝人没有回答。

"我几个小时后到局里。我得先去查点东西。"

"我们在另外一个地点见面。"

"为什么呢?"罗比问道。

蓝人告诉了他地址,但是没做任何解释。

罗比放下电话走到窗前。

瑞尔昨晚在城里枪杀了盖德。这是官方的猜测,然而罗比的直觉告诉他这是真的。

如果是这样,就意味着她仍然在这里活动。可为什么会是如此,却不易回答。寻常情况下,罗比一旦刺杀了某个人,就会立即离开行刺的地方,其中的道理显而易见。

但是这次的情况并不寻常,不是吗?

不论对我还是对她而言,都不寻常。

罗比拆下缠在伤口上的绷带,洗完澡,换上了干净的内衣和外衣。

蓝人告诉了他枪击发生的地点。那里一定有许多警察。除了观察,罗比做不了别的。观察有时也会带来突破。他不得不希望这次也是这样。

罗比在走向自己的车时想通了一件事。再出现昨夜那种情况,他不会每次都能活下来。瑞尔似乎总是领先他一步。这类现象在一个人躲避、一个人追捕的情况下倒是经常出现的。

  瑞尔知道她在做什么,知道为什么要这么做。

  罗比却还是一头雾水,盲目地在她后面追赶。

  也许到最后也扭转不了这种局面。

  就是说,现在胜算无疑是在杰西卡·瑞尔这一边。罗比还没有获得能够轻易地或者说迅速地改变这种状况的任何进展。

  他向右转弯,恰好在这时太阳升起了。

  首都的又一个美好的一天。

  他很高兴自己还能活着看到它。

第十四章

他活下来了。瑞尔在笔记本电脑上观看了这一幕。

邻近她的房子的那间小棚厦里有摄像机,三脚架上的镜头对着小房子,并连接卫星来传输图像。瑞尔通过它看到罗比驶来、下车和四处查看。

他没有查看棚厦的里面,这是他的一个错误。

罗比犯错误,这令她欣慰。

但是后来他的表现不同寻常。他猜出池塘是一个陷阱,为了生存他扑向了火焰墙。

她点击了几个按键,用慢动作回放了一遍。

罗比被震出小屋后就从她的视野里消失了,升腾的火焰墙挡住了镜头。按照原来的安排,是把来者引到池塘。它看着像是安全的港湾,实际上却是一座坟墓。

然而在如此巨大的压力下他仍然保持了冷静,判断出安全港是个陷阱,在千钧一发之际采取了能够保全自己的行动。

而且他成功了。

看到屏幕上罗比走回他的车的画面,她很震惊。

我能做得像他那样吗?我会和他一样棒吗?

她盯着屏幕,仔细端详罗比的脸庞,试图读取这个人的内心,试图了解此时此刻他的想法。

但是,那张脸毫无表情。

一个好玩家。

不,一个了不起的玩家。

她关上笔记本电脑,坐回床上,从枪套里取出格洛克9毫米手枪拆卸起来。就像训练的那样,她不用眼睛看就能做到这一点。

随后她又将手枪重新组装起来,照样不用看。这种拆卸和组装总是能够让她冷静下来,让她的思路变得更清楚。现在她需要把事情想清楚,越清楚越好。

她现在是双线作战。

她的名单上还有别的名字。这些家伙此刻已经警觉了。就在她坐在这里的当口儿,他们正在加固自己的保护层。

而现在又有了威尔·罗比。由于差点被她干掉,火冒三丈的罗比会从她的后面追杀过来。

这意味着她的后脑勺上也必须长着眼睛,同时在两条战线上作战。这很难,但也不是做不到。

罗比去了她位于东岸的小房子是为了更多地掌握她的情况。除了差点儿丧命,他什么也没得到。

不过,现在瑞尔也需要更多地掌握有关罗比的信息了。瑞尔原本就估计派来追捕她的那个人会是罗比,他在小房子那里的出现证实了这一点。

她站起身,打一个电话,又穿上了牛仔裤、毛衣、靴子和连帽衫。枪插在腰间的枪套中。一把卡巴军刀插入了缠在左臂上的皮鞘里,连帽衫遮住了它。如果需要,她可以在一秒钟内将刀拔出来。

最主要的问题是,尽管她改变了外貌,但是监视她的眼睛无处不在。美国和整个文明世界现在几乎就变成了一个巨大的摄像头,她的前雇主会每天24小时不间断地运用先进的搜索和面部识别软件,在几十亿份图像资料中查寻她的踪迹。

既然人家可以调动各种无比强大的手段来对付她,瑞尔就不能出现任何闪失。她建立的防御体系倒是坚固的,但世上没有什么东西是完美无瑕的。任何一场战争中的任何一道防线几乎都有一些薄弱环节被人击溃过,她从不会妄自尊大地以为她本人是个罕见的特例。

她叫了一辆出租车,在一条主干道的十字路口下了车。剩下的路程将由双脚来完成。她花了三十分钟走完了这段路,不慌不忙,就像是散步的行人。一路上她的神经一直紧绷着。她运用了她所具有的一切专业技能来判断是否有人在注意她。

她提前到了地方,从一个隐蔽的角落对现场进行了观察。如果有什么事情将要发生,那么这里就是出事的地方。

二十分钟后,她看到那个人走过来了,穿一身西装,看上去像是个职业小官僚,事实上他就是。他没有随身携带鼓鼓囊囊的文件袋,那都是当年才有的事情了。

我也老得足可以"想当年"了。她想。

他在自动售报机前买了一份报纸,咣地关上了金属和玻璃制成的小门,随后又拉开一次并关上,确认它关好了。这都是常规的动作,不会引起任何人的注意。

他转身走开了。

瑞尔看着他离开,然后踱到售报机前,投入硬币打开了小门,在一摞报纸的最上端取了一份,同时她的手抓起了那个男人刚才放在这里的黑色U盘。

老式的情报传递方式,现代的数字化信息存储手段。刚才那个线人是欠她人情的一位老朋友。他还不知道瑞尔已经成了中情局追杀的对象。对她有利的是，局里还在封锁着她已经背叛的消息。她仍然可以通过电子后门进入局里数据库的事实就证实了这一点。她在过去很长时间里一直利用这些电子后门，但是很快这些后门就会关闭掉，并且她的老朋友们会竭尽全力来干掉她。不过，目前她还可以使用数据库的资料。

瑞尔转身走开，脚步不紧不慢，却始终保持着警觉。她溜入一家快餐店，进了女厕所。她取出 U 盘，又从另一个衣袋里掏出一个小装置。用这种装置可以检测出 U 盘里是否装着恶意软件或是电子追踪器。老朋友归老朋友，但在特工这个行业中，你真的没有什么朋友，只有敌人，或者是可能成为敌人的人。

U 盘没问题。

她选择了一条迂回线路返回酒店，运用了出租车、公共汽车、地铁还有她的双脚。两个小时后她回到了自己的房间。几乎可以肯定，在过去的三个小时里她没有被任何追杀她的人所发现。

她踢掉鞋子，面对墙壁坐在桌前，打开笔记本电脑，将 U 盘插入了 USB 插槽中。她打开文件，信息开始显示在屏幕上。

这就是威尔·罗比的生活——嗯，至少他的雇主掌握的一切都在这里了。有些情况是她已经知道的，不过还是有很多新鲜的信息。除了表象上的区别外，如果从一些深层次方面看，他的早年生活与她自己很相像。

他们俩的成长过程中，都没有一个真正的家庭。

两个人都喜欢独来独往。

两个人都走上了同一条路，区别只是谁会更早地在为国效力的过程中丧命。

两个人都爱挑战权威。

都富有主见。

都是这一行中的顶尖高手。

都没有失手过。

而现在,他们两个人中的一个必然要失手。

每场比赛只能有一个赢家。

没有平局。

她朝下拖动屏幕,直到出现了两张照片。

第一张照片是一个容颜美丽而又坚毅的女人,年近四十。即使本来不知道她是一个联邦探员,瑞尔也会根据她的外貌做出这样的判断。

照片配有说明。特工妮可·万斯,她的为数不多的朋友用昵称"妮基"称呼她。

她是联邦调查局的一个强悍的女探员。她打破了存在于任何情报机构和所有职场中的性别偏见。完全是凭着过人的功绩和胆识,她就像是从佛罗里达州发射的航天飞船,成为在业内迅速蹿红的一颗明星。

她就是负责调查道格·雅各布斯死因的人。

她认识罗比,他们曾在一起工作过。

她可能是一个麻烦,她也可能会带来帮助。只有时间能证明如何了。

瑞尔努力记住万斯脸部的每一个特征以及其中包含的一切信息。记忆力是一种技能,干这一行的人十分拿手的技能。没有这种技能你就无法在这个领域生存下去。

目光又落在第二张照片上。

女孩很年轻,14岁,说明里是这样写的。

茱莉·盖蒂。

被他人收养。父母遇害。

她也曾与罗比一同工作过,当然是以非官方的身份。她表现出了活力充沛、思维敏捷、适应性强的特点。在大多数成年人都难逃灭顶之灾的情况下,她却生存了下来。最重要的是,罗比看起来很关心她,他冒着极大的风险帮助了她。

瑞尔用拳头托住下巴,凝视着那张充满朝气的面孔。这张面孔的神情里蕴含着超出年龄的成熟。茱莉·盖蒂显然是经历过很多磨难,也显然是一次次地战胜了它们,但是痛苦没有真正离开过她。痛苦已成了她生命的一个组成部分,仿佛是她的又一层皮肤,无论怎样也无法褪去。

人们每天向外界展示着自己的外壳,貌似坚硬无比、无法洞穿的外壳。其实这种外壳不过是一种赝品。人这种生物体的构造中,原本就不包含这种东西。世界上没有什么是无法洞穿的,人类天生就是这样的。

人有脆弱的心灵,有丰富的情感,而这些都是随时可能灰飞烟灭的。

瑞尔唤了客房服务,吃掉了送来的食物。她喝着咖啡,继续盯着那张照片。

她早已清楚地了解这张面孔背后的许多情况。她知道茱莉·盖蒂住在哪里,和谁一起生活以及在哪里上学。她知道罗比一次也没去看过她。

她也知道这是为什么。

他在保护她,让她远离他的世界,我的世界。

这种地方不欢迎业余者,不管其天分如何。

但是这个小女孩并没有同他们的世界相隔绝。

自打遇到威尔·罗比那一刻,她就不可能同这样的世界相隔绝。

茱莉是独生女,父母遇害后成了孤儿。瑞尔对于这种孑然一身的感受具有强烈的共鸣。比茱莉还小的时候,瑞尔就已经是孑然一身了。

正常环境长大的孩子不会选择瑞尔赖以谋生的职业。是悲惨岁月的馈赠,是无法抚平的伤痛,促使你拿起刀枪或者是赤手空拳去一次次地夺走一个又一个生命。绝对无法想象那些按部就班地去学校上课、参加体育活动、加入辩论队或是当啦啦队长、回家得到父母百般呵护的孩子,到后来会像瑞尔一样度过自己的成年时光。

瑞尔又呷了一口咖啡,抬头发现外面开始下雨了。雨点敲击着窗户,她仍然盯着茱莉·盖蒂的照片。

你可能成为一个像我这样的人,她想。

像罗比。

可是如果你可以做出选择,如果你有机会……那么请走开。

不,跑开,茱莉。

瑞尔合上笔记本电脑。茱莉的形象消失了。

并非如此。茱莉的模样还在,已经深深地印入了她的脑海。

在一定意义上,杰西卡·瑞尔看着茱莉·盖蒂时,简直就觉得是在盯着她自己。

第十五章

一道又一道的警用隔离带,在夜幕下泛着金光,随着风雨摆荡着。街上已经设置了路障,停着联邦调查局和警察局的许多车辆。媒体记者企图冲进现场,身着制服的人们将他们推了回去。

现场总是这样。

在这类现场的中心至少会有一具尸体,一般情况下会更多。看起来警方如今已经不缺乏可供解剖的新鲜尸体了。

站在路障后面的罗比用内行的目光观察着眼前的一切。自打在东岸差点丧命之后,他想了很多事情。其中一件事,尤其让他耿耿于怀。

我进入房子前没检查那间小棚厦。

他估计那间棚厦里可能有些令人感兴趣的东西。但是现在没法回去了,那地方目前肯定布满了警察。他怀疑他们在那儿还能发现什么。

他给蓝人打过电话,并提出了这个问题。

"小棚厦已经不存在了。"蓝人说。

"不存在了是什么意思?"

"你离开后大约两分钟,它就起火了。使用了催化剂,可能是磷基助燃剂。温度很高,足够让金属都变成液体。我看到了我们的一颗卫星拍回来的图像。警方已经到那儿了,但什么也没发现。"

"她很善于掩盖自己的踪迹。"

"你原来以为不是如此吗?"

"不,我想到了。"

"别忘了回来报到。"蓝人说。

"到时候你会见到我的。"

罗比挂断手机,看着警察和FBI探员们一无所获地忙碌着。

林肯轿车停在原来的地方,但是被立起来的蓝色塑料防雨棚遮挡着,人们看不清它的全貌。

蓝人早些时候已经对罗比说明了行刺的细节。他说的显然是准确的。有个孩子上来清洗风挡玻璃。先是擦拭驾驶员一侧,接着副驾驶一侧的窗户摇了下来,保镖呵斥孩子,让他赶紧滚开。

子弹从副驾驶一侧的车窗穿过,正中盖德的额头,一枪毙命。没有任何一个保镖受伤。

她要杀的只是盖德。也不奇怪,盖德是二把手。罗比如果是局里的一把手,此刻会感到很紧张,因为他可能会是名单中的下一个。

那个孩子已经跑没影了。他们在找他,但是即使是找到了他,罗比也敢肯定问不出什么。他是被雇来干这事的,但是,他肯定没见过那个真正付给他钱的人。

从道格·雅各布斯这样的具体执行者一下子过渡到中情局的二把手,这种跨度绝对令人印象深刻。罗比猜测着其中的原因。他估计瑞尔肯定有她的理由。他不相信瑞尔会随意地选择目标。

这就意味着罗比必须弄懂瑞尔的逻辑。要做到这一点,他不仅要了解瑞尔,还要了解被她杀死的人。

他断定有关盖德的资料比雅各布斯的厚得多,而且大部分都是保密的,罗比不知道对他能开放其中多少东西。看来他不得不同深深植根于谍报机构人员 DNA 中的保密习惯进行一番抗争了。他无法在不掌握信息的条件下去解决问题。

他抬头看了一眼红绿灯。现在是绿灯,可是没有车通过,这条路已经封闭了。

他回头看了看那辆车,又看看红绿灯,点了点头。在这一点上她干得同样非常漂亮。

他再次呼叫蓝人:"请让人检查一下停车处红绿灯的线路,我敢打赌是她控制了信号,让车在那个时候停下来的。如果不是这样,碰上绿灯她的计划就会泡汤了。"

"我们已经查过了。它们变成了手动控制,估计就是她干的。"

罗比挂了电话走开了。他时不时地回过头判断弹头的飞行路线,迎着子弹射出的方向走去。

他在一棵树旁边停下了脚步。这儿离现场很远,所以警察还没赶到这里,但是他们会来的。

他查看最低处的树枝,寻找由于放置枪管可能留下的新痕迹。什么也没发现,不过这说明不了什么。他接着检查了树下的那一小块泥土和它周围的人行道板。

蓝人说过没有目击者。嗯,其实有三个:两个保镖和那个孩子。但是保镖什么也没看到,甚至不知道子弹是从哪个方向飞来的。孩子也不会有什么帮助,因为他什么都不明白。

罗比模拟了射向汽车窗口的瞄准线。两个相距很远的静止物体间的对角线,一次高质量的射击。

在夜间。

在远不理想的条件下。

不允许有丝毫的误差,根据他的计算。

她必须使用瞄准镜和一种合成武器,一种介于手枪和步枪之间的武器。这里毕竟不是东岸,到处都可能有目击者,拽出枪管很长的狙击步枪肯定不是一个好的选择。

她射出那一枪后就消失了,仿佛是一团烟。这一切都不是偶然发生的,你必须做出精密的策划和部署。

他的目光落在这棵树周围的灌木林上。他刚才走过这里时就看到了,他跪了下来捡起了它。白色的物体,已经支离破碎了。他把它放在鼻子下面闻了闻,有香味。

他的思绪回到了射杀雅各布斯的那栋老房子。同样的东西。

他把它放进口袋。这是他发现的唯一线索。他不会将它留给警方。在这件事儿上他们不是他的盟友。

他环顾四周。按照指南针,这里有四个方向,可是它们会变成数千条瑞尔可能使用的逃生路线。

他的手机又响了。

他希望这是蓝人,也许到头来他会告诉罗比为什么自己表现得那么可笑。

不过,不是蓝人。

这是杰西卡·瑞尔。

第十六章

同个人恩怨无关。

罗比盯着小屏幕上的这句话。下面的文字出现时,他的眼睛睁得更大了:

你能活下来,多少是件让我高兴的事情。

想都没想,他就回复道:

有多高兴?

她没有回答罗比的问题,接着发来的内容却让罗比更为惊讶:

看起来简单的事情,通常并非简单。对与错、好与坏取决于从哪个角度来判断。搞清楚你的使命,威尔,而且要注意你的身后。

罗比的手机又响了,他知道会是这样的。这不是瑞尔的又一条短信,而是一个电话。

他接起电话:"我是罗比。"

"你得过来一趟,就现在。"

"你是哪位?"

"埃文·塔克局长办公室。"

好啊,罗比想,他们看到瑞尔发来的短信了。自从瑞尔上次给他发来电子邮件,他的手机肯定就被他们监听了。埃文·塔克是局里的一把手,明显是感到压力了。这不能怪他。

"去哪儿?去兰利的总部?"

"头儿目前在家,他在那儿等你。"

五分钟后,罗比坐进车里朝着弗吉尼亚的大瀑布城开去。道路狭窄曲折,但是在这片林木茂密、浑然一派乡野气息的郊外社区,却住着这个国家最富有、最有权势的一些人。

塔克局长住在一条胡同的尽头。房前十五米处有道横跨整个路面的水泥路障,路障中央设了一座供车辆单向通行的升降门。塔克的住处是一栋庞大的殖民时期砖墙建筑,门厅居中,杉木板铺的斜坡屋顶。占地足有五英亩的院落里,有一个游泳池和一个网球场,还有大约两英亩的树林。

罗比把车停在路障边上临时设置的警卫室旁。他和他的车一道接受了彻底的搜查,他的来访许可也得到了房子主人的确认。接着他被要求离开车步行余下的距离。

罗比看了一眼表情严峻的特工。"我真的很在乎我的这辆奥迪。希望我回来时它还在这儿。"

特工连笑都没有笑一下。

他们下了罗比的枪,这并不令人意外。不过没有了枪,在他沿着步行道走向前门时,他还是有一种赤身裸体的感觉。

门口有其他的警卫。罗比又被搜了一遍,好像他能在这十五米的距离内以某种方式得到武器似的。门开了,他被人带到了里面。

时间还早。不过罗比认为,自打二把手被一颗击中前额的子弹夺去生命后,局长肯定是已经起床了。

换成了罗比,也是会失眠的。

他被领进了镶着木墙的书房。里边摆满了书籍,看起来似乎都被主人读过了似的。硬木地板上铺着一块正方形的地毯。桌子的一端亮着一盏银行家用的那种台灯,有把椅子摆放在办公桌的对面。

埃文·塔克局长坐在办公桌后面。白衬衫卷着袖子,深色的裤子,过于挺括的衣领解开着。有杯咖啡放在桌面上伸手可及的地方。

他示意罗比坐下,问道:"咖啡?"

"谢谢。"

护航者消失了,大概是去落实这一要求。与此同时罗比坐到椅子上,打量对面这位中情局的领路人。

塔克看上去比五十四岁的年龄要老,头发已经完全变成了灰白色,腰很粗,双手点缀着老年斑,而最能说明问题的是他的脸:皱纹很多,松弛的双下巴,被大眼袋深深地包围的两只眼睛活像是正在把他活活吞噬下去的袖珍版的排污井,干裂的嘴唇很薄,里边的牙齿发黄,排列很不整齐。塔克看样子不想刻意掩饰自己的老态,而话又说回来,罗比知道塔克面对的是一份很难开怀大笑的工作。

咖啡送上来了。助手走出房间,关上了身后的门。

塔克按了一下办公桌下的一只按钮。罗比听到电源的嗡嗡声突然响起,厚厚的面板滑出来遮蔽了窗户。他看了看门口,也在发生着相同的事情。

这一切很有点詹姆斯·邦德的范儿,但它确实有正当而必要的理由。房间瞬时变成了敏感信息隔离区域。显然,罗比马上要听到的是在隐蔽战线里被视为最高级别的情报。

塔克靠在椅子上,继续盯着罗比。"她一直在与你联系,"他的语气略带指责的意味,"她发给你这些愚蠢的短信,就像是在玩儿某种游戏。她告诉你她并不真想炸碎你的脑袋。全都是胡扯,我相信你是明白的。"

面对局长,罗比没有畏缩,他从不畏缩。畏缩只会涣散人的心智。"我明白。可是我也没办法,您的人说没法追查她的踪迹。"

"他们告诉我她使用的加密手段甚至高于国安局平台的标准。很显然,她早就策划好了。"

"但是如果她不停地给我发短信,那就会给我们提供一些信息。而且在这个过程中她可能出错,事实上我觉得她同我联系就是一个错误。"

"她在和你玩儿智力游戏,罗比。她的确擅长这个,我看过关于她的报告。她善于操控别人,她能够通过她自己的方式获得他人的信任,从而驱使人们为她做事。"

"她竟然想活活把我烧死。这可是获得信任的一种有趣的方式。"

"但是她随即告诉你她很抱歉,就像打篮球说的,没有伤害就不算犯规,而且还让你注意你的身后,与你谈论判断对与错的标准,她尽量想把整个事情扳过来,好像她是无辜的,是被误解了。这真让我恶心。"

"她爱怎么说怎么说。这并不会改变我的任务,对吧?"罗比抿了一口咖啡,然后放下了杯子。

塔克盯着罗比,像是试图判明他的话里是否有一丝的不确定性。"盖德是个好人,道格·雅各布斯也是。"

"您认识雅各布斯?"罗比问。

"不认识。但是他肯定不应该背后挨上叛徒的一枪。"

"是的。"罗比说。

"你和她是同行,罗比,"塔克说,"你要帮助我读懂她的心思。"

罗比没有马上回答,因为他不太确定塔克的要求究竟是什么含意。"在技术的层面上,我可以告诉你她会如何去完成自己的任务。但是我无法告诉你她为什么叛变。我不太了解她,我刚刚被指派干这个。"

"她可不会拖拖拉拉地浪费时间。你也不应该。"

"两个枪击现场我已经都去过了。"

"并且差点撞上联邦调查局负责调查此案的探员,就是后来和你吃饭的那个女人。你不觉得这挺别扭吗?"

"我不是自愿接手这个案子的,先生。而且我也没法控制联邦调查局指派谁来进行调查。"

"继续说。"

"我还去了瑞尔在东岸的那处小房子。"

塔克点点头说:"而且差点被烧死,我看过卫星画面。我认为你需要提升你的游戏水平,罗比,否则她会杀了你。他们极力推荐你,但是我们可不想半道才发现她比你强。"

罗比冷静地评估着眼前这位在布满警卫的漂亮大房子里坐在办公桌后面的男人。罗比知道塔克。他是由一个政客转而从事情报工作的。他从未干过一线特工,从未穿过制服。像雅各布斯一样,他从未出过现场。在别人惨烈地死去时,他只是在卫星画面上远距离地观看着。

罗比知道无人机技术减少了很多伤亡,因为,你不再需要将整个团队派往充满危险的一线。只有那个即将遭遇打击的目标面临着死亡的威胁。然而,有时光靠电脑、卫星和无人机是不够的,这时候就用得到罗比了。于是,罗比便去完成他的工作。而最让他心烦的是,这帮坐在写字台后面的呆鸟竟然认为他们同他做的都是一回事。这可不一样,远远不一样。

"你觉得我这么说不大公道?"塔克的口气居高临下。

"公道不公道和我要做的事儿没什么关系。"罗比答道。

"很高兴听你这么说,这会节省我们的时间。"

罗比环顾了一下四周说:"我们目前处在保密会议室里,先生。也许您可以告诉我,为什么会发生这样的事。"

"瑞尔叛变了。有人策反了她。"

"您认为是谁？局里肯定是有个说法。"

"关于她执行的最后四个任务的情况都已经通报给你了。它们都是在这一年的时间里发生的，我认为答案就在其中。"

"会不会答案就在她没杀的那个人身上？"

"你是指弗瑞德·艾哈迈迪？"

罗比点点头说："有时候最简单的答案才是最正确的。"

"这倒是能解释雅各布斯的死，但是无法解释盖德的死。"

"我们应该深入分析一下。盖德参与了刺杀艾哈迈迪的事情没有？"

塔克看了看四周。他的表情似乎表明这间保密会议室坚固的墙壁程度突然变得不足以承受这次谈话的分量。

罗比说："如果您认为我不应该知道这方面的事情，那我们就不讨论这个。"

"让你卷进来是件蠢事，而且我认为你确实没有资格知道这事。"

"这么说盖德确实参与了这件事？"

"据我所知——"塔克开始说。但是罗比像是指挥交通的警察似的举起了一只手，他现在的感觉的确是这样。

"恕我直言，先生，这种开头让我感觉很不好。您不是在国会做证。您要么对我说清楚，要么就啥也别说。"

"盖德负责秘密行动，但他没有直接参与艾哈迈迪的事儿。"塔克说着坐直了身子。他对于罗比似乎有了一些新的认识。

"如果我们放下艾哈迈迪策反瑞尔的可能性。还应该从什么角度进行调查呢？我们需要搞清楚雅各布斯和盖德之间的关联性。"

"你有没有想过，瑞尔收拾局里的个别人，可能只是因为她的心理扭曲和个人恩怨导致的行为？她与雅各布斯共事，可以很轻松地给他设套,于是他死了。盖德是二把手,她连带着把他也干掉了。这确实给局里带来了灾难性的损失,同时也帮助了我们的敌人。也许除此之外并没有什么更深层次的理由。"

"我不这么想。"

"为什么?"塔克厉声问道。

"一般人可能会这样,但是瑞尔却不是一般人。"

"我不认为你有那么了解她。文件上说你已经有十多年没和她接触了。"

"这是真的。但是当年我和她的接触十分深入。在那样一种环境下你了解一个人会很透彻,就像你用一生去了解的一样。"

"人是会变的,罗比。"

"是的,人是变化的。"

"那么你究竟是什么意思?"

"她有一个计划,而且这是一个出于她自己的计划。"

"你凭什么这么想?根据你的直觉?"

"如果她是在别人的指派下杀人,她就不会同我联系。这类行动的基本规则不允许她这么做。她的雇主会对她进行监控,就像你监控我的通信一样。她不会冒这个险,我认为这是她的个人行为。"

"她可能是在耍你,想让你乱了方寸。她是一个有吸引力的女人,她的行动记录表明,她在过去曾经动用她所有的资本成功地完成了自己的任务。你别陷进去。"

"我也想到了这一点,先生。但是这还是说不通。"

"如果她有一个计划,会是什么呢?我们说来说去只是在兜圈子。"

"我还有更多功课要做。盖德和雅各布斯之间的关联点,就是我要着手调查的内容。"

"如果他们之间确实有关联的话。"

"我想说一句提请注意的话,先生。"

塔克看看他说:"我听着呢。"

"瑞尔的刺杀目标从底层一步就跨越到了高层。她可能是想通过这种大跨度的回旋动作来迷惑我们。"

"这就意味着她还有更多的刺杀目标。"

"我对此没有任何疑问。"

"我倒希望你错了。"

"我不这么想。"

"你说过要讲一句提请我注意的话。"

"如果她决定接着向局里的更高层下手怎么办?"

"上面就剩一个了。那就是我。"

"对。"

"我有安保措施。"

"吉姆·盖德也有。"

"我的安保级别更高。"

"而杰西卡·瑞尔的能力也很强。"罗比答道。

"她的能力恰恰是这个国家赋予她的,现在她却用来对付我们,真他妈的是个讽刺。"塔克抱怨道。

"你们还给了她另外的一种素质,先生,这是她所拥有的一种最重要的素质。"

"那是什么样的素质?"

"胆识。大多数人都以为他们自己具备这种素质,但是他们几乎都错了。"

"你也有那种素质,罗比。"

"我现在恰好需要使用它。倾我所有。"

第十七章

清晨的这个时分,开车回公寓只花了罗比大约三十分钟的时间,可是他却感觉像是用了三十个小时。

他思绪万千。

他曾对塔克说的和塔克对他说的那些话搅得他的脑子像一团糨糊。他实在不明白与局长的这次会面究竟意味着什么。

瑞尔的短信使得罗比确信,所有的事情是她一个人干的。她确实是在单打独斗。一个杀手不应该在她的对手死里逃生以后还说她多少为此而感到高兴。很明显,她是在试图影响罗比对事情的看法。她含蓄地提到如何判断事情的对与错、提醒他注意自己的背后等等,这都属于典型的操控手段。她想让罗比在对自己的任务和对局里的忠诚上都产生动摇。她在这方面做得挺棒,毫无疑问。

罗比和瑞尔受过相同水平的训练。他们两人出自同一个系统,同一支团队。他们有着基于同样的专业之上的同样的处事原则。然而他们又是不同的。罗比从来也不会想过给这样一个对手发短信,一般情况下他都是直接去实现自己的目标。这是否和他们的性别差异有关,他不知道也不在意。他们之间的差异是真实存在的,这才是最重要的。

也许是瑞尔变了,也有可能她一直就是这样。

他回到自己的公寓楼,把车停在地下车库,乘电梯上到了自己的楼层。他先是查看了走廊里有无异常,然后开了门锁,在操作面板上按了几下解除警报代码。

他沏了一壶咖啡,做了一只花生酱蜂蜜三明治,然后坐在了客厅里靠窗的位置上。他喝着咖啡,吃掉了三明治,看着外面如注的大雨。即使是在晴天,这座城市高峰期的路况也是可悲可叹的,不难想象,在泼向车窗的倾盆大雨之下,此刻那些湿滑的街道上车辆拥堵的状况该有多么糟糕了。

他把手伸进口袋,掏出了那个小小的白色物体。虽然它在口袋里变得更加破碎,但它仍然存在。他需要搞清它到底是什么,他在两个杀人现场都发现了这种东西。

发现一个,可能是出于偶然。而出现两次,就是一种模式了。

如果它是瑞尔留下的,那一定有什么原因。

他倒上第二杯咖啡,坐在桌子前敲击笔记本电脑的键盘。道格·雅各布斯的生活经历就像是洒在试纸上的血迹一样在屏幕上蔓延着。

对外行人来讲,这是一种有声有色的生活,然而按罗比的标准,它却相当平淡。雅各布斯只是一个分析员,后来成了一个执行任务的协调人。他从未代表他的国家开过一枪。直到死于非命,他从未在工作中受过伤。

不过他杀了很多人——通过远距离的遥控,让罗比这样的人在现场扣动扳机。这没什么不妥,罗比这类人需要有雅各布斯这样的人来帮助完成任务。

在过去三年里,瑞尔与雅各布斯共有过五次合作。配合默契,没有任何问题。所有的刺杀目标都被消灭了。瑞尔安全回家,准备再次出征。

他不知道这一对搭档是否见过面,记录里没有任何记载证明他们见过。这不奇怪。罗比就从未见过他的任何一位协调人。局里的规定如中国的长城般牢不可破。伙伴之间彼此知道的越少,万一被捕受刑时能告诉敌人的就越少。

罗比并不关心雅各布斯的个人生活。然而由于事关瑞尔的职业生涯,罗比在关注雅各布斯的同时,也不得不了解一下他的个人经历了。

那些任务完成得都很成功,没出现过什么纰漏。然后,瑞尔从后面给了雅各布斯一枪。此时的她本应在中东执行任务,去干掉一个美国无法容忍其掌握权力的家伙。

在雅各布斯的文件里一无所获。于是罗比又打开了吉姆·盖德那份容量要大得多的数字文件。

盖德一生都是公职人员。他的职业生涯始于军队,也是在情报部门。他晋升得很快,被视作埃文·塔克局长可能的继任者——除非总统从政治上考虑,任命一位根本不知情报为何物的国会山傻帽。

埃文·塔克代表局里的公众形象,他们这个机构也的确需要这么一副面孔。与前任们相比,塔克亲力亲为的时候更多,但是组织和指挥具体行动的还是盖德。

罗比想知道会是谁取代盖德。看到他的下场,还会有人愿意干这份活儿吗?

罗比一切从头开始,自盖德尚未加入情报局、仍在海军服役的阶段入手,一步一步地查看他的历史。此人有过辉煌的职业生涯,罗比不得不对他尊敬有加。

他看完文件,靠回椅背上。

为什么杰西卡·瑞尔要杀掉他呢? 如果是个人恩怨,那又会是什么呢？罗比找不到瑞尔和盖德之间的任何联系。就像埃文·塔克说的，盖德除了正式批准这项行动外，并没有直接插手刺杀艾哈迈迪的具体步骤。罗比也没找到能够证明盖德曾与瑞尔有过直接或间接工作关系的任何证据。

他按键退出文件，可是一声炸雷分散了他的注意力，使他无意中碰到了其他按键。他刚才阅读的页面瞬间改换了格式，页眉、页脚和其他莫名其妙的电子字符四下乱串。

该死。

他无法调整页面。这是一份只读文件，他当然无法改变。

他又敲击一些按键，试图退出这种可能是偶然出现的新格式，但是看来没有效果。他正要再次尝试时，低头看到了页面的底部有一小行很不显眼的字体，微弱到只有调整台灯才能看得清楚。是括号中的几个字：

（已删除）

罗比盯着这行颜色淡淡的字，就像它是出现在屏幕上的幽灵。

禁不住又要骂一声该死。

他立刻翻回盖德这份文件的前面部分，共发现了二十一处（已删除）。

他重新找出雅各布斯的文件，键入相同的密钥组合。这次他发现了十九处（已删除）。

他靠回椅背。

他预先估计到对这些文件会有一些审查处理，但是他们事实上是对文件重新进行了电子编辑。这里所说的"他们"，可能是某些身份不明的人，也可能是从塔克往下的整个机构。

他打开瑞尔的官方文件，执行了相同的按键操作后，发现其中同样到处都是（已删除）标记。

他们要我调查这件事,却同时捆住我的手脚。他们欺骗我,不告诉我事情的全貌。

他抓起手机想打给蓝人,但又停住了,手指悬在键盘的上方。

他们上次通话时蓝人听起来有点不对劲。他本来想让罗比回局里去,表面理由是罗比的烧伤可以在那里得到治疗,然而后来他却给了罗比另一个地址,使得罗比不禁怀疑自己的烧伤是否真的是蓝人最关心的事情。

罗比感觉显然有些事情不大对头。

他站起来走到窗前,凝视着外面的雨,仿佛糟糕的天气能够以某种方式理清他的思绪。

天气没能发挥这个作用,不过也可以说部分地发挥了这个作用。

它的作用在于,罗比望着大雨下决心去见见蓝人。但是罗比不会提起他刚刚发现的情况,他要观察一下事态的发展,看看蓝人是否会提起这件事。他想知道,除了把这项行动交代给自己以外,蓝人是否还另有安排。要是在昨天,这种想法还是不可思议的。但是罗比刚刚在屏幕上看到的东西,在昨天也是不可思议的。

想到瑞尔的时候,他的思绪就更乱了,他对有关瑞尔的事情开始产生了怀疑,严重的怀疑。

不是出于个人恩怨。这是她的话。

然而不知怎的,罗比已经逐步认定,这个女人的做法带有强烈的个人情感色彩。如果真的是这样,他就应该找出其中的原因。

第十八章

驶出车库时,罗比听到手机响了。他看了一眼屏幕,不由得发出叹息。她打来过很多次电话,他都没有接听。他希望她不要再打来电话,她却似乎没有理解这种暗示。

他忍不住冲动,摁下了接听键。"喂?"

"你到底在玩儿什么把戏,罗比?"

茱莉·盖蒂的口气听着与他们的最后一次谈话是一样的。对他有点不高兴,还有点不信任。噢,比那严重,这次她听起来真的是对他很不高兴,很不信任。

罗比确实不能怪她。

"我不大明白你的意思。"

"我的意思是,当有人给你的语音信箱留了二十六通留言,那也许就是一个她想和你谈谈的标志。"

"你的日子过得怎么样?"

"糟糕透顶。"

"当真吗?"罗比小心地问道。

"不,不是真的。杰罗姆这个人就像是广告上宣传的那样,事实上也许是太好了。我觉得我就像是与寡妇道格拉斯一道生活的哈克

贝利·费恩①一样。"

"我不会为此而责怪杰罗姆。人们常常对于那种正常的却也是有点枯燥的生活给予了过低的评价。"

"如果你给我回电话,你就会知道我的一切情况!"

"我很忙。"

"你不敢同我联系,把我撇一边了,这你心里明白。我甚至去了你家,可是你搬走了。我去过那里五次,每次都等了好几个小时,后来才弄明白了。于是我就一直在讣告栏里找你的照片,因为我相信,你不是一个食言的人,如果你没联系我,就说明你肯定是死了。我就差没往地狱打电话试试了。"

"听我说,茱莉。"

小姑娘大声喊道:"你答应过我。通常我才不拿这类的承诺当一回事,但是我信任你,我真的很信任你,可是你却让我很失望。"

"你的生活中不需要我这样的人。我觉得过去的事情已经向你证明了这一点。"

"过去的事情表明你是个说到做到的人。是你现在变了。"

"都是为了你好。"罗比说。

"为什么不让我自己来决定什么事情才对我好呢?"

"你才十四岁,你不应该做这样的选择。"

"那是你说的。"

"你可以恨我、骂我,认为我是一堆狗屎。但是只有这么做才是最好的。"

"用不着我认为什么,你就是一堆狗屎。"

---

①见马克·吐温小说《哈克贝利·费恩历险记》。过惯了自由散漫流浪生活的哈克贝利,突然间成为寡妇道格拉斯的养子,成天穿着笔挺的衣服,学习没完没了的清规戒律。

电话挂断了。罗比把手机扔在车座上。

他不应该感觉不好,他真的不应该。他对茱莉·盖蒂说的一切都是真心话。

那为什么我觉得自己是这个世界上最大的混蛋呢?

在离公寓有半英里的地方,罗比停到路边下了车。他推开一家花店的门走了进去。马上有一股强烈的香味袭来,如果他患有过敏症就该立刻打喷嚏了。

他走向柜台,那里有一位年轻的女售货员。她转过身来,罗比掏出他拾到的白色小碎瓣放在了柜台上。

"我知道这是个奇怪的问题,"他说,"您能告诉我这是什么花吗?"

年轻女人低头看着残破的碎花瓣说:"这算不上是一朵花,先生。"

"就剩下这点残留的东西了。"

她用手指碰碰它,又把它捻起来放在鼻子下面闻了闻,然后摇摇头说:"不知道。我在这只是兼职打工的。"

"有谁能帮帮我吗?"

"稍等。"

她走进了后面的一道门。过了一小会儿,一个戴眼镜的女人走了出来。她上了些年纪,有点儿发福。不知为什么,罗比认定她就是这家花店的老板。

"需要帮忙吗?"她礼貌地问。

罗比重复了他的问题。那个女人拿起残留的花瓣靠近眼前,摘下眼镜仔细查看,接着又闻了闻味儿。

"白玫瑰。"她不容置疑地说。她指着花瓣上的一处痕点说:"你可以看到这里有一道粉红色,而且它有一种强烈刺鼻的香甜味道。

和它相比,普朗夫人玫瑰是纯白色的,有不同的香味,至少一个懂玫瑰的人是可以辨识的。我有一些从卡里尔运来的这种玫瑰的存货,如果你想看看的话。"

"下次吧。"罗比顿了一下,想着这话该怎么说,"人们为什么会买白色的花呢?我的意思是,它用于什么场合?"

"哦,白玫瑰是传统的婚礼用花。它们象征着天真无瑕、纯净贞洁,就是这类的含义,你懂的。"

罗比瞥了一眼旁边那位年轻的女人,发现她转了一下眼珠。

"不过,有件事倒也有趣。"年龄大的女人说。

罗比的注意力转回了她的身上,问道:"您指什么?"

"嗯,白玫瑰也常常用于殡仪服务。它们代表了平和、宁静、灵爱之类的东西。"她低头看了看罗比带来的花瓣,手指触在粉红色的痕点上说,"然而这里还有一种含义,我可不会认为它与平和宁静有什么关系。"

"您指的是这块粉红的颜色吗?它有什么含义呢?"

"噢,有些人认为,它代表的是与和睦相爱截然相反的东西。"

"那是什么呢?"

"鲜血。"

第十九章

罗比离开花店继续上路了。他要考虑的事情很多,而且他很生气。两处现场都有白色的鲜花,不,准确地说是两处现场都留下了花的残瓣。局里不仅仅是在交给他的文件里做了手脚,他们还清理了刺杀现场并且带走了瑞尔有意放在那里的白玫瑰。只不过,他们漏掉了两片花瓣。瑞尔在短信里提醒罗比注意自己的身后。她的意思是这件事情里还有别的名堂。此刻他觉得瑞尔的提醒还是有道理的。

按照蓝人给他的那个新的地址,罗比到了华盛顿特区西部的弗吉尼亚州劳登县。这里是马匹的王国,在长达数英里的那些围栏后面,一幢幢宽敞气派的马厩和相对不那么起眼儿的住宅混杂在一起。散布在这一带的小镇都建有高档的购物中心和餐厅,它们为那些自诩为乡绅的富人们提供服务。除此之外还有一些向人们出售农作物种子和马鞍等必需品的商店。

罗比终于转入了一条砂石小路。路两侧是茂密的松林,由于铺满了树上落下来的松针,地面变成了橘黄色。小路的入口有一块标志牌,警告不相干的人们不要转进这条小路。

他来到铁闸门前边。两个身着迷彩服、手持 MP5 冲锋枪的警卫站在那里。他们对罗比和他的车进行了搜查,并向里边确认了他的确是被这里召唤来的。铁门沿着轨道滑开了,罗比的车开了进去。

院子里有一幢单层建筑,看着像是一所资金实力雄厚的社区学院。

他停下车,走到前门按响了门铃。一位穿着老式藏蓝色套装的女人把他带了进去。她的臀部旁晃着一张保密认证卡。罗比注视着那个部位。女人抬眼看到罗比的目光,告诫道:"如果是我,就不会试图记住它的。"

"我从来不记这类东西。"罗比答道。

女人关上门走了。他被留在了一间消过毒的医务检查室里。罗比估计这道门是自动上锁的,因为他认为这里的人们不会让他独自一人跑到大厅里东游西逛。

一分钟后门开了,另一位女人走了进来。她身材苗条,不到四十岁,长长的黑发拢到脑后梳成了马尾辫,戴眼镜,涂了唇膏,穿着一件医生的白大褂。

"我是卡琳·闵楠医生,罗比先生。我知道你受伤了。"

"不是很严重。"

"伤在哪儿?"

"胳膊和腿上。"

"脱了衣服躺到台子上,好吗?"

她取出了一些诊疗器械。罗比脱掉了外套、衬衫、裤子和鞋躺在了台子上。闵楠坐在带有转轮的凳子上靠近了他。

她看着烧伤的部位,眉毛一挑,问道:"你认为这还不严重?"

"我毕竟还活着。"

她继续检查着,说道:"我猜你在这方面的标准和大多数人有所不同。"

"我想是的。"

"伤口是你自己清理的?"

"是。"

"处理得不错。"她说。

"谢谢。"

"可还需要进一步的处置。"

"所以我来这儿了嘛。"

"我还要给你开些药以防感染,同时要打一针。"

"只要你认为有必要。"罗比答道。

"你是一个很配合的伤员。"

"到这儿来的还有不配合的吗?"

"那倒不是。不过我并没有一直在这里工作。"闵楠说。

"以前在哪儿?"

"创伤中心。华盛顿特区东南部。"

"那你一定见过不少枪伤。"

"是啊,我见过的。说到这,你身上也有枪伤。"她来回看着罗比的两处枪疤,用手指触到胳膊那一处问道,"九毫米子弹?"

"严格说是357左轮枪,枪手用的是杂牌货,所以第二枪卡壳了。不然我可能就不会和你在这儿聊天了。"

她瞟了他一眼问道:"你执行任务时总是很幸运吗?"

"几乎从来不靠运气。"

"这同运气关系不大,是不是?"

"我几乎从来不靠运气。"他重复道。

接下来的一个小时里,她彻底地清洗和包扎了罗比的伤口,又说:"我需要在你的臀部或者胳膊打上一针,会有点儿疼。"

罗比立刻伸出了左臂。

"你习惯用右手,我想是这样。"

"是的。"他答道。

她把针头刺进罗比的胳膊,推下注射器的芯杆。"一会儿到药局去拿瓶药,按说明服药。你确实很幸运。你差点就应该植皮。不过如果不做整形手术,你的皮肤可能不会愈合得很好。"

"没事的。"

"我想我不会再见到你了。"

"你在这儿也负责验尸吗?"

她看起来吃了一惊,问道:"不负责。为什么这么问?"

"那你大概就不会再见到我了。"

罗比穿好了衣服又问道:"你能告诉我接着我该去哪儿吗?"

"会有人来引导你。在这儿没有多少我可以随便出入的地方。"

"你喜欢来这样的部门工作吗?"

"你喜欢吗?"她反问道。

"我每天都向自己提出这个问题。"

"答案呢?"

"在不同的日子里,答案也有所不同。"

她掏出了名片。"上面有我的联系方式。烧伤是不能掉以轻心的。你真的需要充分休息。我应该限制你从事剧烈运动、出门旅行以及……"在罗比的目光下,她的声音变得越来越小,问道,"这些话说了你也做不到,对不对?"

他接过名片说:"谢谢你的治疗。"

她走到门口,又转过身来说:"不论是否有用,我还是祝你好运。"然后她就消失了。

罗比在原地等了五分钟。

门开了。蓝人站在那里。西装革履,头发一丝不乱。脸色却不怎么样。罗比看得出,蓝人的情绪很糟糕。对罗比来说,这意味着自己要去适应事态的新变化。

第二十章

杰西卡·瑞尔又开始了新的行动。她从不喜欢原地踏步得太久。她先乘出租车,接着下车步行。她喜欢步行。坐在出租车里你会丧失部分的行动自主权。这是她所不喜欢的。

天气比昨天冷。雨下过又停了,但是天还阴着,感觉很潮湿。不是那种闷热的潮湿,而是冷森森的那种。她很庆幸自己穿了长风衣,戴着帽子。还戴了墨镜,尽管光线并不强。

那辆车子驶进了这条街。一辆新款的绿色捷豹敞篷车。开车的是个男人,不到五十岁,头发很短,留着一撮灰白的山羊胡。

他是杰罗姆·卡西迪。他战胜了自己的酒瘾,也克服了许多困难,变为了一个白手起家的百万富翁。他的成功能让人们学到很多东西。但是,坐在他旁边的那个人才是瑞尔真正关心的。她十四岁,看上去更小,头发乱蓬蓬的。

汽车停住了,她下了车。瑞尔看见她穿着带有窟窿的牛仔裤、便宜的运动鞋,上身是一件运动衣,肩上背的大书包看上去和她的体重差不多。茱莉·盖蒂的样子,就是一个标准的城市中学生。

这两个人说了几句话后,捷豹车开走了。

瑞尔知道,杰罗姆·卡西迪深爱着茱莉,就像是父亲爱自己的孩子，尽管他们近来才刚刚认识。

瑞尔已经把卡西迪置于了脑后。她的注意力集中在茱莉身上。

她首先观察周边的情况。她估计那些人一时还想不到茱莉会在这里，但是这种事谁知道呢。

她没发现有人监视茱莉。如果有的话，她相信自己是能察觉出来的。瑞尔从口袋里摸出手机，拍了茱莉的几张照片，又把她正在走进去的学校拍了下来。

这里三点十五分放学。她知道茱莉回家时不坐捷豹，而是乘公交车。瑞尔将在三点十分回到这里来。

茱莉的身影消失在了学校的大门里面。瑞尔转身沿着人行道离开了。

当杀手的有时候喜欢返回自己的作案现场。这就是她今天早晨要做的下一件事情。吸引她的不是那个现场本身，而是因为她知道某个人肯定会在那里。

到地方后，瑞尔发现路障已经被拆除了，只是相关的两幢楼房仍然拦着隔离带。

瑞尔走进一家小店，买了咖啡和报纸。她出来坐到外面的椅子上看报纸喝咖啡，等待着那个人露面。

一个小时后，那个女人从楼里出来了。瑞尔的咖啡早就喝完了，报纸也读过了。此刻她只是悠闲地坐在那里打量着街景，或者说是看起来如此。

那个女人出现的时候，瑞尔显得无动于衷。

妮可·万斯与手下一个探员说了些什么，又在一份文件上签了字。她朝街上迈了几步，抬起头长时间打量射出了子弹的那幢楼房。接着，她又回过头凝视雅各布斯咽气的另一幢建筑。

瑞尔知道万斯的工作很出色。她相信这个女人大概已经收集了在这两处地点所能发现的所有证物。她会认真分析证据,努力寻找杀手。然而万斯不会找到杀手。不是由于她不够出色,而是因为这不是警方能够解决的那种案子。

瑞尔知道,要么是追踪她的人抢在警察之前先解决了她,要么是她完成自己要做的事情并从此销声匿迹。

瑞尔没那么多好怕的。她不担心警察,不担心联邦调查局,也不担心超级探员万斯。

让她有所忌惮的,是自己的前雇主中情局。

是威尔·罗比。

但是瑞尔最害怕的是不能完成自己的使命,因为这个使命将定义一个真正的她。

瑞尔假装打电话,用手机拍了一些万斯的照片。

她知道万斯的住址。亚历山大市的一套公寓房,离华盛顿很近。万斯住在那儿有相当一段时间了。从未结过婚,甚至从未和结婚的事搭过边儿,她从事的职业看来就是她最完美的灵魂伴侣。

不过显而易见,她喜欢罗比。

这也许有助于瑞尔,而对罗比造成伤害。

瑞尔把事情梳理了一遍。罗比烧伤了,这意味着他会在局里某个地方接受治疗。吉姆·盖德死了,所以罗比几乎肯定要被地位在盖德之上的人召见。那就是埃文·塔克。

瑞尔乘出租车来到赫兹租车行。她开着租来的车汇入了大街的车流之中。她的脑袋里思考着那个十来岁的小女孩和那个联邦调查局的女探员将要遇到的事情。瑞尔打算做的事谈不上很正当,然而当一个人没有其他选择时只好这么做。

她的车开到了弗吉尼亚州一幢颇为宏伟也相对较新的建筑前面。这是法院大楼。

按说,这里应该是正义得以伸张的地方,这里应该是谬误得以纠正的地方,这里应该是罪恶得以惩罚的地方,这里应该是无辜者得以昭雪的地方。

瑞尔不知道现在是否还能把法院看成是这样一个地方。她不是律师,不明白律师和法官面对的那些纷繁复杂的事情。

但是,她明白一件事。

选择,总是伴随着后果。

这幢建筑物里的一个人做出了某种选择,而她的到来恰好就是那个选择的后果。

她等了一个小时。车停在街上,发动机没有熄火。这周围几乎没有停车的地儿,她很幸运地挤进了一个空当,她不想放弃它。

云层在逐渐变厚,几粒雨点飘落在风挡玻璃上。她没有注意到这些,注意力全在法院大门前的台阶上。终于,门开了。有四个男人走了出来。

瑞尔只关心当中的一个。在四个人里他的年纪最长,他应该更睿智才对。但是,智慧也许不一定随着年龄而增长,至少就这个人而言是这样。

他一头白发,身材高大,修饰得体,晒得黝黑的脸庞,一双不大的眼睛。他与其中一个人说了什么,他们都笑了起来。他们在台阶下面分手了。白发男子走向左边,其他人向右。

雨丝变得密集了,这个人撑开了雨伞。他叫塞缪尔·肯特,他的亲友称他山姆。他是个资深的联邦法官,娶了一个有钱人家的女儿。他妻子的信托基金使他们的生活日益奢华。他们在纽约有公寓,在亚历山大古城有一幢十八世纪传下来的富有历史意义的别墅,在弗吉尼亚州的米德尔堡还有一个马场。

一年前,美国最高法院首席法官任命塞缪尔·肯特出掌外国人情报活动监测法庭。它是联邦法院系统当中保密程度最高的一个机构。它在绝对机密的状态下运行,总统无权过问,国会同样无权过问。它从不公布自己的裁定结果,不对任何人负责。它的唯一职能就是准许或拒绝发放监控外国特工在美活动的许可令。这个法庭只有十一名法官,塞缪尔·肯特很高兴成为其中的一员。而且,他从不拒绝任何要求发放监控许可令的申请。

瑞尔盯着肯特走在街上的身影。她知道肯特的玛莎拉蒂敞篷车停在法院车库里一个安全的地方,显然他此刻不打算开车到某处去。他在城里的住宅和位于老城区的联邦法院旧址仅仅相隔着步行的距离。原来的联邦法院大楼如今交给了破产法院。但是从联邦法院目前这个新址,要走回他的家就太远了。坐地铁要两站,不过瑞尔认为他不会乘公共交通工具,因为他看上去不像是能够与普通市民打成一片的那种人。在这个时间走在街上,瑞尔估计他是要去附近餐厅吃点东西。

她驶上街道尾随着这个法官,保持着不会引起注意的距离。

瑞尔心里有自己的名单。其中的两个名字已经划掉了。

法官肯特列在名单的第三位。

她已经完成了在情报机构的事情,现在该转移到司法部门了。

尽管是白天,肯特独自出门却是非常愚蠢,瑞尔这样想。他肯定已经知道了盖德和雅各布斯的死讯。

如果他知道了,他就应该意识到自己也会在名单上。

如果他没意识到,瑞尔想,他就不是她所想象的那样一个强有力的对手。

然而我明白,情况并非如此。

事情有点怪怪的。她瞥了一眼后视镜。杰西卡·瑞尔突然意识到自己犯了一个代价昂贵的错误。

第二十一章

"你看着就好像指望不上退休金了似的。"并排走在走廊里的时候,罗比对蓝人这么说。

"有可能指望不上。不过,这倒不是我现在不高兴的原因。"

"我不认为他们能够剥夺联邦雇员的养老金。"

"可惜我们不是农业部。我们心里有气的时候也无法在《华盛顿邮报》发篇专栏文章。"

"我们这是要去哪儿?"

"谈一谈。"

"你和我?"

"不是。"

"还有谁? 我已经和一把手埃文·塔克谈过了,二把手已经死了。"

"我们有新的二把手了,至少是暂时代理的。"

"好快啊。"

"永远不要以为到了必要的时候官僚体系还会慢吞吞的。"

"他是什么人?"

"她。"

"好啊。很高兴看到中情局在进步。她叫什么名字?"

"我肯定她会做自我介绍的。"

"你不能告诉我是因为……"

"新规矩,罗比。每个人都在摸着石头过河。"

"新规矩?由于雅各布斯和盖德的事情,我们立了新规矩?"

"不仅是因为他们,不仅仅是。"

"还因为什么呢?"罗比问。

"我相信你会听到解释。"

罗比没有问下去。很明显,蓝人没有心情回答。而且向蓝人提出现场的证物出现移动、玫瑰被人拿走等问题也不相宜。罗比不知道这位临时的二把手是不是一个可与之讨论这些问题的人。

大厅尽头的一道门开了。罗比被人引导进去,蓝人关上门离开了他。罗比进来后环视这个房间,面积很大,家具很少。一张圆桌和两把椅子。一把椅子空着,另一把椅子不是。

这位女子五十多岁,大约一米六五的身高,身体健壮,脸上布满了皱纹,灰白的头发披到了肩膀上,一副又大又圆的眼镜把她丰满的脸庞遮去了许多。她看上去像是高中里一个最聪明的女生,只是衰老得太厉害。

罗比不认识她。这里毕竟是一个秘密机构,不会为它的人力资源做广告宣传。

"请坐,罗比先生。"

罗比坐下了,解开外套的纽扣,把两只手放在腹部。他不打算先开口。是她召见的他,由她来开场吧。

"我是珍妮特·迪卡洛。我接替了盖德先生的职责。"

不是"已故的盖德先生",不是"不幸的盖德先生",不是"被谋杀的盖德先生"。显然她顾不上表示悼念之情。

"我听说是的。"

"我已读过有关的文件,也了解了你最近的那次行动。"

罗比想说,你的意思是我出的岔子。

有点儿不对头。罗比奇怪为什么要对自己来这种组合拳。先是在塔克家里,现在又是这位新头头。他们事先合计好了吗?

迪卡洛隔着大大的桌子盯着他,问道:"伤得怎么样?"

"处理过了。"

"好悬啊。"她说。

"是的。"

"我看到卫星画面了。换了别人我想就不会活下来了。"

"可能不会了。"

"你目前没发现太多的线索。"

"我正在努力,这需要时间。"

"但是我们的时间不多了。"

他说:"这么说吧,您手下的人把事情弄得更麻烦了。"

她俯身向前说道:"哦,也许我可以让事情变得简单一些。我们谈谈杰西卡·瑞尔,好吧?"

"谈她什么?"

"在她的事情上,我想我可以帮助你。"

"我听着呢。"

"你需要听得非常仔细。"迪卡洛说。

"我是的。"

"我在目前这个时候被提升到现在的位置,是有原因的。"

"我愿意洗耳恭听。"

"我可以告诉你有关瑞尔的一些事,这也许会对你是有用的。"

"这话怎么说?"

"我过去训练过她。"

第二十二章

瑞尔没做别人在这种情况下显然要做的事情。就是说,她没有选择向前加速或是别的什么方式逃之夭夭。她迅速分析了现场条件后,确定了一个最佳的生存方案。

是两辆车。一辆SUV,一辆轿车,都是黑色的,车窗都贴着膜。瑞尔明白里面坐满了手持武器的家伙。毫无疑问,他们之间保持着通讯联系。

仿佛是一场国际象棋比赛,她预判了下面的四步棋,捋清了每一步的相互关联,确信是采取行动的时候了。

她仍然没有加速,也没有拐进侧街,这些一定都早在他们的预料之中。她很冷静,看看后视镜,看看湿滑的街道,看看周围的车流,最后又瞟了一眼走在街上的法官肯特。

她默数三,脚下猛地一踩。踩的不是油门,而是刹车。

车后轮冒出一股黑烟。后边的车辆纷纷打舵闪避。

她又数了三下,然后踩下了油门。不过,是倒车。

她疾速地向后倒,径直朝着后面的轿车和SUV倒了过去。

她似乎能听到两部车上袭击者之间的通话:她想撞我们,把我们的车搞残。

她的后车轮朝着体量较小的轿车车头的格栅撞了过去。这是双方意志的较量,是看谁先眨眼的游戏。

怯阵的是轿车。它不由得向左一躲,闪开了。瑞尔的车尾现在对着的是后面那辆 SUV 了。

瑞尔想象得出他们的再次通话。

体量大得多的 SUV 将迎战瑞尔的撞击,轿车躲在一旁。她似乎看得到 SUV 里的人正在检查安全带,做出相撞的准备。撞过后,由轿车里的人对瑞尔下手。

SUV 不具备小型车的灵活性,尤其是当方向盘后面坐着瑞尔这种训练有素的人的时候。

她把时机拿捏得很准。她没有直接用车尾撞向 SUV 的车头,而是倏忽一闪,让 SUV 擦身而过,接着猛打方向盘,车尾在瞬间扭过来刺进了 SUV 刚刚驶过的路面。现在是她的车身一侧朝向了 SUV 的尾部。她一边拔出手枪,一边用胳膊肘压下了车窗按钮。

人们通常以为,向后倒车的车辆若要对抗向前行驶的车辆,自然会显得笨拙、处于下风。但是问题在于,瑞尔的倒车是出于自己意愿的一种有目的的移动,而那两辆黑色 SUV 和轿车却不是,因为他们想转回瑞尔所在的地方,可是车头却朝着相反的方向。

瑞尔迅速把枪伸出车窗,瞄准,射击。SUV 的后轮胎爆了,胎面撕裂,一些碎片迸落在街道上。黑色 SUV 突然转向一侧,同那辆黑色轿车撞到了一起。

两辆车都趴窝了。瑞尔踩下油门,快速转动方向盘,转了一个完美无瑕的 J 形弯,车头对准相反的方向开走了。这套一气呵成的车技,哪怕是白宫的特勤处也得给她打满分。

她又踩了一脚油门,转入一条小街消失了。

五分钟后,她把车弃在路旁,开始步行了。她带着一只专为这种情况准备的小包,里面装有一些衣服和其他必需品。没有必要擦掉车上的指纹,因为她一直戴着手套。

她钻进附近的一个地铁站登上了一列地铁。几分钟之后她已经离那两辆车,离那个本应解决掉的联邦法官,离那个她差点丧命的地点有几英里远了。

尽管今天她成功地摆脱了那些人的围猎,瑞尔还是给自己打了一个不及格。理由很充分。瑞尔对自己的评判一直很严格,今天她甚至是苛刻的。她至少犯了五个错误,其中任何一个都可能置她于死地。

置我于死地。

还有,她不得不再次变换自己的身份。

这些人已经认识了她的车。他们会顺藤摸瓜,找到租车行。他们将查出她租车用的名字、信用卡号和驾驶执照。其中的任何一样东西都会给他们提供搜寻她的抓手,所以现在这些对她都没用了。

幸运的是,她对这种局面早有准备,留了后手。但她没料到这些东西这么快就废了。这显然是个挫折。

更关键的是,法官肯特这会儿该充分地警觉了。

令人遗憾,对方现在占了上风。

她乘出租车去了银行,打开了一个用刚才那个可能已经暴露了的身份租用的保险箱。里边存放着她现在需要的备用身份证件、信用卡、护照及其他文件。她尽可能快地取出了这一切,因为那些人可能已经在路上了。

她离开银行,走到出租车停靠站。她不能住在这家银行旁边的旅馆,那样他们会很容易找到她。她乘上车又到了另一个出租车停靠站,下车后排队等待别的车辆。她没有上第一辆出租车,仔细观察了驶过来的第二辆后才上车。

她对驾驶员说了市区另一头的一个地址。下车后,她又顺着来路往回步行了一英里。

瑞尔知道,对外行人来讲她的这些防范措施似乎太过了,然而在她生活的领域这是必不可少的。

她用新的身份住进了又一家旅馆。来到房间后,她从包里掏出了几样东西。她坐在靠窗的桌子旁,擦干净手枪后装满了子弹,同时观察窗外是否有车窗贴膜的黑色车辆驶过来。

少顷,她瞥了一眼自己的衬衣袖子。

她刚才没能毫发无损地摆脱险境。子弹穿过她的衣袖,灼伤了她的皮肤,接着嵌入了副驾驶一侧的车门。

她卷起袖子看了看伤口。炽热的子弹在她的皮肤上灼出了一道伤痕。她对这点伤并不担心,与她以往执行任务时留下的伤痕相比,它简直算不得什么。

她估计威尔·罗比在执行任务时也会留下伤疤作为纪念品。感谢她在东岸布下的口袋,他如今应该添了些新的伤疤。如果他们俩有朝一日面对面交手的话,她希望这些伤会让他变得有点迟缓,从而使她占据优势。

她看了一眼手表。她很快就该走了。她需要按时到达学校。

不过,眼下的瑞尔还是望着窗外淅淅沥沥的雨。

阴郁的天气。同她的生活是绝配。

这一轮明显是他们赢了。她希望这是他们仅有的一次胜利。

第二十三章

珍妮特·迪卡洛凝视着对面的罗比,不过她的注意力似乎没有完全集中在他身上。罗比不禁怀疑她是否知道他仍然坐在她的面前。从她投下那颗炸弹后,至少已经过去了两分钟。

"长官?"罗比轻声地却是毫不含糊地提出了问题,"您说您训练过她?"

迪卡洛看了一眼罗比,身子靠了回去,略显出尴尬的神情。

"作为一线的女特工,瑞尔是她那个部门招募的第一个也是唯一的一个。我是与你们这些部门合作的为数不多的女教官之一。局里的人认为让我们两个在一起很合适,我有多年的经验,而她有很大的潜力。她在那一年击败了同年级的所有男生。"

"我和她在加入中情局的早期共同完成过一些任务。"

"我知道。"迪卡洛应道。

罗比感到惊讶,然而迪卡洛的表情却是在告诉他用不着吃惊。

"我们习惯于用计分的方式对人对事予以评价,罗比先生,你知道的。人干什么都得打分,体育比赛、职业成就、人际关系都是如此。"

"包括暗杀。"罗比说。

"你指的是一劳永逸地解决问题。"迪卡洛纠正道。

"我说错了。"罗比平淡地答道。

"我们很钦佩你的成绩。"迪卡洛说,"特别是杰西卡,她是你的崇拜者。她经常说你是这些人当中最好的。你毕业时的分数比她高,实训对抗胜过了她。你是唯一能做到这点的人。"

"既然她差一点就杀了我,我猜她对我要重新做出评价了。"

"关键词就是这个'差一点'。事实在于她没能杀死你,你摆脱了她为你设下的埋伏。"

"部分是靠运气,部分是靠本能。但是光靠这些,对于我们抓她是不会有什么帮助的。"

"我要说的话也许在某种程度上会有帮助。"迪卡洛说。

她的身体前倾,两只手的指尖搭成一个塔形,继续说道:"我对你们两个人尽可能客观地进行过评估。我认为你们同样都有过人的天赋,彼此有许多相似之处,当然也有不一样的地方。你们俩的思维方式相似,你们的适应性都很强,你们遇事都很冷静。你们都为自己常常领先对手一步而感到骄傲。如果对手赶上来了,你们能够及时调整战术,从而依然确保自己取得胜利。"

"这些话对我去抓她有什么帮助呢?"

"没有什么直接的帮助。我对你说这些,是为了让你更好地明白在时机到来的时候如何同她较量,并且战胜她。"

"问题是我首先得找到她。"

"这就给我们提出了一个问题:她为什么要这么干。搞清了这一点,我们也许就能在她动手之前找到她要袭击的下一个目标。这么说吧,我认为这是你逮住她的最好的途径,事实上它大概是唯一的途径。不然的话,你将始终落在她后面一步。"

"好吧,您认为她为什么这么干呢?"罗比问。

"当我刚听说杰西卡涉嫌谋杀了她的行动协调人的时候,我完全拒绝相信他们的说法。"

"您现在仍然不相信吗?"

迪卡洛把手平放在桌子上,说道:"我相信什么完全不重要,罗比先生。我的职责是帮助你找到杰西卡·瑞尔。"

"并且杀死她?"罗比问道。他想看看迪卡洛的反应。在此之前,只有蓝人明确表示他们希望抓到瑞尔后对她进行审讯。而其他的人,包括吉姆·盖德和埃文·塔克,一直对此含糊其词或者避而不谈。

"你接受这个任务的时间已经足够你了解他们想要的是哪种结果了。"

"您可以这么去想,可是有关这项任务的指示,没有一条是清晰明了的。"

迪卡洛靠回椅子上,目光移向了别处。后来她终于回过神来,说道:"即便真的如此,这也不影响你和我正在讨论的问题。"

罗比点点头说:"就眼下而言,我同意您的这个看法。那就让我们回到刚才的问题:瑞尔为什么要这么做?"

"我觉得听听她的个人经历对你会有些好处,罗比。依靠你所具备的能力,你也许能在她的经历里的一件或更多的事实中找到有用的线索。"

罗比思忖了片刻,说道:"好吧,让我们体验一次杰西卡·瑞尔的生命之旅。"

迪卡洛说:"我必须指出,瑞尔是在不同寻常的情况下进入中情局的,就是说她不是通过传统的渠道进来的。"

"她不是从军队来的? 干我们这一行的多数来自军队。"

"不是。她也不是来自情报界的其他领域。"

"她从来没对我说起过她自己的事。"

"我相信她没说过。杰西卡·瑞尔出生在亚拉巴马州。她的父亲是白人至上主义者,长期领导着一个反政府团体,同时他也从事贩卖毒品和爆炸物的勾当。他不喜欢黑色人种,却显然很喜欢绿色的美元。在与缉毒局的一场枪战中他被捕了,被判处终身监禁,目前还被关在联邦监狱里。"

"她的母亲呢?"

"被她的父亲杀死了,是在杰西卡七岁的时候。他被捕后,警方在他们家的地下室里发现了她母亲的遗骸。尸体已经在那儿存放了相当长的一段时间了。"

"能肯定是他杀死了他的妻子吗?"

"没问题,杰西卡目睹了他杀害妻子的过程。瑞尔太太不赞成丈夫的所作所为,所以变成了丈夫的一个包袱。顺便说一句,我告诉你的这些事都是经我们独立核实过的,我们没有简单地采信一个小女孩的话。而且当局有足够的其他证据坐实她父亲的罪行,发现尸体只是其中的一部分。不管他是否杀害了妻子,他的其他罪行已经足够判他在监狱里度过余生了。然而对于杰西卡和她可怜的母亲来说,这毕竟意味着正义得到了伸张。"

"嗯,以后小杰西卡怎样了?"

"别的州有一些她家的亲戚,这些亲戚有的不想收养她,有的负担不起多添的一张嘴,杰西卡被这些亲戚们推来推去,最后佐治亚州的儿童寄养机构安置了她。收养她的一家人很坏,强迫她去做她不想做的事情。她从那儿逃走了,从此就流落街头。"

"她听着不像是中情局打算招募的人。局里怎么会与她发生联系呢?"

"我正要说这个,罗比先生。"迪卡洛皱了皱眉。

"对不起,长官。我洗耳恭听。"

罗比靠回椅背,全神贯注地听这个女人讲下去。

"在她十六岁那年,瑞尔做了一件事,所以她被纳入了证人保护计划当中。"

"什么?"罗比惊讶地问道。

"有个新纳粹团体当时正在计划对政府实施大规模袭击,瑞尔打入这个团伙内部成了一名卧底。"

"一个十六岁的女孩儿怎么能干这个?"

"她的某一对养父母有个兄弟,是那个纳粹组织的成员。他和他的一些朋友用这一家的房子作为在佐治亚州招募新成员的基地。瑞尔找到了联邦调查局,表示愿意偷偷在身上携带录音装置,还可以采取其他措施,来帮助当局获得有关这个团伙犯罪活动的确凿证据。"

"联邦调查局就同意她这么干了?"

"我明白,这听起来确实不可思议。不过我看到了负责此案的特工提交的报告。他记述了第一次见到瑞尔的情景。他说他当时简直不敢相信她只有十六岁。这指的不仅仅是她的外表。他在报告中提到,他简直以为他是在面试一位久经沙场的退伍老兵。这个女孩早已打定了主意。她对各种事情都做出了明确的解释。无论 FBI 向她提出什么问题,都没能难倒她。她真的是想让那些家伙落入法网。"

"是因为她父亲,还有她母亲的事情留给她的创伤?"

"我也这么想过。但你永远也搞不清瑞尔到底是怎么想的。她做事的目的显然只有她自己才清楚。"

"于是她为揭露新纳粹团伙提供了帮助?"

"不仅如此,她还杀掉了其中的一个。她从那人手上夺过武器

后杀死了他。"

"才十六岁?"

"噢,那时候她十七了,她在那个组织里潜伏了一年时间,获得了他们的信任,为他们做饭,帮他们写那些令人厌恶而又充满仇恨的小册子,给他们洗肮脏的制服,最后还帮助他们策划了总体的袭击方案。当然,她把其中所有的细节都报告给了联邦调查局。"

"在联邦调查局,我想只有很少的一些卧底特工能做到这个程度。据我所知他们当中没有一个是十几岁的孩子。"

"当那些新纳粹发起袭击时,联邦调查局早已严阵以待,部署好了力量。然而还是发生了战斗。瑞尔杀死的那个人当时正在伏击联邦调查局的几个特工,是瑞尔救了他们的命。"

"然后她被列入了证人保护计划?"

"在我们这个国家里,新纳粹组织就像是一座庞大的迷宫,他们的触须伸得很长。瑞尔帮助联邦调查局铲除了其中的一部分,但是这头怪兽仍然活着。"

"那么她是如何脱离证人保护计划,来到我们中情局的呢?"

"通过 FBI 我们了解到了瑞尔做的事情。我们意识到了她的特长,我们不打算浪费它。同时我们也可以为她提供保护,就像执行证人保护计划的美国法警一样。而且她将要获得的新工作能够使她变得来无影去无踪。新的身份,总是要东奔西走。她还将学习掌握个人防身技能,那样的话其他人,即使是光头党,也很难接近和干掉她。当我们找到瑞尔,建议她为我们工作时,她当场就接受了,一点都没犹豫。我们花了好多年对她进行了培养和教育,就像我们对你一样。"

"我同意您的说法,她进入中情局的路径的确与众不同。"

迪卡洛有一会儿没有出声,后来说道:"与你加入我们的方式没有太大的不同,罗比先生。"

"这不关我的事,我们说的是她。根据您刚刚告诉我的这些,我认为可以从两个不同的角度来找到瑞尔。"

迪卡洛看上去有点儿困惑,说:"解释一下。"

"由于她痛苦的童年经历,我估计你们一定是对她进行了一系列的心理测试,看看她的精神素质是否胜任工作要求。"

"是的,而她出色地通过了所有测试。"

"或者她的心理很健全,或者她是个高明的骗子。"

"她是一个高明的骗子,她骗了新纳粹分子一年多。"

"听起来她很爱国,这就让我们不得不回到她为什么要叛变这个问题上来了。要么是发生了什么事,她出于我们还不清楚的某种理由才这么做;要么是她的变节属于那种常规性的模式,那就意味着这么多年里她愚弄了你们所有人,她并不像你们想象的那样爱国。"

"我听懂了你的推理。"

"我为更多地了解了她的经历而高兴,但是我更需要了解的是最近两年里她都执行了什么样的任务。"

"为什么是最近两年呢?"

"在我看来这是时间的上限了,如果她心里产生了什么想法并且要制定出实施计划的话,大概需要这么长时间。这个假设的前提是,她不是那种常规性的变节,也就是说她不是为了金钱而叛变。"

"我绝不相信杰西卡会为了钱而这么干。"

罗比歪着头盯着她,问道:"您对我也会抱有同样的看法吗?"

"我对你不像是对她那么熟悉。"

"事实上,长官,您并不真正了解我们两人当中的任何一个。

如果一个人的童年很正常,他就不会变得像我们这样。这就是瑞尔和我在我们这一行里干得很出色的原因,也是当初你们主动找我们加入中情局的原因。我们不是生在糖罐里的幸福宝贝,我们的家里没有一位戴着珍珠项链的全职妈妈,放学后没人给我们端上馅饼,倒上牛奶。"

"我明白你的意思。"

"我坚持认为杰西卡·瑞尔这么做是有某种原因的,与贪图金钱、被人收买没有关系,除非将来事实证明我错了。为了更好地了解她,我要知道在过去两年里她都参与了什么样的行动。"

"我相信他们给了你有关她的档案资料。"

"我需要她的所有资料。不是删节的那种。"

迪卡洛看上去吃了一惊,问道:"你说什么?"

"我得到的电子文件是经过审查和筛选的。有些信息被删除了,留下了时间上的空档。如果你们想让我完成这项任务,我就需要了解事情的全貌。"罗比顿了一下,决定把话都说出来。"还有,她的作案现场被人清理了,有些东西被拿走了。不是警察干的,是我们的人。我需要知道他们拿走了什么,他们为什么这么干。"

迪卡洛将自己的目光移到了一旁,但是在这之前罗比已经从这个女人的眼神中觉察出了她的不安。

当迪卡洛重新转回目光的时候,她已经把持住了自己。她说:"我会立即调查这件事,回头答复你。"

罗比点点头,却没有刻意掩饰表示怀疑的神情。

他站了起来。"您是想让我杀了杰西卡·瑞尔吗?"他问道。

迪卡洛抬头盯着他说:"我希望你能发现真相,罗比先生。"

"我会为此而尽力的。"

第二十四章

罗比驶回了华盛顿特区,却没有回自己的公寓,而是把车开到了一所学校。

他在路边停车后打量着周围的环境。这里是华盛顿的一个黄金地段,茱莉·盖蒂就读的这所学校也是华盛顿最好的学校之一。不过它不是那种统一配发校服、所有学生都源于上流社会的学校。孩子们来这里上学完全取决于他们的学习成绩,而不是根据他们的父母是否付得起学费或能否给学校提供捐赠。一旦孩子获得了入学资格,他们的学费就会有着落。这所学校尊重和培养孩子的个性。学校当然是有纪律规定的,但是这里鼓励学生充分实现个性化的发展。

罗比认为这样的环境有利于茱莉·盖蒂的健康成长。他早就发现,茱莉那种特立独行的性格已经达到了一个人所能承受的极限。

从第一次遇到这个孩子,罗比就琢磨如何驾驭她的个性。后来他放弃了这种努力。没办法驾驭。

我今天将忍受她的愤懑和讥讽。这也许是最好的办法了。

雨看来没有歇息的意思。罗比打开雨刷,盯着它们刮去风挡玻璃的雨珠。他看了看表,该放学了。有一排车在等着接走孩子。学校没有校车。街对面有个公交车站。

几秒钟后校门开了,学生们拥了出来。罗比看到她后下了车,竖起领子,冒着小雨向街对面跑了过去。

茱莉走在一群女孩后面,戴着耳塞,摆弄着智能手机。短短的时间内变化不小呀,罗比暗忖。第一次遇到茱莉的时候,她还买不起任何手机。

罗比让过那群女孩子后走上前去。

茱莉停下脚步抬起了头。罗比看得出,她的第一反应是高兴,然而脸上立刻又充满了愤怒。

"你来这儿干吗?"她问道。

"履行我的诺言,来看看你。"

"有点儿晚了吧。"

"是吗?"

雨下得更大了。

"要我送你回家吗?"看到她冷得有点哆嗦,罗比问道。

"我去对面坐公交巴士。"

罗比回头看到有辆巴士驶进了站台。他说:"我还以为自打上次之后你再也不会乘坐公交车了呢。"

罗比看到她脸上露出了一丝笑容。他马上趁热打铁说:"我送你。我们可以谈谈。我还要了解一下,看看杰罗姆是不是一个很好的监护人。"

"他很好,我告诉过你。"

"耳听为虚。"

"你来看我,是由于你对待我的态度这么差劲儿而产生的负疚感。我不希望你这样。"

"我确实觉得我对待你的态度很差劲儿,但这不是我来这儿的理由。"

"那是为什么?"

"咱们能不淋雨吗?"

"怕雨水浇化了你?"

他指着她的耳塞和手机说:"担心你被电死。"

"原来是这么回事。"她用讽刺的语气说。

不过茱莉还是跟着罗比走到了他的车旁。他们钻进车里,罗比启动引擎开走了。

茱莉拉上安全带。"那你究竟为什么来这儿了?"她又问。

"这是我的未竟之业。"

"这对我毫无意义。"

"你这个样子可让我不好受呀。"

"为什么要让你好受?你把我打发到这里,就再不理不睬。而我敢打赌,你和超级警探万斯却见了很多次。"

"我见过她,但是只有一次,而且是出于职业原因。她想从我嘴里掏出点儿东西。"

"又发生了谋杀案?"

"你为什么这么说?"

"还能怎么说?你和万斯的工作就是与尸体打交道,很多尸体。"

"我想你的话不是没有道理。"

"不管怎么说,你还是和她见面了。"

"这不一样。"

"对我来说都一样。"

罗比皱了皱眉说:"这也攀比?"

"这是一个人是否说话算话的问题,罗比。我不喜欢别人骗我。如果你不想再见到我,你就直说,用不着绕弯子。"

"你以为事情就这么简单?"

"就这么简单。"

"我来这儿,是因为我错了。"

"什么错了?"她问道。

"我本意是要保护你。我应该做得更好些。"

"你这是什么意思?"

"我的工作使得我经常树敌。我想让这些人离你远远的。我希望你有一个全新的开始,忘掉过去的一切。我希望你得到幸福。"

"你是在对我说瞎话吗?"她说。

"幸福是稍纵即逝的。我想和你一刀两断。你和我在一起差点儿死去,我不希望再发生这种事情。"

"为什么不早点对我说?"

"因为我是个白痴。"

"我不这么看,威尔。"她的语气缓和了下来。

"你知道吗?你生气了叫我罗比,不生气时叫我威尔。"

"那你就尽量别让我再叫你罗比了。"

前面有红灯。他放慢速度,瞥了她一眼说:"也许我当真就会照我对你说的那样去做,也许我还想保持联系,也许……"

"也许你只是希望变得和普通人一样。"

信号灯变成绿色,罗比踩下油门。有几秒钟他没开口,后来说:"也许我确实希望变得像普通人那样。"

雨下得更大了。

"我认为这是你对我说的最实在的一句话。"

"就十四岁而言,你的确是太成熟了。"

"我的岁数是十四岁,我的经历却不是。我希望我没有经历过那些事情。"

罗比点点头。"我明白。"他看着茉莉又问道,"我们现在和好了?"

"快了,也许……威尔。"

罗比笑笑,看了一眼后视镜。他注意到了一辆车,不是紧跟在后边的车,而是在它后面的那一辆。

"怎么了?"

他注意到茱莉在盯着他。

她说:"我熟悉你的这种表情。后面是不是冒出来了不应该冒出来的家伙?"

罗比在迅速地思考。不应该有这种可能,根本不会。可是话又说回来,为什么就不可能呢?迄今发生的一切完全都是不可预测的。

眼下的问题显而易见,茱莉和他在一起。如果让她下车,她将会孤立无援。如果把她留在身边,她可能会处于危险之中。

他又瞥了她一眼。她似乎也感受到了他的焦虑。

"你知道吗,你紧张的时候我就感到害怕。发生什么事儿了?"

"我应该服从我的直觉才对,茱莉,我不应该来找你。这就是我过去一直远离你的原因。"

茱莉要扭头去看,罗比厉声喝道:"别动。他们该知道我们已经发现了。"

"那我们怎么办?"

"正常行驶。"

"只是这样?这就是你的计划?"

"我们正常行驶。直到发生了什么事情让我们不得不停下来。"

"好吧,这听起来还像那么回事。然后呢?"

"让我们看看会发生什么。"

罗比握紧了方向盘,又看了看后视镜。那辆车还在,看上去也在正常行驶。罗比也可能错了,但是他知道自己没错。他干这行太久了。

是谁在跟踪他？是自己人还是其他人？如果是其他人怎么办？

这不会是杰西卡·瑞尔。如果是她，那可是打破了教科书上的一切规则。不过这也许就是她的策略。打破条条框框，让你无法预测。

好吧，他想，我也可以这样玩下去。

第二十五章

罗比不做急转弯,只是随着车流继续行驶着,看着与马路上的其他驾驶者没什么两样。过了一会儿他决定揭开谜底,弄清后面的威胁到底是真实的存在还是凭空的想象。需要做的只是一个小小的假动作,但是如果后面的威胁是真实的,就会产生相关的反应。

他打开右转向灯。

"威尔,我家不在那边。"茱莉说。

"坐稳了。这是个小测验。"

他扫了一眼后视镜,第三辆车始终在第二辆车的正后方行驶,所以他看不到它的反应。这本身就说明问题。他稍微转动方向盘,与中间那辆车错开了一点儿。

还是没有反应,第三辆车没有上当。

接着罗比放慢速度,扭头看看路旁的建筑物。平板玻璃的反射使他看到第三辆车的右转向灯也亮了。

好,铺垫得差不多了。他转头向前看去,十字路口到了。

他先是朝右转向,突然放弃右转,径直通过了路口。

第二辆车向右转去,第三辆车终于露了出来。

它的转向灯已经关掉了。它继续直行,可是放慢了速度,又让一辆车插到了它的前面。

华盛顿的司机可不是这么谦让的呀,罗比暗想。

这辆车的表现已经抹去了罗比的一切疑问。

"我们被人跟踪了?"茱莉问。

他看她一眼问道:"安全带系紧了?"

她扯了一下安全带说:"我没问题。你有武器吗?"

他碰了碰自己的左胸说:"我也没问题。"

"你有什么打算?"

罗比没时间回答。跟踪他的那辆车突然加速与他并行了。罗比正要踩下油门并采取规避措施,突然又放松下来了。

"万斯?"他喊道。

的确是联邦调查局探员万斯在驾驶着那辆车。

万斯示意他停车。罗比转入旁边的小巷猛地刹住了车。万斯还没来得及解开安全带,罗比就跳下车拉开了她的车门。

"你这是在干什么?"他厉声问道。

"干吗这么生气?"

"我发现后面跟着尾巴。你算是幸运,我没朝你开枪。"

她解开安全带下了车,看见茱莉站在罗比的车旁。

"嗨,茱莉。"她说。

茱莉冲她点点头,又犹疑地瞟了一眼罗比。

罗比说:"解释一下,万斯。为什么你要跟踪我?"

"你总是这么神经兮兮的吗?"

"是的,我是这样,尤其是这几天。"

"我没跟踪你。"

"噢,只是碰巧来到了这儿?"

"不是,我看见你接茱莉上了车。"

"你究竟为什么来到这儿?"

万斯朝茱莉的方向看了一眼,压低声音说:"我想她可能仍然是某些人的目标。"

罗比向后退了一步,说:"你能告诉我一些我不知道的事情吗?"

"那些家伙拥有雄厚的财力和广泛的联系。他们知道茱莉,也知道我。但是至少我有联邦调查局作为后盾,茱莉有什么?"她尖锐地说道。

罗比又退了一步,朝茱莉那边看了一眼。他不知道茱莉能不能听到他们说什么,不过她的表情显得焦虑不安。

"她有我。"罗比平静地说。

"今天之前还没有。看到你今天去学校等她,我很惊讶。"

"也许我自己也感到惊讶。"罗比以负疚的语气说。

万斯朝他迈了一步,语气变得温和了。"你做的不是一件坏事,罗比。"她顿了一下又问道,"你刚才把我当成谁了?"

罗比迎着她的目光说:"干我们这一行的,保持警惕是行规。"

"你要对我说的就是这个?"

他疲惫地摇摇头说:"为什么我每次和你在一起都像是在接受审讯呢?"

"因为只有这样我才能从你嘴里听到点儿什么。"万斯叹道,"即便如此,我每次离开你的时候,总感觉我对你的了解更少了。越是向你提出问题,对你的了解就越少。所以,如果你感到沮丧的话,我也一样。"她停了一下,语气更加平静地说,"我知道你们中情局在吉姆·盖德出事后正处在高度警戒状态。"

罗比没有回应。

"再加上之前死去的道格·雅各布斯,你们那里大概是已经乱成一锅粥了。"她又靠近罗比一步说,"我才不相信他是国防威胁减除局的人呢。他肯定是个特工,也许是个行动协调人,或者是个分析师。"

"威尔,"茱莉叫道,"我想回家。我有很多作业要做。"

"马上就走。"罗比转向万斯说,"对这些事情你知道得越少越好。出于对同行的一种尊重,我请求你别再插手这方面的事。"

没等他说完,万斯就摇起头来。她说:"这不成,罗比。你应该知道我不会收手的。我需要履行自己的职责。不能客气,只有这样了。"

她朝茱莉看了看,继续说道:"竟然把中情局的二号人物都干掉了?我不认为能干出这种事的人对于结束一个十四岁孩子的生命会有所顾忌。"

万斯回身开着车走了。罗比一直看着她的车转过街角离去。

茱莉走到了罗比身旁,问道:"超级警探万斯这是怎么了?"

罗比没说什么。茱莉露出了失望的神情。

"带我回家,罗比。"她生硬地说。

他们钻进汽车开走了。

一辆停在街角的车开了出来,跟上了他们。

开车的是杰西卡·瑞尔。

第二十六章

瑞尔注意拉开与前车的距离。她估计罗比仍然保持着警觉,但是不会像刚才那样了。万斯突然露面并且跟在罗比后边,等于是给瑞尔送了一份大礼。这使得她可以更方便地跟踪罗比,而罗比却以为跟在后面的只是万斯。

她现在获得了较为从容地观察罗比的一个机会。她可以了解到罗比的一些事情。更多的事情。

瑞尔不紧不慢地跟着罗比,脑海里想到了自己拉出的那份名单。

雅各布斯,结束了。

盖德,结束了。

塞缪尔·肯特,还没结束,而且差点让她遭到灭顶之灾。

她的名单上还有一个名字。肯特肯定已经和那个人通气了。盖德和雅各布斯的事件尚可视为仅仅是对美国情报机构发动的袭击。但是瞄上却又错过了肯特,她的目的就全暴露了。

她颇为钦佩地注视着罗比借助信号灯迫使万斯暴露了自己。遇到这种情况瑞尔也会做出同样的反应。瑞尔不禁想知道,假如罗比以这种方式来对她进行跟踪,她是否能如此轻易地揭穿罗比。

很快她就放弃了这种简单的比较。罗比应该会很快地识破她的企图,故意转过弯去而不是径直跟过来。

如果被他盯上,恐怕我就死定了。

大约三十分钟后,罗比停住了,茱莉·盖蒂下了车。瑞尔也把车停在了路边。茱莉看上去不大高兴。她匆匆走上这片富人住宅区里最壮观的那幢四层别墅的台阶。

瑞尔打量着这幢豪华建筑,点头表示赞许。寄养的小茱莉算是人得其所了。

她的目光又移向罗比。他还在车上,还在盯着茱莉。女孩的身影在门里消失后,他开走了。

瑞尔用手机拍了张别墅的照片。等到和罗比拉开了一段距离后,她开车跟了上去。

显然,这是罗比的阿喀琉斯之踵。他在乎某人,他在乎这个年轻女孩。他违背了这一行当里首要的规矩。

你不能在乎任何人。你必须是一台机器。你要毫不怜悯地去杀人,然后尽快忘掉被杀的这一个,转到要杀的下一个。

但是瑞尔能够理解罗比,他出现这样的错误是由于一个非常有说服力的理由。

我也犯过同样的错误。

瑞尔跟踪他回到了市区。罗比把车开进了一片公寓小区的地下车库。

瑞尔没有跟进车库,那太扎眼了。她凝视着这幢毫无特色的八层楼房。它就是那种刚刚成家的年轻人或者是缩减住房开销的老年人,还有许多尚不知自己的人生目标为何物的中年人混杂居住的地方。

再普通不过的地方。

对罗比来说是非常称心的地方。

可以避开人们的关注的好地方。

她已经锁定了他的据点。继续待在这里不会有更多的收获了。也许有人在监视罗比的住处。周围的车辆和行人很多,她并不很担心自己被发现。但是时间越长,风险越大。

现在的瑞尔面临着一个新的问题。

她原以为自己列出的名单很全面了。然而目前的直觉告诉她,还存在着没能囊括于名单之中的其他人。

雅各布斯是小苍蝇。

盖德是大老虎。

肯特的地位在两者中间。他是个从事特殊业务的法官。他不仅仅是个法官。

她的名单上已经有了第四个人。

但是她感觉到,还有第五个人,这也许是最重要的一个人。

她需要更多的信息。她需要找到能够帮助她追根溯源的线索。为此她需要得到帮助。

一种特殊的帮助。她知道从哪里能得到它。

在其他人想象不到的地方。

不是在权贵办公的走廊。

是在本地的一家购物商场。

第二十七章

瑞尔向西驶去。这是一件非常棘手、复杂和危险的事情,不过她做的每件事都是如此。

她握紧了方向盘,然而这不是由于神经紧张。与普通人不同,她的身上似乎从来就没有过神经这种东西。当她面临危险的时候,她会变得更加平静,心跳更加缓慢,四肢更加灵活。她的视野也变得分外清晰,仿佛周围的一切都化作了慢镜头拍摄的图像,使得她可以轻松地对各种因素做出分析和判断。

然后,往往在眨眼间事情就会结束。

有人会倒在地上死去。

开车花了一个多小时。交通状况很糟,雨下得时大时小。

她喜欢购物商场,主要是因为那里到处都是人,而且有很多出口和入口。

她讨厌购物商场,主要也是因为那里到处都是人,而且有很多出口和入口。

她把车停在地下车库,然后从楼梯间上到商场的主入口。她穿过了一群十多岁的女孩子。这些女孩都一手拎着各种店铺的购物袋,一手摆弄着手机,浑然不觉周围发生了什么事情。

没等她按下短信的发送键，瑞尔就能把她们全部干掉。

瑞尔走进商场后放慢了脚步。她戴着眼镜，棒球帽压得很低，眼睛四处张望着，大脑像是一台微处理器交换站，时时计算着可能出现的问题及如何对之做出处理。如果大脑不是处于这种状态，她就无法走进某个建筑物，也无法散步或是开车。这就如同呼吸一样，她不能指望在离开它的情况下还能活下去。

快到她要去的那家店面时，她的步子更慢了。她没有进店，只是经过了它的门口。她捕捉到了对方的眼神，用手指轻轻弹了一下下巴，还微微点了点头，然后继续向前走去。她走到远一些的地方停了下来，打量着商亭里的东西。她抬起头时，正好看到那个人出了店门，向她这边走来了。

瑞尔立刻朝着另外的方向走去，拐进了一条通往洗手间的走廊。她走入了方便照顾婴儿的家庭用洗手间，随手关上了门。她站在隔间里掏出枪等待着。她不喜欢待在这个没有退路的地方，但是这里没有更多的选择。

过了几秒钟门开了。通过隔间门和墙壁间的空隙，她看清了来者。

"锁好门。"瑞尔说。

他锁上了门。

瑞尔走出来，手里拿着枪。

那人抬起头看她。他个子不高，不到一米七。人也很瘦，体重不到六十公斤。就体能而言，他不是她的对手，何况他还没有枪。但是瑞尔不是来打仗的，她需要信息。

他叫迈克·吉奥弗瑞，在商场的一家游戏店里工作。这主要由于他是玩游戏的专家，而且他喜欢竞争的刺激。他四十出头，从来没有真正长大过。他穿的T恤上印着"毁灭之日"的字样。

吉奥弗瑞曾经也是个间谍。他巧舌如簧,能把沙子卖给一个渴得要死的人。现在他退出了,只考虑着自己的事情。

也考虑杰西卡·瑞尔的事情。

因为瑞尔救过他的命。不是一次,而是两次。

他是她的一张金卡。她拥有的为数不多的金卡之一。

吉奥弗瑞盯着枪问道:"情况真那么糟糕?"

她点点头说:"什么时候不是如此?"

"你要是不发出弹下巴的信号,我还真认不出你。顺便说一句,你的整容手术做得漂亮,非常得体。"

"反正得切一刀,那就切得好点儿。"

"我听到了官方的新闻。盖德和另外一个家伙死了。"

"没错。"

"是你干的?"他的神情表明他没打算得到回答,"我能为你做点什么,杰西卡?"

瑞尔收起枪,靠在盥洗池上说:"我需要情报。"

"你来这儿冒了很大的风险。"

"没有三年前那么大的风险了。你退出中情局有段日子了,迈克。我知道暗中保护同时也监视你的那些人都设在这里的什么地方。事实上他们已经不在这里了,他们不在这儿有六个月了。"

吉奥弗瑞抱着膀向后靠在门上,说:"从局里退出来后,我总有一种裸着身子的感觉。但是我猜他们认为我确实是彻底退役了,全身心投入了游戏零售业。所以后来就不再派人来保护我了。你要什么情报?"

"你认识盖德吗?"

他点点头说:"我们很多人都认识他。他在那儿很长时间了。"

"另外那个死了的家伙,道格·雅各布斯呢?他的公开身份是国防威胁减除局的雇员。"

他摇摇头说:"不认识。"

"他们两个人互相认识,而且不限于在局里的圈子内部。"

"你怎么知道的?"吉奥弗瑞问。

"这与你不相关,但是真的。"

"那对我会有什么影响吗?"

"没有什么。不过我需要你帮个忙。"瑞尔说。

"什么?"

"就像我说过的,情报。不是你知道的那些信息,而是你需要帮我找到的信息。越快越好。"

"我在内部没多少线人了。"

"我不是指内部。至少以后不再是了。"

第二十八章

罗比靠在椅子上揉着眼睛。珍妮特·迪卡洛还没有发给他新的电子文件,他只好反复看经过删节的有关瑞尔的资料,想从中发现过去也许没有引起他注意的东西。

没有什么新发现。

瑞尔后来执行的几次任务都是在国外。罗比可以去其中的任何一处看一看,但是他认为这对调查不会有什么帮助。

他必须回溯这两年来她的生活轨迹,他已将这个时间设为了上限参数。唯一的问题是,这同样需要时间。

在此期间,她还会杀多少人?

如果她不停地累积尸体,罗比估计自己将失去追捕她的资格。也许,这对他来说是件很好的事情。

他拨打了迪卡洛给他的号码,但是对方已转到了语音信箱。他希望弄清玫瑰花瓣所表示的含义。他不相信瑞尔留下它们只是为了展示值得赞许的生活情趣。她是在隐喻血腥的死亡必然伴随着一个哀婉的葬礼吗?在罗比看来这也没有什么意义。这意味着他的推论在方向上有问题。

正确的方向又是什么呢?他一边问着自己,一边又倒了一杯新鲜的咖啡。他看了看表。

凌晨两点。他把咖啡倒进了水槽。

该睡觉了。再不合眼对他自己或是对别人不见得有什么好处。

五个小时后他醒了,感觉清爽了许多。罗比又在那些文件上花了好几个小时。即使别人做了删节,他总觉得其中也许仍然会有点有用的东西。

罗比还是没找到什么。他打了几个电话,同样也毫无帮助。他去公寓大楼地下室的健身房快速锻炼了三十分钟,然后简单弄了点儿早餐站在厨房吃掉了。这时候局里来了电话。他们说有些东西可能有助于罗比的搜寻,但是他得过去取。他冲了澡,带着枪出发了。

他到了中情局的一个工作站。这里距华盛顿大约有一个小时车程。在杀死道格·雅各布斯之前,瑞尔执行任务时用过这个地方。这里有一只储物柜,里边有瑞尔留下的一些东西。鉴于文件的删节和作案现场的清理,罗比没奢望储物柜能为他提供什么有用的东西,但是不管怎样,他需要对它们进行检查。

他通过了工作站的安检,被人带到了储物柜旁。柜门是开着的,他单独留了下来。东西很少,罗比没办法知道是否柜子里的所有物品都在这里。眼下罗比无法相信任何人。

只有三件物品:一张照片、一本有关二战的书,还有一支配有定制瞄准镜的9毫米格洛克17型半自动手枪。在那张照片上,瑞尔站在一个罗比不认识的男人身边。

罗比收拾起这些东西,又花了一小时开车回到公寓来琢磨它们。

罗比觉得自己是在做一件力不从心的事情。他的特长是经过精心准备后干净利落地干掉某人,然后成功地撤出来,活下去,等到另外一个日子再去杀掉下一个人。从细枝末节中殚精竭虑地寻找线索,东奔西走问这问那并不是他所擅长的。他不是一个侦探,他是一个专业枪手。但是既然他们指望他来开展调查,他就得调查下去。

他把照片、书和枪放在桌子上,逐一地仔细查看它们。雨又下大了,雨点噼里啪啦地敲打着他的窗户。

他开始拆枪,发现它不过就是一支枪。从拆卸和重新组装的顺滑程度上看,局里已经有人拆过它了。他检查了弹匣,超高供弹配置,可装 33 发子弹。虽然这种加长弹匣不常用,但是里边装的是罗比见过不下一百万次的标准型子弹。

一次装上 33 发子弹,瑞尔?谁会想到呢?

枪里用的是一根钛撞针。它可以减少摩擦,使扳机更容易扣动,并能提高准确性。罗比自己的枪里也用着一个。

瑞尔显然是非常注意细节。

为了防滑,枪柄上刻了一些纹路。这些纹路不仅增强了附着力,也使整个枪的风格发生了一定变化。

罗比相信格洛克枪柄聚合物材料上的这些纹路是用电烙铁刻出来的。过去罗比也在枪柄上这么刻过。他和瑞尔实际上都是从一个叫瑞安·马歇尔的资深特工那里学会这一手的。

他接着开始观察那具定制的瞄准镜。做工不错。罗比眯起眼看上面的字母。PSAC。

他用谷歌进行了搜索,原来它是宾夕法尼亚小型武器公司的缩写。罗比从没听说过它,不过这样的企业很多。出于某种原因,瑞尔显然是不大喜欢格洛克公司的瞄准镜。还是那句话,她重视细节。

罗比把枪放到一边,开始研究照片。瑞尔站在一个身材高大的男人身边。他的个子大概有1.93米,看上去约有五十岁,像是一个早已处在下坡路上的运动员。男人一侧的照片边缘上有一小条红色,可能是穿着红衣服的某个人或是涂着这种颜色的车,罗比不能肯定。除非他能搞到这张照片的底片或是存储卡,否则他就无法通过放大看清楚。

他端详着照片里的瑞尔。她的身材修长,目光直视着相机。与身旁的同伴不同,她全身上下没有一丝赘肉。这当然不是罗比第一次见到这个女人的模样。然而每打量一次她的照片,他觉得都好像是在看一个不同的人。

在某种程度上,我们都是变色龙。

罗比觉得通过照片,他得到了更多有关瑞尔的信息,或者说是对她的了解更深了一步,就像是一层层地剥开洋葱一样。

瑞尔显得很沉稳,很自信,但是不自负。她的四肢很放松,但是罗比看得出那只是一种内紧外松式的放松,只要出现情况,她瞬间就可以做出反应。她站立在那里,力量落在脚掌和脚跟之间,重心分布均匀,保持着恰好的平衡。而大多数人要么重心太靠前,要么太靠后,这使得他们在行动时要慢上一两秒钟。当然了,在大多数人的生活中这是无所谓的事情。

而在瑞尔和罗比的生活中,这是至关重要的事情。

瑞尔的嘴唇在这张照片里显得比她本来的样子更丰满。口红的颜色挺艳,几乎和照片边上的那一小条东西一样红。罗比变换了许多角度移动照片,想分辨出那条红颜色究竟意味着什么。

没成功。

他放下照片,把注意力转到那本书上。有关第二次世界大战的历史。他快速地翻看着,希望找到瑞尔的批注之类的手迹,但是

什么也没找到。

如果书里边真有什么东西,罗比估计局里也有人早已想办法让它变得了无痕迹了。他们留下了书、手枪和照片,罗比明白这是由于从这几样东西里什么线索也找不到。否则,他们不会让这些东西躺在储物柜里接受罗比的检查。罗比相信,局里确实希望他找到并且杀死杰西卡·瑞尔。但是,他们是否希望他查出瑞尔的行为背后的真相,罗比可就说不准了。

他把书放在一边,站起来望向窗外。瑞尔在外面的某个地方,可能正在一丝不苟地准备着她的下一次行刺。茱莉在外面的某个地方,可能正在做她的功课,同时也许还想着昨天与罗比的会面。

妮可·万斯也在外面的什么地方,试图找到瑞尔,虽然她不知道瑞尔具体是个什么样的人。情况只会变得越来越复杂。

两个小时后,当他还在低头盯着从瑞尔的柜子里取来的东西时,手机忽然响了。他读了屏幕上的短信,珍妮特·迪卡洛想见他,不过不是在他们上次见面的地方,而是在米德尔堡。从地址上看,可能是她家。

罗比回了短信,披上外套,将瑞尔的几样东西锁进保险箱里,走出了门。

他希望迪卡洛已经为他准备好了一些答案。如果没有,他就不清楚他的下一步该怎么做。他只是感觉到,瑞尔把他落得越来越远了。

第二十九章

他出门时天已快黑了。由于道路不通畅,开车用了一个多小时。罗比总想加快速度,可又不得不慢下来,因为前往迪卡洛的家需要蜿蜒穿过几个小镇。他不知道这个女人是否认为每天的通勤是一种享受,他想她不会。大多数华盛顿地区的通勤者都在拥挤的交通中消耗掉全部生命中的数年时间,他们坐在车里时恨不得有什么办法杀死那些违规驾驶的家伙。

快到地方了,转弯时罗比放缓了车速。这是一条幽长曲折的石子路,两侧都是茂密的松树林。一幢年代很久的砖房。有三辆车停在前面的停车位上。

考虑到吉姆·盖德身上发生的事情,罗比原以为没等开到这里就会被人拦住的,不过也可能他们通过远程监控认出了他是谁。他停好车迈出车门,动作不疾不徐,因为他不想被击毙。

阴影中闪出了两名男子。他们和罗比一样高,身强体壮,肌肉就像是木头疙瘩。他们检查了罗比的证件,没有收缴他的武器,引导他走进房子,穿过一条狭窄、黑暗的走廊来到一扇门前。然后他们悄然离去了。

罗比敲敲门,里面传出声音请他进去。

他打开了门。坐在办公桌后面的迪卡洛神情焦虑,头发凌乱。

这是罗比注意到的第一件事。

他注意到的第二件事是桌子上放着一支手枪。

他在门口停了一下。"一切还好吗?"他问道,虽然明白显然是不好。

"请坐,罗比先生。"

他关上身后的门,走过一小方东方地毯,坐在了她对面的椅子上。

"您的安全措施有点不到位。"他说。

迪卡洛的表情说明她知道这一点。"我相信外面那两个人,我把命托付给他们了。"她说。

罗比很快领会出了她的意思。"您只信任这两个人?"

"在情报界干点事可不简单,一切都在变化之中。"

"今天是朋友,明天就是敌人。"罗比帮助她阐释道,"我明白,事实上我也经历过。"他把双手放在腹部,目的是让右手离枪套里的手枪更近一点。他的目光先是扫过桌上的那支枪,然后转到迪卡洛的脸上。

"您愿意谈谈这事吗?"他说,"如果局里的二号人物担心自己的安全,除了贴身保镖之外不能相信任何人,那我还真应该了解一下这事。"

迪卡洛把手伸向手枪,但是罗比先拿到了它。

"我是想把它收起来。"她说。

"放在原处吧。"罗比说,"除非有人要袭击你,否则不要再碰它。"

她靠回椅子上,显然认为他这是以下犯上,并为此感到不快。不过很快她的表情又恢复了正常。

"既然我现在是如此的紧张不安,我猜你有这种表现也属正常。"她说。

"我们在这方面可以形成共识。不过您为什么这样紧张不安呢?"

"盖德和雅各布斯都死了。"她答道。

"是瑞尔干的。她仍然不见踪影。"

"真是她?"

"您根据什么觉得不是她呢?我们上次见面时,您事实上也一直为她开脱来着。"

"我是吗?"

迪卡洛起身走到了窗前。窗帘关着,她没伸手去打开它。

罗比不禁想到远程监控设备也许就在那里。

"您自己认为呢?"他说。

她转过身对他说道:"你还太年轻,也许对冷战不会有很多的记忆。你确实太年轻了,那个时期不可能到局里来工作。"

"噢,我们如今又要回到冷战时期了吗?这种时候人们总是在不断变换立场,对吗?"

"我没有明确的答案,罗比先生,尽管我希望我有。我能告诉你的只是,在过去几年里事态有了令人不安的发展。"

"您指什么呢?"

她突然间变得滔滔不绝:"组织了一些不该开展的行动。我们的一些人员不知下落。资金从这里挪到那里,挪来挪去就失去了踪影。装备发送到不该发送的地方,最后也不见了踪影。这还不是事情的全部。很长时间以来,这些事一点一滴地发生在我们的周围。就每一件事而言,看上去都不显山不露水。但是当有人把它们串在一起综合起来……"她停住了,似乎在瞬间的爆发中耗尽了自己的能量。

"您就是那个唯一做到了这一点的人吗?"罗比问道,"您把它们串在一起做了综合的分析?"

"我说不好。"

"您提到人员不知下落,包括瑞尔吗?"

"我说不好。"

"那您能够做出肯定回答的是什么呢?"

她坐了下来,答道:"只有一点,那些阴谋活动还在继续发生着,罗比先生。我不知道这些事与杰西卡·瑞尔是什么关系。我知道的是,我们已经处在一个很危急的时刻。"

"埃文·塔克也怀有与您相同的担忧吗?"

迪卡洛用一只手撑住了额头。就在她刚要回答时,罗比听到了声音。他立刻用一只手拔出枪,另一只手打向台灯。台灯跌落到桌子下面摔碎了,他们陷入黑暗之中。

他伸手越过桌子一把抓住迪卡洛的胳膊,不容置疑地说道:"躲在办公桌下面。待在那里别动。"

罗比在桌面上摸索,抓住迪卡洛的枪递给了她,同时问道:"手没生吧?"

"没问题。"她喘着粗气回答。

"好。"罗比简洁地说。

紧接着罗比开始移动。

他很清楚刚才的声音意味着什么。在职业生涯中他听过无数次这种声音。

两声枪响。是狙击步枪在远距离接连射出了两发子弹。

紧接着是子弹在空气中穿行的声音。随即变成了子弹击中肉体的声音。最后的扑通两声,是迪卡洛信任的两个警卫的尸体倒在地上的声音。

迪卡洛的防卫体系崩溃了。

现在,在迪卡洛和外面不明身份的那些人之间,只剩下罗比这一道屏障了。

他拨打了手机的一个号码,不通。他看看信号显示,有四格,可就是拨不出去。

他们干扰了信号。这就是说,除了两个狙击手,外面还有其他人。

他打开房门向外开了一枪,迅速地沿着走廊向前移动。

第三十章

罗比从朝着前院的窗户向外面偷偷看了看。刚才迎接他的两个警卫脸朝下倒在停车的地方。罗比退回大厅,穿过厨房,发现了一部座机电话。他急忙敲下蓝人的号码,响了两声后,对方接听了。

"迪卡洛女士?"蓝人问道。他显然是看到了来电显示。

"我是罗比,我和迪卡洛在她家见面时遭遇了袭击。她的警卫都死了。现在她和外面那些家伙之间就只有我一个了,我需要支援。"

"明白了。"蓝人立刻挂断了电话。

罗比放下电话,看了看四周。他在考虑是否回到迪卡洛旁边,为她提供近身的保护,等待增援力量的到来。这似乎是个最为现实的安排,只是这个地方很偏远,等待救援需要相当一段时间。

如果他退回迪卡洛身边,对手明显会获得战术上的一种优势。这些家伙可以包围他们俩,不断紧逼,用超强的火力很快地结束战斗。从窗外扔进一颗手榴弹就足够了。

因此,在既定的条件下罗比只能选择向外出击。没问题,和防守相比,他更喜欢进攻。

房前那两具尸体的朝向表明了枪手的位置。但是打死了他们后，枪手的位置可能已经有了变化。

罗比让自己从枪手的角度思考。

如果是我会怎么做？

这是罗比称之为"多想一步"的局面。战术上要多想一步，但也千万不要以为只有自己才能想到这一步。

房前已被狙击手封锁，是条死路，因此只能从房子后面出去。在这个前提下，外面那些家伙会"多想一步"。他们会得出这样的结论：罗比肯定也意识到了给他留的出路在房后，那么他一定会反其道而行之，坚持从前门闯出去。

所以，罗比此时决定"多想两步"，还是从后面出去。

当然，如果他们在后面也布置了狙击手，罗比想哪步也没用，他就死定了。

罗比从后门溜出了房子，没有人朝他射击。他从门口挪动到了一棵树的后面。借着大树的掩护，他有了一点观察周围环境的余地。天已经黑了，除非对手在移动，否则他看不清太多的情况。即使他看到了枪手，如果他们保持着一定距离，他的手枪也无法形成威力。

没发现什么情况。罗比从树后闪出来，向房子的右侧摸过去。他已经牢牢记住了死去的那两个警卫的位置和倒地的状态。他据此来逆向判定杀死他们的弹道轨迹。

唯一可能的射击位置是大约四分之一英里之外的那座小山丘。他在开车来的时候已经看到它了。那儿的树林中有片空地。

高地是进行远距离射杀的好地方。任何一个合格的狙击手，都能在那里做到弹无虚发。

他从墙边探出脑袋观察那座山丘，寻找枪手的踪迹。

躲在狙击步枪那一端的,莫非是杰西卡·瑞尔吗?

罗比趴到地上,匍匐前进到自己的车后面。他又看到了那两具尸体。他拽住近前那个死者的腿,把尸身拉到了车后。罗比发现子弹穿过了他的脖子,打断颈椎后穿出。

一记绝杀。

他扫了一眼另一具尸体,明白那个人很可能是在同样的部位挨了致命的一枪。

如果你是个训练有素的枪手,在这样的距离内击中人的躯干并不是太难的事情。然而要命中和穿透颈椎就很不容易了,尤其是在夜间。不管枪手是谁,这肯定是个对长枪和瞄准镜摆弄得得心应手的家伙。这意味着他也可以同样轻松地干掉罗比。

罗比打开车门溜进了车里。

刚才最后的几秒钟,他已经想好了一个方案。

他打算在接下来的几秒钟里实施它。

他趴到驾驶员的座位上,启动引擎,挂上了挡。

接着发生的就同他想的一样。

一颗子弹击穿了方向盘一侧的窗户,许多玻璃碎片崩到了他身上。

他们果然在房子的前方等着他。这就意味着他们的思维只是停留在"多想一步"的层面。这多少让他松了口气。但是,下面的几分钟将决定他是否能活下来。

他挂的是倒挡。他一踩油门,车向后倒去。

一颗子弹击中了前轮,爆胎了。

车继续倒退,爆裂的轮胎摩擦着地面,橡胶车胎的碎片四下飞溅,到后来罗比几乎是靠轮辋行驶。

开不快也罢,只要能移动就好。

罗比在侧视镜的引导下拐弯,转到房子的一侧继续行驶。同时,他拨打了迪卡洛屋里的座机电话。他刚才记住了话机上写着的号码。

"喂?"迪卡洛的声音有点发抖。这不能怪她。

他三言两语说明了眼下的形势和自己的打算。"我按喇叭就是信号。"他说。

枪手在房前,大概就在山丘上,所以他还有点儿时间。他把车倒到房子的后边,尽可能停在了有所掩蔽的地方,以防后面也有一个枪手。

他按响了喇叭。后门立时打开,迪卡洛出现了。就像罗比告诉的那样,她尽量压低身子冲到了车旁,从车后门钻进去猛地关上了门。

"继续低下身子!"罗比喊道。

他挂上前挡绕向房子前面。现在这辆车完全暴露在火力之下了。但是他别无选择,这里进出只有一条路。

车子一到房前,子弹就叮叮当当地击向车身,也击碎了更多的玻璃。罗比听见迪卡洛猛地喘了一口气,接着便发出了呻吟。他从座椅上转过头去。

鲜血从她胸部涌了出来。她中弹了,大概是一颗跳弹。

又一发子弹打爆了车的左后轮。已经有两只车轮坏了。

他同时察觉到子弹的距离越来越近,也更精准了。这表明枪手已经离开山丘靠过来了。

罗比开到前面停放着那几辆车的地方,在一辆路虎揽胜旁边停了下来。他下了车,从躺在地上的警卫身上搜出了车钥匙。他看了看这辆车的车体、玻璃和轮胎。

装甲车身、防弹玻璃、防爆轮胎——他得出了结论。

他打开自己那辆车的后门，设法拖出了迪卡洛。她的呼吸很不规律。罗比把她抱到了路虎车的后座上。子弹开始叮当地射在路虎车身上。

罗比回击了几枪。他知道自己的手枪在这个距离打不中任何目标，但是也许可以多少延缓对方的行动。

他从副驾驶一侧爬上车，跨到了驾驶员的座位上，启动了这个大家伙。

射来的子弹更加密集了，击中了车身的各个部位。罗比不禁想按下车窗进行还击，可就在这个时候，令人难以置信的事情发生了。

有人开始了还击。

罗比看到在前面一百米的地方，有个身影立在树后，步枪架在了树杈上。这支步枪肯定有自动供弹装置，因为它的主人射击速度很快。

罗比观察这支步枪的打击目标是什么。朝着罗比射击的那些武器在远处喷射着火光。突然，其中一支枪口的火光消失了。立时，其他几支枪口的火光变得散乱了。

树后面这支步枪有效地遏制了那些人对罗比这辆车的进攻。

罗比着迷地看着那位枪手轻而易举地打乱了他的对手们的阵脚。那些人试图用"之"字形的移动来躲避射向他们的子弹。但是反击者对这些目标的移动路线猜得很准，罗比看到又一股火光瞬间消失了，想必是又有一个家伙倒在了地上。

这些袭击者终于抵挡不住，朝着另外的方向全面溃逃了。

那位反击者继续射击，用子弹无情地追逐着他们。

迪卡洛在后座发出的呻吟提醒了罗比。他转回注意力，挂上挡，踩下了油门。车子在通往公路的那条砂石路上转弯的时候，罗比看到了。

　　他看到那位做出反击的枪手了。

　　噢,准确地说,他看到了那人的一头长发。

　　然后,那人就消失在了黑暗之中。

　　罗比的救命恩人是个女人。

　　罗比相当确信,这个女人是杰西卡·瑞尔。

第三十一章

罗比迫不及待地想确认刚才枪战中的这位盟友是不是瑞尔。但是后座有个伤得很重的女人,并且他不知道最近的医院究竟在哪里。

他驶上主路加大了油门,然后给蓝人打去了电话。

对方马上接起来了。罗比告诉了他发生的事情,不过对那位帮他解围的女枪手只字未提。

蓝人告诉罗比增援力量正在路上,还指出了去最近那家医院的路线。他将指示增援人员去那里与罗比会合,同时有一支应急分队继续赶往迪卡洛的家。

通过电话后,罗比把车停靠在路边,检查了迪卡洛的伤口,尽自己的最大力量为她采取了止血措施。迪卡洛的意识时而清醒时而模糊,她的手时而抓住又时而松开罗比的小臂。

罗比说:"您会没事的,长官。我不会让您死去,您会好起来的。"

他不知道这些话是不是真的,但是现在她需要听到这样的话。

二十分钟后他赶到了医院。局里的人已经等在那里。罗比在停车场刹住飞驰的车轮后,他们马上就接手了其他事情。经过初步处理使迪卡洛稳定下来后,他们用一架医用直升机将她转送到了另一家更擅长处理创伤的医院。

罗比留下来向蓝人汇报。他比罗比晚到了约十分钟。他们坐在急诊室外面的一个小隔间里,喝着从自动售货机里买来的温吞吞的咖啡。

"她的情况怎么样了?"罗比问道。

"目前稳定下来了,不过还没有脱离危险。我听说她失血太多,而且受到了惊吓。不知道她能不能挺过来。有人显然是公开和中情局宣战了。"他停顿了一下。"是杰西卡·瑞尔。"他用做结论的口气强调。

罗比有些犹豫。他很想对蓝人全盘说出今晚的情景。反击那些家伙的是个女人,罗比对此很肯定。他还相信那个女人就是瑞尔。当然这还只是他的猜测,不是经过确认的事实。不过,除了她还会是谁呢?

到头来罗比决定还是不说出这件事。

"现场有不少枪手。"罗比说,"而我觉得瑞尔更像是一个独行侠。"

蓝人把咖啡杯扔进垃圾桶,擦了擦自己的手,挨着罗比坐在了满是划痕的塑料椅子上。小隔间里充满了防腐剂和陈腐食品的气味。

"好多个枪手?你确定吗?"

"四五个吧,也许更多。"

罗比不知道除了迪卡洛的那两个警卫外,他们在现场是否还能找到其他人的尸体。他确信瑞尔至少干掉了那些家伙当中的两个。

蓝人抹去额头上的汗水,自言自语地问道:"难道我们面对的是经过充分策划的一场大规模阴谋活动吗？"

"可是为什么他们把迪卡洛作为目标呢？"罗比问。

"她是中情局的二号人物。"

"这个阴谋就是冲着局里的首脑人物吗？那么为什么又杀了雅各布斯？他连核心圈的边儿都靠不上。"

"我不知道，罗比。不过如果是有不少枪手，而瑞尔又与他们合作，那么他们的脑袋里肯定是有一个完整的目标。"

"迪卡洛的警卫力量太差了，"罗比说，"尤其是盖德出事儿以后还这样，这就有点可笑了。"

没等他说完，蓝人就点头道："我明白。"

"她只有那么两个警卫，附近连警戒圈都没布置，可以从周边的多个方向对她发动袭击。不需要本事多么高强的家伙，一般人去那儿也能拿下她。"

"那里是她的家。"

"这不是理由。局里有很多安全屋。考虑到盖德身上发生的事情，甚至根本就不应该允许她回自己的家。"

"你说得对，罗比。"

"对她提出这种要求的应该是埃文·塔克，他是局里的一号。一号管着二号，不是吗？"

"我不大清楚他们两人的关系或者是他们之间发生了什么。"

"你没什么有助于我的东西可以告诉我，是吗？"

蓝人抬头看着罗比。从蓝人的表情看得出他心里很矛盾。"我不知道应该告诉你什么，罗比。"

"实际上你这种态度就已经告诉我很多东西了。"

罗比对蓝人讲了和迪卡洛会面的细节，但是他仍然保留了一些内容没说。他清楚地记得迪卡洛的话语中透出焦虑：

组织了一些不该开展的行动。我们的一些人员不知下落。资金从这里挪到那里,挪来挪去就失去了踪影。装备发送到不该发送的地方,最后也不见了踪影。

她最后做出的评论更为可怕:那些阴谋活动还在继续发生着,罗比先生。我不知道这些事与杰西卡·瑞尔是什么关系。我知道的是,我们已经处在一个很危急的时刻。

罗比没有对蓝人说这些。因为尽管他是罗比在局里最信得过的人,但是蓝人肯定要向上面报告这些情况,而目前罗比不希望这样。

"还有别的事吗?"蓝人问道。

"我们什么时候可以确认迪卡洛能不能挺过来?"

"我听说大概要两天。"

"她没说什么吗?"

蓝人摇了摇头说:"没有,她现在没有意识。他们希望过几天能同她谈谈,如果她能活下来的话。"

"那么谁会成为局里新的二把手呢?"罗比问。

"我不知道现在这种时候还有谁想干这份活儿。"蓝人答道。

"埃文·塔克会来医院吗?"

"不知道。他当然是已经得到了报告。我敢肯定他更希望直接听你说说刚才的情况。"

"我没什么更多可说的了。"

"在那儿你没看到其他人吗?"

罗比毫不犹豫地答道:"只有那些枪手,而且他们离得很远。我当时更关心的是如何带着迪卡洛突围,所以没顾上去做更多的观察。"

"那是当然了。"蓝人站起身问道,"需要送你回家吧?"

"是的。路虎作为证据被留下了。我自己的车已经毁了。"

"我得待在这儿。我会让人开车送你回城。"

他们正要向外走的时候,出现了几个穿着西装的男子。

"威尔·罗比吗?"

罗比盯着他们问道:"你们是谁?"

"希望您跟我们走一趟。"

"能告诉我这个'我们'是谁吗?"蓝人问。

说话的人对蓝人说:"这不关您的事儿。"

"不关我的事儿才见鬼。罗比是我的人。"蓝人向他们出示了自己的证件。

还是那个男人说道:"没错,先生,我们知道您是谁。"他掏出了自己的证件。他的门头惊得蓝人眨眨眼,不由得退后了一步。

罗比也看到了他的证件和徽章。蓝人的退缩并不让他感到惊讶。

总统国家安全事务助理想见你时,没说的,就去吧。

罗比走了出去,坐进外面等着的SUV车,被人带走了。

他没指望很快能回家。

第三十二章

杰西卡·瑞尔坐在车里。她的车停在华盛顿市区一条通常很繁忙的大路旁。天色已晚,即使在这种交通主动脉上车流也已经变得稀薄了。

狙击步枪在后备箱里。她朝那些家伙开了四十多枪。虽然她无法确定,不过她可能是救了威尔·罗比一命。珍妮特·迪卡洛仍然有伤重不治的可能,但是如果没有瑞尔的干预和罗比的保护,她刚才便死定了。

这让瑞尔精神有所振作。近来她很少有过这种感觉了。

迪卡洛住得如此偏远,防卫措施如此薄弱,这是十分愚蠢的。几年前瑞尔去过她的家,那是一次友好的会面,讨论的是瑞尔的未来。

想到这里她禁不住冷冷地笑了一下。

我的未来?

离开吉奥弗瑞后,瑞尔心里有谱了。她知道迪卡洛已经被任命为二把手。在电子后门全部被关闭之前,她仍然能够通过它们进入局里的数据库。它们应该是很快就要全部关闭了,而她已经最大限度地利用了这些电子后门。她估计迪卡洛作为新的二把手,一定会和罗比碰面。只是瑞尔不知道,实际上这已经是他们第二次的面对面交流了。

瑞尔和迪卡洛的交情很深,超过了局里她认识的其他任何人。瑞尔信赖迪卡洛,总是能够指望她成为自己的后盾。但是现在这已不再可能了。瑞尔不仅仅是简单地越了线,她已经是无以复加地践踏了底线。

今天她跟踪罗比来到了迪卡洛的家。起初她不知道罗比要去哪儿,当他们越来越接近乡村,路上车越来越少时,她担心罗比会发现自己。不过开着开着,瑞尔就看出他要去哪儿了。她不再尾随,而是兜了个圈子以后去了迪卡洛家附近。当时她根本不知道会有一场袭击。

但是话又说回来,她也没有理由假定不会有任何袭击。

瑞尔肯定自己击中了几个枪手。如果是这样,但愿那些家伙在别人赶到之前清理好了现场。她不希望那里留有任何痕迹。

罗比充分展现了利用装甲越野车逃离的高超技巧。在巨大的压力下,他依旧能够足智多谋,应对得法。她在与罗比合作的那段短暂时光里,已经充分地了解到这一点。瑞尔很早就开始并且是很经常地评估自己在局里同仁中的能力。真正值得重视的竞争者只有威尔·罗比。在执行任务的早期阶段,他们两人交替着摘取了局里按照行动评价体系设置的各种最高荣誉,不过罗比最终还是略胜一筹。瑞尔从没想过有朝一日她会和罗比站到彼此敌对的立场。

瑞尔的思绪又转回到迪卡洛身上:为什么那些家伙把她作为袭击的目标?她知道些什么?

瑞尔很早以来就觉得,迪卡洛掌握的情报比局里很多人认为的要多得多。人们也许认为她会是一个称职的临时二把手。

不如说,认为她是一个平庸的二把手。瑞尔这样纠正道。

这些人显然不如瑞尔了解迪卡洛。

他们这么想可能是由于迪卡洛是个女人。他们没有意识到,迪卡洛干到今天的程度,靠的是三倍于男人的努力和两倍于男人的坚强。

恶劣的天气稍有好转,但是令人抑郁的低气压系统仍然盘据在这座城市。等到饱含水分的云层进一步变厚,新的一次降雨又将来临。起风了,一阵疾风猛烈地扫过瑞尔租来的这辆车。她发动了引擎,打开了暖风,但是没有挂挡。积着雨水的人行道上只有寥寥几位选着相对干燥一点的地方行走的路人,视野十分通透。如果她的头脑此刻也能这样通透就好了,可是它就像寒冷的清晨里布满了迷雾的一个山洞。

法官塞缪尔·肯特以及她名单上的另外一个人不但是已经警觉起来了,而且他们开始反击了。瑞尔几乎可以肯定,就是这个团伙策划了对珍妮特·迪卡洛的袭击。这有点儿让瑞尔不安,因为他们显然是知道一些瑞尔不了解的有关迪卡洛的事情。他们的袭击是一个不同寻常的举动。不同寻常的举动必定有不同寻常的理由。

她拿出手机,对着屏幕思忖着。给罗比发个短信不是一件难事,局里追踪不到她的方位,对此她是相当肯定的。不过瑞尔也知道,局里能够读到她给罗比发送的每一条短信,因此她不得不小心,不只是为了自己,也是为了罗比。瑞尔意识到自己的想法有点可笑,因为她竟然在关心一个差点被她烧死的人的安危。但是,目前显然是出现了某种特定的可能性,她打算充分地利用它。

她敲了屏幕上的几个按键,发出了短信。接下来的事就是等着看它的作用如何了,这在很大程度上取决于罗比。

雨又下起来了。瑞尔在大路上快速地行驶着。

瑞尔从没有穿过制服,可是她杀死的人也许比全副武装的职业军人还要多。每次执行任务的时候,她都冒着生命的危险。而每次的行动命令都是从距离现场十分遥远的地方下达给她的。过去瑞尔对这些命令从来没提出过任何质疑,她的全部的生活内容几乎就是忠实地执行这些命令。

然而从某个时刻开始,瑞尔无法继续这样做下去了。

瑞尔的父亲是个残忍的怪物,在她很小的时候就差点儿把她打死。留下的伤痕是永久性的,不是指她身体上的那些伤痕,而是指她心灵深处的创伤。它们一直没有真正愈合过。

官方杀手的职业生涯,给了瑞尔一些她以为自己永远都不会拥有的东西。

行动目的的正义性。

代表正义与邪恶搏斗。

正义获得胜利,邪恶遭到毁灭。

在瑞尔看来,她的行动就是在一次又一次地杀死她那残忍的父亲,就是在彻底地根除那些新纳粹分子以及胆敢践踏和肆虐人类的一切恶魔。

然而,事情从来没有也永远不会这么简单。

杰西卡·瑞尔到头来终于明白,判别正义与邪恶的最权威的仲裁者,就是她自己的道德准则。她过去在别人的指令下做出的一些事情,给她的道德准则蒙上了灰尘。

从无条件地服从中情局的一切指令,到同这位雇主毅然决然地决裂,这不是一件容易的事情。但是一旦实现了这种决裂,瑞尔不禁为自己终于重新找回自我而产生的那种欢欣振奋的感觉惊奇不已。

在开车的路上瑞尔不由得想知道,罗比将如何对待自己刚刚送给他的这份小礼物。

第三十三章

这个人是总统国家安全事务助理。这一职务由总统直接任命,无需国会批准。他的办公室位于白宫的西翼,离总统的椭圆形办公室很近。与国土安全部长或者国防部长不同,国家安全事务助理并不直接分管具体的政府部门。由于这种区别,人们很容易得出国家安全事务助理的权力和影响力很弱的结论。然而这个结论明显是错误的。

任何能够直接向总统进言的人,都拥有着巨大的权力和惊人的影响力。在国家处于危机的时刻,国家安全事务助理在白宫战情室直接下达指令,总统通常就在他的身边。

罗比对这一切是十分清楚的。他被人拉到了宾夕法尼亚大道1600号——白宫。足可以阻挡坦克的大铁门开了,SUV车队驶进了这个可称之为世界上最有名的地方。

下车后的步行距离很短。罗比没有被引导到战情室,它是为国家发生危机而准备的。罗比暗想,如果眼前的局面继续发展下去,战情室将不得不变成一个非常繁忙的地方了。有人把他带到了一间小会议室并请他坐下。于是他坐下了。他知道门外站着武装人员。

不知总统今天是否在白宫。罗比相信总统已经得到了有关这一事件的全部汇报,至于他就此提出了什么要求就不得而知了。

罗比独自坐了五分钟,长得足够显示他在等待的人物有多么重要。罗比的事情虽然很要紧,但是对国家安全事务助理而言不过是日理万机的一个具体内容而已。

这个世界,不论你怎样去形容它,从来都是个复杂透顶的地方。而美国作为现存的唯一一个超级大国,处在复杂矛盾的旋涡中心。不管美国做什么,有一半的世界会憎恨它,另一半的世界则会抱怨美国做得还不够。

门开了,罗比重新集中起了注意力。进入房间的这个人不为广大的公众所熟悉。不过公众对任何一位内阁成员也都不熟悉,甚至对副总统的名字有时也叫不上来。

罗比估计这个人喜欢这种鲜为人知的状态。

他的名字叫格斯·惠特科姆,六十八岁,心肠有点软,但是有着当年在海军学院球场上做后卫时练就的一副宽阔肩膀。他的头部那时肯定没被人撞得太厉害,因为他的大脑每日仍在紧张地运转。这个人的声誉源于他对国家的敌人持续不懈和冷酷无情的围剿。总统非常信赖他。

惠特科姆坐到了罗比对面,戴上金丝框眼镜,低头看自己随身带来的电子记事簿。白宫也像世界其他地方一样,正在走向无纸化办公。他读完屏幕上的内容,摘下眼镜放进夹克口袋里,然后抬起头看着罗比说:

"总统问你好。"

"我非常荣幸。"

"嗯,他很赞赏你。"

客套完了,惠特科姆切入了正题:"你度过了一个很不容易的夜晚。"

"是的,我也没料到会是这样。"

"最新的消息是迪卡洛好些了。他们认为她会度过危险期的。"

"很高兴听到这个消息。"

"我读了几遍你关于昨晚事件的报告,只是报告没有指出袭击者可能是什么人。"

"我一直没看清楚他们当中的任何一个。他们是从远距离向我们射击的。现场的取证工作能够提供什么吗?"

"发现了很多弹壳。"

罗比点点头,又问道:"那些人没有留下尸体吗?"

惠特科姆锐利地盯着他问道:"为什么会有他们的尸体呢?那么远的距离你的手枪很难击中他们。"

罗比这是给他自己找了麻烦。他不应该提到自己递交的正式报告里没有写进去的任何东西。这肯定是由于他太累了。

"我们突围的时候他们正在向前逼近。我对着他们的方向开了几枪。我们永远也不知道什么时候会撞上运气,不是吗?"

惠特科姆似乎不想听罗比说这个,他好像已经形成了某种看法,这让罗比感觉有点不安。而且这个人刚才说过的话回响在罗比脑子里,可是他尽力表现得不动声色。

弹壳。很多弹壳。

好像是已经看穿了罗比的心思,惠特科姆说:"在迪卡洛家左侧的一棵树后面,发现了四十多粒弹壳。大多数弹壳在地面散落的状态表明,这支枪是朝着你在报告里提到的那一伙枪手所处的位置进行射击的。在他们那个位置,我们发现了血迹和其他型号的弹壳,还有一些玻璃碎片,经鉴定它们是狙击步枪瞄准镜和电筒的碎片。所以问题来了,当时还有什么人在现场?"

他严肃地看着罗比。

罗比保持沉默。惠特科姆继续说:"有人向袭击你的那些人打了四十多枪,你不可能对此视而不见。那么,你的守护天使是谁呢?这是第一个问题。第二个问题是,为什么这些情况你都没有写在报告里?"

"这是一个有关信任的问题,先生。"

从惠特科姆不以为然的表情可以看出,这不是他所期待的回答。"你说什么?"他尖锐地问道。

"迪卡洛女士向我表示,局里和外面一些地方的事情有点儿不对头。这些事情正在困扰着她,她认为有一场危机即将降临。她只有两个警卫人员,因为她能够信任的只有这两个人。"

惠特科姆又掏出眼镜戴上了,好像这样就能让他更清楚地理解罗比的话似的。

"你是想让我相信,中情局的二把手不信任她自己的机构?不信任中情局?"他缓缓地摇头说,"这非常非常令人难以理解,罗比先生。"

"我只是向您转述她对我说的话。"

"但是她的这一极不寻常的看法同样没有出现在你的报告里。而且不幸的是,迪卡洛女士目前也无法证明你的这些说法。"

"是她邀请我去了她家,先生,就是为了告诉我这些事情。"

"还是那句话,这只是你的一面之词。"

"就是说您不信任我?"罗比说。

"噢,你也显然是没有信任我们任何人。"

罗比摇了摇头,但是没有作答。

惠特科姆更加咄咄逼人地说:"送给我的简报说,有个叛变的特工正在杀害中情局的人员。你被指派去追踪并且消灭这个无赖特工。在我看来你好像还没能找到什么有用的线索。事实上你似乎开始认为,真正的敌人是在我们的内部,而不是在外面。"

"当我们自己人对我隐瞒情况的时候,我很自然会认为内部的人难以信任了,而且他们的这种做法也使我的工作变得更加困难。"

"隐瞒情况?"

"有人删节了发给我的情报资料,还破坏了凶手的作案现场。有人召见我时吞吞吐吐、含含糊糊,没说出来的意思比说出来的多得多。我们制定的计划不断地变来变去。要成功地完成我的任务,这可不是一个理想的平台。"

惠特科姆低下脑袋看了会儿自己的双手,又抬起头说:"你只需回答一个简单的问题。你看到开枪的那个人是谁了吗?"

罗比明白,只要他再踌躇一下,后果就是灾难性的。他答道:"是一个女人。我没看清她的脸,但肯定是一个女人。"

"你没想办法去确认她是谁吗?"

罗比有一个现成的答案,就连惠特科姆这样老练的家伙也无从质疑的答案。他说:"我的车后座上有个身受重伤、随时都可能死亡的人。那些枪手正在对我们步步紧逼。除了尽快逃离现场,我没时间做其他任何事情。我的首要目标是救出迪卡洛女士。"

惠特科姆没等他说完就点点头,说道:"当然了,罗比。这当然是完全可以理解的。还有,你的身手很敏捷,希望这会让迪卡洛活下来。你是值得表扬的。"

他停顿了一下,似乎在理顺自己的思绪。罗比等待着他的下一个问题。

"你认为那个女人可能是谁?"惠特科姆问道。

"先生,目前这还只是我个人的猜测。"

"我明白,说说你目前的猜测。"

"我认为那是杰西卡·瑞尔,就是局里指派我去追捕的那个无赖特工。"

第三十四章

离游戏商店开门还有相当长的时间,然而瑞尔知道他总是来得很早。所以她把车停在商场外面他通常出入的那个门口,坐在里边等着他。他到达后正在停放自己那辆老款的福特野马车时,瑞尔闪了闪车灯。

他走过来上了瑞尔的车。

她开车离开了。

迈克·吉奥弗瑞穿着宽松的牛仔裤,敞着怀的连帽衫里还是一件印着"毁灭之日"的T恤。瑞尔觉得他有几十件这种T恤。

"我们这是去哪儿?"他问道,"我还要检查库存呢。"

"不远。如果你搞到了我需要的东西,时间就不会太长,也就是喝杯咖啡的工夫。"

瑞尔指了指杯托上的咖啡。他拿起来喝了一口。

"你没给我太多的时间来干这事。"他喃喃地抱怨。

"我记得你干这类事情从来不需要太多的时间,我记错了吗?"

吉奥弗瑞又喝了一口咖啡,然后擦擦嘴说:"我这么干可能会遇到很大麻烦。"

"是的,有这种可能。"

"可是你仍然希望我帮助你,是吗?"

"是的。如果我们掉个个儿,你不是也会寻求我的帮助吗?"

吉奥弗瑞叹口气说:"我讨厌你的这种逻辑。"

"你是一个游戏玩家,我想你的生活离不开逻辑。"

"我同时也很喜欢虚幻的世界。我在屏幕上杀人,你杀真的。"

他们在沉默中开了一会儿。

"我的话很愚蠢,对不起。"吉奥弗瑞后来说道。

"你说的是事实。事实能有多愚蠢呢?"

"又讲逻辑了,"他说,"你总有你的逻辑。"

"当我可以选择的时候,我总会选择逻辑而不是混乱。"

瑞尔感觉他们像是进入了时间隧道。十年前也是在一辆车上,只不过是行驶在一片陌生的土地上,瑞尔同样要求他提供一些情报,吉奥弗瑞满足了她。话说回来,瑞尔如今觉得每个地方都变得很陌生了,甚至包括她称之为家的地方。

他们又默默地开出了一英里。对瑞尔来说,敲打在风挡玻璃上的每一滴雨珠,都像是代表着生活中又白白流失掉的一秒钟。

"那些人是罪有应得吗?"吉奥弗瑞悄声地打破了沉默。

瑞尔没有回答。

他在座位上扭动了一下,说:"因为我十分了解你,我想他们肯定是罪有应得的。"

"别给我戴高帽,我没这个资格。"

"你这是什么意思?"吉奥弗瑞严肃地说。

"我杀了很多我根本不认识的人,因为上面的人告诉我,这么做不仅是正确的,而且是我的职责所在。至于他们是不是真的罪有应得,却从来不在讨论的范围内。我说的意思就是这个。"

"把你招到局里就是干这个的,当年我也一样。我们站在正义和真理的一边,至少上面是这么告诉我们的。"

"在大多数情况下,这是真的,迈克。然而只是在大多数情况下。我们这个圈子是由凡人组成的,所以不可能什么都是完美的。事实上,一切都是不完美的。"

"那么他们真的是罪有应得吗？我的意思是这次涉及的这些家伙。"

瑞尔一个急转弯,在路牙边上停住了车。她在座位上侧过身,凝视着他说道:

"是的,他们罪有应得。但是这件事情既简单又复杂。简单的部分我做过了或者说正在做,复杂的部分还需要花很长的时间,也可能永远做不完。"

"就是说后面还有更多的?"他问道。

"你看我像是要收手的样子吗？"

"不像。"

她挂上挡,重新开动了车。"如果我告诉你更多的,你就成了我做的这些事的帮凶了,因此我们就到此为止。你手里有我需要的东西吗？"

他从口袋里拿出一个闪存递给她。瑞尔把它放进了口袋里。

"我没看内容。"他说。

"很好。"

"你怎么知道有这个东西存在？"

"因为他们正在实施它。没有一个分析报告和总体设想,他们就无法做这些事情,就像没有地图就无法行进一样。必须有人给他们拿出一份权威性的报告文本来。他们要干的不是那种可以总结教训、从头再来的事情。每一步都要环环相扣、严丝合缝,上上下下、前前后后、进退得失、优劣利弊,他们都不得不事先就考虑得万无一失。"

"你说的'他们'是谁?"

她摇摇头说:"不谈这个。"

"我估计你也不得不杀了我。"

"我想是的。"瑞尔说着,脸上没有一丝笑容。

吉奥弗瑞用手捋了捋散乱的头发,眼睛望向车窗外面。

"还喜欢这种咖啡吗?"瑞尔问道。

他抓起杯子说:"好极了,你的记性真好。"

"当一个人时刻面临着暴毙而亡的危险时,总是想起那些琐细事情的。我们先往杯子里放奶,再放一块糖,最后冲进咖啡,不用小勺搅拌。这种喝法有助于我保持清醒,你可能也是这么认为的,是吧?"

"你对那些日子还记得什么?"

瑞尔凝视着风挡玻璃,脑海里闪现出很多画面。不论她多么努力也永远无法忘记的画面。

"大风刮个不停。扬起的沙子打在皮肤上很疼,还灌进我的枪筒里。始终缺乏食物和饮用水。但是我记忆里最鲜明的是,我不清楚我们在那儿做的事情有什么意义。只要我们一离开,一切就变得和从前一模一样。我们真正留给那个地方的只是遍地的鲜血,其中有许多是我们自己人流的。"

吉奥弗瑞转回头来盯着前面的风挡。他一板一眼地慢慢喝着咖啡,仿佛这是此生的最后一杯似的。

"你这次帮我是背水一战,自断后路。难道不是吗?"瑞尔问他。

"我尽可能做到了不留痕迹。他们只有比我强才能抓住我的把柄,我不认为他们有这个本事。据我所知,就连从未亲吻过女孩的十六岁的小混混,都开始为国安局编程了。"

"不管怎样,小心点儿你的身后。千万别太自信了。"

他说:"看来这雨要下一整天了。"

"看来这雨要下一辈子。"

"那会是多长时间?"他问道,"我是指你的一辈子。"

"你的预计也许比我更准。我已经不再是一个保持客观态度的观察家了。"

"你不应该以这种方式离开中情局,杰西卡,毕竟你为它出过那么多的力。"

"正因为我为它做过这么多的事情,所以我必须用这种方式同他们分道扬镳。不这样做,我就无法面对镜子里的自己。如果大家都来做做这种简单的测试,看看我们能不能对得起这面镜子,那么我们干的那些事情当中有四分之三东西是不会有人去干的。可是到头来人们总是能够为他们所做的一切做出辩解。人,就是这样的。"

"他们一定是把你伤害得很厉害。"

瑞尔心想,他们伤害了我很在乎的人。他们对他伤害得太狠了,他死了。他们伤害了他,也就是伤害了我。现在轮到我来伤害他们了。

"嗯,我想是的。"她答道。

她开车送他回到商场,让他下了车。

"我很感激你的帮助,迈克。不会有人知道这东西是怎么来的。"

"我明白。"

他刚要离开,一阵骤雨却使他又钻回了车里。

"我希望你能成功。"

"走着瞧吧。"

"他们派谁来追杀你?"

"威尔·罗比。"

吉奥弗瑞倒吸了一口气,眼睛由于恐惧而瞪得大大的。

"该死,是罗比?"

"我明白,不过他也许会放我一马吧。"

"为什么他要这么做?"

"因为昨天晚上我救了他一命。"

瑞尔开车走了,留下吉奥弗瑞站在雨中看着她。驶出几英里后她来到了一个地下停车场。她停好了车,但是没熄火。接着她把闪存插入笔记本电脑,仔细阅读了其中的内容。

需要坐飞机了。

该坐就坐。

她开车走了。

第三十五章

他们用 SUV 把罗比送到了他的公寓楼门前。从白宫到这里的短短旅途中,这些人什么话都不说,就连打开门请他下车时也什么都没说。罗比看着这辆车消失在早高峰的车流中。

罗比说出他认为那天晚上对迪卡洛和他伸出援手的是杰西卡·瑞尔之后,惠特科姆没表态。他在电子记事簿上写了点什么,狐疑地看了几眼罗比,就从椅子上起身离开了。

罗比继续坐在那里。几分钟后警卫把他领了出去。值得记忆却又令人不安的白宫之旅。

此刻他望着自己的公寓楼,感觉到了前所未有的疲劳。这是许多因素的综合作用,因为他已经有好几天没有好好睡觉,也没吃多少东西,一直在巨大的压力下拼搏。

也许干这行我真的太老了。

这并不意味着他要就此退却。但是酸痛的身体和疲倦的心灵给他敲响了警钟,证明他的想法是不无道理的。

他乘电梯上到自己的楼层,打开锁,闭掉警报器,关上了房门。在白宫他按要求关掉了手机。现在重新开启它,一条短信跳出了屏幕:

我做的一切都事出有因。需要的是解锁。

罗比坐在椅子上,盯了屏幕足足有五分钟。后来他把手机放在桌子上,花了二十分钟冲了个澡,让热水冲去了疲劳。他穿好衣服,喝了杯橙汁,又坐下来琢磨这条短信。

我做的一切都事出有因。需要的是解锁。

瑞尔做了很多事情。哪件事应该是他关注的重点?让他解开的是什么锁?

她的行刺?

她对他的出手相助?

她发给他的这条新短信?

所有这一切?

罗比估计局里将要给他打电话。他们肯定已经读到了这条短信,也许有十几个分析员正在试图破译它。但是没人来电话,也许他们不知道该和罗比说什么。他想过给瑞尔回个短信,问问她是什么意思。不过瑞尔和他一样,明白局里能够读到短信里的每个单词。他决定不回短信了。

罗比把手机放进夹克口袋,站起来伸了个懒腰。他应该睡一会儿,但是没有时间了。

他突然想到应该去租辆车。原来那辆弹洞累累的车作为证物正趴在当局的哪个部门呢。

过去一年里罗比租过很多辆车。他很高兴租车费是可以报销的。除此之外,官方身份的刺客没有太多的福利可言。

他乘出租车到车行租赁口签了租用一辆奥迪6型车的文件。他之前开的一辆车也被子弹打穿过。罗比不知道他是否已经上了一些汽车租赁公司的黑名单。如果是,那么这个地方应该是还没得到"离此人远点"的通知。

罗比开着租来的车去正在救治珍妮特·迪卡洛的那家医院。由于天气和交通的原因,他为到达那里付出了四十分钟的代价。

他原以为迪卡洛那层病房设有重重的警卫,实际却不然。罗比认为这太不应该了。而更不应该的是,他走进重症监护病房,却发现里边是空的。

他问一个护士迪卡洛在哪儿。护士只是茫然地看着他。

哦,罗比想,他们可能没用她的真名。

他看了看房间号码,指着其中一个说:"是这个病房,一个女人。"蓝人对他说得很清楚:重症监护病房,七号。

女护士还是不说话。

"她死了吗?"他焦急地问道。

又一个女人向他走来,看上去像是管事的。罗比问了她同样的问题。

这个女人拉着罗比的胳膊,把他拽到了一个角落。罗比给她出示了证件,她仔细做了查看。

她说:"我们也不知道这位病人目前的病情和所在的地方。"

"这怎么可能?你们这里是医院。你们就这样让人把一个重伤号带走了?"

"你是她的助手吗?"

"为什么这么问?"

"因为我在这儿工作很长时间了,什么样的人我都见过。这个女人,我知道,绝对是个高层人物。他们没说她的名字。今天一早他们就来这儿把她推走了。没说去什么地方,我估计是他们找到了更合适的医疗机构来照顾她。"

"是什么人推走她的?"

"不瞒你说,他们的证件和西装上的徽章吓得我要死。"

"什么样的徽章和证件?"

"国土安全部。"

这回轮到罗比目瞪口呆了。

美国国土安全部掺和进来了。中央情报局和国土安全部的关系不怎么样,就是那么回事。但是国土安全部要从这儿带走迪卡洛,就应该得到位于兰利的中情局总部批准。这么说,联邦政府的两个庞大机构尽释前嫌,不分彼此了?

罗比重新注视着这个女人,问道:"他们没说要把她带到哪儿去吗?"

"没有。"

"现在就转走,对病人合适吗?"

"以我在重症监护室二十多年的经验,我肯定要说这对病人的安全很不利。可是他们就这么做了。"

"她的伤势究竟有多重?"

"我不能告诉你,病人的情况是保密的。"

"她昨晚受伤时,我和她在一起。是我把她从那些想杀她的人手里救出来的。我们局里让我来这儿看看她的情况。你应该明白,她不在这儿我很惊讶。我知道你们要保密,不过你连她的名字都不知道,对你来说她只是七号病房的一个女人。我看不出你对我说说她的情况会违反《健康保险法案》的任何规定。"

女子琢磨了一会儿说:"这是一个特例。"

"说得太对了。"

她笑了一下,说道:"她是重症监护室的伤员。她不应该这么快就离开这里。她的枪伤给体内造成了很大损害。通过手术,子弹是取出来了,但是她需要很长时间才能恢复,如果她能活下来的话。我能告诉你的就是这些。"

罗比谢过她后离开了。

他一边走向自己的车,一边呼叫蓝人,向他报告了这一情况。他注意听着蓝人的反应。罗比想知道——不,是他需要知道——蓝人是否已经了解这个事实。

蓝人脱口而出的话语使得罗比确信他还不知道这事。

"天啊,这到底是怎么回事?"

"我弄清楚后会告诉你的。"罗比答道。

他挂断电话钻进了车里。

破解这个谜题可以有不同的办法,然而只有一条捷径。目前罗比需要的就是捷径。

他用力踩下了油门。

为了找到真正的答案,有的时候最好是直接去找最大的头头。

第三十六章

埃文·塔克的车队从家里出来开到了街上。领头的 SUV 突然一个急刹车。警卫们持枪从车上跳了下来。

堵着路的是一辆奥迪6。威尔·罗比站在奥迪6的前面。瞬间他被五个警卫包围了。

"举起手来,马上!"领头的警卫喊道。

罗比没有举手,而是说道:"告诉你老板,除非他现在和我聊聊,否则我下一站就去美国联邦调查局,告诉他们我所知道的一切。他不会喜欢这个,相信我的话。"

"我说了,举起手来,马上!"

罗比转过来直视着他,说:"我让你去对你的老板说,马上!"

警卫们冲上来拉扯罗比。结果是,一个飞到了奥迪的引擎盖上,第二个平躺在了人行道上。第三个正要上来试试自己的运气,有个声音喊道:"够了!"

大家转过身去,只见埃文·塔克站在车队中间的一辆 SUV 旁边。

"实在是荒唐!够了。"

倒下的警卫爬了起来,冷冷地瞪着罗比,退到了一旁。

塔克盯住罗比问道:"有什么问题吗?"

"是的,确实有问题。这个问题的名字是珍妮特·迪卡洛。"

塔克扫了一眼周边的几个邻居。他们张大着嘴站在自家庭院里或是离车队几码远的地方,有的还抱着孩子。

"罗比,"塔克轻声道,"我们这是在公共场合。"

"这不是我的问题。我对你的手下说我想和您谈谈,私下谈谈。可是他们似乎没听见。"

塔克又看了一眼周围的邻居。有个年轻的母亲握着五岁孩子的手,那孩子盯着持枪的男人们,似乎吓得快要尿裤子了。

塔克笑着对他们说:"只是个小误会,我们现在就走。祝大家愉快。"他又指着罗比,"你,坐我的车。"

罗比摇摇头说:"我开车跟着你。车是租来的,我可不想把它丢了。你明白我的上一辆车变成什么模样了。"

塔克思忖了一下,回到SUV里摔上了车门。罗比坐进奥迪,倒车让车队通过,然后跟了上去。

来到一条主干道后,罗比看到了他想找的地方。他快速右转驶进了停车场。下车走进IHOP烤薄饼连锁店之前,他用眼角的余光看到车队停住了并且开始往回转。四周响起了一片抗议的喇叭声。

罗比进门后走向柜台。迎接他的是一个年轻的女人,手上拿着菜单。

"是一个人吃早餐吗,先生?"

"不,是两个人。但是我们需要一个能让五个彪形大汉站在桌子周围的地方。"

年轻女人的眼睛瞪得大大的。"您说什么?"

"有没有单间?要是有就太好了。"

"单间?"

罗比掏出证件向她晃了一下,说:"不要紧,我们是好人。"

埃文·塔克带着保镖冲进门时,罗比已经点了两杯咖啡。女服务生引导他们走过来,表情非常紧张。

"没事儿,"罗比对她说,"这儿有我呢。"

女服务生给罗比安排的是里面的一个角落,这可能就是这家连锁店最隐蔽的地方了。幸运的是这会儿客人不多,离得最近的至少也隔着五六张桌子。

塔克呵斥道:"你到底在搞什么名堂?"

"我还没吃早饭呢,我很饿。我也给您叫了杯咖啡。"

"我们不能在这儿议论事情。"

"嗯,这是我准备讨论事情的唯一地方。"

"你想让我把你抓起来吗?"

"头儿,中情局在国内没有逮捕人的权力。而且我认为您也不想让本地的警察掺和进来。他们的权限管不了这种事。他们也许会逮捕我们所有人,然后交给其他人来处理。所以,为什么您不坐下来呢?让您的这些伙计围着桌子,眼睛向外,并且打开反电子侦察设备,我知道他们带着那玩意儿。然后我们就可以谈谈了。"

塔克终于压住怒火,深吸一口气坐了下来。他示意手下做的事情与罗比的建议一模一样。一个警卫手里的设备发出了低沉的嗡嗡声。

"咖啡里加奶和糖吗?"罗比问。

"黑咖啡就好。"

一个二十岁刚出点头的男服务生怯怯地走来,用发颤的声音问道:"嗯,点什么吃的吗?"

警卫们正要驱离他,罗比说:"我要点。您呢,头儿?"

塔克先是摇头,瞥了一眼菜单后又说:"呃,等一下,我也没吃呢。有什么值得推荐的?"

这个年轻人似乎宁愿被鲨鱼吃掉也不敢张嘴说话。他结结巴巴地说:"嗯……我们的薄饼很有名。"

塔克对着罗比微微一笑说:"好吧,两个鸡蛋,单面煎的。一份培根熏肉。一摞你推荐的薄饼,再来点柚子汁。"

"来两份。"罗比说。

服务员几乎是跑着离开了。罗比把目光转向塔克。

塔克说:"我们现在可以开始了吧?"

"我有一个问题。您知道珍妮特·迪卡洛在哪儿吗?"

"她在医院,罗比。"塔克不等他说完就答道。

"哦,您说的是哪家医院?因为昨晚她在的那个医院不知道她目前在哪里。"

送向嘴边的咖啡杯中途停住了。塔克把它放回桌上。

"您看来真的不知道。"罗比难以置信地说。

"那不可能。她能去哪儿?她刚做完手术,目前还是危险期。"

"那么您的意思是,您在医院的那些手下人没向您报告国土安全部的家伙们把她带到天知道的什么地方去了吗?现在该轮到我说那是不可能的了,不过也许是我错了。"

塔克舔舔嘴唇,抿了一口咖啡,慢慢地将杯子放回原处。

罗比盯着他的举动暗想,他是在拖延时间,因为他的脑瓜正在快速地转动。

塔克终于说话了。"国土安全部?你确定吗?"

"他们推走迪卡洛的时候,给护士亮出了证件。"

塔克没说话。

罗比说:"头儿,当您在考虑这件事情的时候,我得告诉您,我还与总统国家安全事务助理谈过话。"

"格斯·惠特科姆?怎么回事?"塔克厉声问道。

"是他们来把我带走的。惠特科姆先生态度坦率,直奔主题。我得承认,他对我告诉他的内容不很满意。"

塔克又抿了一口咖啡。这是他犯的一个战术性的错误,因为罗比由此发现他的手有点抖。

"你究竟对他说什么了?"

"您真的想知道吗?"

"我当然想知道。"

"昨晚我能把迪卡洛从那些人的突袭中救出来,是有原因的。"

"什么原因?"

"有一位守护天使前来拯救了我们。"

"守护天使?"

"我想您知道这个人。杰西卡·瑞尔。"

塔克瞠目结舌。开始他没说出话来,后来终于脱口说道:"太荒唐了。"

"我原来也是这么想的。因为我正在追查她。她是国家的叛徒,至少人们是这么对我说的。"

"迪卡洛见你是为了什么事?"

"她对我说了中情局在以往履行职责的过程中发生的一些事情,很有趣。"

"到底指的是什么?"塔克问。

"比如,一些不应该指派的任务,不知去向的人员和装备,还有同样消失得无影无踪的资金。"罗比对塔克转述了迪卡洛说的具体内容。讲完后塔克刚想张嘴说点什么,可是罗比抬起手指指塔克的

左边。

他们的食物上来了。

警卫们让开一个口子。盘子摆到了他们面前。

"还来点儿什么吗?"服务生诺诺地说,"再加点咖啡?"

"我不要了。"塔克说着瞥了罗比一眼。

"再来点咖啡,谢谢。"

服务员续完杯落荒而逃。

罗比开始吃东西,塔克却只是坐在那里。

"迪卡洛和你说了有关这些行动、人员、设备还有资金的细节吗?"

"没有。不过如果我是您,我是要去寻找答案的。"

塔克缓缓地摇了摇头。罗比无法判断这是对迪卡洛的话表示怀疑,还是对她没有说出细节而感到失望,也许是两者兼而有之。"你肯定那是瑞尔吗?"塔克问道。

"身高同样,体型相同。是个女人。"

"也就是说你不能完全肯定?"塔克问。

"你的雇员工资表上有几个女人能和半打训练有素的杀手展开枪战并且战胜他们呢?"罗比接着又问道,"这样的男人又有几个呢?"

塔克开始吃鸡蛋。两个人默默地吃了几分钟。

罗比吃下最后一口东西,喝掉剩下的咖啡,靠在椅子上摆弄着桌上的餐巾纸。

塔克也摆弄起了餐巾纸。"如果真是瑞尔,她为什么要这么做呢?"他问道。

"我希望您能告诉我。"

"为什么我会有答案呢?"

"您是中情局的老大。如果您没有答案,还能有谁知道呢?"

"也许国土安全部知道是怎么回事。"

"您和这位老大哥关系还是不够融洽吧?"

塔克耸耸肩说:"几十年来,联邦调查局就像是谁都讨厌的一只八百磅重的大猩猩。现在国土安全部却像是一头九百磅重的灰熊,比联邦调查局还招人厌恶。"

"您们这些情报界的头头是不大愿意同别人合作的。"

"比你想的更严重,罗比。"

"建议您拿起电话,打给国土安全部的一把手,好言好语让他送回您的副手。"

"没那么简单。"

"为什么呢?"

"这是很复杂的事情。"

"能解释一下吗?"

"没有时间了。有一个重要的会议,我已经晚了。"

罗比站了起来。"好的,您去参加您的重要会议吧。如果有时间,您可能还会想着去看看迪卡洛是否还活着。"

"我非常关心迪卡洛,罗比,别以为我不关心。她是我的同事,也是我的朋友。"

"行动。头儿,行动胜过一切语言。"

"你下一步准备怎么寻找瑞尔?"

"没有下一步了,除非有人向我解释清楚这一切到底是怎么回事。我现在要正式退出了。"

"你这是违抗命令。"塔克咆哮道。

"那您就逮捕我吧。"

罗比推开保镖的阻挡,离开了连锁店。

塔克正要走开,有点发抖的服务生侧着身凑近他,递上账单后又快步逃掉了。中央情报局局长低头看了一会儿账单,慢慢地掏出了钱包。

第三十七章

罗比坐在公寓里。他认为应该以某种隐秘的方式搞到自己需要的情报。在有人监视着你的情况下,要搞到这种情报往往是一件很难的事情。

然而,罗比在秘密部门工作。因此他有这方面的资源和综合技能。现在他打算动用它们了。

他把车开到一家商场的室内车库,然后去购物。在一个小时的时间里,他去了三家不同的商店,拎出了三种不同的购物袋。

他坐到一张小桌旁,要了一杯咖啡,把它喝光了。他还吃了一块松饼,虽然他不是真的饿了。

他站起身,扔掉空杯子,继续闲逛着。

罗比不能肯定自己被人跟踪着,但是他必须假定是这样。

他不得不相信局里对他的关注度已明显上升,而且其他一些机构目前恐怕也是如此了。

珍妮特·迪卡洛已经明显是被掌控在国土安全部手里。他们有很多可利用的资源,包括天上的卫星。虽然卫星的监控很难躲避,但是它也不是万能的。他们只能掌握卫星能够看到的东西,而且有时卫星看到的也并不都是真实的东西。

他看了看表。是时候了。他们该忙上一阵子了。

他没有回到自己的车旁,而是沿着自动扶梯下到了地铁站。

他立刻被裹进了急着坐上地铁的乘客人流当中。他和一群人一道挤上了刚进站的列车,又"失手"在车厢门外丢下了他的购物袋,引发了一阵混乱的争抢。

报站的话音响起,车门快要关闭了。罗比径直朝着车厢尾部走去。他回头看到有两名男子强行推开争抢的人挤进了车厢。

罗比不认识他们,但他知道他们是干什么的。

跟踪他的尾巴。他们的那种特征是不会被搞错的。

就在车门关闭前的一瞬间,罗比从另一道车门下了车。

列车驶离了站台。罗比走到出口,消失在人群当中。

他没上自动扶梯,而是溜进了一扇几乎不被人注意的小门。它通往维修区。

罗比在走廊碰到了两个人。他们问他到这里做什么。罗比亮出证件,问他们最近的出口在哪里。按照他们的指点,他只用一分钟就走了出去。

他把夹克翻过来穿在身上,棕色变成了蓝色。

他又从兜里摸出棒球帽扣到头顶,还把太阳镜戴上了。

他在街上找到了出租车停靠站,二十分钟后就出了华盛顿。

他在离目的地挺远的地方下了车,剩下的路就用双腿步行了。

这家修鞋店的周围全都是破旧的住宅和店铺,一派衰败没落的景象。罗比一推门便响起了铃声。门在罗比身后自动关上了。

他停住脚,摘下帽子和眼镜,四处打量着。这里的一切同其他的修鞋店没有任何两样,唯一的区别在于,它的主人并不是靠每天修鞋来养家糊口。

一个男人从柜台后面的那间屋里掀开门帘走了出来。"我可以为您——"看到是罗比,他住嘴了。

罗比走过去,把手放在柜台上。"是啊,我希望你能为我提供点帮助,阿尼。"

这个男人五十多岁,头发灰白,胡须修剪得很整齐,长着一双招风耳。他不由自主地越过罗比的肩膀往外张望着。

罗比摇摇头说:"没带着尾巴。"

"这种事永远说不准。"阿尼说。

"永远说不准。"罗比表示同意。

"又有任务了?"阿尼问道。

"这次有点不一样。"

"盖德的事?"

罗比点点头说:"我需要帮助。"

"我基本算是退休了。"

"基本算是个谎言。"

"你需要什么?"

"关于杰西卡·瑞尔。"罗比答道。

"有段日子没听过这个名字了。"

"这种情况也许要变化了。谁和她有联系?"

"内部的联系人你应该认识。你还是局里的人。"阿尼说。

"我指的不是局里指定的联系人。"

阿尼用手摸了一下下巴,说道:"瑞尔很能干,也许和你一样棒。"

"也许更棒。"

"怎么回事?"

"她遇上点儿麻烦,也许我能帮她。"

"你们合作过。"阿尼说道。

"很久以前的事了。我想找到她。"

"为了什么?"

"为了工作。"

阿尼摇头说:"我不会帮助你去杀死她,如果是这么回事的话。"

"我找她是为了有关国家安全的事情,阿尼,就是这么回事。"

"我好长时间没看到她了。"

"和她有联系的人呢?"

"你要对我发誓。你真的是想帮助她?"阿尼说。

"如果我发誓,你会相信我吗?"

"你的名声不错。这不仅仅是指你的枪法好。人们说你是个坦诚的特工,罗比。你如果对我说实话,也许我可以帮帮你。这就是我的条件。如果你不喜欢这个,也不想修修你的鞋,那我就不得不请你离开了。"

罗比想了想,明白自己没别的选择。"局里认为是瑞尔杀死了盖德,还有另外一个特工。"他说。

"这是胡扯。"

"事实上我觉得的确是她杀掉了他们。但是事情不那么简单。我们的内部也许是出现了一些情况,阿尼,一些完全见不得人的事情。我了解瑞尔,我永远都是信任她的。"

阿尼说:"如果她确实杀了局里的二把手,你还会信任她吗?"

"为了查明真相,他们指派我来抓捕她。"

"但是你对此事心存疑虑?"

"如果不是,我就不会来这里了。"罗比答道。

隔着台面上满是划痕和污迹的柜台,两个人彼此凝视着。罗比知道,阿尼正在尽其所能地评估着对方的诚意,这一点无可厚非。在这个行当里,诚意是十分稀缺的。当一个人发现了诚意的时候,总是会惊讶于自己的好运气。

"你也许算是幸运的。"阿尼说。

"怎么讲?"

"我的世界很小,这个圈子里没有太多的玩家。我们这些人之间不搞什么团聚,但是彼此间保持着联系。有谁需要帮忙的时候,我们可以送他一个人情,提供一点支持,并且指望着必要时也能从他那里得到回报。"

罗比说:"这和我的事有什么关系?"

阿尼说:"我接过一个电话,也是干这一行的家伙打来的。我不提他的名字,不过他知道瑞尔,而且他最近大概是和她接触过。"

"瑞尔找你的朋友干什么?"

"想找一份分析报告,还要一个地址。"

"什么分析报告?谁的地址?"罗比问道。

"我不清楚。其实我帮不了他,但是我知道谁有可能帮上一点忙,我就告诉了他。"

"阿尼,我仍然看不出你说的这些对我有什么用。"

"她要的地址是和一个名字联系着的。"

"什么名字?"

"罗伊·韦斯特。"

"他是谁?"罗比又问。

"他曾经也是局里的。一个小人物。可是瑞尔对他感兴趣,为此竟然不惜冒着风险去找我的朋友。如果是她杀了盖德,局里一定是对她可能会联系的所有人都进行着监视。"

"知道瑞尔为什么对韦斯特感兴趣吗?"

"不知道,但是很迫切地要求提供地址。"

"你认为你另外那个朋友能给她搞到那份文件吗?"

阿尼摇摇头说:"不好说,你也别费力气让我同样把他介绍给你。

这位朋友大概隔五年能帮我一次忙。他已经潜入了地下,你没办法找到他。"

罗比审视着对方。他觉得阿尼在对他说瞎话,然而另一方面又觉得阿尼的话不是没有一点道理。间谍不是零售商,他们的铺子不是因为顾客有了需求就开张的。

"哦,我想我不得不通过另外的途径来寻找韦斯特和那份文件了。"

"韦斯特在阿肯色州。"

"你怎么知道?"

"文件的事我帮不上忙。但是由于知道了这个名字,我就产生了好奇心,所以做了个检索。"阿尼掏出一副眼镜戴上,转向柜台上的电脑,敲了几个按键。打印机吐出的一页纸落到了托盘上。阿尼把这页纸递给了罗比,罗比看也没看就把它揣到了口袋里。

"这还不是十分精确的地址,只是个大致的区域。要我看,那是个挺复杂的地方。"

"非常感谢。"罗比说。

"如果你耍了我,我要说的可就不是什么感谢了。瑞尔的命运掌握在你手里了。再也别到这儿来。"

"我猜你挺喜欢她的。"

"我只知道一件事,如果是瑞尔杀了那些人,那么她肯定是有充足的理由。"

"但愿你是对的。"

罗比走了,又乘上出租车继续新的旅程。他在离目的地两英里远的地方下了车,余下的路还是靠步行。

右侧是树林,他钻进了林间的砂石路,加快了步子。离那幢小房子还剩一英里了。

那里是他的避风港。局里也不知道他有这样一处安全屋。

不过,茱莉知道这个地方,妮可·万斯也知道。除此之外就没有别人了。

罗比有点儿后悔让她们知道了这个地方,可是现在说什么都没用了。

他解除了警报器,跑上楼去装好行囊,然后到了房子旁边的老谷仓。他打开锁走了进去。谷仓里停放着一辆皮卡车,油箱是加满了的。

罗比推开堆在地板上的干草,露出了一个正方形的木板盖。他抬起了盖子,下面是一道楼梯。罗比沿着它走了下去。

谷仓的这间地下室不是罗比挖的。这幢房子原来的主人是个农民。他在上世纪五十年代建造了这间地下室,毫无疑问是打算依靠这层木板和上面堆放的干草来对付苏联的核威胁。都是过去的事了。

罗比用化名买下了这幢小房后,有一天无意中发现了这间地下室。他在里面配置了一些东西以备不时之需。现在它们该派上用场了。

他把必要的装备装进一个大背包里,又把背包放到了皮卡车的车厢上。车厢不是敞篷的,而且有锁。他打开谷仓的门,把车开了出去,然后又下车锁上了谷仓。皮卡车上了主路后加速朝前驶去。

他对这趟旅程有很多期待,其中最希望的是碰上杰西卡·瑞尔。如果碰上了,罗比希望自己已经做好了应对她的一切准备。

第三十八章

这位老妇人颤巍巍地等候着通过机场的安检。她又高又瘦,手上布满了老年斑,满头的白发剪得很短,背已经驼了,每挪动一步对她来说似乎都是一种痛苦。她走过安检设备时目光只是盯着地面。检测仪器没有发出任何声响。

她拿起自己的行李,蹒跚地离去了。

她坐到了飞机里一个靠窗的座位上。她凝视着窗外,没和坐在身边的乘客谈天。飞行很顺利,着陆也没有任何异常。

晴空万里,阳光明媚。与阴冷潮湿的华盛顿相比,这种变化令人鼓舞。

老妇人下了飞机,蹒跚地走进卫生间。

二十分钟后,她又出现了。年轻的面孔,挺直的身材,再无半点步履蹒跚的模样。伪装用的那些道具都已经仔细地放进了她随身携带的小包里。

她托运了一件大大的拖轮箱。里面有两只金属盒子,都锁得很牢。

有一只盒子里装着两种不同的弹夹。

另一只盒子里是她的格洛克手枪。

她在登机时已经依法申报过这些武器弹药,是以那个老妇人的身份。

办手续的航空公司人员认为她就是一个需要自我保护的老女人。

她的行李箱的边边角角里,还塞着许多塑料、一些金属件和弹簧之类的东西。

她取到托运的箱子后,拖着它去了汽车租赁处。二十分钟后,杰西卡·瑞尔开着一辆黑色的福特探险者驶出了机场。

瑞尔的格洛克手枪已经插在了腰间的枪套里。枪里装满了子弹,随时可以开火。

她不希望使用它,还有她带来的另一支武器。

然而在大多数的时候,这只是她的一厢情愿。

出于职业的需要,瑞尔采用过许许多多的伪装术,其中大约有十几种,是她的前雇主中情局完全不掌握的。即使在为中情局效力时,她也已经留了后手。她无法信任任何人——如果行动失败就会否认与她有任何牵连的雇主,尤其是不堪信任的。

她找准了路,一直向西驶去。这不是一个人口稠密的地区,而且越向前行驶人烟就越稀少。她靠着GPS的引导下了主路。拐来拐去地又开出十英里后,GPS失灵了。好在她之前已经手绘过这一带的地形和路线,她凭着脑海里的方位感终于来到了距离目的地约一英里的地方。

她经过了一会儿应该拐进去的岔道口。她没有拐,而是继续向前开。

先做些必要的侦察。

她沿着这条路行驶着,又遇到了一条岔道。这次她拐了进去,向前开了相当长的一段距离。瑞尔驱使着这辆四轮驱动的汽车按照她的意愿跑来跑去，终于对侦察的结果感到了满意。她折返原路，回到先前经过的那条岔道转弯，又在铺着一些砂石的土路上向前开了大约四分之三英里，最后停了下来。

车也就开到这里了，其余的距离她要走过去。

她打开箱子，取出了所有的塑料、金属和弹簧部件。有些东西体积挺大，有些则很小。

她把所有部件摆在福特车的后备箱里，手指灵活精准地操作着，很快地完成了一支 MP5 冲锋枪的组装。

她在枪上卡进了装有 32 发子弹的弹夹，又把枪带套过了头顶，让这只枪妥帖地安置在了自己的上身前部。她穿上几乎长到脚踝的皮风衣遮住了冲锋枪，戴上了牛仔帽、墨镜和手套，把帽檐压得很低。

活脱脱一个参与街头争斗的女枪手。

瑞尔凝视着前方，研究了一下地形，然后不紧不慢地迈开了步子。她的目光四处逡巡，上下，左右，有时还要回头看看后面。同时，她的耳朵捕捉着任何象征危险的动静。

她走了剩下的四分之一英里，拐过一道弯后停了下来。她再次观察上下左右，也看了看身后。

她又向前移动了十五米，然后选一处地方蹲了下来。展现在她的视野里的全景中有许多处可能潜藏着危险的点位。

这幢房子是一个典型的小木屋。它是用一根根刨好的原木搭建的，有的原木的两端粗细不一，原木上下之间缝隙的填充材料还是较新的，看着也很结实。房门也是用厚厚的木板做成的，瑞尔估计它有很多道锁，而且可能有报警系统。

这里太偏远，没有电网供电。她的目光转动，看到了一部柴油发电机。但是它没启动，很明显只是备用的。

主电源在哪儿?

她挪向右侧,以便看清小屋的后面。

瑞尔发现后院铺着一大排太阳能电池板。有点过分了,她想,这么多电池板的输出能量够十个这么大的地方使用了。连接木屋的电缆一定是埋在了地下。

小木屋左后侧约五十米的地方有一座谷仓。太阳能发电系统大概也向那里供电。

这一带的公用电网完全不会有这里的供电记录,真不错。

瑞尔认为,谷仓里面存放的,不会是牛马之类的牲口。

小木屋前方停着一辆沾满灰尘的新款四门吉普车,是当地牌照。车里的尾部有一副枪架,上面立着一支带有瞄准镜的步枪。

瑞尔刚要向前移动,一转念又止住了脚步。她躲在一棵树后面,从口袋里掏出了一个细长的金属物件。她打开开关后用它朝前方的地面照去。肉眼无法辨识的一道道激光束变得清晰可见了。这里处处是陷阱。这些激光束只是起到向屋里报警的作用?或者是立刻引发饵雷?

这地方很可能到处都埋下了爆炸装置,只有房主是唯一知道它们的位置的人。

瑞尔停在原处,考虑着如何冲过这片空地。应该有办法,她需要的是找出这个办法。

就在这时,小木屋的前门开了。

看来这个难题自然而然地解决了。

第三十九章

罗比用了整整十八个小时赶往罗伊·韦斯特在阿肯色州的居住地。除了加油和去卫生间,罗比一直没有停车。他吃的是从安全屋自带的食物。

他在离最终目的地估计还有八公里的地方停住了车。太阳已经升起来了。

罗比环顾着四周。他在两个小时前就已驶离人类文明,不折不扣地进入了没有人烟的荒蛮之地。已经有半个多小时了,他竟然没有看到一户人家。到处都是岩石密布,杂草丛生。他的车一路上从沥青路面行驶到砂石路面,现在则完全是在土路上了——如果还能把它称为是路的话。

罗比看了看表。由于进入了美国中央时区,他赚了一个小时的时间。他希望这趟旅程是值得的。他很累,但是还没到精疲力竭的程度。

他摇下车窗,大口吸进清新的空气。

这一路他驶过了山地,也驶过了平原。

现在又是在山地上。

阿尼说罗伊·韦斯特曾经在中情局干过。瑞尔看来是对一份分析报告很感兴趣,罗比估计它大概是韦斯特起草的。这份文件对瑞尔来说是重要的,非常重要。

瑞尔目前在哪儿呢?已经到这里了?

罗比又一次环顾四周。这里有很多可以设下埋伏的地方。既然目的地是如此遥远偏僻,如果他继续开车,就难免会被人发现。

所以他必须把皮卡留在这里。

步行更好。

对枪手而言,一辆皮卡是个很容易发现和击中的目标。

罗比在离开路边很远的地方停好车,换上了迷彩服,把脸也涂黑了。他挎上带有装备的背包出发了。他已经在脑子里记住了通往韦斯特家的方向。他打算像完成以往的那些任务一样来认真对待这次的事情。

但是眼下的情况与其他那些任务有很大的区别。即使一会儿到达了目的地,仍然改变不了他心里没数的状况。罗比不知道韦斯特是朋友还是敌人。他也不知道自己是不是又在踏进杰西卡·瑞尔策划的另一个陷阱。

地势十分崎岖,不过罗比走起来却很轻松。他经过了许多年的训练,甚至在四十岁的时候仍然能够步履轻盈地攀爬岩石、穿越丘陵,与正值全盛时期的专业运动员没什么两样。

罗比在心里计算着走过的里程。觉得快要接近目标的时候,他握紧了自己的狙击步枪。这是他最主要的武器。

包里还有另外的武器以及足以对付敌方猛烈火力的许多弹药。针对不同的情况,他会选用不同的武器。

他的MP5冲锋枪适合于敌方人数占优势时的近距离枪战。它的自动火力能够以极快的速度撂倒众多的敌人。

他的卡巴军刀适合于徒手搏斗。不论是切开喉咙还是刺进内脏,他用起这把刀来得心应手。

他的格洛克手枪在肩下的枪套里。不带着这支枪,他哪儿都不会去。它就像是罗比的第三只臂膀。

他的背包里还有一种特殊的武器。这是他在最紧要关头的护身符。

罗比站在一小片空地上,从背包里取出望远镜,利用居高临下的优势仔细观察着四周的环境。

除了大自然以外似乎没有别的什么。然而,他终于有了发现。树丛的缝隙间隐约露着一根烟囱,一条蜿蜒的土路通向那个地方。从罗比目前的位置看不见与烟囱相连的房子。

烟囱没有冒烟。不过气温不是很低,无需生火,所以那幢房子里仍然可能有人。按照他脑子里记忆的地图,那幢房子就应该是他的目的地——罗伊·韦斯特的居所。

他继续用望远镜大范围地进行观察。后来他又放下望远镜,透过狙击步枪的瞄准镜进行观察。在锁定了观察目标的情况下,瞄准镜的威力大大超过了望远镜。

他不仅是在寻找韦斯特或是可能存在的他的同伴,他更是在寻找瑞尔。罗比目前能够确定一件事情。

这个女人在这里。

他感觉到她在这里。

第四十章

这个男人走出了小木屋。

罗伊·韦斯特四十岁左右,一米八十多的个子,体重大概有九十公斤,是个很壮实的家伙。他的手指细长而强韧,面孔也大体是这样,只是嘴唇和下巴上都留着胡须。他穿着陆战靴,牛仔裤的裤脚塞进了靴子里,上身是法兰绒衬衫外加一件灯芯绒坎肩。坎肩上有能够存放短枪子弹的那种口袋。

他取出遥控器,按下按钮,关闭了激光扫描区的电源,激光束消失了。他停放吉普车的位置是激光扫描不到的地方。

瑞尔躲在原地看着他一步一步地走向那辆吉普。她是对的,这是一片雷区。韦斯特举步很小心,走的路线是个之字形。

他刚摸到自己的车门,瑞尔说:"我们得谈谈,罗伊。"

他转过身,仿佛是从稀薄的空气中变出来的一样,一支枪出现在了他的手里。

没等他的手枪对准她,瑞尔的 MP5 就开火了。吉普车的后门被一排子弹打得稀烂,弹头穿过金属,把车厢内饰也撕裂得七零八落。

韦斯特扑倒在吉普车的引擎盖上。

"接下来就会轮到你。"瑞尔说,"把枪扔下。我不说第二遍。"

韦斯特抛掉了枪。

"转过身来,双手抱头,十指紧扣,目光向下。你要是抬头,子弹就会射进你的右眼。"

他转过来,手指相扣在后面抱着脑袋,眼睛望着地面。

"你想干什么?"他的声音有些颤抖。

"走过来。当心别碰到你那些饵雷。"

听到这话他看上去挺震惊,然而还是穿过雷区向她走来,在离瑞尔不到一米远的地方停住了脚步。

"我能抬头吗?"他问道。

"不能。趴到地上,脸朝下,四肢张开。"

他照做了。

瑞尔目前离他不到半米了。但是她仍然掩蔽在树后。

"我有个兄弟在屋子里,正拿着步枪瞄着你呢。"韦斯特说。

"我不相信。"

"你不要冒这个险。"

"我可以冒这个险。我现在是站在一棵树后面,而且如果你那个'兄弟'在我刚才开枪后还不露头,那么他就是个不值得我担心的胆小鬼。"

"你是什么人?你要干什么?"

"我是谁无关紧要。我想知道的是这个。"她从风衣中掏出一沓纸扔到他身边的地上。

"我看一下,你能不开枪吗?"他问道。

"慢慢移动你的胳膊,要非常非常慢。"

他照她说的慢慢把那沓纸抓到近前,看了看第一页。

"这怎么了?"

"是你写出来的吗?"瑞尔问。

"是又怎样?"

"为什么要写这个?"

"那是我的工作,我以前的工作。"

"我调查了你的新工作。你组织了一支民兵队伍。"

韦斯特哼一声说:"我们不是民兵。我们是自由战士。"

"为了你所说的自由,你们打算和谁开战?"

"即使你一定要问,你也搞不懂答案。"

瑞尔皱起眉头说:"你们的目标是该死的政府?你住在这种穷乡僻壤。你有自己的队伍,你在这个地方占山为王,你完全脱离了主流社会,我也没看到有什么人打扰你。你还想怎么样?"

"政府早晚会来找我们的麻烦,这只是时间问题。相信我的话,到那时我们一切都准备停当了。"

"你当然明白你的那个报告里都写了什么,你真的相信那些东西吗?"

"当然相信。"

"你认为你说的那些事情当真会发生?"她问道。

"我知道一定会的,因为我们对国家安全毫不重视,只是华盛顿那些家伙没有勇气承认这一点。要我看上头简直就是巴不得那些人渣来袭击我们。这是我退出中情局的原因之一,这种状况让我恶心。"

"你觉得只有按你的办法去做才能有一个和平的未来?"

"我从来不认为一个和平的未来是我们的目标。保证我们还有一个未来,这才是目标。要让枪杆子来领导这个国家。要把国家的敌人揍得毫无还手之力。我们不能只是坐等着人家来袭击我们。我们称那些家伙不堪一击,华盛顿以为我们的安全保障是坚不可摧的。噢,我写的那份报告分析了它是如何坚不可摧,那都是扯淡!"

"所以你觉得有责任描绘出末日的景象?"瑞尔问道。

"我们有一个专门的机构,不干别的,就是负责分析国家的安全格局。大多数人不过是老调重弹,他们的研究毫无创造性,这些家伙担心弄皱了自己的羽毛。而我却不然。你给了我这份责任,我就认真去做了,我才不管它会带来什么样的后果呢。"

"你把这份报告提交给谁了?"

"这是机密。"韦斯特说。

"你已经不是政府的雇员了。"瑞尔指出。

"那也还是要保密的。"

"我觉得你是把政府当作敌人的呀。"

"就目前而言,你才是我的敌人。如果你以为你能活着离开这里,那你就太蠢了。"

"在这里你们的意志就是法律?你和你的自由战士?"

"差不多就是如此。不然我为什么会搬到这里?"

"报告提交给谁了?"瑞尔又问。

"你打算怎么着?折磨我?"韦斯特冷笑道。

"我没时间折磨你,虽然那会让你觉得很难忘。如果你不告诉我,我就要向你开枪。"

"好冷酷啊,"他嗤之以鼻道,"别忘了你是个女人。"

"现在就让你明白明白,女人也不是好惹的。"

韦斯特笑道:"你对你的性别评价很高呀,不是吗?"

"你的整个职业生涯不过就是和办公桌打交道。你没放过一枪,也没挨过一个枪子儿。对你来说,最接近危险的时刻也不过是在千里之外看看行动的实况视频而已。就凭这个,你这个孬种就觉得自己成了个真正的男人?"

韦斯特想跳起来,但是瑞尔朝着离他的右耳朵一寸远的地方开了一枪。距离如此之近,崩开的硬土块击中了韦斯特的耳朵,鲜血流了出来。

他尖叫道:"你个臭娘们,你打伤了我!"

"打伤你的只是土块,不是金属弹丸。你分辨得出两者的区别。现在,你把腿劈大点儿。"

"什么?"

"把腿劈大点儿。"

"为什么?"

"按我说的做。否则我敢说你接下来感觉到的肯定不是土块。"

韦斯特把双腿劈得大大的。

瑞尔移到他的身后,举起了格洛克手枪。

"你他妈到底要干什么?"他惊慌失措地喊道。

"你想留哪一只睾丸? 不过我要告诉你,从这个角度,我无法保证不会一枪把它们俩都打碎了。"

韦斯特立马并拢了双腿。

"看来你是想在屁股上挨一枪了,"她说,"我不认为那种感觉就会更好。"

"你究竟想干什么?"他大声嚷道。

"非常简单。我不过是问个名字,可是你没有告诉我。"

"我的报告没有正式提交给任何人。"

"那么,非正式的呢?"瑞尔说。

"那又怎么了?"

"因为有些家伙似乎是认同了你的那些话,而且正在试图去实

施它。"

"真的吗?"

"不要忘乎所以。那都是只有疯子才能干出来的事情。好了,告诉我名字,我不会再问了。"

"只是一个代号。"韦斯特说。

"胡扯。"

"我向上帝发誓。"

"为什么把它私下交给一个只有代号的人?最好给我个说得通的答案,不然你只得去做直肠和肛门的再造术了。"

"是他来找的我。"

"谁?"瑞尔问。

"我的意思是,他们给我发来了电子邮件。他们不知怎的知道我的研究成果展示出了一种具有全方位开创性的前景。这绝对是真话。"

瑞尔厌恶地看着韦斯特在谈论他所谓的"成果"时突然变得兴奋异常的样子。

"这是什么时候的事?"

"大约在两年前。"他补充道,"他们真的在实施我提出的设想吗?是什么人在这么做?"

"他的代号是什么?"

他没有回答。

"你还有一秒钟。到了!"

"机灵的罗杰。"他喊道。

"为什么你会同意交给机灵的罗杰?"瑞尔平静地问道,手指放在扳机的护圈上。

"这个人的电子签名表明,他有接触最高级别绝密情报的权限,至少比我高出了三档。他想知道我搞出了什么东西,他说听人家讲我的方案是革命性的。"

"如果你没把它交给过任何人,他怎么会知道有这个东西?"

他犹豫了一下,有点儿不好意思地说:"也许我在酒吧里说过一点这方面的事。下班后我们有时会去那儿喝一杯。"

"难怪政府会让你滚蛋了。你是个白痴。"

"反正我是要辞职的。"他尖声说道。

"是啊,到这么个荒无人烟的地方盖个小木屋。"

"这里才是真正的美国,你这个婊子!"

"你展望末日的这篇报告写得非常具体。"

韦斯特自豪地说:"我对一个一个的国家、一个一个的政府领导人都做了分析,对每一步的行动进程都做了规划,而且设定了时间表。这是一个完美的拼图,我花了两年时间才弄出来。各种随机性的因素,一切可能出差池的地方,所有的事情我都考虑到了。"

"不是所有的事情。"

"这不可能。"他厉声说。

"你没把我的因素考虑进去。"

在韦斯特之前瑞尔就听到了传来的动静。等到韦斯特听见后,他不禁笑了。

"你完蛋了,小淑女。"

"我不小了,也从来不是淑女。"

瑞尔照着他的后脑勺狠狠踹了一脚。韦斯特的脑袋砸在地面又弹了起来,接着便耷拉下去一动不动了。她抓起那份报告塞回了风衣里。

她沿着韦斯特刚才走过的安全路径进入小木屋,迅速进行了一番搜查。这里有大量的枪械、子弹、手榴弹,还有成袋的C-4混合炸药、塞姆汀可塑炸药以及许多塑料炸弹。透过窗户可以看到房后门廊上摆放着不少 50 加仑的圆桶，里面也许是汽油，也有可能是化肥。瑞尔不认为这些东西是用来发电或种庄稼的。她估计那座谷仓里大概也堆满了这种铁桶。

她还发现了一份袭击美国各大城市的详细计划。这是一伙最为猖狂的国内恐怖分子。她抓起所有看上去重要的东西，包括一只插在韦斯特电脑上的 U 盘，统统塞进了自己的风衣口袋。

她还顺手拿了几颗手榴弹。"淑女"有多少手榴弹也不嫌多。

她跑出门奔向韦斯特的吉普车旁，猛地拉开车后门，拽出了带有瞄准镜的步枪，又从后备箱里取出了一箱弹药。

她跑回自己的福特探险者，跳上去急忙开走。可是没等开到主路，她就意识到了为时已晚。看到眼前的态势，她没有别的选择，只得掉头朝着小木屋的方向驶回去。

看来，由于失去了珍贵的几秒钟，瑞尔将要付出的是生命的代价。

第四十一章

瑞尔将油门一踩到底。探险者发出嘶吼,碾压着碎石前行。她心里计划好了如何发起进攻。寡不敌众时,撤退并不是唯一的选项。占尽优势的一方很少能预料到处于弱势的对手会主动进攻。

不过,瑞尔并不打算死打硬拼,她要的是一个改良版的主动进攻。

在后面追赶她的是一辆大型的迪纳利车。瑞尔通过后视镜计算着这个庞然大物与自己之间的距离。她相信那上面一定是装满了自称是自由战士的疯子,而且都是全副武装的。

过几秒钟,她就会知道他们到底拥有怎样的火力和运用它们的能力了。她希望自己的假动作能够奏效。

瑞尔赢得了两车之间的距离。她把玻璃窗降下一半,一个急刹车,把福特车横在了路中央。她抓起步枪,把枪管架在降下的窗玻璃上面,瞄准后射向了迪纳利的前轮胎。为了保险起见,她又把一颗子弹射进了前格栅。迪纳利立时瘫在了路上,一团蒸汽在车头涌了出来。

迪纳利的车门打开了,拿着各种武器的人纷纷跳下车来。

她不担心手枪和冲锋枪,这么远的距离它们打不准。

他们开火了,弹着点都离她挺远。

瑞尔开了三枪。三个家伙倒下了。都是非致命伤,这是她故意的,她只想让他们退出枪战。这是出于一种善良的愿望。她不必杀死他们,可以让他们活下去,只是无法再交火而已。

她的注意力转到了从迪纳利左侧跳出来的那个家伙身上。他拿着一支带瞄准镜的步枪。

这种枪有可能射中她。于是瑞尔一枪击中了那家伙的额头。他仰面倒下,步枪从手里飞了出去。没有人去捡回它。

这些人大概是还没搞懂究竟遇上了什么局面。他们退到迪纳利后面,把这辆大车当作了掩体。

瑞尔在瞄准镜里发现有的家伙拿出了手机。

他们在要求增援。

具有讽刺意义的是,这正是瑞尔所需要的。他们等待增援的当口,恰好给了她实施第二阶段计划的时间。她转回车头踩下油门,继续朝小木屋开了过去。

瑞尔在离木屋有些距离的一排树木后面停下,跳出了车。她跑向小屋,从口袋里掏出手榴弹,扯下保险环,顺着前窗扔了进去。

她转身奔回福特车。可是已经爬了起来的罗伊·韦斯特却撞向了她。

瑞尔努力站稳脚跟,但是韦斯特的一只手已经扼住了她的喉咙。凭着自己的块头和力气,他以为胜负已见分晓了。

韦斯特大错特错了。

瑞尔向左扭转身体,挣脱了扼住她喉咙的那只手。与此同时,她用膝盖猛地顶向韦斯特的两腿之间。这给韦斯特带来的结果是灾难性的。他用手捂住了裆部,脸色变得青紫,身子不禁弯了下来。瑞尔又用右肘关节狠击了他的左太阳穴。韦斯特疼得发出尖叫,喘着粗气,不禁趔趄着要在她身旁倒下去。然而他的一只脚意外地勾到了瑞尔的腿,瑞尔也跌倒了,韦斯特倒在了她身上。

没等他们完全倒在地上,手榴弹爆炸了。小木屋里的各种易燃易爆品全部被引爆了。屋顶炸飞到了六米高的空中,四下迸射的木材、金属和玻璃碎片,刹那间都变成了足以致命的超音速弹片。

瑞尔感觉出一些碎片崩进了韦斯特厚重的身体。事实上,可以说是他经受了数百记沉重的撞击。他的脸色变白了,又变灰了。血从他的嘴和鼻子里流了出来。

这真是讽刺,他成了瑞尔的挡箭牌。

瑞尔滚向右侧,甩掉了压在身上的尸体。她踉跄地爬起身,看着熊熊的火焰和滚滚的浓烟正在升上天空。她低头看看身上,风衣已经被撕坏了,还沾满了韦斯特的鲜血。瑞尔也未能做到毫发无损,脸和手划破了,刚才被韦斯特压住的右腿隐隐作痛。不过,她还活着。

她看看谷仓,大火很快就会蔓延到那里。她不希望亲身见证或是感受大火球的威力。

瑞尔跳进福特车,踩下了油门。

她听见了车辆在路上驶来的声音,增援的人马到了。刚才的爆炸,会把他们的注意力吸引到那幢小木屋上。

这就是瑞尔炸毁它的意图。

她很清楚下一步自己要干什么。他们在这样一个荒无人烟的地方建了这幢房子,在里面装满了军火,筹划着开展大规模的袭击。这种情况下,他们绝不会满足于出入仅靠一条路。如果当局来搜查,他们必须另外有一条逃生的通道。

瑞尔的车正在奔向这样一条通道。在刚才的侦察过程中,她已经发现了这条路。

这条运送木材的小路向东边延伸着。这就是她的退路。可是很不幸,有两辆车堵住了她的路。有十几个家伙列成了陆军那样的班队形,荷枪实弹,正在严阵以待。他们从后面包抄了她。

事已至此。

第四十二章

瑞尔坐在福特车上盯着这些家伙。他们分别在路两侧组成了防御的阵形，不过那可以很快地转化为进攻队形。他们穿着统一的"制服"，下身是迷彩裤，上面是坎袖紧身衫。大多数都是大块头，显摆着依靠仰卧推举杠铃练出来的肩膀和胸脯。

他们手里的狙击步枪、猎枪、手枪和MP5冲锋枪都对准了瑞尔。只要他们开火，他们马上要这么做，第一次的排射就会让她一命呜呼。

这可不是瑞尔设想的死法，死在从原始的穴居状态中尚未得到多少进化的这群蠢货手里。

远处又传来爆炸的巨响。是谷仓炸了，瑞尔想。她用指头触摸着手枪。她可以加油冲向他们，但是突出重围的可能性不大。她在脑海里做了快速的计算，生存概率大概不到百分之五。

瑞尔听到身后响起了车辆驶近的声音。她瞟了一眼后视镜，看到又有两辆卡车和十多个民兵出现在她身后不到一百米的地方。

寡不敌众，腹背受敌。

我的生存概率降到零了。

她拿起枪，跨出了车门。她绝不会放弃战斗，束手就擒。这些家伙永远都无法用这样的词语来形容她。

他们小心翼翼地对她瞄准，手指滑向了扳机。他们要用密集的火网撕碎她的身体。

瑞尔轻轻地摇了摇头，甚至露出了一丝笑容。

"玩完了。"她喃喃自语。

"去死吧！"她喊道，把枪举向那些民兵。这肯定是她最后一次举枪了。

就在这时，发生了爆炸。

猝不及防的瑞尔本能地蹲下身，钻到了车下。她的第一个念头是对面的某个白痴没扔好手榴弹，把自己给炸飞了。

她在车下张望，好像还真是这么回事。挡在路前面的一辆卡车起了火，旁边的人有的倒在地上，有的目瞪口呆，有的抱头鼠窜。

不过，瑞尔很快便用眼角的余光发现，她左侧的山脊上有个火力点。那里射出的子弹又击中了她后面的一辆卡车。油箱点燃了，两吨重的卡车炸得飞起了两米高，致命的金属残片四下飞散。

站在旁边的六个家伙当场就倒地毙命，再也无法投入交战了。顿时枪声大作，然而不是朝着瑞尔，而是射向山脊的那个火力点。

瑞尔在车底下向外观察。阳光有些刺眼，她往右边挪挪身，好多了。她从口袋里掏出望远镜，举到眼前对准了焦距。

瑞尔在山脊上发现了狙击步枪的枪筒。这不是随便的一支狙击步枪。她也有一支这样的。专门定制的，只为了几个用户。

那支步枪开火了。一枪、两枪、三枪。

瑞尔回头一看，又有三个民兵倒在地上咽下了最后一口气。

她转过来继续盯着山脊。有个人贴着地面快速地移动着，就像是追杀猎物的美洲狮。

她惊得张大了嘴巴。是威尔·罗比。

瑞尔先是惊诧于罗比如此流畅地越过崎岖地形的能力,接着又奇怪他为什么要放弃先前的高地。

罗比接下来的行动解除了她的疑惑。

罗比将又一颗子弹射进了瑞尔后面的第二辆卡车的油箱。如果刚才不移动,他就没有射中油箱的角度。他用的肯定是含有燃烧剂的子弹,因为这辆车同样爆炸起火了。又有三个人死了。幸存者们仓皇溃逃,在后面的路上消失得无影无踪。

罗比停下来,转过步枪,向瑞尔前方剩下的那些人快速射击。

发现目标,开火。发现目标,开火。如同呼吸一样流畅自然。瑞尔观察着罗比的每一枪。每射出一发子弹,就有一个人倒下,没有一枪放空。

那些民兵躲在掩蔽物后面还击着。虽然罗比只有一个人,但他在火力上好像还占着上风。民兵们拼命地射击,但是狂乱和恐惧使他们无法命中任何东西。罗比从容而高效地瞄准和射击,仿佛只是在玩一场电脑游戏。

这场杀戮又持续了一分钟。路前方剩余的民兵也全部逃跑了。

只剩下他们两个人了。

瑞尔回头看着罗比,他站在山丘上俯视着她。

她从卡车底下爬了出来,拎着自己的手枪。

罗比已经放下了步枪。右手上是他的格洛克,也是拎着。

瑞尔看了看燃烧的汽车和遍地的尸体,然后望向罗比。

"谢谢。"她说。

罗比向前走了几步,又停了下来。他几乎是完全走下了山岗,离她有五十米远。

他们都知道同样的一件事情。

再走近二十米,他们手里的格洛克就进入有效射程了。

"你应该让他们杀了我。"她说,"二十多人对一个人,我难免一死,还不用脏了你的手。"

"那不是我的选项。"罗比看了看一具死尸,问道,"他们是谁?"

"非法成立的一个民兵组织。一群乌合之众。"

他点点头,又问道:"雅各布斯和盖德是你杀的吗?"

瑞尔又向前走了几米停了下来。她盯着罗比的双手。它们没动,但是举枪开火只需一秒钟。

"你怎么会来这里?"她问。

"通过朋友的朋友。不知道你会不会在这儿,我是来找韦斯特的。"

"为什么找他?"

"因为你在找他。"

瑞尔没再说话,继续盯着他拿枪的手。

"你用不着发那些神秘的短信,杰西卡。我在这儿,告诉我到底是怎么回事。"

"这很复杂,威尔。"

"那就从简单的开始。他们是你杀的?"

罗比又向前走了五米,他们已经处于了风暴的旋涡。

现在,他们都已不再是松弛地握着格洛克,手的肌肉绷紧了,但是手指仍还放在扳机护圈上。

"你的变化不大,威尔。"

"而你的变化显然是很大。"罗比说,"罗伊·韦斯特呢?他在哪儿?在这堆尸体里吗?"

她摇摇头说:"不在这里,不过他还是死了。"

"也是你杀的?"

"他自找的。在房子里堆满炸药是很危险的,就像是和响尾蛇朝夕相处一样。"

"你为什么要找韦斯特?"

"他有我需要的东西。"

"一份报告?"罗比问道。

她的脸上闪过一丝疑虑。"你怎么知道的?"

"你拿到它了吗?"

"我本来就有这份文件,已经读过了。我来这里是想得到更多的情报,但是没有什么收获。"

"这么说是白费劲了?"他说。

他们都朝旁边瞥了一眼,因为从很远的地方传来了一种声音。警车的鸣笛。即使是这种荒芜的地方,爆炸和枪击的声响也不会完全逃过警察的注意。

瑞尔回头看着罗比说:"我知道你的任务是什么。"

"我现在给你一个解释的机会。"

"处死之前的解释?"

"结果完全取决于你的解释。"

警笛声越来越近了。每一声刺耳的鸣叫都像大炮一样击碎了这里的宁静。

罗比加了一句:"我们的时间不多了。"

"我不是叛徒。"

"很高兴听你这么说。现在请你拿出证据来。"

"我没有确凿的证据,现在还没有。"

两个人的手指都滑落到扳机附近。他们各自向前走了两步。这是无法事先编排的,两个人只是不约而同地这么做了。现在他们彼此完全在格洛克的射程之内。

罗比皱眉说道:"你的表现应该比这更好一点。已经有个副局长和另外一个特工在停尸房躺着呢。正常情况下,光凭这些就足够了,可是我想破例听一听你的解释。所以你得跟我说实话,现在就说。"

警笛声几乎就响在了他们耳旁。

"盖德和雅各布斯才是真正的叛徒。"

"怎么会呢?"

"他们杀了一个人。这个人对我很重要。"

"为什么要杀他?"罗比问道。

"因为这个人要揭露他们的阴谋。"

"什么阴谋?"

警笛声越发震耳欲聋了,似乎阿肯色州的所有警察都派来了这里。

"我现在没时间解释。"

"我不敢肯定你还有别的选择,杰西卡。"

"我说不说又能怎么样?他们已经给你下达了命令,威尔。"

"我并不总是听命于他们,就像你一样。"

"你几乎总是听命于他们。"

"你给我发来了短信。你说你做的一切都事出有因,还说我应该解开谜团。告诉我你的意思究竟是什么。当然我不能保证肯定不杀你,杰西卡,即使你的解释言之成理。这个道理你是明白的。"

他们彼此的目光不再交流,而是都盯在对方的手上。握枪的手才是要紧的,眼睛却具有欺骗性。谁不看着对方的手指,谁就会成为那个悔之晚矣的傻瓜。

"我怎么知道能不能相信你?给你发短信是一回事,可是你能这么快就找到我,找到这个地方,这不能不让我很担心。"她冒险把目光从罗比握枪的手上移开,抬起头瞥了他一眼,接着说道,"我觉得这是因为有人在帮你,局里在帮你。在这种情况下,我怎么知道应不应该相信你?"

"你无法知道,无法得出肯定的答案,就像我也不知道能不能相信你一样。"

"我不清楚这给我们带来的结果会是什么,威尔。"

罗比看到她握枪的手绷得更紧了。

"我们不一定非得动枪不可,杰西卡。"

"你这么想,是吗?但是结果很可能就是动枪。"

"罗伊·韦斯特不过是一个早被解雇的情报分析员。他为什么那么重要?快点儿说。"罗比的语调更加紧迫。警笛声近在咫尺,他担心为了逃走不得不与警察来一次枪战。

瑞尔说:"他是个坏人,不过是一个不错的写手。"

"他究竟写了什么?是那份报告吗?"

"是一篇末日预言书。"她答道。

不仅是警笛声,他们甚至可以听到轮胎摩擦地面的声音了。

"预言书?解释一下好吧?"

"没时间了,威尔。你必须相信我。"

"你的要求有点过,太过了。"

"我不是在要求你帮助我。"

"那你为什么发短信?"

她想说什么,却又止住了自己。她顿了一下,只是说:"我想是因为我不希望你认为我变成了一个坏人。对不起,威尔。"

罗比还没来得及回答,瑞尔就开枪了。不是对着罗比,而是向一个趴在地上的民兵。那人还没完全咽气,正要偷偷向他们射击。

瑞尔的子弹击中了他的头部,他彻底趴下了。

瑞尔转过身来,只见罗比双手握着格洛克枪柄,手指搭在扳机上,枪口对准了她的脑袋。瑞尔没机会了,她的手枪还在身体的一侧。

警笛的尖叫声快刺穿他们的耳膜了。

"闭上眼睛,杰西卡。"

"我宁愿睁着。"

"我说了闭上眼睛。我不再重复。"

瑞尔缓缓地闭上了眼睛,准备承受子弹的冲力。罗比只需要开一枪,她对此深信不疑。死亡是瞬间的事情,不过她还是有点好奇,想知道它到底是什么滋味。

几秒钟过去了。没有枪响。

终于,她睁开了眼睛。

威尔·罗比不见了。

第四十三章

瑞尔跳进车里,发动引擎,开上主路,把警笛的尖叫声抛在了身后。

终于驶上了沥青路面的公路后,她用力踩下了油门。福特车一气儿狂奔了三十多公里,后面再也看不到在树林上方浓浓升起的烟柱了。她把车速降到了一百三十公里以下。

瑞尔选了路边的一处地方停下车,拆卸了武器放进包里,然后开往机场的方向。半路上她开进了一家洗车行,刷洗了福特车上的泥土和灰尘,不过车身上还是留下了一些原先没有的划痕和凹陷的小地方。她接着驾车来到了机场。

还车时,租车行的雇员甚至都没有检查一下车辆。他只是看看油表和里程,就给瑞尔打印出了收据。

"好快的旅行呀。"他说。

"没错。"

"希望你喜欢在这儿的时光。我们这儿的生活以祥和、宁静和慢节奏著称。"

"恐怕你要重新认识这个地方了。"瑞尔说着,走向了前往登机口的摆渡车。

她在洗手间里又把自己变成了一个老妇人,接着便登上了下一班飞往东海岸的飞机。

飞机起飞时,太阳正在落下地平线。瑞尔放倒座椅靠背,闭上眼睛,思索着她了解到的事情。

某个有权接触最高级别的绝密情报、涉密权限至少比罗伊·韦斯特高出三档的人,收到和阅读了那份报告。

这是在两年前。现在这个人的级别和权力可能又发生变化了。事实上,肯定是有了变化,这个人应该是获得了更高的地位。这个信息既为她的追查提供了一定的方向,同时又带来了一些新的问题。

这个人是盖德吗?两年前,他的涉密权限比罗伊·韦斯特这种人至少高出了三档是没有问题的。

但是她的这种推论有一个前提,即韦斯特说的必须是实话才行。她没有办法验证是不是真的有个代号是机灵的罗杰的家伙。

不过,她知道韦斯特的那份报告书是存在的,她知道列在里面的计划正在得到实施,她也知道实施着这一计划的某些具体人物。

她已经杀掉了其中的两个,正在准备杀死第三个。

但我不知道他们所有的人。

如果她无法知道他们所有的人,那么她就无法真正阻止他们的行动。

她凝视着窗外。

飞机在一个小时后飞到了东部地区的上空,天已经完全黑了。在这片广袤的黑暗中,瑞尔看不到一丝的希望。

她用尽了各种办法,甚至差点为此丢掉了性命,可是还没取得什么像样的成果。然而她确实尽力了,这是真的。瑞尔接着把心思转到这次旅行真正有意义的内容上来了。

他。

瑞尔还未能充分地弄清那里发生的事情究竟意味着什么。经历这种枪战,对她来说不过是家常便饭。成摞的尸体、爆炸的火光、遭到摧毁的房屋和车辆,这就是她生活的世界。然而,今天的事情有点不一样。

她合上了眼睛,威尔·罗比的形象马上出现在了她的脑海里。他用枪对着她的脑袋,命令她闭上眼睛,这样他就不必直面她临死前的目光了。

但是罗比没有开枪。他让瑞尔活了下来。

他让瑞尔逃走了。

她对此感到惊讶。不,不如说她对此大为震惊。

说到惊讶,真正让瑞尔惊讶的是,罗比今天展现出了她在以往的行动中从未体验到的一种情怀,那就是:

宽容。

威尔·罗比,同代人当中最有成就的一个刺客,对她展现出了一种宽容。

目睹罗比帮助她一个个地干掉那些敌人的时候,一时间瑞尔不禁想到,他们两人也许会成为盟友,共同来完成这项行动。然而她马上意识到这是一个很可笑的想法。这是她的行动,不是罗比的。

可是,罗比让她活下来并且逃掉了。

杀了她,罗比就圆满地完成任务了。局里将赞扬他的功绩,也许还会提拔他,使他脱离出生入死的现场行动,或者是给他足够长的假期。罗比本来可以获得用创纪录的速度解决中情局头号难题的殊荣。

可是罗比却把她放走了。

她一向很钦佩威尔·罗比。他在工作中冷静、沉着、懂行,而且从不谈论自己的任何一次成功。然而她在这个人身上看到了无尽的忧伤,她从未打算去触碰的忧伤。这也是她自己身上时时具备的一种情绪。

他们之间很相像。她和罗比。

而且他让她活了下来。

枪手不会这么做,枪手从未这么做过。瑞尔不能确定,如果是换了她自己,她是否会让罗比走开。

我可能会向他开枪。

她说过不会要求罗比帮忙,也许她说的不是真话。瑞尔实际上需要他的帮助。她终于意识到仅靠她自己的力量无法完成这件事情。她至今没有取得成功的原因就在这里。

现在情况有了变化,杰西卡·瑞尔从小到大根本就没遇到过的事情发生了。

泪水从她的眼里涌出,顺着脸颊滑落下来。

她再次闭上了眼睛,飞机降落前都没有再睁开。

第四十四章

罗比一口气向东开了三百多公里。尽管他有钢铁般的意志,终于也无法继续坚持,因为他已看不大清路面了。

他住进了公路边上的一家汽车旅馆,用现金支付了房费。他睡了足足有十八个小时。一周来他没怎么睡觉,现在总算得到了弥补。

这是许多年来他睡得最沉的一次。

当他醒来时,天又一次完全地黑了。他失去了生命中的一整天。

不过就在一天前,他很有可能失去自己的整个生命。

他找到一家小餐馆,狂吃了一顿两人份的大餐,有一种怎么吃怎么喝犹嫌不足的感觉。终于放下咖啡杯从桌旁站起来的时候,罗比感到他的身上恢复了能量。

他坐在停车场的皮卡车里,凝视着仪表盘。

他的枪已经对准了瑞尔。轻轻一扣扳机,一切就结束。瑞尔死了,他的任务完成了,任何人都没有后顾之忧了。

他的手指当时已经滑到了扳机上。在职业生涯的其他时候,当他的手指到达那个点时,他就开枪了。

几乎每一次都是如此。

这次却不是。

这次是杰西卡·瑞尔。

他已经喝令瑞尔闭上了眼睛。他之所以这么做,确实是为了射出那致命的一枪。

结果他走开了。

莫名其妙。他只是个扣动扳机的枪手。他要做的就是扣动那该死的扳机。

而我却没有。

在他的一生中,只有过一次在这种状态下没有开枪的经历。它已被证明是一个正确的选择。

罗比不知道这次是否也是这样。

瑞尔的模样有了变化,不是那种彻底的改头换面,而是一些微妙的、却也是足够的变化。大多数人都不擅于观察,即使那些观察力很强的人也很难成为这种事情的行家里手。瑞尔的易容恰到好处,不过分,也无不及,刚好可以避免人们一眼识破她的本来面目。

罗比如果是在她的立场上,大概也会这么做。

既然没有扣动扳机,也许我已经是站在她的立场上了。

他开车回到旅馆,走进房间后脱下衣服,站在喷淋头下面,让水流冲去感觉像是沾满了全身的泥沙。

可惜水流无法冲刷他的大脑。他觉得仿佛有一尺厚的污泥淤积在自己的脑袋里,麻痹了他的感觉,阻塞了他清晰思考的能力。

罗比擦干身体,穿好了衣服。他倚着墙站了一会儿,突然用两个手掌猛击墙壁,好像把石膏板都打裂了。他在床上扔下五十块美金,算是修墙的费用,然后抓起自己的背包。

还有很长一段路程,他得抓紧时间。

开上州际公路后,罗比打开了收音机。许多频道都在播放着关于昨天那个事件的新闻。一场大屠杀。在阿肯色州一处偏远的山区。现场没有活口。显然是民兵组织发生了内讧。炸毁的木屋,焚烧的卡车,还有遍地的死人。

其中一具尸体,确认其身份是华盛顿的原情报分析员罗伊·韦斯特。关于这个人是什么时候和为什么来到阿肯色州开始了一种与枪支和炸药相伴的生活,目前还不得而知。还有报道说,华盛顿有关当局正派人前往现场展开调查。

罗比不禁抬头看了看,期待看到一架政府机构的喷气机正飞往犯罪现场。

新闻开始报道其他内容。罗比仔细考虑起瑞尔告诉他的事情。

韦斯特写了份关于末日的预言书,这究竟是什么意思?

韦斯特曾是中情局的雇员,他的正式头衔是"分析员"。这个概念可以有许多含义。罗比认识的大多数分析员都是在研究现实的一些具体问题,然而也有些分析员不是这样。

罗比听说过局里组织力量撰写了围绕不同主题的一些研究分析报告。这些报告所分析的,是不断变化的地缘政治格局。这些报告书往往得不到实际的应用,最终几乎无一例外地进入碎纸机,被人遗忘在脑后。也许韦斯特的研究成果与其他报告的命运不同,有人可能是拿这个东西当真了。

关于末日的预言书。

瑞尔是冒着很大的风险去那里的。如果罗比没赶到现场,她就死定了。瑞尔是个几乎无与匹敌的一流杀手,但是以一当二十多,即便是受过最好训练的人也难以幸存下来。

瑞尔知道韦斯特写了这么一份报告,这意味着她要么读过报告,要么听说了其中的内容。事实上瑞尔说她手里有这份文件,所以她应该不是去那里向韦斯特索要它。罗比估计瑞尔也不是为了搞清韦斯特的写作原因和过程而去了那里。

那么,是为了什么呢?

他开出了二十多公里,突然想到了答案。

瑞尔是想搞清韦斯特把这份报告交给谁了。

如果不是通过官方渠道提交的,那么韦斯特可能是私下里把它交给了什么人。瑞尔想知道的肯定就是这个。名字,读过这份预言书的那个人或是那些人的名字。

又开出很远后,罗比停下来加油和吃饭。他坐在吧台边上,尽量把注意力集中到眼前的食物上,可是他的念头却总是跑到别的地方。

瑞尔的处决名单。

先是雅各布斯,然后是盖德。瑞尔说他们是叛徒。

她说还有其他人。

来找罗伊·韦斯特之前,她已经杀了雅各布斯和盖德。就是说她已经知道他们是与这份报告有关联的人。

这只能意味着一件事情。

玻璃杯已经送到了嘴边,可是罗比又缓缓地将这杯冰茶放下了。

一定还有其他人,也许不止一个。他们了解报告的内容并且在积极实现其中的目标。瑞尔还不知道他们是谁。

瑞尔正在逐一地杀死这些阴谋家——罗比已经颇为自然地用这样的称呼来评价他们了——然而她的名单不完整。

更多的问题来了。最主要的是,瑞尔怎么会卷进了这件事?促使她不顾一切地去做现在这些事情的催化剂是什么?

他当时凝视这个女人的目光,从中得出了明确的结论。

这不是她按照指令去执行的一项任务。这完全是她个人的行动。

如果罗比的判断是正确的,那么瑞尔独自这么做就应该有一个理由,或者说,应该有那么一个人促使她做出这一切。瑞尔说过,他们杀了一个对她十分重要的人。这个人被害,是因为他们担心自己的阴谋有可能败露。

罗比还有很多问题没找到答案,但是他知道了一件事情。

一份宣告末日的预言书。这绝不是人们盼望着转化为现实的东西。

第四十五章

孩子们的欢呼声。五颜六色的气球。单价达三位数的各种生日礼物。

塞缪尔·肯特法官环视四周,冲着正在洒满阳光的大厅里举办生日派对的一群小孩子露出微笑。肯特结婚很晚,他最小的孩子是这场晚会的客人。为孩子庆祝生日的主人,是个向国会山的议员们摇唇鼓舌的政治掮客。

肯特那位比他年轻近二十岁的妻子没有参加这里的聚会。对她而言,同闺蜜一道去纳帕谷做水疗,显然比出席儿子小伙伴的派对更重要。肯特却是很高兴地来到了这里。这次活动给了他一个机会。

肯特再一次环视主人的房子,点了点自己的脑袋。

有个人迈着轻快的步子朝他走了过来。

这人比肯特高,全身的皮肉松弛,头发掉得很厉害。虽然身处派对的氛围中,他的脸上却没有笑意,俨然是一副病容。

"霍华德?"肯特招呼着伸出手去。这个人和肯特匆匆地握了握手,他手上的皮肤黏腻湿冷。

这人是众议员霍华德·德克尔。他说:"我们需要谈谈。"

肯特笑着指指挂在天花板一角的大彩球说:"一会儿他们拉开这个东西撒落里边的糖果,我可不想和娃娃们挤在这里。咱们出去走走吧,这儿的花园很不错。"

他们走出法式房门,漫步在精妙别致的花园里。这里占地三英亩多,有游泳池、为客人准备的小房、石凉亭、倒映园景的池塘、一些长椅、用典雅的门廊串联起来的一些小园林,还有各种盆栽的花木。他们两人都腰缠万贯,在这种富丽奢华的地方就像在家里一样随意。

他们在一个没人打扰的地方停下了脚步。

肯特说:"国会那边怎么样?"

"这不是我想谈的,你也明白。"

"我当然明白,霍华德。我只是想让你放松一些。别老板着脸。"

"你不担心吗?我知道她差点杀了你。"霍华德说。

"我们当时已经有了准备,唯一的问题是她比我们想象的更敏捷。"

"你知道,罗伊·韦斯特死了。"

"这不重要,也没关系。"肯特答道。

"是瑞尔干的?"

"同样,这不重要,也没关系。"

"我认为她非常重要,也关系重大。雅各布斯、盖德,还有你。她有个名单。怎么会是这样?"他问道。

"很简单。"肯特说,"我本不该相信乔·斯托克韦尔,可是我相信了他。我以为他是站在我们这一边的,实际上他不是。他愚弄了我,这让我们付出了代价。"

"这么说,是他告诉了瑞尔?"

肯特点点头,若有所思地说:"似乎是这么回事。我们真应该早点儿杀了他。"

"为什么呢?斯托克韦尔和瑞尔之间是什么关系?"

"我不知道,"肯特答道,"但是肯定有某种联系。他曾经是个法警,有很广的人脉。当我们发现他不是我们的人,而是个奸细之后,我曾经试图找出他的这些关系。但是很多情况都是保密的,我不能硬来,否则会引起怀疑。"

"结果我们都被连累了。我大概也在瑞尔的名单上。斯托克韦尔知道我。"

"是的,你很可能在名单上。"

"瑞尔竟然把盖德都杀了,天哪,他可是中情局的二把手。我还能有什么更好的运气吗?"

"你的运气不错,因为我们差一点就收拾了她,霍华德。她现在应该明白她想下手的目标有多难啃了。她将转攻为守,她不得不退却了。"

"如果韦斯特真是她杀的,那么她根本就不是什么转攻为守。"霍华德反驳道。

"韦斯特不是一个难啃的目标,而且我们目前还不知道所有的事实。如果真是瑞尔杀了他,她去那儿的目的肯定是获取更多的情报。"

"如果韦斯特向她吐露了情报呢?"

"他没什么东西可给她。她是在孤注一掷,这恰好表明她快要走投无路了。"

"肯定是有人对她说出了韦斯特。"

"对此我们正在调查,但是我不认为这很重要,我们有远远比这重要的事情要做。"

"韦斯特手下有一群民兵疯子,很难认为他是一块好啃的骨头。他有枪,有炸弹,有一帮像他一样疯狂的家伙,可是瑞尔还是杀了他。"

"我从来没说过瑞尔没有能力或是构不成威胁。她确实是个危险人物。"

"就是说她会来杀死我。"

"她也能来干掉我。但是我们不得不冒这个险,霍华德,而且胜率还是在我们这一边。同时要看到,当我们着手进行这项事业时,我们就知道它是有风险的。干这么大的事情不冒风险是不可能的。"

"如果瑞尔什么都知道了,我们该怎么办?"

"不可能。如果她真的什么都知道了,她就会采取不同的方式来对付我们了。她大致知道有谁参与了这件事,她可能也大致知道我们想做点什么,不过她不知道我们的具体目标究竟是什么。我清楚她是否知道全部内情,请相信我。"

虽然天气很凉,霍华德还是用手擦了擦额头上的汗水,说道:"我们开始制定计划的时候,似乎没觉得有这么大的风险。"

"计划一件事情永远是没有风险的,只有在实施过程中所有风险才会显现出来。"

"瑞尔一直做的就是这个,具体去实施计划。"

"这的确是她所做的,而且她擅长做这个。"

"你怎么知道这么多?"

"我并不总是一名法官,霍华德。"

"你做情报工作?"

"这不是我可以谈论的。"

"那你怎么还变成了法官呢?"

"我的法学学位和身处高层的朋友起到了作用,而且这也为我做别的事情提供了很好的掩护和方便。要知道,我说的话是有根据的,我们会挺过去的。千万别以为我不会报复瑞尔,连一秒钟都别这么想。她很出色,但是她只有一个人,她无法和我们的力量抗衡。"

"她还到处活动,她还活着。"

"现在这时候,"肯特回头朝房子那边看了看说,"我想他们快要切蛋糕吃冰淇淋了。我们或许应该回去了,别让孩子们失望。"

两人走向屋里时,肯特在想着他们的下一步棋。

他对这位紧张兮兮的众议员说的不完全是实话。

瑞尔的能量不可小觑,这是肯定的。

然而,肯特面临着更大的问题。

雅各布斯和盖德的死亡事实上并没有让他很烦心。他们的计划目前正在得到实施,在这个过程中有一些骨干成员被人除掉,对肯特未尝不是一件好事。假如他们的事业进展得不顺利,就必然会有同谋者叛变的事情发生,让肯特也跟着遭殃。

盖德也许不会叛变,但是他的存在还是会让肯特失去很多利益。

雅各布斯是个薄弱环节。他是一线行动所需要的协调人。不过在面对真正的压力时,却显出他是个孬种。他有可能叛变。如果瑞尔没杀他,肯特也会杀了他。

他们两人回到了派对上。当十岁的小寿星吹灭蜡烛时,肯特侧目瞟了一眼霍华德·德克尔。

霍华德·德克尔是又一个薄弱环节。

肯特知道把一个众议员发展到这个圈子里不是什么好事。不过霍华德自有其利用价值——他在众议院的一个委员会当主席,这个委员会对肯特要做的事情有特殊的用途。现在，它的价值已经被肯特利用过了，霍华德的重要性也相应地下降了。

这个圈子里还有一个人。

这个人可不是薄弱环节。

事实上，肯特必须防范的是，千万不要让自己被此人认定为是一个不可靠的人。

这就是肯特面临的那个更大的问题。如果这个合作伙伴认为肯特是个薄弱环节，那么肯特的生命就会处于极度的危险之中。事实上，这比瑞尔盯在他后面更危险。

肯特拽着孩子离开了派对。他看着霍华德和他的儿子钻进了一辆林肯城市轿车，开车的司机看上去很精明，毫无疑问还带着武器。

不过，只有司机一个人。

霍华德在钻进车里之前停下来，回头看着肯特。

法官肯特微笑着挥挥手。

霍华德也挥了下手，坐进了轿车。

肯特钻进自己的捷豹轿车。他没带保镖，但是他有儿子。就他对杰西卡·瑞尔的了解，她不会当着孩子的面杀他。瑞尔的道德指南是肯特最好的保护伞。

目前，只要肯特想办法多和孩子黏在一起，他就应该是没事的。

光靠这个当然不行。他必须尽快发现并除掉瑞尔。

他认为他有办法做到这一点。

肯特的办法涉及到一个人，他叫威尔·罗比。

第四十六章

罗比把车停在学校对面等待着。

他回到了华盛顿地区,把皮卡车放回远离城区的那座旧谷仓里,然后乘出租车到商场取回了平常开的那辆车。

自从在 IHOP 薄饼连锁店之后,他没有收到来自埃文·塔克的任何消息。

他不认为这是一个好兆头。

不过他还没遭到逮捕,他认为这倒是个值得乐观的事情。

看到茱莉走出学校走向巴士车站的时候,罗比的全身绷得很紧。他在车里坐得低低的,只是悄悄地望着她。

茱莉穿着露膝的牛仔裤、松松垮垮的连帽衫和脏兮兮的运动鞋,背着那只塞得满满的背包。她的长发扎在脑后,眼睛观察着周围。

没听手机播放的音乐。

没收发短信。

她显得很警觉。

好样的。你必须这样,茱莉。

公交车来了,茱莉上了车。巴士启动后,罗比紧紧跟了上去。

他跟随了一路,直到茱莉下车。他一直看着她安全地进入了家门。随后,罗比开车离去了。

罗比明白自己不可能每天都这样做。然而目前他十分关注茱莉的安全,他很想多做点有用的事情。

他低头看着自己的手机,最后下了决心。他按下了快速拨号键。

铃响两声后,对方接起了电话。

"难以置信。"妮可·万斯说,"你没拨错吧?"

罗比没理会她的讥讽,问道:"有时间吗?"

"怎么了?"

"只是想聊聊。"

"你永远不会只是想聊聊,罗比。"

"今天的确是。如果你没时间,那也没关系。"

"七点钟吧,在那之前不行。"

商定了碰头的安排后,罗比挂断了手机。

还有工夫做点其他事情。他决定用好这段时间,便又打了一个电话,约好和这个人碰面。

罗比真的不知道该指望些什么,不过他觉得这是一个阻力最小的途径。如果他还能相信谁的话,也就是这个人了。

三十分钟后,他坐在了蓝人对面。

"据我所知,前几天在局长上班的路上,你拦截了他。"蓝人说。

"大家是这么议论的?"

"这是真的吗?"

"因为我需要一些答案。"

"你得到答案了吗?"

"没有,所以我此刻又来了这里。"

"我的地位可不够管这种事,罗比。"

"这不是能让我信服的托词。"

蓝人摆弄着领带,尽量避开罗比的目光。

罗比问道:"我们的谈话会被人录音吗?"

"也许吧。"

"那我们得换个地方。"

"还去一家 IHOP 薄饼店吗?我听说了这个故事。实际上这已经成局里同事们目前的谈资了。"蓝人说道,不过没露出笑容。

"那就让我们把薄饼店变成星巴克。"

二十分钟后,他们走进了星巴克,从咖啡师那里取过他们点的咖啡,坐到了门外的一张桌子旁。这里离其他的顾客很远。起风了,但是一时半会儿还不会下雨,天空的面孔看上去还没那么险恶。

他们喝着咖啡。蓝人把自己紧裹在自己的风衣里。在罗比看来,蓝人像是个跑到外面喝一杯昂贵的现磨咖啡的银行家,而不像一个手握生杀大权的人。这种人在事关国家安全的重大问题上做出决定就如同常人敲定午餐的菜单。

这话要看怎么说,罗比。你也许决定不了谁生谁死,但是到时候是否扣动扳机却取决于你。

罗比和蓝人默默地看着周围。有人上车,有人下车,有人走进商店,有人提着袋子出来,还有人手里牵着孩子。

蓝人捕捉到了罗比的目光。

"怀念这样的生活吗?"他问罗比。

"什么?"

"回到正常人的世界当中。"

"我不敢确定我曾经有过正常人的生活。"

"当年我在普林斯顿学英国文学,我想成为我们这代人的威廉·斯泰伦或菲利普·罗斯①。"

"后来发生了什么?"

"我陪一个朋友去了政府机构的用人招聘会,他对联邦调查局的工作感兴趣。在那儿有几个人坐在一张桌子后面,桌上没摆任何标志。当时我只是停下来想看看他们是干什么的,结果就加入了中情局。就像是快进的视频镜头,一晃三十多年就过去了,我变成了现在这番模样。"

"很遗憾你没去写不朽的美国小说。"

"噢,多少可以作为安慰的是,同小说差不多,我的世界也充满了虚构的东西。"

"你的意思是充满了谎言。"

"没有多大区别。"蓝人打量着罗比的四肢问道,"你没再回去检查一下?"

"还没有。"

"查查吧,我们不想看到你由于感染而趴下。今天就去查,我会安排的。还是上次那个地方。"

"好吧。迪卡洛有什么消息吗?"

蓝人皱起眉头说:"我只知道她被国土安全部接走了。"

"这我也知道。你能解释一下为什么会有这种可能吗?连塔克局长都不知道,还是我告诉了他。"

"我做不出解释,因为我也同样不明白是怎么回事,罗比。"

"她还活着吗?"

---

① 威廉·斯泰伦(William Styron)、菲利普·罗斯(Philip Routh)皆为美国当代著名作家,分别出生于20世纪20年代和30年代。

"如果迪卡洛已经死了,而我们还没得到通知,我认为那将是绝对不可思议的事情。"

"国土安全部在这里扮演的是什么角色?"

"他们在保卫这个国家。从另一个角度说,我们中情局无权在国内展开行动。"

"呵,你很清楚,那一直就是瞎说。"

"也许曾经是这样,但是以后大概就不再是了。"

罗比看得出蓝人是认真的。"有那么糟吗?"

"显然是的。"

"什么原因?"

"那天晚上迪卡洛对你说什么了?为什么她要面对面地和你谈?"

"她身边只有两个警卫人员。你认为这说明了什么?"

"她信不过自己局里的人?"

"差不多吧。"

"还有什么?"

罗比喝了一口咖啡说:"这还不够吗?"

"不够,应该还有更多的内容。"

"也许是我同样感到周围的人靠不住了。"

蓝人面无表情,目光投向了别处。"我想我能理解。"

"情况不同了,就像你说的。"

"问题在于,如果我们的人无法彼此信任,就意味着我们的对手赢定了。"

"这话很对,只是我们还不知道对手是谁。"

"杰西卡·瑞尔呢?"蓝人问道。

"她怎么了?"

"她站在哪一边?"

"我告诉你我对国家安全事务助理格斯·惠特科姆说了什么吧。我认为是瑞尔救了我和迪卡洛的命。"

"我猜到你会这么对他说。"

罗比对这个回答很惊讶,他的表情没能掩饰这一点。

"为什么呢?"

"因为我觉得杰西卡·瑞尔可能是站在我们这一边的。"蓝人说。

"但是她杀了两个我们的人啊。"

"按照逻辑做个推理,罗比。"

"你的意思是,雅各布斯和盖德实际不是我们的人?"瑞尔称他们为叛徒,罗比对蓝人也认同这种可能性感到惊讶,通常说来蓝人是个无条件地维护中情局声誉的人。

"是的,如果瑞尔真的是站在我们这一边的话。"

"你认为这是事实?"

"我只是说有这种可能。"

"局里的二把手会是叛徒?"

"有可能。但叛徒可以有许多不同的类型,出于不同的动机。"

"还有谁持有这种看法?"

"除了你我没对任何人讲。如果你不提出离开我的办公室,我也会提出来的。我不会轻易地说这番话,罗比,我希望你能明白。这恐怕不是那种某一只独狼仅仅为了金钱而出卖国家利益的事情,尽管这类事过去发生过许多。他们策划的可能是事关大局的一项系统工程,而且我不认为他们的动机是金钱。"

"如果他们是叛徒,他们在为谁效力呢?他们的目标是什么呢?瑞尔又是怎么察觉出来的呢?"

"这些问题问得都很好,但是我这里没有答案。"

"国土安全部的介入又是怎么回事呢?"

"外面肯定是有人怀疑我们这里有问题,他们大概是为了保证安全才带走迪卡洛的。"

"埃文·塔克会怎么想?"

"他现在肯定是非常焦虑。你对他说过可能是瑞尔救了迪卡洛和你的事情吗?"

罗比点了点头。

蓝人喝了一大口咖啡,说道:"那么他也许会比我想象的更焦虑了。"

"听说罗伊·韦斯特的事情了吗?"

蓝人点头说:"他显然是完全脱离了正常的轨道,变成了一个精神错乱的偏执狂。"

"他做过分析员。他分析的究竟是什么?"

"你为什么想知道这个?你不会认为他也和……"

"我现在不能排除任何一种可能性。"

"他不是个特别引人关注的人。据说他写过一份分析报告,全是胡诌八扯。他大概就是因为这事被局里踢出去的。我看不出来他还能在这里扮演什么角色。"

罗比很想告诉他韦斯特和瑞尔究竟都扮演了什么角色,但是他忍住了,只是说:"塔克要求我继续追查瑞尔。"

"你是怎么说的?"

"我说不干了。"

"谁也不能逼着你硬要怎么样,罗比。"

"问题是,我现在该怎么办?"

"你就当从我这儿什么也没听到。"蓝人强调。

"好的。"

"假如我是威尔·罗比,我会考虑玩消失。"

"然后做什么?"

"找到杰西卡·瑞尔。如果你这么做,你就有可能找到所有的答案。"

我找到她了,但是我又把她放了。罗比暗想。

蓝人喝完咖啡,站起身来说:"这样的话,你还可以做点别的,罗比。"

罗比抬头看着他,问道:"做什么?"

"这还用问吗?你可以对瑞尔救了你的命表达谢意。"

蓝人走了。罗比喃喃道:"你说得太晚了。我已经对她做了回报。"

第四十七章

罗比坐在病床上,衬衫和裤子已经脱掉了。闵楠医生正在检查他的伤口。

"它们看着愈合得还不错。不过你来对了,还有点儿化脓和感染,我给你清理一下,有一处扯开的伤口还要再缝两针,好确保不发生任何问题。而且我得再给你注射一针,还要开点药。"

"好的。"

她去除了一些死皮,彻底清理了伤口,又缝合了扯开的皮肤。接着她取出一支注射器,用酒精擦擦罗比的左臂,打完针,用一片创可贴粘在针眼上。

"你又囫囵个儿地回来了。"

"是呀,囫囵个儿。"

"我很高兴。"

罗比瞥了她一眼。"为什么?"

"我们失去的好人太多了。你可以穿上衣服了。"

罗比穿上了裤子。

她说:"我把药给你包好,五分钟后门口的人会交给你的。"

"谢谢。"

闵楠在病历本上写着什么,罗比穿好了衬衫。她埋着头说:"听说了阿肯色州发生的那件疯狂的事情吗?你认识那个在这儿工作过的家伙吗?"

"你是指罗伊·韦斯特?"

"是啊,我还真是认识他。嗯,我给他检查过身体。"

"他是什么毛病?"

"抱歉,即使在这个地方,我也要为病人保密。没什么大不了的问题。不过我可以告诉你,他是一个奇怪的家伙。"

"这儿有许多奇怪的家伙。"

"我是说他真的非常奇怪。"她写完了,合上病历本放在桌上的文件架里。

"我告诉你一件事情,能为我保密吗?"她又问道。

"当然。"

"真的?"

"真的,没问题。"

她对罗比的回答露出了微笑。然而她又收起了笑容,皱眉说:"他让人毛骨悚然。他是个故作清高的家伙,自我感觉好得不得了,而且迫不及待地想要你知道他有多么好,仿佛这是个天大的机密。"

"这儿的很多人都是这个样子。"

"也许吧,可是他尤为突出。"

"哦,不过到头来这也没帮上他什么。"

"是在一场民兵内讧中死的,我听新闻说了。"

"他们是这么说的。"

"你知道一些别的情况?"她提高嗓音问道。

"不知道。我自己的事情就够多的了。"他系好鞋带,离开病床站起来说,"谢谢你给我治疗。"

"他们付钱就是让我干这个的。"

"看来韦斯特这家伙心理上有毛病。听说他是被这里开除的。"

"我对此不感到奇怪。我真不能相信当初他竟然能通过心理测试,他的情绪太不稳定了。"

"他的情况你还记得什么?他没向你提到过什么人吗?"

"提到谁?"

"任何人。"

她狡黠地笑着说:"我记得你说过,你自己的事已经够多的了。"

"不过我天生好奇。"

"嗯,他提到他在高层有朋友。地位非常高,他说。我认为他不过是吹牛,因为他在局里的级别相当低。"说着,她的脸有点红了。

"怎么了?"罗比问。

"噢,我想他说这些是为了勾引我。"

"你是说他对你有意思?"

"是啊,我觉得他是的。"她俏皮地用手掌轻轻捆一下罗比的胳膊,"用不着那么惊讶。"

"你认为他的话是真的吗?"

"我也想过这个问题。如果让我猜,我认为他在高层的确有靠山。"

"他的靠山估计也不会有太高的地位,不然他不会被开除。"

"你说得对。不管怎么说,他对我有那个意思倒是真的。"她从口袋里拿出一张名片,"也许你找不到上次的名片了。我再给你这一张,上面有我所有的联系方式,包括手机。如果伤口有什么问题,马上给我打电话。"

罗比接过名片时,闵楠的手指轻轻划了他一下。她没直视罗比的眼睛,只是脸颊有点泛红。

罗比准确无误地感觉出,这位医生对他倒是有点意思了。

第四十八章

这一次是妮可·万斯先到餐馆等着他。这个女人今晚没有化妆,一副公事公办的样子。

罗比坐了下来。

"我已经给你点了一杯酒。"她说。

他看着她的玻璃杯,问道:"是杜松子酒吗?"

"我这是姜汁汽水。从严格意义上讲,我目前还在上班。"

"你的工作日够长的了。"

"我的一生也要足够长才好,至少我是这么希望的。"她盯着他的右臂说,"你的胳膊似乎有点僵硬,怎么弄的?"

烧伤在愈合,但是很慢。手臂原来就有点不大灵活,闵楠的重新缝合使它变得更僵硬了。不知道他现在拔出武器的速度会有多快,也许不那么快了。不过他在阿肯色州那片不毛之地干得还不错。当时的情形使他忘记了疼痛,过后胳膊又开始疼起来了。

"我老了。"

万斯讥讽地一笑:"别蒙我。"

"怎么还不下班?"罗比问道。

她喝了一口姜汁汽水,目光显得缥缈。"当办案陷入困境时,我常常要加班。整个世界变得一塌糊涂,罗比。"

"发生什么新情况了吗?"

"你听说阿肯色州的那件事了吧?罗伊·韦斯特。"

"在新闻节目上看到的。"他答道。

"他过去是你们中情局的。"

"我从来不认识他。"

"他显然是没干多久。他中途改行了,变成了对抗政府的一个变态狂。你们就不能好好审查一下自己的人吗?"

"那不是我的职责。"罗比说。

罗比的酒送上来了。他尝了一口。

"怎么样?"万斯问。

他点点头。"不错,谢谢。"

"好,我们为这个世界见鬼去而碰杯。"

"让这个世界的什么东西见鬼去?"

"随便你点。雅各布斯没线索,盖德的被刺也什么都查不到,又加上了阿肯色州的这桩事。还有,烟酒、武器和爆炸品管理局那帮家伙也忙得团团转。"

"怎么了?"

"东岸地区一个偏僻的地方发生了爆炸。现场使用的是非常复杂的一种装备,甚至把助燃剂倒进了建筑物旁边的池塘里。爆炸后的现场没剩下多少证物。我不负责那个案子,联邦调查局当然还有其他的探员。联邦调查局对阿肯色州的事件也正在进行调查,这种非法的民兵组织变得越来越可怕,过去全国只有十来个这类群体,现在差不多有成千上万了。"

"罗伊·韦斯特这个家伙是怎么死的?"

"我确实不清楚。我也没负责这个案子。还有最糟糕的,亚历山大联邦法院附近发生的枪战。"

"这我可没听说。"罗比答道。

"有几辆车卷入了枪战。当然了,没有人记下车牌号。有辆轿车里是个女人,她开车就像是杰夫·戈登①,还从行驶的车里开火。巧合的是,当时正好有一位联邦法官在街上散步。"

"你认为他是这些人行刺的目标?"

"不知道,我看这很难说。现场报告提到了这个事实,因为他是一个法官,我们必须把这个角度也考虑进去。"

"这位法官是谁?"

"塞缪尔·肯特。"

"也许与他没有关系,只是帮派之间的街头火拼。"

"那里是亚历山大市的高端社区,没有街头帮派在那儿活动。"

"边开车边开枪的那个女人没有线索吗?"

"没有。不论用什么样的标准衡量,她的驾驶技术都是一流的。后来她就消失了。"

"其他人呢?"

"也都跑了。在一条拥挤的大街上发生这样的事,实在是令人惊奇,但是它确实发生了。"她喝干了姜汁汽水,说道,"是你提出要见面的,可是一直是我在说。现在我该闭嘴了,只竖起耳朵听。"

罗比点点头,尽力消化她说的这些事情。他猜测那个开车的女人会不会是他想到的那个人。这种念头似乎很荒唐,不过他认为极有可能是杰西卡·瑞尔,尤其是与她共同经历过阿肯色州的事件之后。

"见到茱莉真好。"罗比说。

---

①杰夫·戈登(Jeff Gordon):美国著名赛车手。

"是吗？据我观察，你们见面的气氛并不是那么好。"

"她有点生气。"罗比承认道。

"难道她不该生气吗？"

"哦，她应该。不过，在送她回家的路上我们谈了谈。"

"谈得怎么样？"

"她依旧挺生气。"

"你的本事一定是都用到开车上了。"

"我这么做是为了她的平安。你也提醒过我。"

"我知道，罗比，可是你也不必把她完全隔离在你的生活之外。你们俩一起经历了那么多的事情。天哪，她也和我一起经历了那么多的事情。"

"你和我也共同经历了很多事情。"他说。

罗比的话出乎万斯的意料。她靠回椅背，神态放松了下来。"是的，确实如此。你冒着生命危险救了我。"

"当时是由于我的原因，你才陷入了危险。说到这里，又回到我对茱莉的态度上来了。对你也是一样。每次我和你见面，都可能重新给你带来危险，我对此无法掉以轻心。如果我不打电话约你今晚见面，也许是更好的。"

"你不可能同时保护所有人，罗比。我是联邦调查局的探员，我能照顾好自己。"

"在正常情况下，肯定没问题。可是我这个人总是和一些非正常的事情联系在一起。"

她哼了一声。然而看到罗比异常严肃的表情后，她说："我知道你的意思，威尔。我明白，我真的明白。"

"不拒茱莉于千里之外，我还能怎样呢？现在我又有麻烦了。"他住嘴了，只是看着远处。

万斯试探地伸过手去碰了碰罗比的手,接着便用纤细的手指紧紧握住了它。"什么麻烦?"

他的视线转回到万斯身上。她抽回手,对自己刚刚表现出的亲密感到有点窘迫。罗比说:"为了保护我自己,我不得不在同一个时刻去观察前后左右所有方向。"

她眨眨眼,努力去破解这番话的含义。"这意味着你无法相信任何人?"

"意味着正在发生着一些无法解释的事情。"他停顿一下又问道,"你听说珍妮特·迪卡洛的事情了吗?"

"听得很含糊,说是她在家里遇到了一点情况。"

"我当时在她的家里。这事可一点也不含糊,因为人家是要直取她的首级。"

"究竟发生了什么?"

现在是罗比紧紧地抓住了她的手,只不过不是为了表达亲密。"如果我说了,你不能告诉任何人。我不是从职业操守的角度来强调,我是强调这关乎到你的性命。"

万斯不禁略微张开了嘴巴,眼睛睁得大大的。"好吧,我绝不外传。"

罗比喝了一口酒,放下杯子说:"迪卡洛遇到了袭击。她的警卫被打死了,她也受了伤。我把她救了出去。目前是国土安全部在负责她的安全。"

"为什么不让她自己的机构来保护——"万斯突然收住了话头,她意识到了。

罗比点头说:"没错。"

"是个别的坏蛋还是有组织的系统性犯罪?"

"不是个别的叛徒在捣乱。"

"是有组织的行动?"

"很可能。"

"你打算怎么办?"

"我正在考虑玩消失,脱离中情局的视线,一个人去闯闯看。"

万斯不禁吸了一口气。"你当真要这么干?"

"为了我,你曾经也这么做过。"

"我是联邦调查局的,罗比。你这么干可就完全是另外一回事了。"

"我认为这是我了解真相的唯一途径。"

"或者是被人杀死的途径。"

"我即使不这么干,也一样随时可能被杀死。"他缓缓抬起右臂说,"这几天里差点死过两次了。"

她瞟了一眼罗比的胳膊,然后重新盯着他,满脸的担忧。罗比的脸上同样也刻着担忧。

"我能做点什么?"她问道。

"你已经做了很多了。"

"你知道这都是废话。"

"也许到一定时候我会联系你。"

"罗比,没有其他办法了吗?你可以来联邦调查局,我们为你提供保护,也许……"她的声音渐渐小了下去。

"很感激,但我还是觉得我的办法更好。"

"下一步打算做什么?"

"我手头有些线索需要追查。"

"躲到暗处后做这些事就更不容易了。"

"我要试试,这是我唯一能做的。"他站起身说,"谢谢你来见我。"

"你为什么提出要见见面？不会仅仅是为了告诉我你要藏到暗处吧？"

罗比欲言又止。

万斯也站起了身。没等罗比动弹，万斯已经抱住了他，抱得非常紧，仿佛两个人已经融为一体了。她踮起脚尖吻了吻罗比的脸颊。

她说："你会回来的，什么事你都能搞定，你是威尔·罗比。嗨，你总是能做出看起来完全不可能的事情。"

"我会尽力的。"

罗比转身离开了。

万斯走到餐厅门前，看着他在街上走过，最后消失在了夜色之中。

她回到车里，只是呆呆地坐着出神。她不知道这会不会是他们两人的最后一次见面。

第四十九章

玩消失。

罗比坐在公寓里想着具体该如何去做。

上一次他也这么做过,那并不是令人愉快的经历。事实上,他差一点就搭进了他自己和其他一些人的性命,其中包括茱莉和万斯。

杰西卡·瑞尔已经躲起来了。她似乎依靠着某种复杂的策略,使她自己能够在同一个时刻分别属于对弈厮杀的两个敌对阵营。罗比看不清楚这究竟会给她带来什么好处,因为目前的结果无非是两个阵营都在千方百计地企图找到并且杀死她。

一面树敌犹嫌不足,非要让自己两面树敌,这实在有点说不通。不过在罗比眼里,瑞尔远不是一个脑子进水的女人。如果她这么做,那就一定有她这么做的道理。

一个前中情局分析员去阿肯色州充当了组建反政府民兵组织的疯子。他写过一份报告书。瑞尔去那里是为了搞清他把报告书交给了谁。

这会儿,又冒出一个亚历山大枪战中出现在现场的联邦法官。如果当时瑞尔也在亚历山大,其中会有什么样的关联?

这位法官、盖德、雅各布斯和罗伊·韦斯特。

难道他们都和那份报告书有关？

如果确实是这样，报告书的内容究竟是什么？

即使韦斯特留下了报告的副本，罗比也没有办法得到它。警方肯定已经把他的住处，或者说是爆炸后的残留物，翻了个底朝上。瑞尔手里也可能有个副本，但是罗比同样无法从她那里得到它。

罗比低头查看瑞尔上次发给他的短信。

我做的一切都事出有因。需要的是解锁。

罗比突然发出了"啊"的一声，手掌猛拍了一下桌子。他怎么会如此愚蠢？这一切明明就摆在眼前。

他走过去打开了保险箱，取出了瑞尔留在她自己的储物柜里的那三件东西。

原来如此。锁（lock）。储物柜（locker）。我需要做的就是搞明白她留在储物柜里的东西。

不过，茅塞顿开的喜悦很快就过去了，取而代之的是令人头疼的谜题。

一支枪。

一本书。

一张照片。

那支枪他早就拆卸过了，一无所获。不过是一支手枪，添加了一点特制的部件，没给他提供任何线索。

那本书上没有用笔做出的标记，没有任何批注，没向他指明什么特殊的东西。

照片对他也没什么意义。他不知道站在瑞尔身边的男子是什么人。

我做的一切都事出有因。

他恼怒地嘟囔道:"太棒了,女士。下次千万别搞得这么复杂,这些东西不是凡人能弄明白的。"

罗比把东西锁回去,盯着窗外。

蓝人告诉他的情况,只是进一步证明了上层目前出现的令人不安的状况。局里似乎是从上到下都炸锅了。世界上首屈一指的这家情报机构竟然出现如此混乱的状态,实在是令人难以想象。

当今的世界确实充满了危险,甚至比冷战时代更加危险。那时候,两个阵营泾渭分明,利害关系清晰可见。世界存在着毁灭的可能性,但是这种可能性很难变成现实。在核战争条件下同归于尽的前景,是维系和平最有效的保障。如果这个世界剩不下什么了,那也就谈不上由什么样的人来统治世界了。

今天的世界局势更加动荡,也更加微妙,敌我的阵营以惊人的速度发生着变化。罗比怀疑,战争导致共同毁灭的前景对于维系和平是否依然有效。有些人显然是根本不关心这个世界还能不能继续存在,这使得他们成为人类所面对的空前危险的敌人。

迪卡洛的话再次回响在他的耳边:组织了一些不该开展的行动。我们的一些人员不知下落。资金从这里挪到那里,挪来挪去就失去了踪影。装备发送到不该发送的地方,最后也不见了踪影。这还不是事情的全部。很长时间以来,这些事一点一滴地发生在我们的周围。就每一件事而言,看上去都不显山不露水。但是当有人把它们串在一起综合起来……

在罗比看来,单是人员的失踪就足以引起警觉了,更不要说迪卡洛提到的其他那些事情。

这一切究竟是怎么发生的呢?

塔克当局长的时间不短了,应该足以解决这些严重的问题,至

少也应该是有所应对。

除非塔克站在敌对的阵营一边。这似乎是根本不可能的,不过,同样难以想象吉姆·盖德是个叛徒。而瑞尔如果是可信的话,盖德就确实是叛徒。难道中情局的一、二把手都是坏人不成?这怎么可能?

但是,出了那么多问题,管理层却没有采取措施。这还能用别的什么来解释吗?

他掏出了钱包。平时放现金的夹层里,现在放着玫瑰花瓣。

这是瑞尔留下的又一个线索。

有人在现场拿走了玫瑰花瓣还有天知道别的什么,但是漏掉了这两片花瓣。瑞尔想用玫瑰来表明什么呢?

如果她做的一切事情是有目的的,那么玫瑰花瓣也一定有什么说法,而且它可能很重要。

花店的那位女士曾说,玫瑰上的粉红色有时用来代表鲜血。嗯,现场确实留下了大量的血迹。瑞尔想表明的就这么简单吗?如果是这样,对他又有什么用呢?

蓝人推测瑞尔可能是站在正义一边。罗比不知道这种定位是否很有意义,因为在间谍这一行里正义和邪恶经常转换着角色。不,也许这么说并不公平。正义和邪恶的区分自有其核心的标准。

恐怖分子用隐藏的炸弹杀死无辜的人就是一种邪恶,这毫无疑问。而且在罗比看来,他们同时也是懦夫。

罗比虽然从远距离进行射杀,但仍然是冒着生命的危险,而且他从不杀害无辜的人。他追杀的那些人都是一些恶贯满盈的家伙。

这就意味着我会永远站在正义一边吗?

他摇摇头,想摆脱这些令人纠结的念头。它们在哲学课堂里会是不错的论题,却无法引导他接近真相。

或者说接近杰西卡·瑞尔。

罗比对局长塔克说过,他将放弃执行搜寻瑞尔的任务。

在某种程度上,罗比这么说是真心的。

他至少是不会代表塔克和中情局去搜寻瑞尔了。但是罗比要找到她,而且这一次必须让她说明到底发生了什么事情。

不管会遇到什么样的情况,他一定要了解真相。

第五十章

这次会面是临时安排的。

塞缪尔·肯特坐在小椭圆桌的一侧,另一个男人坐在他的对面。这个人比他年轻,身体结实,个子不高,双手像是两块砖头,上身的躯干仿佛是一堵墙。

他的名字叫安东尼·金姆。

他可不像是个托尼①。

"他们选中罗比的原因是显而易见的。"肯特说。

金姆点点头。"不错的选择,罗比干这个很在行。"

"而且他和你不一样,你经常摆脱局里自己跑单帮。"

金姆纠正道:"我只是偶尔失联,这和摆脱中情局是有区别的。很大的区别。"

"我明白。"肯特的声音不高,"是我把你放到那里的。在那儿我们可以最大限度地发挥你的才干。"

金姆什么也没说。他把双手放到了桌面上。即使是坐着,他也把全身的重心匀称地落在了两只脚掌上。如果需要,他可以在

---

①安东尼(Anthony)的昵称是托尼(Tony)。Tony一词有时髦、漂亮的含义。

瞬间投入行动。这些年里他有许多场合需要这么做。

"杰西卡·瑞尔。"肯特说。

金姆只是坐在那里等待着。

肯特继续说道:"她还在外面活动,变得越来越麻烦了。"

"她一直很擅长制造麻烦。"

"看来你十分了解她?"

"没有人十分了解瑞尔,就像没有人十分了解罗比一样。他们把所有事都装在心里,我也是一样。干这行的必然是这样的。"

"你和瑞尔合作过吗?"

"是的。"

"罗比呢?"

"两次,我都是当他的后援。事实表明他不需要什么后援。"

"如果需要的话,你能不能干掉他们当中的一个,或者是干脆把两个都干掉?"

"可以,如果条件允许的话。"

"我们可以试试,努力创造一个好的条件。"

"我需要您做的绝不仅仅是试试。"

肯特皱了皱眉,又说:"我找你来,是因为我知道你是最棒的一个。"

"不过您这是要我去追杀两个也许是和我一样棒的家伙。如果他们是单独行动,我大概能做到各个击破。如果他们在一起,我就不敢打包票了。"

"那我们就不让他们在一起。"

"罗比负责搜寻瑞尔。也许他能够完成任务,这样你们就省事了。"

"罗比最近的一些表现,让我觉得他不大把握。"

金姆稍微挪动一下身子,问道:"比如?"

"据报告,他开始进行独立思考,而不是服从命令了。而且还不止是这些。"

"我需要知道所有的情况。"

"瑞尔一直和他保持着联系,告诉他一些事情。"

"她是在操纵他,她擅长这一点。"

"你说过你不很了解她。"

"凭我了解的这些,就足以知道这一点了。"金姆的身体向前探了探,又问道,"我能提个建议吗?"

"洗耳恭听。"

"坐山观虎斗。让罗比杀死瑞尔,反之也好,或者让他们相互干掉对方。"

"原来的计划就是如此,这种情况仍然是可能发生的。"肯特把身体向前探到离金姆很近的地方说,"你是我们最后的一道屏障。如果我没判断错的话,你将被我们派去结束这件事情。不能指望这个世界完全按照我们的愿望来运转,那就像是一个笨蛋押上的赌注,一切全凭着运气。我不能单纯地指望运气。"

"那就请您为我创造一个更好的条件。"

"就像你说的,我会做得更好,而不仅仅是试试。"

"您打算怎么做?"金姆问道。

"擅于操控别人的,并不仅仅是杰西卡·瑞尔一个人。"

"事情不那么容易。"

肯特说:"我根本就没认为这会很容易。事实上,这是非常困难的。"

"那么您究竟想怎么做呢?"

"我会处理的。你干好你的活儿就行了。"

"您能告诉我的就是这个?"

"各司其职,互不打探。不论干什么,这都是最好的规矩。"

"您和我想象的不大一样。"

"你的意思是我不像个法官?"

金姆只是耸耸肩。

肯特笑道:"我是个特殊的法官,金姆先生。我不办很多案子,只花很少的时间在法庭上。我的其余时间都用来为国家做别的事情了。与在法庭上偶尔做个判决相比,我远远喜欢做那些其他的事情。"

"您很有影响力。不然的话,我也不会和您坐在这里了。"

"不仅是施加一点影响。我通常都是直接去推动事情的进展。"

"什么时候派我投入行动?"

"确切时间还没定。假如我的预测是准确的,那就很快了。你必须随时待命,一接到通知就立即行动。"

"我的生活从来如此。"金姆答道。

"希望死掉的不是你。"

"干这行的,死亡是早晚的事。"

肯特靠回椅背上说:"你喜欢说干你们这一行如何如何,我有点相信你的说法了。"

"我不指望您能够理解,肯特先生。我们的世界是个很小的圈子,我是其中的一员。"

"事实上我是能理解的。"

"我不这么想。除非您和我一样,已经杀过了很多人。这个世界上像我这样的人不多。"

"你杀过多少人?"

"三十九个。这也是我对瑞尔感兴趣的一个原因。她能给我凑个整,第四十个。"

"你的话让我印象深刻。当然了,如果加上罗比,就该是第四十一个了。"

"我不会为此而失眠的,我可以保证。"

"很高兴听你这么说。"

肯特笑了笑。还没等金姆反应过来,肯特的枪口就抵住了他的额头。

金姆的眼睛由于吃惊而瞪得大大的。

肯特说:"我说过我并不总是一个法官。我查过你的履历,你干这行已经有十一年了,对吧?"

金姆没有回答。肯特用力将枪口顶在他的脑袋上。"对不对?"

"对。"

肯特点点头说:"我杀过二十人,也是凑了个整。我觉得现在的人都变得娇惯了。我那时连一副像样的夜视镜都没有。我只有手电筒和一杆越战时期的破步枪,他们却要求我在一夜里干掉四个家伙,我还是完成了任务。顺便说一句,我从来没有对人吹嘘过我杀了多少人。"

肯特打开枪的保险,接着说:"还有一件事。我是不是说过你需要通过一个小测验才能参加这次行动?"

"测验?"金姆一脸茫然地问。

"如果像我这样的老家伙都可以制服你,你对我还能有多大用处?你甚至给罗比或瑞尔擦屁股的资格都没有。面试正式结束了。"

肯特扣动了扳机。枪响了,子弹击碎了对方的脑袋。金姆向后摔了下去。

肯特从椅子上站起来,用手帕擦了擦溅到脸上的血,把枪插入了枪套。

他低头对着金姆的尸体说道:"你实际是我干掉的第六十个人了。我认识的人当中,只有一个人比我杀的人还多。他也是个老家伙,就像我一样。我永远不会像对付你一样去对付他。你这个笨蛋。"

肯特走出门去。

第五十一章

瑞尔盯着手机屏幕上她调出来的一张照片。熟悉的面孔。

威尔·罗比也在照片里望着她。

瑞尔知道,在阿肯色州双方僵持的时候,她应该告诉罗比更多的一些事情。但是一看到他,瑞尔就目瞪口呆了。瑞尔认为,这是局里不知用什么办法查明了她的行踪,并且派罗比来杀掉她。她在一时的惊慌中完全丧失了对罗比曾抱有的信任。罗比没有杀她,这当然使瑞尔对他的信任得以恢复。但是,此刻她为罗比担心着。

假如局里知道罗比在可以对瑞尔开枪时却没有扣动扳机,罗比的境况就非常危险了。假如瑞尔再次尝试同他联络并且罗比同意与她合作的话——尽管这是她希望的——那么他将处于更加危险的境地。杀手们马上就会扑上来对付他。罗比不像她那样早已做好了摆脱追杀的准备。尽管罗比很棒,但是终将死在他们的手里。中情局的力量太强大了。

还是我单独行动吧。

瑞尔从包里取出那份报告书,再次读了起来。

她已经见过罗伊·韦斯特了。很难想象这么一个家伙能够拼凑出如此复杂精密的计划。韦斯特策划的是惊天的谋杀大案。不幸的是,他的匪夷所思的计划同他的强烈的反政府、反社会的情感一道,都在他的这份报告里得到了淋漓尽致的展现。这是一个疯狂的计划。写出这种东西的人是个地地道道的疯子。

同样,赞成并打算实施这个计划的人也是疯子。十分危险的疯子。

韦斯特死了,他无法再伤害任何人了。但是还有其他人。这些人所处的地位,使得他们更有条件去组织和策动这个计划描述的所谓末日大决战。

一个一个的国家。

一个一个的政府领导人。

一幅完美的拼图。

韦斯特这篇变态邪恶的巨作,就是通往地狱的通行证。

还有未知身份的那个人。瑞尔凭着感觉认定存在着这样一个人。具有比韦斯特至少高三档的绝密情报接触权限的人。想得到这份报告书,把握这幅完美拼图的全貌的人。

机灵的罗杰。他是谁?他在哪儿?他目前正在策划什么?

对于珍妮特·迪卡洛的袭击应该是可以预见的,但瑞尔只是在袭击发生后才意识到为时已晚。迪卡洛还活着,却不知能活多久。瑞尔很想坐下来和这位恩师聊一聊,弄明白她究竟掌握着什么情况以致差点儿丢了性命,这些情况她又是如何得到的。

这是不可能的。瑞尔不知道迪卡洛目前在哪里,而且她的身边肯定有重兵把守。然而,如果对她的袭击是来自内部,这个女人躲在哪里才是安全的呢?

瑞尔再次低头看自己的手机。要不要冒险试一下呢?

她不再多想了,按下键子,把短信发给了罗比,尽管她刚刚决定不再与他联系。但是短信里提出的是那样一种问题,即不会使局里的人抓到罗比把柄的问题。

瑞尔不知道能否得到回音,她也不知道罗比是否信任她。瑞尔记得刚从事这一行的时候,她曾是罗比小队的一员。他是一群出色的职业特工当中专业素质最高的。罗比的话不多,可是教了她不少东西。他在每一个细节上毫不含糊。细节决定成败,罗比告诉她。

瑞尔听说了罗比在今年早些时候的那次行动。他做出了干这一行的人难以想象的事情。当时他没有扣动扳机。他违抗了命令,只因为他相信上面的命令是错误的。

一般的老百姓会觉得这不算什么了不得的事情。如果你认为命令是错误的,不服从它就是了。其实远不是这么容易,对于特工而言,甚至比士兵还要不容易。罗比和瑞尔都受过无条件服从命令的训练。如果没有这种上下有序的指挥体系,如果不是绝对服从权威,整个情报系统就无法运行下去。任何情况下都不能改变这一点。

但是,他们两个人都违抗了命令。

如今罗比已经是第二次拒绝扣动扳机了。他的这个"第二次",是瑞尔仍然活着的唯一原因。

瑞尔倒是扣动了扳机。她杀死了两个政府情报部门的人。杀死其中的一个,就已构成了足以使她被判处终身监禁甚至是死刑的重罪。

瑞尔不知道罗比是否还要追踪她。她也不知道罗比会不会为了没有杀她而后悔。

电话响了。瑞尔低头查看屏幕。

威尔·罗比回复了她。

第五十二章

罗比盯着手机屏幕，手指刚刚发出短信。他不知道局里看到短信后过多久会同他联系。

或者是来踹开他的房门。

瑞尔发来的是一个简单的问题：

迪卡洛？

他的回复是：

目前还活着。

罗比继续盯着屏幕，多少是希望她再次发来短信。他有许多问题想问她，在阿肯色州见到她时没来得及提出的问题。

他正想放弃等待，瑞尔的又一个短信来了：

GPB

GPB？罗比不够时尚，不大懂最新的互联网缩略语。他不知道GPB是这些缩略语当中的一句，还是瑞尔自创的某种密码。如果是密码，罗比完全无法猜出其中的意思。

可是为什么瑞尔认为他会明白呢？

罗比在椅子上坐下，回想起了许多年前他和瑞尔一道执行最后一次任务的情景。那是一桩普通的差事，可是半路上却出了岔子。有时候是会有这种情况发生的。

罗比向左迂回,同时瑞尔却心照不宣地转向了右侧。后来证明,如果他们当时都往一个方向移动,两个人可能就都没命了。他们从两边配合,化解了面临的危机。

罗比事后一直在想这件事。他甚至问过瑞尔,在两侧当时都没发现有明显威胁的情况下,她为什么朝着不同的方向迂回。瑞尔半天也没回答出什么,只是说:"我知道你将选择哪个方向。"

"你怎么知道?"罗比问道。

她以问代答:"那你是怎么知道我要朝哪一侧迂回的?"同样,罗比也无法做出确切的回答,只好说是靠着一种直觉。事情就是这么简单。不是说他能读懂瑞尔脑子里的所有念头,而是罗比在那种特定的情况下明白她将会做出什么样的反应,而瑞尔也能猜出他的反应。

除了和杰西卡·瑞尔的这一次以外,罗比后来再没遇到过这般的默契。他不知道对瑞尔而言这是否也是最后一次。

手机响了。他看看屏幕,把手机扔到了一边。是兰利总部打来的。罗比不想对他们解释为什么他和瑞尔互发了短信。他甚至在一定程度上觉得这和局里没多大关系。既然这些人对他藏着掖着的,他也用不着什么事都对他们和盘托出,反正大家都是干间谍这行的。

突然,一个好似全然不相干的念头闪现在了罗比的脑海。当他游走在回忆的长廊时,这个想法大概就在他的脑子里渐渐冒头了。

瑞尔曾经对他讲过有关她自己的一些事情。其中有个说法给他留下了挺深的印象。

"我是一个线性的人,罗比。"当他们完成最后一次任务归队时她这样说。

"这话怎么讲?"罗比问。

"就是说我喜欢按照次序从头至尾地办好一件一件的事情。"

想到这里,罗比觉得开窍了。他跳了起来,跑去打开了保险箱,再次取出了那三样东西。

枪(Gun)。

照片(Photo)。

书(Book)。

这三件物品的首字母:GPB。

罗比的精神为之一振。他充满兴致地坐了下来。上一次他不自觉地按照正确的顺序逐一对这几件东西进行了研究。现在他已经能够确认,它们之间确实存在着一定的次序。

他拿起了那支手枪。他已经拆过它,却一无所获。然而他事实上还是发现了一点东西。

我做的一切都事出有因。

瑞尔发给他的短信。她做的一切都事出有因。

他端详着枪。嗯,造枪的是格洛克公司,与瑞尔无关。

他眯起了眼睛。

不过她对这支枪做了一些改动。

他看看瞄准镜。宾夕法尼亚州小型武器公司。瑞尔专门配备的,尽管这支枪自带的标配瞄准镜已经很完美。

钛撞针。也是另换的配件,很不错,但同样没多大必要。

他再次查看大概是瑞尔刻在枪柄上的那些纹路。格洛克使用的这种聚合物材料偶尔可能有点滑手,不过原装的枪柄同样也已经很完美。

为什么在并不十分需要的情况下,瑞尔要花大工夫亲自去改进枪柄的抓力呢？在它上面蚀刻这些纹路很费时间。你追求的不过是抓力方面的一点效果，可是如果你缺乏蚀刻的经验或是出了错，就可能使这支枪完全废掉了。

而且在大多数情况下，瑞尔是在远距离进行射击，枪柄的抓力真的不是个问题。

还有就是33发子弹的弹匣，最初它也让罗比很困惑。在这一行里，如果你有时间射出33发子弹，那就意味着你搞砸了，甚至离死不远了。开一枪到两枪，也许是三枪，你就必须撤退了。

对这种型号的格洛克而言，17发子弹的弹匣是标配。然而瑞尔竟然用超长弹匣使弹容量几乎翻了一番。老实讲，都有点累赘了。

而在他的印象里，瑞尔是一个喜欢利索的人。

他看了看枪的型号：格洛克17。

他必须条分缕析地逐步揭开谜底。他想象得出，为了隐藏和传递某种信息，瑞尔当初也做出了同样的努力。

根据瑞尔的短信，罗比明白他选的路径是正确的。它肯定是指枪、照片和书籍，没有做出其他解释的可能。干得非常聪明。瑞尔知道，假如局里派罗比来猎杀她，肯定就会允许他搜索那个储物柜，并把她的东西带走。允许罗比查看储物柜的唯一前提是，局里事先检查过并且没发现这些东西对他们是有用的。因此，瑞尔一定是想到了罗比会在某个时候接触到这些东西，试图从中发现某些线索。

罗比找出纸和笔，又启动了笔记本电脑。他打开一个搜索引擎开始寻找，输入了在枪身上汇集的有关信息。他经历了很多次没有意义的尝试，但是最后总算有眉目了。罗比得到的线索并不十分清晰，却足以让他朝一个新的、也许会产生收获的方向迈步了。

他拿起笔记下了这些结果,结束搜索,关闭了笔记本电脑。

他一跃而起,去收拾行李。他要去一个地方,而且他必须确保在没人跟踪他的情况下到达那里。

他又想起了万斯的疑虑。他的"玩消失"会成功吗?

好吧,很快就知道了。

第五十三章

这是一个高大上的房间。深色的木质地板、墙围和家具,墙上完美的斜形嵌线,长绒地毯,阔大精美的房门,硕大的照明灯具等,共同营造出了一种雍容庄重的氛围。

联邦政府的钱花得是个地方。难得的一处办公场所。

至少塞缪尔·肯特本人是这么认为的。

他坐在法院大楼自己的办公室里,合上了手里那本书,看了看表。

到时间了。

他的书记员在一分钟后进屋,通报众议员霍华德·德克尔到了。客人走进来与肯特法官握了握手。书记员离开后,他们开始了私密的会晤。

德克尔是众议院的常设情报委员会主席,还曾做过一个司法专门小组的成员。因此,他来见法官肯特不会引起任何人的猜疑。此外,他们还是具有相同观点和志趣的多年老友。作为情报委员会主席,德克尔能够以国会的名义插手从中情局到财政部以及介于这两者之间的许多政府机构的事情。

他们坐在铺着亚麻餐巾和摆着水晶餐具的桌旁,吃着法院的大厨提供的冷餐。肯特为两人在玻璃杯里倒上了白葡萄酒。

"你们的待遇不错。"德克尔说,"我们国会的餐厅有点太老了。"

"哦,我们需要谈谈。所以我想为什么不在这儿呢?这里又舒适又隐秘。"

德克尔呵呵一笑,将酒杯举到嘴边。"不担心有人根据法庭的授权来监听吗?"

肯特表情冷漠地说:"我们需要谈谈,霍华德。"

德克尔放下杯子,表情不由得严肃起来。"关于罗伊·韦斯特的事情,对吗?"

"不仅是那个,还有很多。"肯特说。

"你认为那是杰西卡·瑞尔干的吗?我在电视上看到那里变得像是个战区。"

"我经历过战争,霍华德。那儿才不像是战区,比战区的状况糟多了。"

德克尔在椅子上调整了一下坐姿,靠到后面让自己更舒适一点,同时舔了舔干裂的嘴唇。"我们现在应该怎么做?"

"我们的计划没有改变,对不对?"

"哪个计划?干掉瑞尔?当然没变。"

"好,我只是确认一下。我想确认我们仍然在同一条战线上。"

德克尔做了个鬼脸,说道:"但是你究竟都采取了什么措施呢?看来是不能指望罗比这个人来完成这项行动了。"

肯特呷了口酒,考虑了一会儿说:"他也许是已经完成了一项行动任务,然而却不是我们希望的。"

"我没听懂。"

"我已经收到了一份非常详尽的报告,是关于阿肯色州那件事情的。非常详尽。从最高层得到的。"

"报告怎么说?"

"这种规模的屠杀只靠一个人显然是做不到的,即便是杰西卡·瑞尔这样训练有素的人也不行。"

德克尔向前探过身去,不由得咆哮道:"你是在告诉我她还有帮手吗?"停顿了一下,他接着说,"是罗比!"

"对此我还没有确切的证据。不过,如果说另外一个同样训练有素的家伙只是十分偶然地撞上了这场游戏,在力量对比十分悬殊的情况下生存下来并战胜了对手,那该是多大的巧合呀。"他放下杯子,叉起了满满一叉子鲑鱼,"我恰好不是一个喜欢巧合的人。"

"如果罗比和瑞尔联手……"

"我没那么说。"

"可是你刚才说当时在现场的只能是他们两个。"

"那并不意味着他们已经联手了,霍华德。"

"该死,那还能是什么?你刚才的意思就是他们两人一道杀死了其他所有的人。"

"共同的生存需求并不等于双方站在了同一个立场上。我也可能错了,不过我认为他们也许只是在当时的现场条件下临时结成了盟友。"

"即使是这样,对我们还是很不利的。"

"那是当然了,但是这大概也意味着局面是可控的。"

"如果罗比成了瑞尔的同伙呢?"

"那就会有人去对付他。我心里已经有人选了。"

"如果还是你派去追杀瑞尔的那些人,我不得不说,你就拉倒吧。"

"你有什么别的选择吗?"

"解决这种问题是你的活儿,山姆,不是我的。我们分工明确。我帮你搞到你需要的资产,还帮你确定进攻的目标。那是我的活儿,我都做到了。"

肯特吃了点米饭和蔬菜,用水晶杯喝口水,说道:"你说得对,那是我的责任。我向你道歉。"

德克尔缓和下来,坐稳后开始吃东西。

肯特说:"其实,我原本想到了瑞尔可能会找到韦斯特,我以为那些民兵足以解决她。可是我明显错了,我不会再犯同样的错误。"

"希望如此。"

"我曾经还找了个人来对付瑞尔,也许还要对付罗比。但是我发现这个家伙不行。"

"他会给我们带来麻烦吗?"

"我对此并不担心。"肯特拿起了酒杯。

"你怎么如此有把握?"

"因为我用枪打爆了他的脑袋。"肯特抿了一口酒。

德克尔的叉子掉了下来,叮当地砸在瓷盘上又落到了地上。

"你不喜欢鲑鱼吗?"肯特擦了擦嘴问道。

德克尔的手在颤抖。他弯下腰,捡起叉子,脸色铁青地问道:"你把他击毙了?"

"嗯,没别的办法,真的。他是个傲慢的刺儿头,太自命不凡了,该死的,我相信我无论如何都是要给他一枪的。"肯特盯着德克尔惊恐的表情说,"我不喜欢傲慢的刺儿头,霍华德,我不喜欢自命不凡的人。我会向他们的脑袋开枪,确保他们一命呜呼。"

德克尔舔了舔嘴唇说:"我知道你的压力很大,山姆。"

肯特摇了摇头,"这不算什么压力,霍华德。我曾经在丛林的地下洞穴里住过几个月,每天与蟒蛇和成群的蚊子做伴。我们不知道哪一种结局会最先落到自己头上,是被痢疾拖死呢,还是被越共一个一个地干掉——朋友,那才是真正的压力。"

"我目前的压力也很大。"

"是啊,你当选了众议员,你有宽敞的办公室,有司机和随员,每天回家前还要参加名目繁多的晚宴,拍富人的马屁筹集资金。你有时到这里来,偶尔也干了点对我们有用的事情。你还要动不动就投个票什么的。压力真大啊。玩政治就是下地狱,很高兴我从来没掺和那玩意儿。我只是穿上军装,撅起我的屁股挨枪子儿。而你呢,从来就没穿过军装。"

"我没参加越战,当时太小了。"

"这么说你是乐意参军的,像我一样,是吗?"

"这我倒没说。"

"这么多年来没有什么能够阻止你去服役。"

"不是每个人都适合从军的。我的生活中有别的目标。"

"我获得过两枚紫心勋章和一枚铜星勋章。本来我会得到银星勋章,但是我的头儿不喜欢战士们宁愿服从我而不是听他的。战争结束后我上了大学,得到了法学学位,是美国政府帮我付的钱。没什么可抱怨的,我付出了青春年华,得到了应当得到的报酬。你什么也没付出,却坐在又漂亮又安全的办公室里大唱为民服务的高调。"

肯特突然伸出手,掐住德克尔肉滚滚的后脖颈,猛地把他拽到近前。两个人脸对脸,只隔着一寸远。肯特说:"下一次你再想为什么事情教训我的时候,你要记住,那将是你最后一次给别人上课了。明白了吗?我不打算重复我的话。"

肯特放开德克尔，坐回去拿起叉子说："尝尝米饭吧，有点儿辣，不过和调汁西兰花的味道很搭。"

德克尔没有动弹，只是坐在那里盯着对面的肯特。肯特吃完午餐，站起来说："我的手下会带你出去。祝你度过富有成效的一天，在国会山努力为你的国家服务。"

他走出了房间。德克尔独自坐在椅子上发抖。

第五十四章

罗比缓缓地在宾夕法尼亚州泰特尼恩①镇的狭窄街道上行驶着。这是个不大的城镇,路旁都是这种镇子里通常可见的那类住宅和店铺。人们缓步行走在街道上,浏览着各种小商店的橱窗。车辆慢条斯理地驶过路面。大家相互招手致意。生活的节奏舒缓悠闲。

为了甩掉可能有的尾巴,罗比使出了浑身解数。他相信,即使是最出色的特工也已经不可能盯在后面了。如果有谁还在监视着他,那么这些人的本领就确实值得大书特书了。

罗比运用车上的GPS寻找着一条特定的道路。他希望自己的判断是正确的。导航仪告诉他,这条路在离商业区一英里远的地方。

我找的是马歇尔路。教瑞尔和我学会在枪柄上蚀刻纹路的那位高级特工,名叫瑞安·马歇尔。有些事只有我们俩才会知道。

罗比要找的是马歇尔路上一个具体的门牌号码。应该是两种可能性当中的一种。他出发前在公寓里用抛硬币的方式选择了其

---

①该镇的英文名称为Titanium,意为"钛"。

中的一个号码。选错了也不要紧,在这么一个小地方,估计马歇尔路不会太长,需要的话他再找第二个号码。

驶离镇中心后,汽车重新进入了乡村地带。罗比放慢车速,找到了马歇尔路。他顺着路向前开去,随着它向右转了一个急弯。这条路上看来没有什么门牌号,因为这里根本就没有房屋,他不禁担心这次旅行将会一无所获。转过又一道弯后,罗比终于看到了一幢建筑。它似乎是一家汽车旅馆,历史可以追溯到上世纪的50年代。

罗比把车停在了接待室的大玻璃窗前面。这幢建筑是马蹄形的,接待室位于中央部分。它是两层的小楼,一副衰败破旧的模样。

罗比并不关心这个。他的目光首先投向了漆在楼前的门牌号码。

33。

与瑞尔的格洛克超长弹匣的装弹量是同样的数字。

罗比也考虑过其他数字,比如17。格洛克手枪的型号。

但是,33显然是正确的。抛硬币的结果是他赢了,不过这并不只是瞎蒙。17是标配弹匣的装弹量,瑞尔已经用超长弹匣修正了这个数字。

他的目光转到了旅馆门前那块大招牌上。它的底色漆成了白颜色,从中心朝外面用黑色的细道漆了一圈圈的同心圆,最外面宽宽的一圈则用了扎眼的红色。招牌上写着"标靶旅馆"的字样,绘制的这个大大的标靶象征着旅馆的名称。

够拙劣的,罗比暗想。不过旅馆初建的时候也许这块招牌还是很别致、很吸引人的眼球的。

不管怎样,罗比真正关注的是标靶图形最外边的那一圈红色。

他举起在瑞尔的储物柜里找到的那张照片。瑞尔和一位不知名的男士。照片最右侧的一道红色可能就是标靶图形的边缘,如果他们当时是站在了这里的话。越来越多的证据表明他找对地方了。

罗比停好车向接待室走去。他隔着玻璃窗看到有一位老年白发妇人坐在齐腰高的柜台后面。他推门进去,门铃响了。那个老妇人在一台旧电脑后面抬起了头。这台电脑连平板显示屏都不具备,外形浑圆朴拙,与当年那种小尺寸的老式电视体积差不多。老妇人站起身来迎接他。罗比看了看四周,这地方似乎自打开业就没变化过。远在人类登月或是肯尼迪当选总统之前,时间就在这里凝固了。

"你好!"老妇人说。

在近处观察,她大约有八十岁,头发柔软纤细,圆滚的肩膀已经有点耷拉下来,膝盖似乎也有点撑不大稳了。她衬衣上的金属名牌上写着"格温"。

罗比说:"我只是开车路过,偶尔看到了这家旅馆。它很有特色。"

"是原来的老板在二战结束不久时建起来的。"

"您是这里的新老板吗,格温?"

她笑了,露出了一口假牙。"亲爱的,我已经和'新'这个概念沾不上边了。而且如果我是老板,我就用不着坐在这里摆弄电脑了。我应该雇人来帮我做这个,不过我可以给我的曾孙女打电话,她会告诉我按哪个按钮。"

"您这里还有房间吗?"

"有,当然有,对我们来说目前不是旺季。大多数人来这里都是为了亲近大自然,可是现在大自然显得还有点冷。夏季是我们最好的时候,当然晚春也不错。"

"17号房间空着吗?"

她的表情有点困惑。"17号房间?我们没有17号房间。"

"不过看起来你们的房间要多于十七间呀。"

"哦,当然了。可是原来的老板有个怪癖,他从100号开始计数,我猜他是想让人感觉这个地方挺大。我们一共有二十六间客房,每个楼层十三间。细想想好像有点不吉利,十三嘛。但是我们在这儿经营很久了,所以我想没关系,用不着忌讳。"

罗比这是有点盲目地试试17这个数字。既然瑞尔给他留下了隐含的线索,他就要尝试一下所有的可能性。

"好吧,那您就随便给我一间吧。"

他用现金付了两天的房钱。老妇人取出106房间的钥匙递给了他。

"镇里有个叫柏园的地方吃饭很不错,绝对是一家好餐馆。知道吗,他们的桌布和餐巾都不是纸的。他家菜单上的那些东西我听都没听说过,更不要说自己做来享享口福了。假如你有钱的话,它确实是个好地方。呃,这儿的大多数人可都没什么钱。而假如你希望的是经济实惠,就去试试葛底斯堡烧烤店,那里都是些普通的休闲食品,汉堡包、比萨饼和薯条什么的。我喜欢他们家的那不勒斯奶昔,味道很好,才一美元一份。"

"谢谢。"

罗比刚要回到车上取自己的背包,老妇人的话却让他停住了脚。

"噢,我们这儿倒是有17号小木房。"

他转身盯住她问道:"17号小木房?"

"刚才忘了向你介绍我们的小木房了。"

"我想是的。"罗比期待地看着她说。

"但是这对你不会有什么帮助。"

"为什么呢?"

"哦,即使你挂记着17号小木房,我也不能把它租给你。"

"为什么不能?"

"已经有人租了它,租了好长时间。"

"都好长时间了?是谁租的?"

她噘一下嘴唇说道:"呃,这要保密,是不是?"

"您说得对。"罗比笑道,他最不希望的就是自己的过分好奇使得这位老妇人给镇警察局打电话。他接着说,"17是我上大学打橄榄球时穿的球衣号码,那是我一生中最好的几年。所以无论走到哪儿,我都希望住17号房间。有点儿傻,我知道,但是对我挺重要。"

"嗨,亲爱的,我每个星期都买相同号码的彩票。那些号码是我结婚的日期,11和15。还有21,那是我结婚时的年龄。而我买大乐透的号码是我出生的那个年份。呵呵,我可不会对你说我是哪一年出生的,虽然你已经知道我过了21岁。光看我的长相你可看不出来,是吧?"

"太对了。"罗比又笑道。

"所以,我觉得你惦记17号是很正常的。"

"谢谢,"罗比问道,"那么你们的小木房在哪里?"

"哦,我们有二十幢小木房,几乎和我们这里的房间一样多了。这还是原来老板的主意,让客人回归大自然,所以小木房都盖在了森林里。它们非常简朴,这意思是房间里只有一张床。那里有马桶和盥洗池,还有烧木材的火炉,它可以用来做饭。水泵好使的时候还会有自来水。反正就是,非常简朴。"

"可以淋浴吗?"

"你可以用这里的洗浴间,是我们专为小木房的客人准备的,或者你也可以用房间里的盥洗池简单擦擦身。大多数人都不是仅仅为了保持个人卫生而去住那些小木房的。噢,那些人我大多都没见过,他们想来就来,想走就走,很少打招呼。"

"除了17号,还有别的小木房租出去了吗?"

"没有。"

"17号现在有人住吗?"

"我不知道。就像我说的,他们想来就来,想走就走。"

"他们?是两个人吗?"

"好了,你也太好奇了吧?"

"一直都是这个毛病,给我带来过很多麻烦,所以我不该再问了。"罗比又向她露出一个笑容,希望解除她的疑虑。他也觉得自己刚才问得太过了,但愿他用不着为此而后悔。

老妇人观察着他,问道:"喔,亲爱的,你要换到小木房去吗?14号就是现成的,视野很好,还有个新马桶。呵呵,说它新的意思是,用了不到五年,好用的时候比不好用的时候多。"

"嘿嘿,为什么不呢?"罗比说,"我和其他人一样喜欢与大自然打成一片。我怎么去那里?"

"大约有四百米远。这些木房散建在森林里,不过那里有标记告诉你每栋房子的位置。你可以把车留在这里走过去。到旅馆的后院,你就能看到去那儿的小路。"

几分钟后,罗比走在通向14号小木房的小路上。背包斜挎在他的左肩上。

他的右手握着格洛克手枪。

第五十五章

14号小木房的确非常简朴,就像格温形容的那样。罗比把背包放在了似乎是给孩子准备的、明显要短于他的身长的那张床上。

火炉在角落里。一张桌子,一把椅子。马桶和盥洗池在一道屏风后面。相对的两面墙壁上各有一扇窗户。罗比走到窗前向外张望。

只见树木,看不到其他的小木房。租住这里的人们肯定是愿意保持自身活动的私密性。他只有出去走走,才能搞清周边的状况。

来的路上他看到指示牌标出了17号木房的方向。在14号的左边,只是不知道有多远。这里是密林深处,完全听不到过往汽车的嘈杂声和人们的说话声。木房里也没有电视机或是收音机。

他可以孤身一人与大自然相伴。

只不过,也许他并非孤身一人。

罗比坐在屋里唯一的那把椅子上,面对着门口,右手握着格洛克,左手伸进背包摸出了瑞尔那本有关二战的书。这是尚未解开的最后一个线索了。

她做的每一件事情都有明确的目的。

她是线性的人。

我喜欢按照次序从头至尾地办好一件一件的事情。

罗比翻开了书。以前他也翻过它,却不是很仔细。这是一本很厚的书,而他缺乏的恰好就是时间。

罗比认为,现在他必须挤出读书的时间了。

天色很快暗下来了,木房里没有电。他把枪放在一边,打开一只小手电,缓缓地翻着书页。

但是他仍然时不时地瞥一眼房门和窗户。窗户上遮了窗帘,不过他知道手电发出的光亮有可能使自己成为目标。他把椅子搬到了从外面无法直接构成瞄准线的地方。

罗比用桌子抵住了已经锁好的房门。如果有人破门而入,他估计会有足够的时间关掉手电、抓起武器瞄准射击,至少他希望是这样。

他继续缓缓地翻着书页,一个单词都没有遗漏。读到第十六章的中间部分时,他停了下来。

本节的题目赫然是"白玫瑰"。

罗比开始迅速地读下去。二战期间,在德国慕尼黑有一个以在校学生为主的反抗纳粹暴政的抵抗组织,它的名称是"白玫瑰"。这个名字取自一本描写墨西哥农民开垦荒地的小说。"白玫瑰"组织的大部分成员都被纳粹处决了,但是他们印制的宣传册被人偷运出了德国,并由盟军轰炸机向敌后撒下了数百万份。战争结束后,"白玫瑰"的成员被人们誉为英雄。

罗比慢慢地合上书,把它放到了一边。

罗比再一次运用瑞尔执着推崇的次序和逻辑进行分析,回顾"白玫瑰"抵抗组织悲壮的命运,并将其中的有关元素引入到瑞尔目前的状况之中。

"白玫瑰"组织反抗纳粹的暴政。

他们感觉被人出卖了。

他们没有杀过任何人,但是他们试图引燃人们对纳粹的仇恨,阻止纳粹的暴行。

他们为了实现自己的目标而牺牲了。

罗比慢慢地把这些在脑海里过了一遍,然后他的思绪推移到了当前。

瑞尔在反抗着什么。

她感觉被人出卖了。

她试图阻止那些与她敌对的人,而她采取的手段包括杀人。这是她解决问题的方式,因为她不是只会写宣传册的大学生。

她为了实现自己的目标也许同样要牺牲生命。而不论她最后是死是活,仍然会有一个陪审团对她的行为做出是否有罪的裁定。

罗比又想到迪卡洛的那些话。

人员不知下落。

装备不见踪影。

一些不该开展的行动。

还有蓝人。按照他的说法,似乎正在发生着某种不寻常的事情。

迪卡洛竟然不信任自己所供职的中情局,因此她身边只有两个警卫人员。事实证明她的怀疑是有道理的,可是她也为如此薄弱的安保措施付出了代价。

按照当局的说法,瑞尔主动中断了与中情局的联系,并且杀害了局里的两个人。而根据蓝人的说法,她这么做也许是由于那两个人站在了错误的一边,而瑞尔站在了正确的一边。

如果这是真的,那么情报界里一定有不少叛徒,而且他们处在权力链的高端。至少和盖德一样高,甚至更高。

还有罗伊·韦斯特的事情。

他曾经在中情局工作过,写过某种报告书。他参与组织了一个民兵组织。现在,他死了。

罗比拿起枪,看了看表。他来这儿不仅仅是为了读一本书。

天很快就要完全黑下来了。他待的地方更黑,因为除了星星再没有其他光源,而且星星此刻也隐藏在了淡淡的云层后面。

他打开背包,拿出了自己的夜视镜。戴到头上后,他按下了电池开关。它的性能很好,原来看不见的东西现在清晰可辨了。

罗比的计划很简单。

拜访一下17号小木房。

黑暗提供了帮助,然而也潜藏着危险。

如果小木房里没有人,罗比就会进行一番搜查。然而如果找不到任何线索,结果就是浪费了很多时间却一无所获。

真的毫无收获的话,他不知道下一步该怎么办。回华盛顿吗?回局里报到,结束"玩消失"的游戏?在他已经产生了这么多怀疑之后?在他供职的中情局出了这么多问题之后?

他与瑞尔最后一次互通的短信毫无疑问已经被局里的人看过了。他们肯定想知道罗比从瑞尔的短信中推断出了什么。他们想知道罗比目前的行踪。他们也许还想要罗比死,这取决于他能提供什么样的答案。

好吧,我不给他们提供任何答案,直到我搞清楚谁站在哪一边。

罗比行事遵循着明确的道德指南。就他所从事的行当来说,一个人还能心存这样的指南,不能不说是一个奇迹。这意味着他不论做什么都有一个底线,这也意味着在某种时候他必须面对这个底线的考验。

　　罗比一直等到过了凌晨两点才动身。他打开了14号的房门，融入了漆黑的夜色之中。

　　目标，17号小木房。

第五十六章

17号房看着就和14号一模一样,只是它的门廊台阶上摆着一只花盆,里边仅有的一株花木已经凋零,估计挺不过今年的第一场霜。花盆上还画了一只猫。

罗比躲在树木后面,观察房门,观察花,又观察漆黑的四周。

有了夜视镜,黑暗的世界变得生动了起来。但是夜视镜也不可能对他展示出一切,这里也许还有别的什么他没看到的东西。

罗比久久地端详那只花盆,捉摸为什么要把花盆摆在这里。仅仅是一株凋零的花木,它和其他花木一样需要阳光。可是密林里遮光很厉害,没有道理将它栽进花盆并且放在台阶上。

没有道理,所以非常有道理。瑞尔做的一切都有她的目的。

在东岸地区瑞尔那幢小房出现的情景,又一幕幕闪现在罗比的脑海。他当时向房门和门廊的地板开了枪,目的是在一个安全的距离引爆饵雷。

此刻,他在格洛克的枪口上拧上消音器,瞄准后开了两枪。花盆瞬间四分五裂,盆土和花枝飞溅了起来。

没出现爆炸。

不过,罗比在夜视镜里看到迸裂的物体中有些异样的东西。

他走到近前查看了碎块,原来是被击碎的监控摄像头。他又拾起了一块花盆的碎片。

上面钻了一个孔,隐藏在猫的图画里面。

花盆就是瑞尔的眼睛。

罗比刚刚弄"瞎"了她。

这感觉很爽。

直到现在,他才完全确认17号小木房的租客确实是杰西卡·瑞尔。她给了罗比找到这里的线索。

但是这还不足以让罗比信任她。

他从背包里取出热成像仪,打开开关对准小木房。屏幕上显示没有生命迹象。

上次也是这样,可是罗比却差点被烧死。

不过他终归还是要做下去。他静悄悄地拉开一段距离,单膝跪下,向房门和门廊地板开了枪。

除了金属撞击木头的声音外什么都没有。

他等待着,静听周围的动静。

林子里有松鼠或是小鹿在惊慌地奔跑,移动的人不会发出这种声音。

他斜穿过去接近小木房,蹲下来观察它的外部结构。

外面没剩下太多需要留意的东西,罗比希望进屋有助于他增长更多的见识。

他快步走上门廊的台阶,对准房门一脚踢了过去。木门弹开了。接下来的一秒钟里罗比冲进了室内,又用五秒钟确认了里边没人。他关上房门,打开手电照向周围。

与上次不同,墙上没有"抱歉"的字样。

这里的什么地方也许有燃烧弹之类的东西,但是罗比没有急着去搜索它。火炉、桌子、椅子和一张小床,还有一个小马桶和盥洗池,和他的小屋完全一样。桌上有个电池台灯,他检查了一下,没发现有什么暗藏的机关。他点亮了台灯,屋里笼罩在一片昏暗的光线中。

桌上有镶在镜框里的两幅照片。

一个是道格·雅各布斯。

另一个是吉姆·盖德。

这两个死人的照片上,已经画上了黑色的叉。

旁边还有其他三个镜框,里面没有照片。每个镜框前面都摆着一朵白玫瑰。

他拿起雅各布斯和盖德的照片,看看后面是否藏着东西。什么也没有。他又检查了其他三个镜框。

罗比不清楚瑞尔下一步还打算把什么人的照片放进镜框里。他仍然不明白她这么做是出于什么,只知道瑞尔出于某种原因认为这些人是国家的叛徒。

罗比无法证实其真伪。

但是通过珍妮特·迪卡洛的遭遇,他意识到有些事情确实不对头。罗比摸了摸白玫瑰,还很湿润,也许是最近才放在这里。

罗比猛地转过身去。就在做出这一反应的同时,他听到对方惊得"啊"了一声。

罗比的枪抵住了她的额头。他的手指已进入护圈马上就搭上扳机。只要他的手指再一动,她就会在两眼之间多出一只眼来。

只不过,这不是杰西卡·瑞尔。

标靶旅馆柜台后面的那位老妇人格温正在凝视着他。

第五十七章

"你来这里干什么?"罗比喝道。

他没有放下枪。她是老了,却仍然会形成威胁。

格温镇定地说:"我可以向你提出同样的问题,年轻人。这不是14号房,是17号。我告诉过你,它已经租出去了。"

"这里似乎没什么人,看上去根本就没人住,只有桌上的照片和白玫瑰。"

格温的目光越过他看了看照片和鲜花,然后回到了罗比身上。"没关系,他们付过钱了,他们可以想干什么就干什么。"

"你说的'他们'究竟是谁?"

"就像我以前说的,保密。"

"我认为应该解密了,格温。我想你最好现在就告诉我。"

"她不会告诉你,但是我会的。"

罗比应声掉转枪口对准了新出现在门口的人。

杰西卡·瑞尔站在他的面前。

令他惊讶的是,瑞尔手里没枪。她的双臂放松地垂在身体的两侧。罗比的目光快速扫过她的全身。

瑞尔说:"没有枪,威尔。没有飞刀,也没有什么花招。"

她又重重地向前迈了一步,跨进了屋内。罗比依旧保持沉默,目光不停地在这两个女人之间梭巡着。

瑞尔说她自己手无寸铁,他对此不大相信,而且她没说老妇人是否有武器。在这么短的距离内,即便是80岁的人也能开枪杀了他。

"你们俩认识?"他终于问道。

"你可以这么说,"瑞尔答道,"她是我的安全网。"

罗比歪着头诧异地看着瑞尔。

她说:"我估计,既然她在这里,你是不会让子弹钻进我脑袋的。"

"我在阿肯色州也没有开枪。"

"你不知道我对此有多么感激,不过情况是会变化的。"

"是的,有时会变化。可是为什么你认为有她在这儿我就不会杀你?"

"因为如果你要杀我,你就必须得杀她。但是你不杀无辜的人,你不是那种人。"

罗比摇了摇头说:"我怎么知道她是无辜的?她似乎对发生的一切事情都不感到惊讶。"

格温说:"实际上我很惊讶。没想到你转身那么快,吓死我了。"

"他总是移动得非常迅速,"瑞尔说,"而且没有不必要的动作,追求每一步行动的最大效能。在阿肯色州我看得清清楚楚。他一个人抵得上一支部队。"

"你还打算告诉我一些什么呢?"

"你用枪对着我,仿佛我们又回到了阿肯色州。"

"你没有真正回答我的问题。"

"你想要什么样的答案?"

"你毫不客气地杀死了局里的两位特工,在通常情况下这对我就已是足够的答案了。我在阿肯色州这么对你说过,我现在还是这么对你说。但是当时我要求你做出一个解释,现在我再一次对你提出这个要求。"

瑞尔向前迈了一步,"你觉得这不是你说的那种通常情况?"

罗比的手指放进了护圈里边,离扳机很近了。瑞尔注意到了,便停止了移动。两个人都知道,再下去事态就无法逆转了。

格温在一旁显得很紧张,目光盯在瑞尔身上。

罗比说:"你知道吗?迪卡洛对我说得很清楚,目前的情况有点不正常。"罗比用肩头朝桌子摆了一下说,"'白玫瑰'是二战时期的抵抗组织,与他们认定为是祸国殃民的纳粹进行了斗争。"

"恐怕他们搜走了我留下的白玫瑰吧。"

"他们确实把花搜走了,不过遗漏了几片花瓣,大概这就是他们允许我接触你这本书的唯一原因。他们没想到我手里有白玫瑰的花瓣。"

"很高兴他们犯了这种错误。"

"知道吗?我面对的问题在于,也许你才是真正的叛徒,也许所有这一切都是你施放的烟幕。"

"也许是这样。"

"杰西卡!"格温喃喃道,"你知道那不是真的。"

罗比把目光转向了老妇人。他已经注意到,尽管天这么晚了,可是她的穿戴却很整齐。

这一切是计划好了的。

罗比对着格温问道:"你到底是谁?"

格温看看瑞尔,什么也没说。瑞尔也缓缓转过头去看她。罗比认为她的脸上浮现出了笑容,不过这很难说,光线太暗了。

瑞尔说:"她是我的老朋友,很老的朋友,实际上可以说是我的家人。"

"我不知道你还有家人。你母亲去世了,你父亲需要在监狱里过一辈子。"

"格温是我的养母,是我那些养父母里我唯一尊敬的。"

"当他们把你带走的时候——"格温开始说话,声音有些颤抖。

"如果你是个好养母,为什么她会被人带走?"

瑞尔答道:"寄养没有道理可讲,该发生的就么发生了。"

"好吧,但是这也解释不了为什么她会在这里。"

瑞尔说:"我四年前买下了这个地方,当然,用的是化名。我请格温来照顾这个地方。"

"这家旅馆是你的?"罗比惊讶地问道。

"我不得不把钱放在什么地方。我对利润倒不是很在意,但我希望遇事有个藏身之处。"

"你用它来藏身?"罗比说。

瑞尔的目光落到了桌上的照片上。她说:"你不打算问问我有关他们的事吗?"

"我记得我已经问过了。除了你说他们是叛徒,我想不起来还听到了别的什么,而你又没有证据。"

"我没带武器来见你,这对你难道不能说明什么吗?"

"说明你想谈谈,所以就谈吧。我特别想知道关于那份报告的事情。"

"说来话长。"

"今年余下的日子里我没别的特殊安排。"

"你能放下枪吗?"

"我想不能。"

她伸出手说:"你可以捆住我,如果这能让你感觉好点。"

"说说你想告诉我的那些事情。对我解释一下,在你本该去国外对付那个发誓要摧毁美国的家伙,把一颗子弹射进他的额头的时候,为什么你却给了道格·雅各布斯一枪。告诉我,为什么吉姆·盖德必须得死。还请告诉我,为什么要杀死那个由局里的分析员摇身一变成为民兵的变态家伙。我很想知道答案,那有可能救你一命。我只能说是有可能。"罗比最后补充道。

"我告诉过你,我没杀罗伊·韦斯特。他想杀我,我做了自卫。他是在他的房子爆炸时被弹片炸死的。"

"为什么你非要去那儿?"

"韦斯特有我需要的东西。"

"对,你在阿肯色州告诉我了。他到底有什么?你对我说你早就读过他的报告书了呀。"

"我需要做个确认。"

"确认什么?"

"确认都有谁看过那篇报告,"瑞尔用期待理解的目光看着他说,"你已经猜出了我去那里的目的,看你的表情我就知道。"

"韦斯特这个所谓智囊团的成员写了一篇胡说八道的东西,有些人读过它。你正在把他们一个个消灭掉,是这样吗?"

"韦斯特不是什么智囊团成员,那份报告也不是胡说八道,至少对某些人来说不是。这篇东西流传不广,但是有少数关键人物读过。他们是一些位置显要的、可以把报告中的设想变成现实的人。如果出现这种情况,罗比——"她的声音渐渐变小了。

罗比刚要问这份报告有什么特别的内容,他们突然听到了声音。

有人来了。

不是鹿,不是松鼠,也不是熊。

这是人。这样的悄无声息,只能是人。瑞尔和罗比都察觉到有人在向这里移动。

瑞尔转向罗比,带着明显是指责的表情说:"我没想到,罗比,你还带着人马到这儿来了。"

作为对她的回答,罗比把手伸向背后,从枪套里拔出备用的手枪扔给她。瑞尔接住手枪,顶上了子弹。

瑞尔不禁为罗比的这个举动暗暗吃惊。

"他们不是我带来的。"罗比说。

"那就是你被跟踪了。"

他关掉台灯,小屋陷入了一片黑暗。"看来是这样,我不知道他们怎么办到的。这儿有别的路出去吗?"

瑞尔说:"有,在这边。"

第五十八章

瑞尔走到房间的角落,把桌子挪到一边,跪在地上抬起一块木板,下面露出了一米见方的入口。

"通到哪儿?"罗比问道。声音听上去有点懊恼,他怎么以前没有注意到这个地道。

"反正不是这儿。"

瑞尔坐下来滑进洞口,说:"走吧,他们不会在外面等太久。"

"那我就劝劝他们应该再小心点儿。"罗比说。

他挪到窗口,连开了五枪。弹着点覆盖的范围很广,任何企图接近小房的人都不得不找个掩蔽物躲起来。接着他移到洞口滑了下去。他站起身,向格温示意道:"来吧。"

格温摇摇头说:"我只会拖累你们。"

瑞尔站在罗比旁边说:"格温,你不能留下来。"

"我老了,不中用了,杰西卡。"

"这不是现在讨论的事,快下来。"

格温从衣服口袋里掏出左轮手枪,指向瑞尔。"你说得对,不讨论这个,杰西卡。快走。"

瑞尔难以置信地看着她。

罗比拽了一下她的胳膊说:"时间不多了。"

他们听到脚步声从不同方向逼近这里。

"快走!"格温喊道,"当年我养育你,不是为了让你这样去死的。你要去完成该做的事情,杰西卡,现在就走。"

罗比把背包挎在肩膀上,把瑞尔朝地道深处推过去,又把木板盖回头顶上。格温帮助盖好它以后,把桌子推回原位压在了上面。然后,她转向门口,去面对即将发生的一切。

罗比和瑞尔只能在狭窄低矮的洞里爬行。中途有个地方摆着一个大背包,瑞尔把它拉过来挎到肩膀上继续向前爬。

"从哪儿出去?"罗比问。

"树林里。"她低声说道,声音有些紧张。

罗比知道她心里在想什么。格温。不知道格温会遇到什么样的事情,也许他们不会伤害一个老妇人。

过一会儿他们就听到了枪声。答案有了。罗比紧跟在瑞尔的后面向前爬着,随着枪声响起,罗比发现瑞尔停住了。

他们翻过身躺在那里,只有几秒钟,罗比听到瑞尔的呼吸很急促。

"没事吧?"他终于问道。

"走吧。"她的声音低沉嘶哑。她又开始爬了起来。

三十秒后传来的声音使他们不由得加快了速度。那些家伙已经进入地洞了。罗比和瑞尔不停地扭动着身体,展示出了匍匐前进的超常能力。

一分钟后瑞尔直起身,推开上面盖着的东西,随后她的两条腿从罗比的视线中消失了。罗比跟着她钻出洞来,披着满身的泥土四下张望着。

他们在森林的深处。

洞口的顶盖设计得很巧妙。用某种轻质材料做成的假树桩。

瑞尔拉开包,摸出一枚手榴弹,数到5后,拉下保险栓,弯下腰尽可能远地扔进了地洞深处。

随后他们撒腿就跑。瑞尔在前,她知道去哪里。罗比跟在后面,手枪已经掏了出来。他一会儿紧跑几步跟上瑞尔,一会儿转回身确保他们身后的安全。

爆炸声不是很响,但是他们都听得很清楚。

"这是为了格温。"罗比听见瑞尔这样说。他们在丛林里几乎无法辨识的小路上猛跑。

前面有个很旧的窝棚,瑞尔直奔它跑去。她打开门冲进里边,片刻后又推着一辆脏兮兮的自行车出来了。

"我没想到会有同伴,可能有点儿挤。"

两个人几乎无法一起坐在车座上。瑞尔在前面蹬车,罗比抱着她,肩上背着他们的两个背包。自行车穿过树林时,罗比好几次差点被甩出去,不过他还是强撑着坐在了车座上。

他们骑过了林中的一道又一道沟壑,其中有一道沟瑞尔简直就是飞过去的。二十分钟后,车子终于重重地落到了柏油路上,以至于罗比觉得五脏六腑都要颠出去了。但是他依然咬住牙关,紧紧抱住前边的女人,瑞尔则以她最快的速度在公路上拼命地向前蹬着。

"去哪儿?"罗比顶着大风在她耳边喊道。

"反正不是这儿!"她也喊道。

他们简直像是骑了好几个小时,终于在某个镇郊外的废弃加油站后面抛掉了自行车。他们走进了小镇,到处是破旧的建筑物和小店铺。

太阳升起来了。罗比看了看瑞尔。初露的晨曦使她显出了灰头土脸、衣冠不整的狼狈相。他自己也一样。

她目不斜视,愤怒的表情几乎可以用狰狞来形容。

"格温的事让我很难过。"罗比说。

瑞尔没有回答。

前方隐约地显出了一座国铁火车站。这是一幢有了不少年头的红砖建筑。站台下边的火车轨道向远处延伸,像是一条细长的缎带。有几个人坐在木制长椅上等待着乘上清晨的列车前往别的地方。

瑞尔走进车站用现金买了两张票。她走回来递给罗比一张。

"去哪儿?"他问道。

"反正不是这儿。"她说。

"你总是这么说,实际上什么也没告诉我。"

"我现在还没准备好讨论这个。"

"那么下车的时候希望你能准备好。"罗比说。

他走上站台,靠在墙上,望着瑞尔和他来时的方向。

这些家伙怎么跟上我的?他们怎么会知道我的行踪?

我没让尾巴跟在后边。我可以发誓,没有任何人会知道我的行踪。

罗比的一只手在口袋里握着格洛克手枪。他有一种强烈的感觉,事情还没完。

两只大背包仍然在罗比这里,一只是瑞尔在地洞里拿出来的,一只是他自己的。他瞥了瑞尔一眼,她就那么呆立在铁轨边的站台上。

罗比相信她在想着横尸在小木房里的老妇人格温。

十几分钟后,列车进站了,随着一声长鸣停靠在站台边。罗比和瑞尔登上了位于列车中间的车厢。

这不是那种新式的阿西乐动车。从车厢的模样看,它几乎是在上世纪70年代初美国国铁公司刚成立的时候投入使用的。

他们是这节车厢中仅有的乘客。一个制服不大合身的黑人乘务员睡眼惺忪地打个哈欠后,检了他们的票,引导他们找到了座位,还向他们说明了餐车的位置。

"中途还会有人来检票的,"他说,"旅途愉快。"

"明白了,谢谢。"罗比说道,而瑞尔只是直勾勾地看着前方。

火车驶出站台时,那个乘务员穿过连接处,消失在下一节车厢里了,大概还要对那里寥寥无几的旅客唠叨一番。

罗比坐在了车窗边,瑞尔的座位靠着过道。罗比把两只袋子放在了脚下。

过了几分钟,罗比问道:"我们要去哪里?"

"票是到费城的,我们可以在中途任何一站下车。"

"除了手榴弹,你的包里还有什么?"

"我们可能会需要的一些东西。"

"照片上和你在一起的那个上年纪的人是谁?"

"朋友的朋友。"

"不是直接的朋友?"

她略带责备地瞥了他一眼说:"这很明显,如果是与我的事情相关的哪个人的照片,你以为他们还会把照片留给你吗?他们毕竟是情报机关,罗比,所以你必须认为他们还是有一定能力的。"

"那么能谈谈与你的事情有关的朋友吗?"

"给我一点时间。我正在努力面对失去了另一个朋友,哦,也许是最后一个朋友的现实。"

罗比很想追问下去,但是他忍住了。

失去了朋友,我能理解。

"地洞是你挖的吗?"

瑞尔摇头说:"以前就有这个地洞。也许它是某些走私者或是刑事犯为自己准备的逃生通道。我买下这个地方以后发现了它。我把十七号小房作为藏身之处,就是由于它有这条地道的缘故。"

"亏得你有这个准备。"

她扭过头去,显然不想再说什么。

几分钟后列车开始减速,大概是快到另一个小站了。车上也许会多几个昏昏欲睡的乘客。"我去取点吃喝的东西好吗?"罗比问道。

"只要咖啡,不要吃的。"瑞尔简短地应道,目光还是茫然地望着别处。

"我现在就去弄点儿,免得你改了主意。"

罗比沿着过道一直走到餐车。有个穿着牛仔裙、长筒靴和破旧外套的女人拿着咖啡、点心和薯条走了过来。列车驶进车站刹车时,她不禁踉跄了一下。

罗比扶了她一把,然后走向柜台。柜台后面那个穿制服的男人大约有六十岁,留着灰白的大胡子,一双眯眯眼藏在厚厚的眼镜片后面。

"我给您拿点什么,先生?"他问罗比。

罗比看了看柜台后面的菜单板后说:"两杯咖啡、两张松饼、三包花生。"

"新鲜的咖啡正在煮呢,马上就好。"

"不急。"罗比转过身来,看着窗外。这个车站比他们登车的那个站还要小,他甚至连站名都看不到,尽管它肯定标在了什么地方。

不到一秒钟罗比就顾不上这些了。

在站台远端一个地方露着的半个车身,让罗比认出那里停着的是一辆黑色路虎揽胜。

罗比看了看朝列车走来的几个乘客。一个老妇人提着一只箱子,里边装着她的物品。

一个十多岁的女孩,拎着一只破旧的手提箱。

最后是一个四十多岁的黑人,穿一套不大干净的工作服和一双似乎马上就要开帮的工作靴,肩上斜挎着一个脏兮兮的背包。

罗比不赞成任何形式的社会偏见和歧视,不过这些就要登上列车的旅客和运载他们来这里的那辆路虎揽胜实在是不搭调。

柜台后面的那位灰白胡子的乘务员端着两杯新鲜咖啡转过身来的时候,罗比已经不见了。

第五十九章

罗比拔出枪,返回车厢门口顺着过道看去。瑞尔仍然在座位上,但是坐姿看上去有些僵硬,不大自然。

罗比看了看四周,没有明显不正常的迹象。

他重新看看瑞尔,低下身子向前移动,随时准备开火。他查看每一排座椅,一直到了瑞尔身边才向她定睛看去。

只不过,这不是她。

是一个男人。

喉管已被切开了的男人。

罗比朝地上瞥了一眼,瑞尔的背包不见了。

她在哪儿?

远处传来了柔和的声音:"罗比,我在这儿。"

他抬起头,发现瑞尔在车厢的后部。

"我们有伴儿了。"她说。

"是啊,我已经看到了。这个人是从哪儿来的?"他指着死者问道。

"从车厢后门进来的。我猜是打前站的。"

"他们应该多派两个打前站的。"罗比说。

"对付他挺不容易,这家伙训练有素。"

"肯定是的,"罗比看看周围说道,"车到现在还没开。这个车站不很大,所有旅客这时都应该上车了。"

"你认为他们已经控制了火车?"

"我可不会打赌说不会。他们将一节车厢一节车厢地进行搜查。"

"这个家伙一看见我就想给同伙打电话,但是他没能做到,"她环顾一下四周,问道,"你打算怎么办?"

没等罗比回答,火车开动了。

"这又是怎么回事?"瑞尔问道。

"也许是因为在车站下手会惹出太多麻烦。他们希望在列车行驶到乡村地带的时候袭击我们。"

"把我们从车上扔出去?"

"等他们确认我们咽气了之后。"

"再问一遍,你打算怎么办?"

罗比看看身后,在上一站检票的乘务员还没回来,也许他也死了。

罗比沿着过道跑到车厢一端的小储藏柜,从里面抓起了一只金属制的大碗。他又冲进厕所,拧开龙头接了满满的一碗水,然后在由连接处进入这节车厢的两个入口地面上各倒了半碗水。他用脚蹭了蹭变得湿滑的金属地面,满意地离开了。

接着罗比去查看那个死者。

瑞尔来到罗比身旁说:"他没有证件,没有身份证,什么都没有。"

"人员失联,装备失踪。"

"迪卡洛对你这么说?"瑞尔问。

"是的。"

"有人为实现那部末日预言书的情景已经做了很长时间的准备,罗比。"

"我开始意识到了。"

他在一排座位上蜷伏下来。

瑞尔占据了另外一排座位。

"你负责车厢左侧,右侧是我的。"罗比说。

瑞尔答道:"明白。"

几秒钟后,一些持枪的家伙同时冲进了车厢的两端。这是经过策划的铁钳行动,他们将用两翼的交叉火力使瑞尔和罗比成为瓮中之鳖。

只是他们没有算计到入口那段滑溜的金属地面。

两边共有三个家伙结结实实地滑倒在地,还有一个在踉踉跄跄地试图恢复平衡。

瑞尔和罗比从座椅后面冒出来开火。罗比向右,瑞尔向左。几秒钟后那四个人躺在地上死去了,鲜血把地面和墙壁染成了深红色。剩下的人连忙退回了两边的车厢,这节车厢仍然是夹在其中。

罗比向瑞尔问道:"你看现在的速度是多少?"

她看看窗外说:"八十公里,可能还多点。这种老火车时速最多一百公里。"

罗比望着窗外的地貌。全是树林。"还是太快了。"他说道,瑞尔点点头。

罗比看了一眼车厢左边,然后问瑞尔:"你的背包呢?"

"藏这儿了。"她从两个座位下面把背包拽了出来。

"里面有闪光弹什么的吗?"

"有两枚。"

他看了看车厢之间的连接门,那帮家伙躲在门的另一边。车厢门是金属制的,但是有玻璃窗。接着他跑到嵌在车厢一侧墙板上的控制板前,拉开小门,花几秒钟对它做了些研究。

与此同时,瑞尔从包里掏出了两枚闪光弹。

"你以前从开着的列车上跳下去过吗?"罗比中止了自己对控制板的研究,抬头看着瑞尔问道。

"没有。你呢?"

他摇摇头,说道:"我估计在一百公里时速情况下我们没戏,如果降到四十公里左右,我们活下来的概率会大一点。"

"那还得看我们跳到什么上面。"瑞尔边说边敲击着手机键盘,搜索他们目前的准确位置。

"列车前方大约三公里处,左边有水面。"

"也许比地面还危险,就看我们怎么落水了。"

"再待在这儿,我们就得死。"

罗比按下控制板上的一个按钮,行进方向的左边那一道旅客上下车用的车门滑开了,列车外面的冷空气冲了进来。

"他们不会等太久。"瑞尔看着车厢两边的连接门说。

"是的,让我们关照一下他们。"

瑞尔递给他一副耳塞,罗比把它们深深地埋入了耳朵。瑞尔完成了同样的步骤,然后递给罗比一枚闪光弹。

"给我倒计时。"她说。

瑞尔站到车厢中间,举起枪等待着。

"五……四……三……二……一。"罗比喊道。

瑞尔向一侧的车厢连接门开火,门上的玻璃被击碎了。她拉下保险,把闪光弹顺着玻璃的豁口抛了出去。她转身又向另一道车厢门的玻璃开火,在玻璃破碎的瞬间罗比朝那里扔出了第二枚闪光弹。罗比立刻蹲下来捂住了脸和耳朵。两枚闪光弹在几秒钟内相继爆炸了。

前后车厢里都传来了惨叫声。

瑞尔在闪光弹爆炸前就蹲下身,沿着过道跑到了罗比身边。

罗比按下了紧急制动系统的按钮。列车猛然一顿,他们不禁向前趔趄了几步。两个人迅速地重新站稳,在已经敞开的车门前面对视了一眼,呼吸都变得格外急促。

"现在车速有多快?"瑞尔问道。

"还是太快。"

他看了一眼车门外面,喊道:"水面到了。"

车速正在放缓,但是体量这么庞大的家伙要降到理想的速度需要很长时间,而他们没有时间了。

前后两节车厢里的对手已经缓过神来,开始向这里射击了。

"该跳了。"罗比握住了她的手说。火车又慢下了一点。

"罗比,我想我肯定不成。"

"别说'我想',要说'我跳'。"

他们一起跳了下去。

在罗比的感觉里,他们的滞空时间很长。他们没有落进水里,而是摔到了水边松软的泥土上。事先无法预料的是,持续了整整一个夏天的干旱使湖的水位下降了一米多。罗比和瑞尔在湿漉漉的地面上不由自主地翻滚出大约有六七米远。

列车已经绕了一个弯,从他们的视线里消失了。不过刚才的紧急制动还是会让这个庞然大物一会儿在某个地方停下来的。

罗比慢慢坐了起来。他浑身上下都是泥浆,衣服也撕裂了,感觉好像橄榄球联盟球队的所有队员刚才都一起压在了他的身上。

他四下寻找瑞尔。她正在缓缓地爬起身来,看上去和他一样糟糕,甚至是更糟糕。她的裤子和衬衣也都撕破了。

罗比挣扎着站起来,蹒跚地走过去拾起背包。刚才撞击地面时,它也飞到一边去了。

瑞尔呻吟着,"下次我可不跳了,就留在原处和他们拼个死活。"

罗比点点头。他的右臂很疼,而且感觉有点怪怪的。他担心是不是骨折了,可又不像是骨折,只是——有点怪怪的。

瑞尔走近他的身旁。罗比挽起袖子,露出烧伤的胳膊。

罗比为自己的发现感到惊讶,不过它也揭开了罗比如何遭到跟踪的谜底。

罗比看着瑞尔,冷冷地笑了。

"怎么了?"她问道。

"他们犯了个大错。"

第六十章

电话响起的时候,塞缪尔·肯特正在家里。

"看来他们已经死了。"听筒那头的声音说。

罗比和瑞尔跳下了时速超过六十公里的火车。他们活下来的可能性不大。

装在罗比身上的追踪器不再发出信号了。

一切都结束了。

但是肯特片刻也不能相信他们会真的死了。肯特能证实的只是,他最担心的问题现在已经变成了现实。

罗比和瑞尔终于联手了。尽管手下人报告说他们死了,可是肯特的直觉告诉他,这两个人还活着。

肯特现在是坐在自己的书房里。他家这幢精美气派的房子位于费尔法克斯县一个毋庸置疑是"千里挑一"的社区。就是说,在这里居住的都是居于美国社会最顶层、占人口总数的千分之一以内的那个阶层的家庭。他们的年平均收入是一千万美元,很多人的收入还远远不止这些。这些金钱的来源是多种多样的:

比如,继承遗产。

又如,游说当权者行使权力和影响力,从而收取利益集团可观的酬金。

再如，像肯特自认为的那样，通过辛勤的工作谋求生活的幸福，同时为这个世界提供一些有价值的东西。尽管肯特这样想，然而不可否认的是，妻子的财富在他身上派上了很大的用场。

肯特此刻坐在自己的城堡里琢磨着他要打出的这个电话，因为这是给一个让他有理由感到惧怕的人打电话。

他的保密手机在写字台抽屉里。肯特拿出手机，拨出那个号码后等待着。

响了四声后，那边接起来了。当肯特意识到这是对方本人而不是答录机时，他的心里不禁有些打鼓。他原本暗自希望向后拖延与那个人的通话。

肯特汇报了事态的最新进展。他说得简明扼要、言之有物，就像过去的训练所要求的那样。

报告完毕后，他等着对方说话。

即使是国家安全局也无法窃听他们的通话。肯特听得到另一端那人轻微的呼吸声。

肯特没有打破沉默，这不是他该做的事情。

他听凭那个人吸收、理解和思考这些信息。对方很快就会有回应，他对此并不怀疑。

"组织搜索了吗？"那个人问道，"死要见尸，这是唯一的确认途径。否则，就说明他们还活着。"

"我赞成您的看法。"肯特几不可闻地松了一口气说，"我个人觉得他们还没死。"

"但是至少会受伤吧？"

"在那种情况下跳下去，很有可能。"

"那我们就必须找到他们。如果他们受伤了，应该不会太难。"

"是的。"

"列车的善后事宜做好了吗?"

"列车已经停下,相关的人和物品都转移了,所有目击者也都处理了。"

"如何对外解释?"

"可以归罪于我们希望归罪的任何人。"

"嗯,我会说这是两个走上邪路的特工干的,这将是官方的口径。"

"明白。"

"不管怎么说,这件事造成的麻烦够大的,而它本来是可以避免的。"

"我也是这么认为的。"

"我没问你是怎么认为的。"

"是,您当然是没有问。"

"好在我们的事情快接近尾声了。"

"是的。"肯特说。

"所以不能再制造更多的麻烦了。"

"明白。"

"罗比和瑞尔联起了手,这是件令人头疼的事情。"

肯特不知道对方是在征询他的看法还是仅仅在陈述一个事实。

"我不会低估他们俩中任何一个人。"肯特说。

"我从不低估任何人,特别是不低估我的盟友。"

肯特舔了舔嘴唇,思忖着这句话。他是对方的一个盟友,就是说这个人不想低估他。"我们会全力以赴的。"肯特说。

"是的,你会的。"

电话挂了。

肯特把手机放在桌上。书房的门开了,他抬起头。最初的一刹那他有点惊慌,以为自己的末日到了,在门口出现的将是罗比或瑞尔这种对他进行最终判决的人。

然而,进来的只是他的妻子。她仍然穿着睡衣。

肯特的目光扫了一眼挂在房门上方的时钟。快到早八点了。

"你没睡吗?"妻子问道。她头发蓬乱,睡眼惺忪,脸上没有化妆。然而对肯特而言,她是这个世界上最美丽的女人。

肯特很幸运。他本来不配拥有简单幸福的家庭生活。这种日子仅是他生命的一部分,他生命中的另一部分是截然不同的。一半是香水,一半是火药。但是现在,完全只有火药了。

"我在客房眯了几个小时。不想打扰你,亲爱的。"肯特说,"我很晚才结束工作。"

妻子走到肯特身旁,靠在办公桌上,用手指梳理他的头发。

孩子们看上去更像他们的母亲,这很好,肯特暗想。他喜欢孩子们像她而不是像自己。

不要像我。不要过我这种生活。

他希望自己的孩子过上一种优渥的却又是普通的、安全的生活。那种与武器相伴、杀人或被杀的日子不能叫作生活,那纯粹是在早早地寻死。

"你看起来很累。"妻子说。

"有一点,最近忙得焦头烂额,但是会搞定的。"

"我去给你弄杯咖啡。"

"谢谢你,亲爱的,那太好了。"

她吻了吻肯特的额头,走开了。

肯特看着她朝外走去的每一步。

他拥有很多。

这也意味着他会失去很多。

肯特环顾自己的书房。他的奖牌、军功章等各种体现职业成就的物品都没有陈列在这里。它们是属于私人的,不是用来让别人肃然起敬或望而生畏的。他知道这些荣誉是自己赢得的,这就够了。它们都在楼上一间上锁的储藏室里存放着。有时候他会上去看看这些东西,但是在绝大多数时间里它们只是静静地尘封在那里。

那是过去的记录。

肯特的思维始终是前瞻性的。

他打开写字台后面的保险箱,取出了一份文件。这是罗伊·韦斯特的报告书。它的作者后来变成了一个偏执狂的民兵,可是这篇报告书却具有一种知性的美。简直难以置信,这样一个家伙竟然能够炮制出如此有分量的东西。也许在极个别的时候,一个偏执狂患者也会令人难以置信地变得富有建设性,在其脑海深处迸发出天才的火花。

他们吸纳了韦斯特报告中最初的设想,进而把它改造成了符合他们自己目标的一个非同凡响的计划。

肯特走到墙边,用遥控器打开了燃气壁炉。他把那份报告书扔到了木柴堆状的燃气灶上面。

不到三十秒,它就化为一团灰烬。

然而其中的主张和设想,将永远保留在肯特余生的记忆中。

他的余生是很短暂还是很长久,肯特自己现在也不知道。

他突然间陷入了疑虑和担忧之中,脑海里闪现出一幅幅灾难性的画面。这种情绪从来不具有积极意义。好在从军经历所培育的素养最终还是占了上风,肯特不久便平静了下来。

桌子上的那部保密手机发出了嗡嗡的声响。

肯特赶紧走了过去。

短信来自刚刚和他通过话的那人。

短短三个字的短信。

不过对肯特而言,它证明这位上级确实深谙人心。

短信写着:没退路。

第六十一章

那辆车停在银行对面的烧烤吧门外。天已经很晚了,只有一些楼体的照明灯在夜幕下发散着光亮。

停车位上只剩下了其他四辆车。当车主按下电子钥匙时,那辆车的车灯闪了一下。

这个女人走向车子的步态不是很稳。她今晚喝的超过了平时的酒量。不过她就住在附近,她相信自己能够安全地把车开回家。

她钻进车里,随手关上了车门。她刚要插进车钥匙,突然有一只手捂住了她的嘴。

她的右手伸向提包,想掏出里面的手枪。但有另一只手攥住她的手腕按在了离提包不远的地方。

副驾驶一侧的门开了。另一个女人坐进来,用枪顶住了驾驶座那个女人的脑袋。

持枪的是杰西卡·瑞尔。

驾驶座上的女人似乎不认识瑞尔。正在她吓得不知所措时,从后座传来了一个男人的声音:"我大概是需要你重新缝合一下,医生。你缝在里面的跟踪装置坏了。"

卡琳·闵楠在后视镜里看到了威尔·罗比。

罗比命令道:"开车。我们会告诉你去哪儿。"

"我不会跟你去任何地方。"闵楠说。

瑞尔扳下了手枪的击锤。

"那样的话,她马上就会把子弹射进你的脑袋。"罗比说。

闵楠看了一眼盯着自己的瑞尔。举着枪的这个女人表情很明确,她打算扣动扳机。她正等着机会,闵楠提供的任何可以让她开枪的机会。

闵楠发动汽车,挂上挡开走了。罗比指示她来到了八公里外的一家破旧的旅馆。他们把车停在旅馆后院,瑞尔和罗比一前一后押着闵楠进了房间。

罗比关上门,示意闵楠坐到床上。

闵楠瞪着他说:"我不知道你为什么要这么做,罗比。你有大麻烦了,你用枪绑架了我。"

罗比坐在一张椅子上,好像没听见她说什么。瑞尔背靠房门站着,枪口依然指向她。

闵楠厉声问瑞尔:"你到底是什么人?"

"你知道她是谁。"罗比平静地说。

闵楠转过头看着他。

"想想你喝酒的样子和酒后驾车的后果。"罗比说道,"两大杯啤酒、一杯龙舌兰。真丢人,这会让你丢掉行车执照和行医资格。"

"你在监视我?"

"没有,我们只是偶然看见了你。我觉得我真的很幸运,我应该去买大乐透彩券了。"

"你在嘲笑我?"她喊道,"你明白你做了什么吗?你会为此去坐牢的。"

"你就是在那家酒吧碰到罗伊·韦斯特的吧?"罗比问道。

"我从来没在酒吧见过罗伊·韦斯特。他只是我的病人,我已经告诉过你了。"

"你想重新考虑一下答案吗?"

"我为什么要重新考虑?"

罗比从口袋里摸出一张照片说:"我一个联邦调查局的朋友从酒吧对面银行的监控摄像里搞到的。"

他举起照片。照片上罗伊·韦斯特和闵楠正一起上她的车。

"我没做错什么。没错,我是和罗伊·韦斯特一道喝了点酒,那又怎样?"

罗比脱掉外套,挽起衬衣袖子,露出了伤口。

"我把它拆掉了,包括你放在我腿里面的东西。相当精巧的东西,传输线和内部电源大都伪装成了伤口的缝合线。有GPS定位器、有卫星传输的上行和下行链路。有了它的关照,我就像夜晚的埃菲尔铁塔一样光彩夺目。局里的监控手段确实进步不小呀。"

闵楠看一眼瑞尔说:"罗比,如果她是杰西卡·瑞尔,你就应该逮捕她或者是杀了她。敌人是她,不是我。"

"谁让你把这些东西缝在我身上的?"罗比问,"是塞缪尔·肯特吗?"

闵楠没做任何反应。

"霍华德·德克尔?"瑞尔问道。

闵楠同样没有反应,只是盯着对面的墙壁。

"一定是另外一个身居高位的家伙。"罗比大声得出结论。

闵楠的面部难以察觉地抽搐了一下,这已经足够了。

闵楠一定是意识到她的表情不慎出卖了自己。她恶狠狠地对罗比说:"你不会得逞的。"

"我也正想跟你说同样的话呢。"

这话来自瑞尔,她把枪口顶到了闵楠的后脑勺。

医生用哀求的眼神看着罗比说:"你就这样让她杀了我?"

罗比冷漠地说:"谁知道呢,医生。有人也一直想杀了我们,你又有什么特别的?"

"但——但你是我们的人。"

"我们的人?我已经不明白对此应做何理解了。"

"不要杀我,罗比,不要。"

"我不知道应该怎么处理你,医生。我们肯定是不能放了你。"

闵楠哭了出来。"我什么也不会说出去的,真的,我向上帝发誓。"

"是啊,我想是的。"罗比说。

他看一眼瑞尔,问道:"你看该怎么办?"

闵楠尖叫道:"别问她。她疯了,她是个叛徒!"

瑞尔问罗比:"那就这么着?"

"我看行。"

"不!"闵楠声嘶力竭地喊道。

瑞尔垂下枪口,抵住闵楠的脖根扣动了扳机。

第六十二章

罗比扛着闵楠走下地下室的台阶。他们这是在罗比的那一处安全屋的谷仓。罗比在地下室的最里边临时搭建了囚房。要关押闵楠这样的人,它已经足够结实了。

闵楠逐渐恢复过来了,瑞尔刚才射进她脖子的是麻醉弹。

罗比把闵楠放在一张小床上,墙边堆放的给养供这个女人用两个星期没问题。罗比估计,到那个时候事情应该是结束了,或者是他自己在这个过程中死去了。

他正要锁上囚房的小门,闵楠缓慢地坐了起来。她揉了揉脖子,看着他问道:"你没让她杀我?"

"我们从没想过要杀你。"

"为什么?"

"你也许是变成了一个坏人,但是你手无寸铁。"

"你是刺客,你干的就是这个。"

"你读过那份报告书吗?"

"读过什么?"

"罗伊·韦斯特写的一篇报告。瑞尔说他曾经对别人吹嘘过这个东西,也许你就是听众之一。是在枕头边上?还是在酒吧?"

"我没必要回答你。"

"你相信他的观点吗?"

"韦斯特谈过许许多多的事情,其中不少想法是很有道理的。"

"他使你得到了启示?"

"即将发生的巨大变化,必须以一些人的死亡为代价。"

"这不是纳粹说过的话吗?"

她厉声说:"真荒唐,你这种类比一点也不贴切。"

"不贴切吗?你像一只小旅鼠一样被那个疯子玩得团团转。那个家伙在他的小屋里装满了炸药,准备炸掉大半个美国政府,你知道吗?这是正常人的想法和行为吗?你可是一个为政府工作的人啊。"

"大家都在为争取自由而奋斗,只是方式不同而已。"

"我将坚持按我的方式去做。当然你也可以保留你的方式。"

"上面让你去杀谁你就得去下手,我看你才是一只在别人指挥下团团转的小旅鼠。"

"是的。我们之间的区别在于,我现在醒悟过来了,而你显然还没有。"

她居高临下地用一种怜悯的口气对罗比说:"该发生的事情你是无法阻止的。"

"我可以做到,如果你帮助我的话。"

"根本没门儿。"

"那你就打算冷眼旁观那么多的人死去?医生应该救死扶伤,不是吗?"

"我不仅是个医生,我还关心我的国家。敌人正在试图摧毁这个国家,我们必须先出手,把他们都消灭掉。"

罗比说:"不介意告诉我你们幕后的主使人是谁吧?"

她将手臂抱在胸前,冷冷地说:"不要白费功夫了,好吗?"

他拿起闵楠的手机说:"我们还拿到了你的笔记本电脑。手机和电脑应该能告诉我们点什么。"

她看上去突然乱了阵脚。

"你永远不要进拉斯韦加斯的赌场,"罗比建议道,"你不善于掩饰自己的情绪。"

"它们有密码。"

"你的手机设置了五分钟后自动锁定功能。上车前不久你肯定刚用过手机,锁定功能还没复位呢,所以手机里边的东西我们都掌握了。至于你的笔记本电脑嘛,你的密码是反向拼写的名字和生日,下次用个比这更复杂点的密码吧。"

"罗比,你站错队了,相信我。瑞尔是个杀人犯,她冷酷地杀害了两个我们的人。"

他指着给养说:"那儿有足够的食物和水,你至少可以维持两个星期。如果你省着点用,时间也许更长。"

"如果你到那时不回来呢?"

"那你就开始大呼小叫,也许会有人听到。对了,你刚才昏过去的时候,瑞尔把你扒光,进行了全面的搜身,检查了所有可能放置信号发射器的地方。你可能会觉得有点儿疼,不过你肯定是没被人家跟踪。"

"罗比!"她跳起来跑到囚房的门口说,"仔细想想吧,你不会有第二次机会了。"

"有意思,这正是我要对你说的。"

"你真是愚蠢,快放我走。"

"对你来说这里是最安全的。"

她吃惊地看着他说:"这里最安全?你疯了吗?"

"他们没找到我们的尸体,医生,而且他们无法继续用追踪器查明我们的位置了。这就等于是说,我们已经察觉了是如何被他们跟踪的。是你把它缝到我身上的。我们找到了你,所以你和他们失去了一段时间的联系。如果我们放了你,你又会回到他们那里去。"

"我什么都不说,我保证。"

"这并不是关键。"

"关键是什么?"

"他们将会明白你和我们在一起待过。他们会审问你,然后杀了你。"

闵楠不由退了一步,说道:"为什么会杀我?我是站在他们一边的呀。"

"因为他们将认为,你帮助了我们,这是我们放你离开的唯一原因,而你为此付出的代价只能是死亡。事情就这么简单,明白吗,对他们来说你已经变成了敌人。就像你说的,他们的目标就是杀死所有的敌人,现在其中也包括你了。"

"但是——"

"这不是一个可以这样也可以那样的问题。所以,待在这儿你就能活。出去你就得死,我可以让你自己选择。你打算怎么办?"

闵楠盯了他一会儿,又徘徊了几步,便回去趴到了小床上,目光茫然地望着地板。

"正确的选择。"罗比说完转身走了出去。

第六十三章

瑞尔在谷仓外面一辆新租来的车里等他。罗比钻进车里,从后座上拿起闵楠的笔记本电脑打开了。瑞尔开动汽车时,他已经在敲击着键盘。

"她怎么样?"瑞尔问道。

"我觉得她开始明白了一点道理,不过这无关紧要。"

"你要知道,我现在用的可是最后一张假身份证了。"瑞尔说。

"希望够用了。"

"我们这是去哪儿?"

"我在联邦调查局有个联系人,我就是从她那里得到了韦斯特和闵楠在一起的那张照片。"

"超级警探妮可·万斯?"

罗比的目光射向她。"你怎么知道的?"

"开始的时候你是我的敌人,我当然要去了解各方面的敌情。"

"你了解到了多少情况?"

"了解到了茱莉·盖蒂。"

瑞尔看着他。

"让你生气了?"她问道。

"肯定不会让我开心。如果当时有人跟踪你怎么办?"

"事实上是别人在跟踪你,有万斯,还有我。"

"好了,让我们停火吧。我们需要别人提供一些靠我们自己搞不到的情报。"

瑞尔说:"不要抱太大的指望,而且我们找的人越多,落入陷阱的可能性也就越大。"

"不论我们做什么,陷阱总是无处不在的。"

"你的话进一步证明我的观点是对的。我们需要了解哪些情报?"

"很多方面的。"

"闵楠的电脑上有点令人感兴趣的东西吗?"

"我进入了她的邮箱。她和许多人有通信往来。从信的内容看,有好几个人都是她的男朋友,她写的东西比我想象中的她要放荡下流得多。韦斯特大概是这些男朋友当中的一个,不过联系人名录里已经没有他了。"罗比重新聚焦到屏幕上说道,"噢,这个东西可能会说明点儿什么。"

"什么?"

"等一会儿。"

他向下滚动着屏幕,又读了一些邮件。

"你看的是什么,罗比?"

"含义十分隐蔽的邮件,常常只是一个单词。如果不了解特定的背景,它们对你就没有任何意义。全都是'yes'、'no'、'现在'、'明天'——这类的东西。"

"对方是什么人?"

"地址看着很普通,追查起来大概不大容易。但是邮件的落款上有三个字母,就像是作家的签名。RTD。你能猜出是什么意思吗?"

瑞尔沉默了足有一分钟。后来她说:"机灵的罗杰①。"

"谁?"

"要求韦斯特交出报告书的那个人的代号。韦斯特说这个人的涉密权限当时就至少比他高出三档。"

"他有没有说出别的什么能帮我们找到这个人的东西?"

"很不巧,就在那个关头我不得不击昏了他。"

"机灵的罗杰?用这么个绰号可是挺奇怪。"

"我也是这么想的。不过他在躲避我们的追查方面很有办法,所以这个名字对他倒也挺合适的。你认为联邦调查局的万斯能帮我们做些什么?"

"查明真相,在那个关于末日的预言化为现实之前。"

"那份报告写得相当清晰。一个一个的国家、一个一个的政府领导人。同时采取行动。整个计划非常复杂而且非常有操作性,还列出了时间表。"

"具体的细节呢?你从来没说过。"

"袭击除美国总统之外的八国集团所有领导人。在同一天同一个时刻发起协同进攻。实行各方面的情报共享原则。在政府内部收买任何需要的人力资源。通过刺杀这些领导人引发文明世界的一团混乱。报告书还详细论述了突袭成功后袭击者为了扩大战果需要采取的每一步措施。"

"嗯,报告设想的袭击者是什么人呢?"

"韦斯特列出了各种各样的人。我必须承认,他的研究非常全

---

①机灵的罗杰(Roger the Dodger):著名的英国儿童系列喜剧漫画,1953年问世,至今仍在创作出版。罗杰作为一个十岁男孩的漫画形象,始终是该作品的主角。RTD是 Roger the Dodger 的首字母缩略。

面和深入。"

"为什么袭击计划里不包括美国总统?"罗比问道。

"大概是由于中情局不想让自己的雇员去设计如何杀死自己的总统吧。这种事如果传出去,麻烦可就大了。"

"发动这种袭击的目的是什么呢?韦斯特是怎么分析的?"

"形成文明世界的权力真空,制造金融市场的混乱,引发全球的剧烈动荡。完全是911的升级版。"

"为什么我们中情局想到要研究撰写这么一份文件呢?如果传播出去不就等于是教人家如何进行恐怖袭击?"

"局里可能是不相信它会散布出去。他们搞这种研究报告,大概是为了对那种局面做出应对的预案,就是说防止这种袭击发生,即使是发生了也知道如何去处理。对于组织撰写这份报告的目的,罗伊·韦斯特也不是很清楚。"

"我们形成应对预案了吗?"

"我看未必,这份报告显然是没有提交局里任何一个层级的头头。"

"那些企图实施这个计划的人必须在所有这些国家安插自己的人员。只有这样,才能在同一时间开展行动。"

"我们美国政府内部有谁会最希望看到这种危机发生呢?"瑞尔问道。

"但愿没有这么一个人,不过真实的情形显然不是这样。"

"危机一旦发生,美国也会被拖进巨大的灾难。在这种情况下,根本就不会有赢家。"

他们沉默了一阵子,心里都在想象着发生了这种局面后世界会怎么样。

"感到很绝望,是吗?"瑞尔问道。

"你不是也一样?"

"不过我从来没忘记一个道理,这种话你听着可能会觉得很可笑。"

"洗耳恭听。"

"希望总是孕育在绝望之中。"

他们相视一笑。

"告诉我一件事。你那个朋友的朋友是谁?"

瑞尔把头扭向一旁,没有回答。罗比发现她的手指紧紧地握住了方向盘。

"照片上和你在一起的那个人。你告诉我他是一个朋友的朋友,还说如果是那个朋友本人的话,他们就不会把照片交给我。"

"你为什么需要知道他是谁?"

"如果你不想让我知道,为什么要把照片放在储物柜里?"

"也许没什么理由。"

"你说过,你做的一切都事出有因。"

过了有一分钟,瑞尔说:"我的这位朋友也是我的导师。他在很久以前就关心我,在那之前没人关心过我。"

"你是怎么认识他的?"

"就那么认识的。"

"通过证人保护计划,对吗?"

她吃惊地看了罗比一眼。

"迪卡洛对我介绍了你的过去。"

"不过你还是要在推理上做出一个很大的跨越,才能得出这样的结论。"

"我觉得照片上的人看着像是个退休的警察。所以,也许他的朋友也是警察。"

瑞尔放慢车速开到了路边,停下车后转过脸对着罗比说:"他叫乔·斯托克韦尔,是个警长。你是对的,我接受证人保护的时候,是他负责照顾我。我加入中情局后还和他保持着联系。几年前他退休了。但是在这之后他无意中发现了这些人的阴谋。"

"怎么发现的?"

"乔以前认识塞缪尔·肯特,他们一起在越南服役,他甚至还参加过肯特的婚礼。后来肯特为了一些事情来找他,都是一些不痛不痒的事情,累积在一起却让乔感到可疑。但是他和肯特玩了下去,了解了更多的内幕。我估计肯特是信任他的,而且他以为乔会愿意参与他们的行动,所以就对乔透露了更多的东西。后来肯特发现了乔不是他们的同伙,而是在收集他们的罪证。于是肯特派人杀了他。尽管乔的死亡被官方认定为是事故造成的,但是我心里明白。"

罗比说:"我为他感到难过,听起来斯托克韦尔是在做正确的事情。"

她点点头说:"乔给了我一份名单以及有关他们那个行动的某些细节。我就是这么知道雅各布斯和盖德卷入了这件事的,所以我结果了他们。"

"如果斯托克韦尔对于其内幕已经掌握到了能够列出名单的程度,他为什么不去找警方呢?"

"名单上的那些人很有势力,他显然不相信自己有足够的证据来说服当局。乔明白自己该做些什么,他在这方面很在行。很显然,乔希望找到能对这些家伙一网打尽的机会,只是他没能活着等到那个时候。"

"你充分信任斯托克韦尔,所以你清除了名单中的两个家伙,并且准备处理第三个。"

"我明白他们打算干什么,罗比,我也明白是他们杀了乔。乔是个正直的好人。他本来可以尽情享受退休后的黄金岁月,但是他想清理干净这些人渣。他失败了,但是我不会失败。"

"我希望你是对的。"

"列车上发生的事情你都看到了,不是吗?闵楠是不是也对你说了点什么?别对我说你还需要更有说服力的证据。"

"这件事情非常复杂。"

"你是想告诉我,即使有了机会,你也不打算处理这些家伙?你要知道,如果中情局知道了真实的内幕,肯定会派我们去把子弹射进这些家伙的脑袋。我只是没等到命令就抢先行动罢了。"

"我们有法庭、监狱等一整套司法系统来对付这种事情。"

"你真的以为这些家伙会被起诉吗?不会的,更不用说定罪了。不可能针对他们立案,绝不可能。"

"就是说在我们的体制下,他们这些家伙会被认定为是无辜的甚至是正直的人。"

"派我们去扣动扳机杀掉的每一个人都是这样,因为对他们都无法进行公开的审判。"

罗比靠回车座,暗暗想到瑞尔的说法绝对是正确的。他说:"对我谈谈肯特法官。他曾经在越南服役,还有什么?"

"我进入了我本不该接触的数据库,对他的情况做了一些搜索。"

"有什么发现?"

"肯特曾经也是干我们这一行的。是在他离开军队之后,很多年前的事了。"

罗比缓缓地点头说:"怪不得,确实像是这么回事。"

她继续说,"现在他是外国人情报活动监测法庭的法官。"

"除了雅各布斯和盖德,还有谁?"

"众议员霍华德·德克尔也在名单上。"

"众议院的情报委员会主席?"

"没错。"

"这是一份完整的名单吗?"

"不,名单之外还有别人,连乔都没能查明的某个人。但是这个人确实存在,而且身居高位,罗比。我明白,处在很高很高的位置上。"

"涉密权限至少比我们的大男孩韦斯特高出三档?"

"我觉得远远不止。所谓高出三档只是个烟幕。"

"机灵的罗杰。"

"很可能就是他。我绝不认为盖德会是这个角色,盖德已经死了,但是这个行动还在加速推进着。"

罗比抬起头望着前方,说:"让我们看看我们能做些什么吧。"

瑞尔启动了汽车。

第六十四章

局长埃文·塔克隔着自己宽大的办公桌凝视对面的蓝人。蓝人的面容憔悴,身上的衣服也远不像以往那样整齐体面。

"整个都是一团糟。"塔克喃喃道。

"是的,是这样。"蓝人表示同意。

"罗比失联了,天知道瑞尔又在哪里。我知道,火车上发生的事件肯定和他们有关。"

"没有证物,也没有证人。"

"因为他们俩把目击者都杀了。"塔克喊道。

"还有一点别的情况。"蓝人说。

"你不介意说得详细点吧?"

"是有关迪卡洛的。"

"这毫无新意。"

"绝非如此。"

塔克从椅子上直起腰,气势汹汹地问道:"你根据什么这么说?"

"根据事实,先生。"

"我看你快要公然抗命了,是不是?"

"我当然没有这样的意图,先生。不过我们依然不清楚迪卡洛的情况。为什么国土安全部要带走她?为什么有人要袭击她?我们知道是罗比救了她的命。迪卡洛的事情仍然是迷雾重重。"

"而且罗比相信杰西卡·瑞尔也在现场,他们共同救出了迪卡洛。"

"完全正确。"

"但是那只是他的一面之词。"

"现场的弹壳,先生。您无法回避这一点。"

塔克把手指叉在一起,盯着天花板说:"瑞尔杀了两个我的人。罗比转入了地下。我们知道的只是他莫名其妙地和瑞尔搅在了一起,这意味着他和一个杀手合作了。"

"他们两人都是杀手,先生。许多年来他们一直都被我们派到一线去杀人。"

"那是杀我们的敌人。"

"也许他们目前仍然是在杀我们的敌人。"

"你永远别指望我会相信吉姆·盖德被人策反了。这根本不可能。上帝知道,这些年他甚至都没出过外勤,没有什么人能够接近并且策反他。"

"我觉得没有什么根本不可能发生的事情。我们对此见得还少吗?比如有些高高在上的人物仅仅由于外遇便丢了前途,毁了名声。"

"感谢你的提醒,好在我的婚姻非常幸福。"

"毋庸置疑,先生。"

"我们谈论的不是什么滚床单的事情。雅各布斯和盖德怎么会叛变呢?你手里有一丁点的证据吗?"

蓝人耸耸肩说:"我所具有的唯一证据,就是我了解罗比。我敢用我的性命来担保他是值得信任的。过去我就曾把性命托付给了他。他为了这个国家牺牲了自己的一切。"

"你知道我们是在谈论什么吗?"塔克的声音变得非常刺耳,"如果有人能够策反中情局的第二把手的话,这意味着什么?"

"我当然明白这是多么可怕,先生。这一阴谋活动的波及范围也许不仅仅是中情局,它的源头甚至可能是在别的地方。"

"罗比对我说过迪卡洛告诉他的一些情况。"

"我很想听听。"

"迪卡洛提到,我们的一些人员不明下落,装备和资金也不见了踪影,而且我们部署了不该采取的行动。我已经派人对这些问题开展调查,不过这很麻烦,非常麻烦。"

"如果能让迪卡洛亲口对我们说说这些事就好了。"蓝人说。

塔克摆弄着桌上的一支笔,没做回答。

"局长,"蓝人说,"您听到我说什么了吗?"

"能让迪卡洛亲口说说这些就好了。"塔克说,"问题是她的伤情有所恶化,目前还处在昏迷状态,而且估计是挺不过去了。我与国土安全部据理力争,最后总算让他们交出了迪卡洛,现在是我们和联邦调查局共同来保护她。为了这事,我不得不去搬动了国家安全事务助理。"

"格斯·惠特科姆?"

塔克点点头说:"惠特科姆站在了我这一边,这意味着总统也站在了我这一边,这还意味着我已经见到迪卡洛了。"他顿了一下说,"她的情况确实不妙。"

蓝人低下头说:"听您这么说我很难过,她是中情局里一个出色的干才。"

"我们似乎正在失去这些宝贵的人才。"

"不是别的,只是个别坏蛋捣乱的结果。"

"你是知道的,我很关心手下的人。"

"当然了,先生。"

塔克在一张纸上胡乱画着,问道:"你估计罗比会在什么地方?"

"他切断了同局里的联系。"蓝人略做停顿,考虑自己接下来要说的话,"老实讲,是我建议他这么做的。"

塔克不禁目瞪口呆。"你建议他躲了起来?"

"我还建议他去找杰西卡·瑞尔。"

"他最初的任务就是找到她。"塔克打断说。

"我不是让罗比找到并且杀死瑞尔。我的意思是让他找到瑞尔,感谢她在迪卡洛家的出手相救,然后与她联起手来。"

塔克的脸一下子红了,太阳穴附近的血管鼓了起来。"让他们联手干什么?"他吼道。

"去干应该干的事情。有某种阴谋正在酝酿着,先生,甚至在雅各布斯和盖德被杀之前我就觉察到了。中情局已经被敌人渗透了,罗比也明白这一点。我们原来信任的某些人正在策划和实施针对我们的阴谋。"

"我们相信那只是个别孤立的事件,而且已经解决了。"塔克的语气平静了些。

"也许我们的看法是不对的。"

"你的意思是,中情局里存在的坏人不仅仅是个别的?"

"阴谋活动按理说应该只是畅销小说里的情节,然而令人惊讶和痛心的是,它们经常出现在现实生活当中。"

塔克突然显得有点疲惫。"我们缺乏对付那种全局性阴谋活动的能力,特别是在我们自己家里有内鬼的情况下。"

"这也许就是罗比和瑞尔脱离中情局而从外部开展工作的原因。"

"如果他们决定这么做,我们就没办法派出人马去帮他们,他们只能完全依靠自己。"

"恕我直言,先生,他们在整个职业生涯里都是这么干的。完全依靠自己,没有掩护,没有后援。"

"这么说他们倒是挺适合做这个事情。"塔克缓缓地说。

"我打赌是这样。"蓝人自信地说。

"你真的认为盖德和雅各布斯是国家的叛徒吗?"

"我不能轻易做出否定的回答。"

"还会有其他人吗?"

蓝人耸了耸肩。"事态还在发展。在盖德和雅各布斯死后发生了袭击迪卡洛的事件,就是说这是其他人干的。"

"还有在阿肯色州袭击罗伊·韦斯特的事件,那是怎么回事?"

"我不知道,先生。但是从人仰马翻的现场状况看,我不能排除瑞尔和罗比出现在了那个地方的可能性。"

"这其中会有什么关联吗?我翻了翻韦斯特的档案,他算不上是什么人物,在中情局没留下任何可圈可点的东西。由于他的蠢笨以及违背保密纪律的行为,局里开除了他。你认为瑞尔和罗比知道这些事同韦斯特的某种关联吗?"

"如果他们还不知道的话,我想他们会调查出来的。"

塔克靠回椅子上,露出怀疑的神色说:"希望你是对的。"

"我也希望是这样,"蓝人自言自语道,"我也希望。"

第六十五章

"您好,议员先生。前两天晚上我在电视上看到您了。"这位女士走过他身旁的时候说道。她用皮带牵着一条小狗。

霍华德·德克尔站在他家附近公园的小路上。他穿得很休闲,牛仔裤和领尖钮扣衬衫,脚上是皮便鞋,没穿袜子,外面还罩了一件薄风衣,因为傍晚的天空好像要下雨。他的手里也有一根皮带,皮带的另一头拴着他家的大拉布拉多犬。

德克尔向这位漂亮的女人点点头,笑着说:"谢谢,祝你晚上愉快。"他喜欢被人家认出自己是谁。做个名人不错,可以极大地满足他的虚荣心。

他看着女人离开的背影,欣赏着她高挑的身材、紧绷的裙子和披散在肩头的金发。他和妻子的关系很融洽,却改不掉自己心猿意马的毛病。由于他在国会山的尊贵地位,那些优雅的、成功的和漂亮的女人喜欢环绕在他的周围。

德克尔心满意足地吁了一口气。生活还不错。以往从商的成功经历保证了他的富有,身体相对来说还算健康,活跃在政坛的日子还可以持续许多年。妻子同他一道出场时很讲分寸,既体现对他的支持,又注意不去夺他的风头。她不常和他出去旅行,这就为他偶尔在酒店房间里与年轻女人放纵一下提供了余地。

他的孩子们都还不大,却很有教养,生活得很幸福。孩子们十分尊敬自己的父亲。在选民中德克尔也很受欢迎,最近在选区划分上做出的调整对他的再次当选更有利了,可以让他花更少的时间筹集资金而花更多的精力去实现自己的政治抱负了。总而言之,他对目前的生活是相当满意的。

只有一个问题。可是它的阴影目前却遮蔽了生活中所有的亮色。德克尔早就后悔卷入了这项行动,它已经变得越来越失控了。作为众议院的情报委员会主席,德克尔成为了实施这一计划的一个举足轻重的人物。他们的计划是如此宏大和具有想象力,以至于德克尔第一次接触它的时候简直都快窒息了。

德克尔在国家安全的问题上是个传统的鹰派。他坚信国家安全高于一切。911当天他在纽约,亲眼见证了双子大厦的倾塌。他和成千上万惊恐万状的人们一道,在大雨般洒落着尘土、砖砾和尸块的街道上奔跑着逃生。德克尔对自己发誓,只要他还有说点和做点什么的权力,就再也不能让这种事情发生在他的国家。而在他的手里,也确实握有着绝大多数人难以问津的权力。

德克尔同意加入实施这一宏大计划的行动,原因就在这里。如果他们成功了,全球力量对比将会变得更为均衡,维护世界和平将会得到更为充分的保障。他明白这项行动有巨大的风险,甚至会结束他的政治生涯。但是,它的目标值得他冒这个险。他在幕后提供内部的情报,指挥人员、装备和资金的配置。如同情报委员会做的其他事情一样,这一切都是秘密进行的。他所处的特殊位置对于行动的进展起到了重要的作用。德克尔对自己成为这项行动的一个成员感到骄傲,他认为这将是一种永载史册的爱国行为。尤其是看到每个星期都有勇敢的美国年轻人牺牲在他国的土地上，其中很多竟然就是被他们拼死去保护和努力去教化的那些家伙杀害的时候，德克尔的使命感便油然而生。这种糟糕的状态再也不能持续下去了。

然而，事情的进展不是一帆风顺的，几乎从行动的一开始问题就暴露出来了。参与这场冒险的伙伴们，特别是塞缪尔·肯特，明显要比德克尔更善于掌控这种局面。在他们眼里，为了成功而草菅人命是理所当然的事情，但是德克尔对此还很不习惯。德克尔的这些同伙让他感觉害怕，这类的事情发生得越多，他就越害怕。

德克尔今晚到公园来遛狗，就是为了摆脱心中的这种纠结，哪怕摆脱几分钟也好。可是他仍然无法轻松下来，即使身旁这只健硕快乐的拉布拉多犬舔着他的手，邀他一起玩耍，他的心头依然是沉甸甸的。

德克尔尤其惧怕肯特。肯特说他杀了一个不中用的刺客时，德克尔知道他并没有夸张。肯特肯定是杀了那个家伙。这也是对德克尔发出的一个明确警告，让他在肯特面前放规矩一点。

德克尔无意冒犯肯特这样的人，他明白这种人能干出什么事情。作为情报委员会的主席，他对秘密战线的内幕比一般的国会议员了解得多得多。

他知道中情局的特别行动处里有好多像杰西卡·瑞尔和威尔·罗比这样的人才。他知道这些人在以暗杀为职业的领域里具有高超的技能。他听过他们关于执行任务情况的汇报，也见过展示行动结果的尸体照片。

电话响了。

德克尔看过屏幕后叹了口气。是肯特。

他犹豫着不想接，不过还是接起来了。他不敢不接肯特的电话。

同时,德克尔重新鼓起了勇气。

他是华盛顿最有权力的一个委员会的主席。他有能力、有实力,不怕和别人较真。

"喂?"

塞缪尔·肯特说:"我们需要见一面。"

"为什么?"

"你听说那辆列车的事情了吧?"

"那又怎么了?"

"是瑞尔和罗比。"

"他们是怎么干的?"

"那不重要。问题在于他们联手了,毫无疑问。"

德克尔紧张地咽了口唾液。拉布拉多犬想去追逐一只松鼠,他紧紧地拉住了皮带。他说:"我们上次见面的时候,你说过这种猜测并不现实。你认为他们大概都出现在了阿肯色州的现场,但是你不相信他们两人能够成为同伙。"

"好吧,最简单的答案就是,我显然是想错了。"

"这可不是一个好答案,山姆。我把一切都押在这上面了,所有的东西。"

"我不是也一样吗?"

"上次见面时你威胁了我。"

"是啊,我深表歉意。我的压力实在是太大了。"

"你不认为我也一样吗?"

"所以我们现在一定要紧密合作。上面已经给我下了最后通牒,我必须尽快找到瑞尔和罗比,让他们彻底消失。"

"嗯,不过你想怎么做呢?"

"我需要你的帮助。"

"我？我能做什么？"

"你是那里的主席，霍华德。你能做的事很多。"

"好吧，好吧，你冷静点。"德克尔想了想，说道，"当然了，我能够掌握有关部门对最新事态所做出的反应。他们手里可能有这两个人的线索。"

"这正是我们需要的，霍华德。我们要借助中情局的力量找到瑞尔和罗比，如果你还没有打听中情局的进展，就抓紧去打听。你要逼着他们给你提供答案，这样我们才可以彻底灭掉他们俩。告诉中情局你必须随时掌握每一步的进展，如果他们锁定位置后要派人过去，必须事先向你报告。"

"这样你就可以派你的人先上去？"

"没错。"

"干吗不让中情局的人下手呢？那样的话就没有我们的任何干系。"

"因为中情局可能只是想活捉这两个人，这样一来他们之间就可以谈一谈，霍华德。"

"你——你认为他们了解的情况可能——"

"可能会让我们暴露。是的，我是这么想的。我们都在瑞尔的名单上，至少我是在名单上。而且我认为，如果名单上没有你，那倒是一件怪事了，我们之前说过的。瑞尔和罗比一个也不能活着。你必须让中情局领着我们找到这两个人，这样就可以干净利落地结束这件事了。"

"但是，我如果给你通风报信，他们就会怀疑到我了。"

"想一想，霍华德，想想吧！中情局和我们一样也巴不得尽快摆平这件事。这是他们内部的重大丑闻，他们只想把它掩饰过去，不让人们了解其中的真相。呃，我能向上报告说你一如既往地在帮助我们吗?"

德克尔没再犹豫,说道:"当然了,绝不含糊,我会不遗余力的。"

"谢谢,霍华德。你不会为此而后悔的。明早七点左右在我的办公室见面吧。我们再讨论一下细节。最关键的是抓紧时间。"

肯特挂断了电话。德克尔慢慢把手机放回兜里。

他在颤抖,由于疑虑和恐惧而颤抖。

我会挺过去的,我会活下来的。

刚才经过的小狗朝德克尔跑了过来,皮带拖在它的身后。他看见那个年轻的女人快步跑着想追上它。德克尔一伸手攥住了皮带。

女人气喘吁吁地跑过来,停到了他的身旁。

德克尔递给她皮带,说:"你今晚的健身运动很有趣。"

"太谢谢了。"

"你叫什么名字?"他打量着她的身材,不由自主地问道。

"斯塔西。这个小东西叫达比。"

"你好,达比。"德克尔说着,弯下腰爱抚小狗。"你住在附近吗?"他直起身又问女人。

枪口正对着他的脸。

"不在附近,"斯塔西说,"而且你也不会继续住在附近了。"

她扣动了扳机,子弹射进了德克尔的脑门。他立即倒下,没等全身着地就咽气了。

女人牵着她的小狗离开了。

第六十六章

　　罗比站在拥挤的地铁车厢里,握着头顶的扶手。他戴着墨镜,棒球帽低低地压在额头,套在上面的连衫帽进一步遮蔽了他的模样。

　　列车开进下一站停了下来。一个女人上了车。罗比不动声色,依然低垂着头,眼角的余光却一直在盯着她。

　　妮可·万斯看见罗比后同样没做出任何反应。她能够认出罗比的唯一原因,是罗比已经对她说了自己将是什么打扮、上哪一节车以及站在车厢里的什么部位。

　　万斯不慌不忙地渐渐靠近了他。周边的人大都在阅读电子书籍、浏览手机信息或是戴着耳机听音乐,也有人在座位上打瞌睡。

　　她在罗比身边停下,抓住一只拉环,低声问道:"你怎么样?"

　　"有点压力。"

　　"我能理解。发生在那趟火车的事情和你有关吧?"

　　他点点头。

　　"你怎么脱的身?"她还是悄声问道。

　　"跳车。"

　　她的脸上显出一点点抽搐,又问:"一个人?"

他摇摇头。

"还有谁?"

他又摇了摇头。

她固执地看着他说:"我是想帮你。"

"而我是想保证你的安全。带来了吗?"

她正视着他,少顷从挎包里取出了报纸。她假装阅读着头版,火车加速时又展开了报纸。里面的版面贴着一个U盘,刚好固定在只有罗比才能看到的位置上。随着罗比的手轻轻一掠,U盘进入了他的口袋。

罗比刚要转身离开,万斯抓住了他的胳膊肘。罗比小心地看着她,生怕她坏了事情。

她用嘴唇不出声地说出:

当心。

罗比略微一点头,转过身去,穿过乘客走到车门边上。列车进站了,他走出车厢时扫了一眼万斯。她的目光望着别处,然而罗比能读懂她的心思。

她不相信我这次能活下来。

说老实话,我自己也不大相信。

罗比回到了瑞尔租的那辆车里。瑞尔开着车在街上转着,罗比在笔记本电脑上查阅万斯交给他的资料。

"里边有点内容吗?"她问道。

"万斯给了我她能找到的一切。令人生疑的海外行动,不断升级的危机警报,日益加剧的军事准备,在寻常领域突然发生的不同寻常的冲突等等。"

"还有呢?"

"大西洋发现有不明身份的潜艇在活动。我们又派一些军舰去了波斯湾,大概是和伊朗有关。太平洋上举行了一场出人意料的海军演习。也就是这些内容了,我没发现任何我们想找的东西,没发现我们的敌人有什么值得关注的动作。"

"什么都没有?"

"等一下。"罗比突然喊道。

他盯着下一个页面说:"我记得前些时候在电视上看到过这条消息。不过那是我卷入现在这些事情之前,所以我没把它往一块儿想。"

"你说的是什么?"

"总统要去爱尔兰开一个有关反恐的会议。"

"那怎么了?"

"参加会议的不只是我们的总统。"

"哦,还有谁?"

他抬起头说:"八国集团的所有首脑。如果这些人都集中在一起,报告书预言的末日就更容易降临了。"

"但是,罗比,你想想会议将采取的安保措施吧,在这个星球上一定找不到比那里更严的地方。那些家伙无法在那儿下手,这不可能。"

"911之后,我拒绝说什么是不可能的。"

"可是我们的总统也去那里,他并没有被列在袭击目标当中。"

"韦斯特的报告是没有把他列进去,但是这并不意味着他们会拘泥于那份报告的每个细节。他们可能也想对总统下手。"

"对于这帮坏蛋为什么追杀我们,我是能够理解的。可是为什么我们自己的政府里面,竟然有人想杀死总统呢?而且我至今不明白,为什么他们想杀死八国集团的所有领导人。"

"他们是叛徒。而且也许有人花钱雇他们这么做,这种事情过去也发生过。"

瑞尔看来对此远远不能信服。她说："这不是跑到街头斗殴，罗比，这是在制造全球性的灾难。如果是有人花钱雇的，他们打算去哪儿花这些钱呢？他们也活在这个星球上呀，这说不通。"

"你是最早相信全部事件都是围绕韦斯特写的报告书而展开的一个人。如果你已经改了主意，不再相信有这么一回事了，就请你告诉我，现在就告诉我。"

"我仍然相信他们正在实施那个计划。"

"因为你信任你的朋友乔·斯托克韦尔？"罗比问道。

瑞尔点点头，慢慢地眨眨眼睛说："是的。"

"是他给你搞到了韦斯特的报告吗？"

"不是，我的另外一个朋友给我搞来的。"

"有朋友真好。"

"我们要去爱尔兰吗？"

"如果袭击将在那里发生的话，我看不出我们还有别的选择。"

"把我们的想法告诉万斯怎么样？她可以通过联邦调查局那条线向上报告。"

"在见到万斯的情报提供人之前，联邦调查局不会采取任何行动。而万斯又不能对他们说这个情报来自于我们这两个在逃的特工，说了她就会遭到逮捕。由于同样的理由，我们也无法露面。所以，这个办法是行不通的。"罗比说。

"你手里还有中情局不掌握的假护照吗？"

"当然有。"罗比说。

"也许现在是我们动身前往爱尔兰的时候了。"

罗比又看了看笔记本屏幕，说："看来是的。"

"我还要查一查另外一件事，罗比。"

"什么事?"

她拿起手机说:"找我的朋友。"

"这位朋友在哪儿?他或者是她可靠吗?"

"是的,他非常可靠。他在商场工作。"

"商场?在那儿干什么?"

"他是电脑游戏方面的天才,其他事情做得也不错。"

"他能帮助我们做什么?"

"我要知道'机灵的罗杰'的真实姓名。因为,这个混蛋必须下地狱,而我将是那个对他扣动扳机的人。"

第六十七章

房间里有五个人：

中央情报局局长埃文·塔克。

蓝人。

总统国家安全事务助理格斯·惠特科姆。

联邦调查局局长史蒂·科尔韦尔。

美国总统。

总统说："杀害霍华德·德克尔的事件有什么线索吗？"

科尔韦尔摇摇头说："还没有，先生。杀手的行为仿佛是在刑场上对这位议员执行死刑似的。我们找到了弹头，但是还没发现相匹配的武器。"

总统用难以置信的表情说："难道没人看见什么吗？他们可是在该死的公园里呀。"

"我们进行了排查。"科尔韦尔说，"不幸的是，到现在还没找到目击者。"

塔克说："也许根本就没有目击者。如果是职业杀手干的，他肯定要在周围没人的时候下手。"

"杀他的目的是什么呢？"总统问道。

蓝人说:"可能和德克尔在情报委员会的工作有关。"

"是不是也同盖德和雅各布斯的死亡有关?"总统问道。他向后靠在椅子上,一个一个地观察房间里的其他人,等待着他们回答。

塔克说:"喔,他们都是情报界人士,至少这是一个共同点。"

总统凝视着科尔韦尔,问道:"到目前为止我们离侦破这些谋杀案还相距甚远,对吗?"

"我们取得了一些进展。"科尔韦尔结结巴巴地说。

"听你这么说真令人宽慰,"塔克说,"取得进展总是好的。不管是多么微小的进展,毕竟还是进展。"

联邦调查局和中央情报局的两位局长彼此厌恶地对视了一眼。

国家安全事务助理惠特科姆严峻地说:"还有国铁列车的事情,人员伤亡很大,而且现场似乎打扫得很干净。"他顿了顿,瞥了一眼总统后又说,"当然了,还有杰西卡·瑞尔的问题至今尚未解决,如果我的情报没错的话,如今很显然是又多了一个威尔·罗比。"他盯着塔克问道,"罗比还处在失联状态吗?"

塔克看了一眼蓝人,然后迅速转过脸点了点头。

"罗比躲起来后会干些什么?"惠特科姆问道。

塔克耸耸肩回答:"但愿我能知道,格斯。"

惠特科姆继续说道:"在我和罗比见面的时候,呃,当然是在他失联之前,他对我说了一些令人不安的事情。"他瞟了一眼总统,总统的神情似乎是明白惠特科姆在说什么。

总统点点头,鼓励道:"继续说,格斯,我们需要把这些都摆到桌面上。"

惠特科姆说:"罗比告诉我,珍妮特·迪卡洛为局里发生的一些无法解释的事情而忧心忡忡。"他严厉地盯着塔克补充道,"是你的中情局。"

"什么样的事情?"科尔韦尔表现出了很大的兴致。

惠特科姆看了看自己的平板电脑,说道:"一些人员下落不明,一些行动组织不当,一些资金和装备不知去向。"

联邦调查局的局长在惊讶之余似乎有点幸灾乐祸的样子。

"她指控的这些问题是很严重的。"总统说。

"确实很严重。"科尔韦尔附和道。

总统继续说道:"我清楚地知道,一些敌人就隐藏在我们的内部。"他望一眼科尔韦尔说,"不仅是在中央情报局,你的联邦调查局里面也是一样。"

科尔韦尔沾沾自喜的表情立刻消失了。

总统的目光回到了塔克身上。"上次的事件之后我还能继续坐在这里,几乎完全是靠威尔·罗比的勇气和专业才干。如果他认为有些事情不对头,那么我的看法也一样。如果他认为迪卡洛的担心有道理,那么我就相信他的判断。"

"但是他失联了,切断了和中情局的联系。"科尔韦尔说。

"对此可以做出各种不同的解释。"惠特科姆说。

"如果罗比和杰西卡·瑞尔成了同伙,而瑞尔是杀害吉姆·盖德和道格·雅各布斯的凶手,那么任何一种解释都是难以自圆其说的。"塔克警告道。

蓝人望了他一眼,可是塔克继续说了下去:"我知道有一种说法,认为盖德和雅各布斯是国家的叛徒。我也知道中情局过去的一个分析员罗伊·韦斯特最近被杀了,瑞尔和罗比可能都在事发现场。"

"我们这是头一次听到这种推测。"惠特科姆厉声说道。

"这是因为,它目前还只是一种推测。"塔克回了一句,接着说,"我不知道这些人都站在什么样的立场上,我也不知道瑞尔和罗比是不是我们这一边的人。我只知道死人的事情正在不断地发生着,这不会是没有理由的。这种事的背后一定有某种重大的利害冲突,但是目前没人能搞清楚其中的原因或动机。"

"那么德克尔呢?"惠特科姆轻声问道,"难道他也以某种方式卷进了这件事情?他也是个叛徒?他也是瑞尔杀的?"

"我不知道,"塔克用明显带有挫败感的声调说,"我真的不知道。"

惠特科姆说:"罗比对我说过,他认为那天晚上是杰西卡·瑞尔救了他和迪卡洛的命,瑞尔就是在暗中留下那些弹壳的狙击手。如果是这样的话,我很难看出瑞尔怎么会是个叛徒。"

"如果是瑞尔打死了雅各布斯和盖德,那么她至少是个杀人犯。"塔克猛然打断了他,然而他似乎马上就对自己的脾气有点后悔,转而用更平静的语调说,"如果雅各布斯和盖德是坏人,应该由法院来审理他们,这就是我们需要司法系统的理由。你不能只是因为你怀疑他们有变节行为,就随随便便地开枪杀人。"

"你说得对,不过即便如此,"惠特科姆说,"如果盖德他们真的背叛了国家,我就不打算深究瑞尔的责任。她以往的工作履历,还有罗比的工作履历都是干净的,没有任何证据表明他们当中的任何一个背叛了我们的国家。"

"噢,用这话反过来形容吉姆·盖德和道格·雅各布斯也是一样的。"塔克说道。

"好了,"总统说,"到时候自然就清楚了。就目前而言,我们必须动员所有的力量去解决当前的问题,也包括找到罗比和瑞尔,越快越好。如果这两个人是以某种方式在为我们工作,那他们对于解开这团乱麻的作用便是无可估量的。"

"如果这两个人是在对抗我们呢?"塔克问道。

"那么,他们的命运就不用我多说了。"总统看了看周围,"有什么不同意见吗?"

房间里的所有人都摇了摇头。

总统站起身说:"我很快就要去爱尔兰了。随时向我报告进展。这是头等重要的事情。向我报告之前不能做出重大决定,明白吗?"

大家都点了点头。

所有人都站起身来。一个特勤人员拉开门,总统走出去了。

门关上后,惠特科姆重新落座,其他人也都随着他坐了下来。

"现在我们应该怎么办,格斯?"塔克问道。

"我认为总统说得很清楚了呀。"惠特科姆略有点惊讶地说。

"他说的那些是很清楚了,我的意思是他没说到的该怎么办。"

"我想你能够做出正确的推断。不过我需要提醒你们,如果这件事情得不出一个令人满意的结果,你们怕是承担不起这样的责任。"

他看了看塔克,然后是科尔韦尔,最后目光落在蓝人身上。"后果很严重。"他说。

"我们还有多少时间?"科尔韦尔问道。

惠特科姆站起了身,表明会议结束了。他说:"很显然,几乎没有时间了。"

第六十八章

下车后,瑞尔和罗比分别走不同的门进入了商场。

他们戴上无线耳塞,通过一个安全频道彼此联系。罗比坚持把他们对商场的造访当作一次正式行动来对待,瑞尔对此毫无保留地表示了赞成。瑞尔并不认为在这里会遇到什么麻烦,不过她也明白诸事顺遂从来都不过是一种奢望。

罗比是对的,谨慎小心才是干这一行的生存之道。

瑞尔沿着商场的主通道向前走去。现在是下午,不像晚上那样到处是熙熙攘攘的人流。尽管人不很多,她还是尽力不使自己引起任何注意。

瑞尔从东侧接近了那家游戏店。她低声说道:"距目标十步远。发出暗号后将沿着大厅向西走,进入卫生间。"

"收到。"罗比说。

他戴着连衫帽,站在商场的上一层,观察着瑞尔在下面的动向。罗比看见她在游戏店的门前用手指摸了摸下巴,双脚却依然向前迈动。

罗比露出了会心的笑容,他也曾用过相同的暗号。他看着瑞尔沿着大厅走进了洗手间。

一分钟后,罗比注意到一个穿着黑色丝网T恤的矮小瘦弱的男子走出游戏店,朝着瑞尔那个方向走去。

就在这时,罗比的手不由得握住了口袋里的手枪。

下面出现了两组人手。

一组从东侧过来,另一组来自西侧。

这么多年里罗比几十次地见过这种包抄合围的阵势。这些人的模样各有不同,但是在罗比的眼里他们都有着共同的特征。

他们此刻显然还没把罗比考虑在内。罗比打算充分利用这一优势。

他对着麦克风说道:"有两伙人盯上你了。一东一西。每组各两人。有武器,有协调行动的通讯手段。"

这是罗比识别出这些袭击者的一个途径。

他们佩戴的无线耳塞。

罗比用连衫帽遮住了自己的耳塞,而这些人却没有。

这是他们的失误。

"收到。"瑞尔的答复很平静,"我会留心的。"

"注意你的六点钟方向。"

"明白。"

过不了一会儿瑞尔就得杀出一条血路来,但是她的口气听着就像是要上厕所放松一下似的。

罗比对此并不感到意外。

他沿着自动滚梯一步三个台阶地向楼下奔跑,踏上一楼的地面后他朝那两伙人全力冲刺过去。

一个组马上就到洗手间门前,另一个组也没差几步远。

"联邦调查局的。不许动!"罗比喊道。

他们没有停下不动。罗比这么喊就是为了确认这些家伙是不是官方的人。

他们不是。

执法人员有一种烙进骨子里的特征,即面对其他执法人员时他们会自动表明身份。双方会掏出证件,大声说出自己是哪个部门的。他们最不希望的就是出于误会死在其他执法人员手里,或是其他执法人员死在自己手里。

可是眼前这些家伙却什么都不说。他们做的唯一事情就是从衣服下面掏枪。

没等他们开枪,罗比已经击中了其中一个家伙的膝盖。那人尖叫一声跌倒在地,手里的枪飞了出去。罗比不担心他会重新投入战斗,打碎的膝盖能够使最坚强的男人躺在地上像婴儿一样哭泣。

第二个家伙向罗比开枪,击碎了一只大花盆,一秒钟前罗比还站在花盆的前面。罗比蹲下身转向了一旁。他感到嘴里泛酸,仿佛是胃液正在向喉咙反流。不管你经历过多少次枪战,有人朝你射击总不是一件寻常的事情,而你的身体也总是出现相应的条件反射。罗比也会产生恐惧,任何人在这种情况下都是一样的,然而他不会陷入惊慌。关键的差别就在这里,它决定了一个人是活下来还是倒下去。对面这个家伙不会有再次射击的机会了。罗比这次没有射向膝盖,而是一枪击中了对方两只眼睛的中间。

罗比向着大厅另一侧冲了过去。听到前面响起枪声,他跑得更快了。

他对着麦克风喊道:"瑞尔?瑞尔,听到了吗?没事吧?"

他放慢脚步,猛然转过拐角,同时准备射击。但是他不由得停了下来。

有三具尸体躺在血泊中。

罗比看到他们都是男人,不禁松了一口气。

但是,怎么是三具尸体?

罗比吃惊地发现,那位从游戏店出来的朋友也挨了枪子儿。

瑞尔从远处角落走了出来,右手还握着枪。

罗比对她喊道:"你没事吧?"

她点点头,却没有说什么,目光只在她的朋友身上。

罗比听到身后传来喊叫和奔跑的声音。可能是商场的保安赶过来了。

这是罗比最不希望看到的场面。他可不愿意向那些手里没有武器却在扮演执法人员的小伙子或是退休老汉开火。

"我们必须离开这里。"

"我知道。"她闷声闷气地说。

"我是说就现在。"

罗比向她身后望去。那边有一排门,应该有办法出去。

他回头看瑞尔。她在死去的朋友身边蹲下身,拂去了他脸上的一绺头发。

罗比听见她说:"我很抱歉,迈克。"

他跑过去抓住瑞尔的胳膊,拉着她穿过大厅。他踢开一道门,两个人冲了出去。

罗比看了看四周。他们跑进了存放商品的一个仓库里。

"你知道从哪儿能出去吗?"

瑞尔似乎没听见他说什么。

他转过身来吼道:"杰西卡,你知道怎么出去吗?"

瑞尔回过神来,神情有点羞惭,指着左边说:"往这儿走,出口的门在东侧,跟我来。"

他们走出仓库,迅速回到地下停车场,上了瑞尔那辆车。看来是顺利突围了。

突然,他们听到了轮胎摩擦地面的刺耳声音。

刚才死去的家伙们还有后援。

而且他们来得很快。

罗比只来得及说了声:"当心。"

第六十九章

瑞尔急速倒车,用车尾撞向后面大块头的车辆。罗比做出了承受相撞的准备,然而撞击竟然没有发生。

罗比从后车窗看见了这辆SUV的前格栅,它似乎张开了大嘴,马上就要把他们这辆车一口吞进去。然而不知瑞尔是怎么做的,他们的车突然一闪,刚好从这辆SUV和旁边的水泥柱之间倒了出去。

瑞尔一个急停,紧接着是180度的掉头,玩出了一个称为J–Turn的特技动作。轮胎在停车场水泥地面上留下了长长的刹车印迹。瑞尔拐来拐去冲出了停车场的出口,闯入商场外面的车流之中。

瑞尔先是向左转动方向盘,汽车越过中线后又猛然右转,撞到了一排橙色交通锥后顺势又转了个弯。

罗比设法系上了安全带。他已经掏出了枪,但是眼前没有什么射击的目标。

路上的车流都是朝着同一个方向。问题在于,这是迎面朝着他们开来的方向。瑞尔按照英国式的左侧通行来应对这种局面,毫无怯色地逆着车流而上。

她不理会路口的红灯,迫使迎面的车辆避让,在滚滚的车流中终于把自己的车转到了左边的一条街道。尽管在此过程中撞飞了一只轮毂罩,但是转入正常行进的路面后瑞尔一脚就把油门踩到了底。

周围早就响起了一片汽车喇叭声。

罗比回头看看说:"干得不错。并到里边去吧,这样警察也闹不清是哪辆车违规了。"

瑞尔松开了油门,等了一小会儿便汇入了车流。几分钟后,他们已经在高速公路上以110公里的时速前进着。

罗比放下了枪,说道:"我为你的朋友感到很难过。"

"很抱歉,一遍遍地让你说这个话。"她答道。

"他是谁?"

"他叫迈克·吉奥弗瑞。他是因为我而死的。"

"你这么想吗?我知道是那帮家伙对你们开的枪。"

"我没注意到还有人躲在暗处监视着我们,罗比。我明白在正常情况下暗处总是会有人的,我通常都会检查一下,但是今天却没检查。"

"你的朋友是怎么中枪的?"

"其中一个家伙先开了枪,打在垃圾桶上的跳弹恰好崩进了迈克的眼睛,他当即就死了。"

"然后呢?"

"我就向那两个家伙射击,每人赏了一颗子弹。他们不是很在行,明晃晃地向前冲,就好像我没打算还手似的。这些蠢货。"

"我对付的那两个人事实上也不怎么样。"罗比说。

瑞尔认真地盯着他说:"我不明白为什么会是这样?"

"也许他们当中能干的家伙都被派到爱尔兰去了。"

罗比打开收音机说:"我想听听有没有关于商场这件事的新闻。"

没有商场的消息。但是,另外一条新闻引起了他们的兴趣。播音员扼要地报告了有关内容,然而目前还没有更多的细节。

播音员转而播报其他事件,罗比关掉了收音机。他盯着瑞尔说:"有人谋杀了霍华德·德克尔。"

"他们正在扫除发起总攻前的隐患,罗比。这帮混蛋打算在发动这场袭击以后继续逍遥法外。这绝不可能,我会让他们每个人都尝尝挨枪子儿的滋味。我要一枪一枪不停地向他们射击,直到打光所有的子弹。"

罗比用一只手攥住了她的胳膊。

"你干什么?"她问道。

"迈克的死真的让我很难过。我们可以去某个地方,你在那里可以为他,呃,还有格温,放声地哭泣。"

"我不需要为任何人哭泣。"

"我觉得你需要。"

"你根本就不了解我,把你的这些充满了同情的说教留给那些在乎这种事的人吧。我是个杀手,罗比。我身边不断地有人死去。"

"但是死去的通常不是你的朋友,杰西卡。"

她还想说点什么,却哽咽着没能说下去。

罗比继续道:"我不是治疗悲伤的心理辅导员。一旦我们到了爱尔兰,你的脑袋就没有时间想别的了。所以,你必须把百分之百的精力放在我们即将面对的事情上,让我知道我可以指望你。否则你对我就没什么用,你可以在下个出口把我放下。"

瑞尔眨了眨眼,说:"你以前也对我用过这套办法,罗比。"

"在也门。当时我们失去了汤米·比卢普斯。为此你怪罪你自己,更重要的是,你有半个小时不和我联系。"

"后来你狠狠地骂了我一顿。"

"团队就是团队,杰西卡,而现在我们的团队只有你我两个人。如果不拧成一股绳,对我们来说就意味着死亡。"

瑞尔做了一个深呼吸,平静了下来。"我还好,罗比。"

"把你的悲痛变成确保我们击败那些混蛋的力量,杰西卡,这就是我要说的。"

"我明白。你说得对。"

他们又默默地开出了几公里。

瑞尔打破了沉默:"这就是为什么你总是最棒的一个。"

罗比转过脸看她。

"你从来不会让自己的情绪占上风,从来不会。你是一部机器,人们都是这么认为的。"

罗比低头盯着自己的双手。瑞尔的话使他觉得有点尴尬。

尤其是,他知道这些话是不对的。

罗比把手伸进外衣里面抚摸自己的枪柄。不是祈求好运气,他从来就不靠什么运气。

枪是他的护身符,是帮助他进行生死选择的工具。他就是干这个的。

我是一个杀手。

我也是一个人。

唯一的问题是,我不能同时充当这两者。

瑞尔瞥了他一眼,问道:"你想什么呢?"

"没什么大不了的。"罗比答道。

第七十章

三引擎的达索猎鹰商务客机可以轻松地携带十多位乘客。
今晚,它只有两名乘客。
瑞尔坐在机舱的后部。
罗比坐在了她的旁边。
这样可以保证他们的身后不会出现别人。他们喜欢这样。
"怎么找到这架飞机的?"罗比问。
"我是个小股东,具有这架飞机的一小部分股权。这种飞机的安全性一般,但是私密性很强。"瑞尔看看他,又问道,"你的钱都是怎么花的?"
"还记得我在林子里的那幢小房子吗?那是我买的。其余的钱我放在银行赚那点儿负利率呢。"
"为了退休生活存钱?准备享受你的黄金岁月?"
"谁知道以后的事情会怎样。不过你要小心,他们也许可以查出你的飞机股权。"
"我没用自己的名义办股权,飞机是在一个俄罗斯亿万富翁的名下。这位富翁根本搞不清自己究竟拥有多少架飞机和游艇。我只是个小股东,而且没人知道这件事。"

"你做得很聪明。"

"等我们到了都柏林,我们就会知道我是否聪明了。"

"我已经做了一些调查。"

"还是在你的朋友万斯的帮助下?"

"借助一下联邦调查局的力量,对我们没有什么坏处。"

"她没向你打听什么吗?"

"她想来着,但是没提出来。"

"她为我们提供了什么?"

"爱尔兰这次会议的安保措施与以往大致相同,不过也有几处新的创意。"

"比方说?"

"明显是为了展现全球合作的意图,会议邀请了一些非八国集团的领导人参加为期一天的活动,实际就是出席开幕式。"

"是哪些非八国集团领导人呢?"瑞尔问。

"中东沙漠地区的几个国家。"

"会议的主办人是白痴吗?"

"他们自己显然并不是这么认为的。"

"你明白与这些国家领导人一道来的还会有什么人。"

"他们的安保特勤力量。"

"负责安保的随员只能是由前来开会的这些国家内部进行审核。他们说这些人可靠,别人就只好相信是这样。"

"没错。"

瑞尔望着舷窗外面一万两千多米高的夜空。它是广袤的、空灵的,却也给人一种阴森森的感觉。

"喝点什么吗?"瑞尔问着,站起来走向机舱前面的吧台。

"不喝了。"罗比说。

"你也许会改变主意。"

一分钟后她回到了座位,手里攥着一杯加了奎宁水的伏特加。

气流使飞机发生了轻微的颠簸。瑞尔小心地举着玻璃杯防止酒水溢出来。飞机平稳下来后,她啜了一口酒,目光盯着罗比的笔记本屏幕。

罗比问道:"我们有个装满了武器的大袋子,过海关怎么办?"

"俄罗斯亿万富翁不用走普通通道,与他共同持股的合伙人也是一样。我们出关的过程会很顺畅,也很保密。"

"不妨再次对我说说,你怎么做到这些的?"

"我不记得我以前对你说过。"

"你相信你那位俄罗斯亿万富翁很可靠吗?"

"他热爱美国,热爱自由贸易,喜欢资本主义。他是我们的盟友,不会带来任何麻烦。他既然给我们提供了私人飞机,也就能让我们的武器顺利过关。"

"我对你的能量印象深刻。"

"我不认为这点能量就够了。那些家伙很强大,我们的力量还是太单薄了。"

"所以我们只有变得更聪明、更灵巧才行。"

"说来容易做来难啊。"

罗比的目光落到了她的酒杯上。

"现在想来一杯了吗?"瑞尔问。

"是啊,我自己去兑一杯。"

"不,还是我来吧,给我一个做点家政服务的机会。"

罗比看着她沿着过道走去。他实在是无法把杰西卡·瑞尔同做家务事联系起来。

瑞尔回来后与罗比碰了一下杯,说道:"即使这件事结束了,也并不意味着一切都会结束。"

罗比点点头,非常清楚她的意思。

他喝下一口酒,考虑着应该如何回答。他说:"我想是不会完全结束的。"

"如果我说我对此并不在乎,你相信吗?"

"但是这改变不了什么。"

"他们要杀死我或是逮捕我?"

"我接到的命令事实上是相互矛盾的。有人要求杀掉你,有人说要逮捕你。"

"如果只是逮捕我的话,我可以发表公开声明,我可能说一些他们不愿听的话。我有权享受言论自由,我有依法辩护的权利。所以,我看他们除了杀死我不会有其他选项,罗比。"

罗比又呷了一口酒,吃了几粒她装在碗里带来的坚果,说道:"还是看看我们在都柏林能不能活下来吧。如果活下来了,我们可以重新探讨这个问题。"

她喝光了酒,放下杯子说:"是啊,我想我们会活下来的。"

罗比只是盯着她。他知道这是一个善意的谎言,她也一样明白。他们在沉默中飞行了数百公里。大西洋在飞机的下面狂暴地翻卷着波涛,低气压笼罩着浩瀚的海面。

瑞尔终于开口道:"你知道我向雅各布斯扣动扳机时是什么感觉吗?"

罗比摇了摇头。

"同我以前扣动扳机没有区别,完全没有区别。我本来以为会产生不同的感觉,因为他是杀害乔的帮凶。我原想它会带来复仇的、甚至是伸张正义的体验。"

"吉姆·盖德呢?你向他开枪的时候感觉如何?"

瑞尔看着他反问道:"你认为我应该有什么样的感觉?"

罗比耸耸肩说:"问我可是问错人了。"

"这样的问题正适合问你。不过我还是问你点别的吧。"

罗比眯着眼睛等待着,想知道接下来的是什么。

"你应该开枪的时候却没扣动扳机,当时你有什么样的感觉?"

"反正那个人后来也是死了。"

"我问的不是这个。你那时候的感觉如何?"

罗比没有马上回答。事实上他一直都在回避这个问题。

我的感觉如何?

瑞尔替他答道:"有一种终于由自己做主的感觉?"

罗比低下了头。他心中想说的就是这个。

瑞尔感觉出了这一点,不过没有点破。她注意到罗比的杯子空了,便问道:"再来一杯?"

罗比有点犹豫,瑞尔又说:"记得我说过想做点家政服务吗,罗比?估计在我们落地之前我就会厌倦做这种事了。所以,打铁要趁热。"

瑞尔从他手上拿过杯子放在了托盘上。她看看表说:"我们还有三小时四十一分钟着陆。"

"是吗?"罗比随口应道,有点迷茫地看着空杯子。

突然间他意识到瑞尔谈的不是再来一杯的问题。他的眼睛不禁睁大了。

"你觉得这不是时候?"瑞尔观察着他的反应,这样问道。

"你不这么看吗?"罗比说。

"这已经不是我第一次打算和你这么做了。我们都有过青春的萌动,我们总是在枪林弹雨中经历着生和死的考验。我每天过着这种生活,不能不期待着发生点什么事情。你难道不这样想吗？"

"我们是一个团队，正在去完成一项使命，按理说我们之间不应该让这样一种关系掺和进来。"

"我们做事并不总想着'按理说'怎么样。"

"在目前这种时候？"

"实际上这种时候才是最合适的。"

"怎么讲？"

"因为你和我都知道，我们到了爱尔兰以后很难活下来。那些家伙已经知道你成了我的战友，所以他们不想看到你活下去。他们的力量远远超过了我们。我们并不需要在满屋子的情报分析员帮助下才能认清这种形势。我死的时候会留下许多遗憾，但是我不希望我们之间在这件事上留下遗憾。你呢？"

瑞尔站起来伸出了一只手。"你呢？"她又问了一遍后接着说，"后面的床很舒服。"

罗比盯着她的手，片刻后移开了目光。

他没有离开自己的座位。

瑞尔慢慢缩回手说："都柏林见。"她沿着过道走向机舱的私人休息室。

"这不是你的原因，杰西卡。"罗比说。

她僵硬地停下了脚步，却没有回头。

"你有别人吧？"她说，"是万斯吗？"

"不是这样的。"

"我为你还在给某个人守身如玉而感到惊讶。"

"她已经不在这个世界上了。"

瑞尔转过身来了。

"是最近的事情。"罗比说。

瑞尔走回来在他身旁边坐下了。"想说说吗?"

"为什么要说这种事?我是一部机器,对不对?这是你说的。"

她把手放在罗比的胸口,说道:"机器没有心跳。你不是一部机器,我不应该那么说。如果你愿意说的话我很想听听。"

"你肯定吗?"

她看看表说:"呃,反正在接下来的三个小时……三十八分钟里我也没别的地方可去。"

飞机在继续航行。

接下来,罗比谈到了一个年轻的女人。一个盗去了罗比的心,也差点夺去了他的生命的女人。因为,这个女人后来被证明是个敌人。

作为相应的回报,罗比做了他唯一擅长的事情。

罗比杀了她。

只有像杰西卡·瑞尔这样的人,才能理解这种事情。

第七十一章

塞缪尔·肯特出发了。

他向法院请了两个星期的假。外国人情报活动监测法庭没有积压的案件。他们断案很迅速,肯特的暂时离开不会带来任何问题。

他收拾好东西,吻别了妻儿。

这算不得是一件不寻常的事情。肯特经常出门,从不做过多的解释。妻子明白这是他以往生活的一种延续,而肯特不愿意谈论过去的日子。

哦,这次出行却真的与他过去的生活没关系。它关乎肯特的未来,更准确地说,关乎他是否还有未来。

雅各布斯和盖德死了,而现在德克尔也死了。

肯特知道,他必须继续把这场游戏玩下去,以免落得与这三个人一样的下场。现在,他的两翼都有了敌人。

瑞尔和罗比是可怕的,然而肯特最在意的还不是他们。相比之下,站在他另一侧的对手更可怕。肯特的出路在于确保计划的成功,至少是他负责的那一部分。其他事情不是他能说了算的了,如果在那些方面出现失误也就不能怪罪于他了。

对肯特来说,这也是从办公桌后面再次回到沙场的一个好机会。他现在觉得,这么多年无所事事的生活简直就是慢性自杀。枪杀安东尼·金姆这个白痴是一种奢侈的享受,肯特已经在怀念它带来的快感了。

他开车到了机场,给自己的车办了长期存放的手续。晴朗的夜空,密布的繁星,习习的晚风,这将是一次愉快的飞行。一旦落地他就不得不开足马力了,还有一大堆准备工作要做呢。

成功或失败在很大程度上取决于事前的准备。有了卓越的计划,剩下的事情就是执行了。如果最初的计划是精准严密的,哪怕在最后一秒钟情况发生了变化,也比较容易做出妥善的应对。

肯特携带的包里没有武器。他这次的任务不是扣动扳机。他是这一行动的思想家和策划者,而不是一个打打杀杀的枪手。

他对此不免有些遗憾。然而到了这个年纪,他明白这是最现实的选择。一旦这项行动大功告成,未来将变得既清晰又迷茫。对于他们这些知道即将发生什么的人来说,未来是十分清晰的,而其他的所有人则难免要陷入六神无主、茫然失措的境地。难以抑制的兴奋和一定程度的担忧混杂在一起,像是一股强大的电流穿过了他的脊柱。事情过后,他们面对的将是一个不同的世界,一个更好的世界,他对此确信不疑。

肯特乘上巴士来到航站楼,出示护照,通过了安检,走进休息室等候自己的国际航班。

罗比和瑞尔是令人生畏的对手。

商场里的枪战明白无误地向肯特证实了这一点。四个专业杀手被两个专业杀手消灭了,因为这两个人的技艺要高超得多。

当然了,他输掉的只是一次局部的战斗,而不是整个一场战争。

最重要的是在商场杀死了瑞尔的那个朋友,切断了她的信息源。他们费很大力气清理了现场,编出了一套说法。联邦调查局和国安局被耍得正像旋转木马一样团团转,即使真相叮咬他们的屁股,他们也无法去发现。

肯特在机场贵宾室喝着橙汁,还吃了一点饼干和奶酪。通常他都乘私人飞机去目的地,但是这一次坐航空公司的客机也不错。他透过窗户看着一架一架的飞机离开登机口后滑行在跑道上,几分钟后飞入晴朗的夜空。

一会儿就该是他的航班了。

肯特琢磨罗比和瑞尔目前会在什么地方。

或许也在飞往同一个目的地的航程当中?

他们弄明白了他们将面对的是什么吗?

韦斯特的那份报告很关键,但是它只是给出了一个宏观的场景,许多内容需要修订、丰富和细化。要把它变成一个可行的和可操作的计划,即便是对于肯特这些人来说也远不是一件容易的事。

瑞尔如果从罗伊·韦斯特身上得到了需要的情报,她就不会再去找商场的迈克·吉奥弗瑞。幸运的是,肯特的上司还记得他们的这层关系,并及时往商场派出了人马。

唯一的问题在于,那些人到现场后没能及时发现罗比。本来是可以杀死瑞尔的,但是他们没有做到。

过了一小时,肯特的航班呼唤登机。看着其他乘客挤进狭小的登机口后,他也登上了飞机。航班几乎满员了,不错,这是个热门航线。

肯特希望能睡上一觉。

但是他怀疑自己能否做到。他有太多的事情需要考虑。

手机忽然响了。

是一条短信。上面写着:祝你好运。

肯特没有回复,而是把手机收起来了。

能说什么呢?说声谢谢?

肯特系好安全带,向后靠在座椅上。他掏出钱夹,从里边抽出了照片。

他生活的另外一个部分。他的家人。年轻漂亮的妻子和可爱的孩子们。他们住在位于完美的社区之中的完美的房子里,拥有着能够永远幸福地生活下去的金钱。他本来可以和他们待在一起,陪着孩子们在餐桌上大快朵颐,与妻子在床上尽情做爱,一个人坐在书房里读一本好书,再来上一杯苏格兰威士忌。他本可以在这种志得意满甚至是心醉神迷的感觉中度过自己的余生。

可是此刻的他却在飞机上,正在飞往一个地方,为了一个崇高的理想甘愿去冒生命危险。

肯特用手指轻轻抚摸照片上的妻子。

邻座的女乘客看到了他在做什么,笑着说:"我理解。每当我离开家的时候,也特别想念自己的家人。"

肯特一笑,转脸望向别处。

几分钟后,飞机呼啸着冲过跑道飞入了空中。

肯特经常乘坐飞机。当年他乘着好歹拼装起来的直升机在越南丛林的上方盘旋,感觉每棵大树下面似乎都隐藏着随时会击落他们的越共战士。现在他则是乘坐着豪华的波音747在全球飞来飞去。不论怎样,每一次飞机落地时他都已做好了杀人的准备。而且在许多时候,他确实是马上就投入到杀戮中。

肯特打开报纸,浏览着头版。

霍华德·德克尔还活着,呃,是在报纸刊登的照片里活着。他的眼睛是睁着的,脸上露着笑容,身旁站着他的妻子。他们这是在出席某个社交活动。在这种场合,女士需要穿上昂贵的晚礼服,而男士则套着千篇一律的企鹅装。

而现实中的德克尔已经躺在了华盛顿的太平间里,脑袋崩碎了一大块,再也不能展现富有魅力的微笑了。

肯特没打听刺杀德克尔的细节,但是他事前对这个计划是赞成的。潜在的隐患需要清除。淘汰弱者方能优化种群。

一切马上就要见分晓了。任何事、任何人都无法改变预期的结果。为了这一天,他们进行了那样多的筹划,克服了那样多的障碍,承担了那样多的风险。

热身已经结束。

该投入真正的比赛了。

第七十二章

罗比和瑞尔不得不承认,都柏林完全变成了一座坚固的堡垒。尽管到这里还不足二十四小时,他们却已经明确地感受到了这一点。他们在八国集团峰会会场周围做了大量的侦察活动,还用各种假动作对安保措施进行了测试,竟然没有发现一处破绽。

此刻他们正在罗比住的酒店房间里。它的窗户正对着利菲河。罗比站在窗口,用一副望远镜观察着酒店的会议中心,八国集团峰会的主要活动都将在那里进行。保安人员看着远比与会者要多。

"非八国集团的领导人是怎么安排的?"罗比放下望远镜,向坐在门旁边一把椅子上的瑞尔问道。

"基本上处在隔离保护状态。万斯的情报不够准确。这些人的安全由八国集团峰会负责,未邀请他们自己的保安力量参会。"

"这些人同意了?"

"如果持有异议,他们就不会来这里了。"

"这么说如果发生袭击事件,肯定就是西方国家内部的人干的。"罗比说道。

"这也不一定。其他人从外部对峰会发动恐怖袭击的可能性是存在的,也许目前都柏林就已经潜入了恐怖组织。"

罗比摇摇头说:"我总感觉有什么地方不对头。"

"我也有同感。"

他坐到床上,对着瑞尔说:"我们一定是漏掉了什么。"

"我明白你的意思,只是我们不知道漏掉的究竟是什么。"

罗比站起了身。

"你去哪儿?"瑞尔问。

"去找找我们漏掉的东西。"

罗比离开了酒店。十五分钟后他就来到了即将举行八国峰会的会场外面。里三层外三层的安保力量部署得密不透风。罗比没有相关的证件,无法进到里面去。

他正站在那里观察,发现有两个男人从警戒区域里面的一幢小楼里走了出来。他们穿着西服,却戴着穆斯林传统的头巾,没乘坐会议提供的车辆或是出租车,只是步行离去。罗比认定他们是非八国集团的与会者。

当他们从身边走过时,罗比决定跟在后面。也许有所发现,也许一无所获,反正现在他也是一无所获。

这两个人走进了另外一家宾馆,直奔侧面的酒吧。他们信奉的宗教禁止饮酒,然而有些穆斯林一旦踏上了西方的土地,就把这些禁忌抛到脑后去了。再说,地球上还有哪几个地方比都柏林更适合喝点酒精饮料解解渴呢?

他们端着酒杯坐到了靠窗的桌边。罗比买了一品脱啤酒,拉了把椅子,坐在挨着他们的另一张桌子旁。他戴上耳机,把智能手机放在桌上,却没播放任何音乐。他抿着啤酒,用耳机偷听那两个人的谈话,同时摇头晃脑地做出了欣赏歌曲状。

他们用阿拉伯语低声交谈。他们不相信西方人听得懂哪怕是其中的一个词。他们几乎总是对的,只是除了这一次。他们是来开会的,谈论的却不是这里的八国集团峰会。另外还有一个会议即将开幕,地点在加拿大蒙特利尔市郊的一个小镇。罗比在前段时间看到过有关这次会议的简短报道。阿拉伯国家的首脑会议跑到这样一个地方去开,给人的感觉有点怪怪的。但是加拿大人积极来承办这个会议,其中也不是毫无道理。到一个中立的、远离中东的暴力与冲突的地方召开首脑会议,或许有助于这些国家在一些重大事务上取得富有意义的进展,至少官方的正式口径是这么说的。加拿大还承担了会议的全部费用,以此来表明西方国家希望与阿拉伯世界密切合作的意愿。虽然由于政治原因美国不参加会议,但是人们出于它和加拿大两国间的亲密伙伴关系,都明白美国对这次会议采取了暗中支持的态度。

参加这次会议的是一些主要的阿拉伯国家的首脑。他们将聚集在一起共同商讨如何通过和平手段而不是暴力冲突促进国家和地区的发展,就像前一个时期出现的"阿拉伯之春"运动一样。正在交谈的这两个人不去参加加拿大的会议,但是认识很多将去参会的人。他们看来并不指望着这个会议能形成任何重大的突破。其中一个人笑着说,穆斯林和西方人一样,没有谁愿意与他人分享权力。他们毫无拘束地议论着将要出席会议的那些首脑人物,对有些人表示喜欢,同时巴不得另外一些人赶快死掉。

两个人喝完酒起身离开了。罗比可以继续跟着他们,不过看来没什么必要了,倒不如坐在这里好好地思考一下。罗比又抿了一口酒,目光盯着对面的墙壁。

罗伊·韦斯特在那份报告里设想的袭击目标是八国集团的领导人。罗比和瑞尔曾经认为美国国内的一些人将协助外部敌人在这次峰会上发动袭击,一股脑儿地消灭八国集团首脑,制造全球的巨大恐慌。这种推测不是没有一点道理,然而刚才那两个穆斯林男子的谈话不由得促使罗比重新来考虑问题。

在加拿大召开有众多伊斯兰国家首脑参加的会议。

罗比的思绪又转到了杰西卡·瑞尔未完成的那次刺杀行动。

艾哈迈迪,叙利亚人。蓝人说过,中情局打算阻止艾哈迈迪上台,因为他们的羽翼下有更合适的人选正在等待着接管权力。

罗比喝干了啤酒。在冰凉的液体顺着嗓子落进肚里的时候,他的脑子完全清晰了。

罗比和瑞尔在一个环节上搞错了。他们原先的假定是,不论这件事背后的推手是什么人,这些家伙都会严格遵循韦斯特报告中描绘的末日场景来行动。然而这只是罗比他们的推测,而不是客观事实。肯定是要有一场袭击事件,不过目标不是八国集团首脑,因为安保方面的障碍太难突破了。

而聚集在蒙特利尔市郊区小镇的阿拉伯国家首脑呢?他们就像是装在桶里的鱼,一次集中性的袭击就可以将他们完全消灭。其结果是,已经是地球上最为混乱的中东地区将处于完全失控的状态。阿拉伯国家的政府将一个接一个地倒台,造成空前的权力真空状态。各种势力为了控制国家机器会展开殊死搏斗。有的人也许已经在弹冠振衣,只等着届时执掌权杖,而且他们的背后可能有某种力量在暗中提供着支持。这一事件的策划者也许是想就此创建一个更加美好的世界。

罗伊·韦斯特的预言书仍将转化为现实,只是与他最初设计的场景有了许多不同。

罗比起身走回自己住的酒店。

答案不在都柏林,而是在五千公里之外。

第七十三章

罗比和瑞尔只用了两小时就收拾好行李离开酒店,来到了都柏林机场。

"你确信没搞错吗,罗比?"瑞尔第五次这样问道。

"如果你让我百分百地打包票,那我做不到,但是我确实对自己的判断是相当肯定的。"

瑞尔望着航站楼的窗外说:"如果你错了呢?如果我们离开后这里发生什么事情呢?"

"那就让它发生吧,"罗比淡淡地说,"我来承担全部责任。"

"我关心的不是谁来承担责任。"

"我关心的也不是这个,我只想阻止这个事件的发生。"

瑞尔说:"不是清除八国集团的领导人,而是要把中东地区的各国首脑一网打尽?这个跨度可是不小。"

"这件事不是我计划的,所以我没法只靠着逻辑来进行推理。"

"我们这么做冒的风险太大了。"

"是的,是这样。"

"即使他们是对中东的首脑下手,我们谈论的仍然是一个极其可怕的大灾难。"

"西方人经常在别国选择一个傀儡,把他推上台。只要这个傀儡能让大家乖乖地听话,那么这个国家就安定了。我敢肯定,策划这个事件的人已经对选什么人来接着掌权做了慎重的考虑。还记得让你去杀的那个艾哈迈迪吗?已经有人在等着登台了,只要你刺杀了他。那是针对一个人、一个国家,只是个一垒打。现在球场上将是满贯全垒打了,在一个时间里给这些国家一次性地全部安插上傀儡。"

"不过加拿大的会议也要采取安保措施啊。"

"和都柏林还是不一样。那是另外一种安保。"

"仍然遇到的问题是,只靠我们两个怎么才能阻止这一事件发生呢?"

"我们在飞机上要商量出一个方案。"罗比说。

"你真以为我们能在七个小时之内想出办法来吗?"

"不是在七个小时里。"

"那是多长时间?"瑞尔追问道。

"一共是八小时。我看了飞行安排,中途一段会遇到很强的逆风。"

"罗比,别说废话!"

"多一个小时是一个小时。我目前所知道的,就是我们必须去试试。如果我们不去,这件事就不可避免地要发生了。"

他们登机了。三十分钟后这架私人飞机开始向西飞去。

罗比在网上搜集了所有能够找到的有关加拿大这次会议的资料。统统浏览过后,瑞尔终于向后靠到座位上说:"我们缺乏足够的内部信息来做这件事,罗比。"

"是的,不过珍妮特·迪卡洛说的一些事情没准儿对我们会有帮助。她说中情局的一些人员不明不白地就失去踪影了,还说安排了一些不应该指派的行动任务。也许我们会见到一些老朋友呢。"

"也许吧。"瑞尔不大信服地说。

罗比抻了抻变得有点僵硬的肩膀,说道:"飞机落地后我们的时间很紧张。会议明天早上开始。"

"如果他们今天在那些人刚到达时就开始袭击,我们就连出手的机会都没有了。"

"不会的。他们必须让一切看上去是那么回事,否则人们会产生怀疑。恐怖分子的行动总是讲究象征意义,以扩大影响力。为了让人们把这次袭击看成是其他国家恐怖分子的行为,他们一定会等到会议正式运行之后才动手。"

"这么说,是开幕式?"

罗比点点头说:"我想是的。"

他站起来走到机舱的小酒吧取了两杯咖啡。递给瑞尔一杯后,罗比重新回到了座位上。

"我想问你一个问题,"罗比说,"它同我们即将开始的行动没有关系。"

瑞尔往后一靠,盯着他问道:"什么问题?"

"在迪卡洛家你救了我一命,是不是?"

"是的。"

"你没必要一定那么做,事实上你冒的风险是很大的。"

"我们做的所有事情风险都很大。"

"这不是我要的答案,杰西卡。"

瑞尔抿了一口咖啡,说道:"我猜因为是我让你卷进了这个烂摊子,所以我觉得有责任关照你。"

"你在东岸那幢小房子里对我关照得倒是够可以的。"

"没有什么事情是绝对不变的,威尔。那是最早的时候,我当时只是想从局里的追捕中活下来,把眼前这件该做的事情做完。但是,后来我的想法有了变化。"

"是对我的看法变了吗?"

"如果你死了,我是不会觉得高兴的。"瑞尔的头转向了一边。罗比看见她的手有点发颤。

她转过脸来的时候,神情已经变得平静了。"这件事说完了吧?继续工作好吗?"

"继续工作。"罗比说。

接下来的航程中,他们始终都在查摆可能出现的各种问题,寻找薄弱环节和有利条件,研究一些相应的对策。飞机快要在加拿大着陆时,瑞尔靠到椅子上,揉了揉眼睛,然后望着罗比。

"假设这次我们能活下来,"她问道,"接下来你打算干什么?"

罗比耸耸肩说:"你考虑过你自己的未来吗?"

"我觉得很累了,罗比。"

他点点头。"我看得出来。"

瑞尔审视着他,问道:"你想念她吗?那个伤了你心的女人?"

"不想。"罗比说。然而语气无法让人信服。

"噢。"

"我只是责备我自己。"

"责备什么?责备你自己是个有血有肉的人?"

"责备我没有扣动扳机,做完我自己应该做的工作。"

瑞尔凝视着他说道:"你的工作要求你不能做一个有血有肉的人。"

"工作就是工作。"

"然而生活就是生活。工作和生活两者你只能选其一。"

罗比摇摇头。"我们应该选择退出吗?"

"有多少人像我们这样在这个行当里干了这么久?"

"我猜这种人不很多。"

"你肯定想到了今后的生活。"

"想倒是想过,但是想得不是很认真。"

"我建议你郑重地想一想。没准儿我们真的很幸运,这次还能活下来呢。"

第七十四章

这架私人飞机降落在了蒙特利尔机场。这里到处都停放着因这次会议而从四面八方赶过来的飞机。

瑞尔和罗比开车离开了机场。

路很远。

"为什么在这儿开会?"瑞尔问道,"为什么中东国家首脑峰会要选择这么远的地方召开?"

"那他们应该在哪儿开呢?在曼哈顿城中心?在华盛顿的国家广场?"

"到这儿来一趟可是不容易。"

罗比说:"这也是把会议地点定在这里的一个原因。这里的客流少,他们可以比较容易地检查过往的人群。"

"会议由哪一方来主持?是联合国吗?"

"是加拿大。他们的总理早一步离开了都柏林的首脑峰会,以便在这个会议的开幕式上发表主旨演讲。"

"选择加拿大人来主持,也是有点怪怪的。"

"好多事情都是怪怪的。"罗比表示赞同。

小城的主街不长,但是商店很多。罗比觉得这地方很像是那种玻璃雪景球里面镶嵌的小景观。

一个围困在雪景球里的小地方。在街上步行的人比平日多得多,汽车的数量也大大膨胀了。所有的入城口都设立了由全副武装的人员把守的检查站,每辆车以至每个乘客的身份证都要进行检查。

鉴于这种情况,罗比和瑞尔没有开车驶过任何一个检查站。他们在城外的一家旅馆落下脚,各自徒步走进了小城,武器则不得不留在了车里。

罗比一路逛下去,脑子里记住了这里的所有标志性建筑和会议的主要活动地点——老市政厅大楼——以及这一区域安保力量的设置。他明白瑞尔也正在对这个地方进行着同样的勘察。罗比的结论是,有人若想在多个点位同时发动袭击几乎是不大可能的。它需要时间的精准协调和运气的慷慨眷顾,而大多数的职业杀手都知道,执行此类任务时这两方面都是难以指望的。

只能靠一记绝杀。集中火力一次性射杀或炸死所有的核心目标。其中有几个首脑所领导的实际是由乔装打扮的恐怖组织组成的所谓政府机构。话又说回来,甚至一些疯子都获准在纽约的联合国总部发表讲话,所以罗比也就见怪不怪了。而且这些首脑中的一些人竟然是经过民主选举产生的,拥有选举权的选民行使了他们的权利,选择了他们来领导自己。

尽管这是一种集体洗脑的产物。

罗比买了一杯咖啡,看着一群裹头巾留胡须的男人穿过马路进了另外一家商店。这里来了很多这样的团体,都是男人,没有女人,至少他看到的都是这样。

尽管天气很冷,但是罗比还是坐在店外的桌上喝咖啡。他的目光不停地四下梭巡,终于固定在街道对面的一群人身上。

他对着麦克风说道:"东边有群人,一共五个,正在向这条街尽头的酒店走过去。你走到近前看看,告诉我看到了什么。"

几秒钟后瑞尔从一条胡同里走了出来。她穿一件连帽外套,戴着太阳镜,迎着那群人走了过去。罗比看见瑞尔在经过他们的时候稍微放慢了脚步,他是唯一留意到这一点的人。瑞尔似乎在直视着前方,事实上并非如此,她的目光扫过了那群人,观察到了所有相关的细节。

这种超乎常人的观察力是经受多年训练的结果。

罗比听到瑞尔在无线耳塞里说:"没什么特别的。"

瑞尔接着向前走,突然说道:"稍等,让我仔细看看。"

她继续在街上走着。罗比看到她与一个穿着黑色保暖上衣、滑雪帽压得很低的男人走了个对面。这人低头盯着路面,然而罗比知道他的目光同样在四处游弋。

瑞尔已走到了那人的身后。过了几秒钟,罗比在耳塞里听到她说:"中彩了。你盯着他吧。"

罗比立刻起身,跟上了那个家伙。他一边走一边对着麦克风悄声问道:"什么情况?"

"那个人是迪克·约翰逊。还记得他吗?"

"我听说他大约两年前从秘密行动处辞职了。"

"说突然消失了更为恰当。"

"你肯定是他吗?我不熟悉这个人。"

"他的容貌有了一点变化,但是他持枪的那只手上的刺青却没变。"

"刺的是什么?"

"哦,挺俗套的图案。一只蝎子,带毒刺的尾巴举着一支枪,蝎子背上印的单词是'妈妈'。"

"嘀,听起来就像指纹一样独一无二。"

"注意他去什么地方。"

"迪卡洛提过那些失踪人员,其中会不会有他一个?"

"我看这个小镇子不像是个旅游名胜,特别是现在这种冬天。这里没地方滑雪。"

约翰逊在一个街角转弯了。几秒钟后罗比也拐了过去。他对着麦克风说:"你走与我们平行的旁边那条街,到下一个十字路口后跟上他。我在那里把他交给你,拐到另外一条街上去。我们就这样轮流跟踪他,直到他回到自己的住地。这样做他不容易起疑心。"

"明白。"

他们总共轮换了三次来跟踪约翰逊。街上人很多,这对他们是大有帮助的。约翰逊终于走进了一个像是客栈的地方,瑞尔跟了进去,罗比则走到街对面的咖啡馆,坐在桌子旁边等待着。

几分钟后,瑞尔的声音在耳麦里传了过来:"二楼21号房间。我还看到了另外三个家伙。我可以确信他们是干我们这一行的。"

"很想知道他们究竟有多少人。"

"肯定不止这四个。"

"有什么人注意到你了吗?"

"其中有个家伙盯我看的时间有点长,所以我转身和大堂柜台后面的人说德语。那个家伙听不懂,但是显然对我失去了兴趣,就走开了。好在我还做过一点整形手术,可是你没做过,所以你要注意保持低调,帽檐再往下拉点,别多说话,要说就说外语。"

"好的。"罗比说。

"接下来我们干什么?"

"坐等约翰逊和他的团队有所行动,让他们带我们去应该去的地方。你能猜出他们将要干什么吗？"

瑞尔说："他们需要去勘察现场，还要偷偷做袭击的预演。"

"很可能是这样。"

"我们干脆就消灭了他们？"

"我很想这样，只是有个问题。"

"我们的武器没带进城里。"瑞尔说。

"对了。呃，安保人员都戴统一的徽章，可是我发现约翰逊没戴这种东西，所以我纳闷他们将如何搞到武器。他们的武器肯定在城里的某个地方。他们不可能只是用棍子去打死那些人。"

"也许武器就在这里的什么地方等着他们去取呢。"瑞尔说。

"还有其他那些他们需要的东西。"

"这也许能够解决我们的难题。"

"嗯，一石二鸟。"

"这样就最好了。"瑞尔说。

"是的，那肯定是不错。"

第七十五章

迪克·约翰逊在夜里很晚的时候出动了。罗比和瑞尔跟在后面盯住了约翰逊。他们两人都换了衣服,尽量使自己看上去和白天不一样。

这座小镇实际比看上去的规模要大,有许多大路和辅街小巷。约翰逊走在其中的一条路上,大约走过了十五个街区,直到小镇变得有些荒芜。

与之前一样,瑞尔和罗比轮番尾随着约翰逊。他们都穿了多件衣服,当其中一个人撤出跟踪时,就会脱下一件衣服塞进背包里。这种变换服装和轮番上阵的办法,使得约翰逊这种训练有素的人也难以发现他们。

但是,约翰逊还是采取了防止跟踪的措施。他时不时地横穿马路,有时遇到暗色的窗玻璃还会停下来,假装看商品,通过玻璃中的映象检查是否有人跟在后面。还有的时候他会停住脚,转回身,朝相反的方向走去,目光查看周围的动向。罗比和瑞尔懂得所有这些小把戏,然而也不得不小心警惕地予以应对。

这条路终于在小镇郊外一幢老旧的楼房前面到了尽头。这里与会议召开地点以及安保警戒圈相距很远。

约翰逊走进了楼里。瑞尔和罗比并肩站在附近一条小巷的黑影里面。

"这里是他们的仓库?"罗比问道。

"不如说更像是行动指挥中心。"瑞尔说。

"那我们得进去。"

"很难啊,警戒恐怕比那边的中东国家首脑会议还严。"

"但是我们离目标的大本营近在咫尺了呀。"

这幢楼的前门开了,一个男人走了出来。

罗比举起望远镜看了一下,然后递给了瑞尔。她看着那个人步态从容地沿街走去。

"是塞缪尔·肯特法官。"瑞尔说。

"重量级的家伙出来收尾了。"

"这证明我们转移到这里的判断是正确的。"

"的确证明了这一点,仅此而已。"

"我们得分头行动。"瑞尔说,"肯特是我的,这地方归你。"

瑞尔马上就要走,罗比却抓住了她的手臂。"只是跟踪,别下手杀他,我们现在需要他活着。"

瑞尔挣开手臂说:"你真的认为有必要告诉我这时候该干什么吗?"

"我想到了你失去的朋友们。有时候复仇的诱惑是很大的。"

"我想拿下的不仅仅是他,我想拿下他们所有人,罗比。所以如果他需要继续喘气,那就让他喘去吧。"

"那好,我们说明白了。"

"说明白了。"

瑞尔动身了。

罗比看着她的背影,直到她和肯特都消失在夜色之中。

他重新把注意力集中到眼前这幢建筑上。他缓缓地绕着楼房转了一圈,查看了它所有的出入口。大多数窗户都是黑乎乎的,然而不是全部。有三个窗户亮着灯,都是一楼的,其中的两个窗户里有人影在晃动。

如果这是他们的指挥中心,罗比相信这里一天二十四小时都布置了警戒。由于肯特在这里出现,罗比没有理由认为它不是他们的大本营。如何才能进入里面,拿到需要的东西,再神不知鬼不觉地离开呢?

"几乎没有可能。"罗比蹲在小巷里盯着楼房,对自己这么说。然而,一个主意冒了出来。

罗比对着麦克风说:"通报进度。"

"没太多情况,他事实上一直在走路。"瑞尔答道,"他大概不会像那些雇来的枪手总待在一个地方。你那儿怎么样?"

"我打算去试试。"

"这究竟是什么意思?"她问道,语气流露出紧张。

"意思是,我做完了会告诉你的。"

"罗比,如果你打算进到楼里,我就回那儿和你一道进去。"

"我没说我要进去。"

"你也没说你不进去。"

"我单独做这种事已经有很长时间了,明白吗?"罗比严厉地说。

"是啊,那好吧。"瑞尔不得不用让步的口气说,"方便的时候通告我。"

罗比小心翼翼地从小巷迈出几步,抬起头朝上面观察着。不能从楼房的前门或后门出入,那里肯定都有警卫。出于同样的原因,一楼的窗户也不能用于出入。

这就是他抬头观察上面的原因。罗比相信这支袭击队伍的人员力量不是无限的,他们必须最大限度地保存和运用自己的实力。这也就意味着他们不会浪费人力去警戒那些别人无法企及的窗户。

没有什么东西是真的无法企及的。这幢建筑已经很旧了,它的墙面是砖砌的,凹凸不平的砖头。

这意味着有手指能够抠住的地方。

楼房的后墙面看来一直没有维修过。罗比用金属般坚硬的手指攥住了墙角。抓握七公斤重的狙击步枪,扣动扳机,承受反作用力,马上再次射击,所有这些不断重复的动作使得手指的抓力成为他的一个最强项。

今晚它派上用场了。

罗比只能在黑暗中向上爬,因为即使是一只笔式小手电的光束,在这里也会像海上的灯塔般耀眼。不过,今夜有朦朦胧胧的月光。这是一件利弊参半的事情。有利的是,可以让他发现手指能够着力的地方,伸手不见五指就不好办了。不利的是,如果有警卫绕着楼房巡逻,没准儿其中的哪一个会抬头看见他。

他不懈地往上爬着,其间向下滑落了两次,还有一次差点儿彻底摔下来。但是他的手指终于够到了一扇窗户的外窗台。他用力在窗台上撑起了身子。窗户是锁着的。

罗比摸出了一把瑞士军刀。进城时检查站没有查出这把刀。几秒钟后他就跨过打开的窗户,悄无声息地落到了地板上。他需要打开小手电了,屋里漆黑一片,几乎什么都看不见。

房间显得空空荡荡的,只有几件形状奇特的家具、几只旧油漆罐、一卷防水布,还有一些生锈的工具。似乎有人想重新装修一下这里,后来却又改了主意。

罗比慢慢地挪向门口。非常破旧的木质地板。人走在这种地板上会发出咔咔的声响。他不是抬腿迈步,而是双脚贴着地板向前滑动,尽量避免发出声响。到门口后他把耳朵贴在了门板上。

外面有声音,不过听起来都是从楼下传来的。

他用小手电照了照房门的合页。锈迹斑斑。这可不好,一开门它们就会发出喷气式战斗机一样的声响。

罗比环顾四周,目光落到那堆油漆罐和防水布上。他滑动到那里静静地四下翻找,终于摸到了一罐润滑油。

他回到门口,把润滑油尽可能浇进合页的金属接缝深处,然后慢慢地打开了门。

罗比透过房门的缝隙向外偷偷看去。

走廊和二楼大厅里没有人。

他挪步进入了走廊。大厅的对面有三扇屋门,中央是通往下面的楼梯。

他蹑手蹑脚地穿过大厅,来到了那几扇屋门前。他又掏出了那把军刀,与枪支相比它显得太可怜了,但是他目前只有这个。谢天谢地,大厅里也是一片黑暗。罗比用手电查看三扇门的门锁和门前的地面。

只有一扇门前的地面上留着一些污迹。很明显,这扇门近来被人开过。罗比注意到它的合页也有润滑的油迹。

房门是锁着的。在军刀的帮助下,十秒钟门锁就开了。

罗比拉开了门,合页无声地转动着。他闪进屋里,回身关好门并且上了锁。

他用小手电四处照了照。

在一个角落里挂着长长一大排各式的服装。他查看了其中的几件。对手们的方案在他眼里变得越来越清晰了。他们的主意不错,这是恐怖分子在许多场合都用过的一种行之有效的方法。

接下来看到的东西,让罗比意识到此行确实不虚。这间屋子看着就像是军事基地的弹药库。各种武器是如此之多,罗比不禁想知道他们还有没有什么忘记配备的东西。不同效用的各类武器混杂在一起随意堆放着。这种混乱的状态让罗比觉得,这支团队要么严重缺乏军事素质,要么就是认为对手太弱,无力做出有效的抵抗。根据他到目前为止在镇里看见的情况,罗比倾向于后一种解释。

这么多的武器是无法通过检查站的。尽管他们漏检了罗比的军刀,但是绝不可能漏过这些东西。也许是有人被买通了,更有可能的是,早在设立检查站之前这些武器就已经存放在这里了。

罗比抓起了几支手枪和两支冲锋枪,还在他的背包允许的限度内装进了尽可能多的子弹。如果能把剩余枪支的撞针全部卸下来就再理想不过了,但是他手头没有工具,而且那会耗费太多时间并产生很大噪音。

罗比低头看着这些武器,闪过了一个念头。他用手机把它们都拍了下来。

他打算利用这些照片做的事情,有着令人难以置信的风险。但是罗比到头来认为,如果不这么去做,风险会更大。

第七十六章

瑞尔在一家小旅馆里等着罗比。他们在这里开了一个房间,作为两个人碰头的地点。罗比敲门的时候,瑞尔通过门上的窥镜看了一眼,然后开门放他进来了。

罗比从外套下和背包里掏出带来的武器扔在了床上。

瑞尔拿起一支 MP5 冲锋枪,问道:"他们有多少武器?"

"足够血洗整个小镇,甚至还用不了。"

"你估计他们有多少人?"

"从他们配置的武器来看,至少有两打人。肯特怎么样了?"

"他住在小镇最好的一家酒店里。我离开时他正在壁炉边上喝雪利酒呢。"

"你认为他在这里的角色是什么?他不会亲自参加袭击的。你说过他曾经干过我们这一行,可那是很久以前的事情了。"

瑞尔说:"我认为他是被派到这里督战的。他去了存放武器的那幢建筑,他可能还同那些家伙过了一遍行动方案,给他们明确分配了任务。"

"你觉得袭击结束后他们打算如何撤出去呢?"

"有了你所形容的那种强大火力,我认为他们完全可以轻松地杀出镇子,再去机场的私用跑道乘坐私人飞机逃往国外。"

"肯特会怎么办呢?"罗比问道。

"他也许作为美国的代表在这次会议上有个官方的名分。事件发生后,他将和其他人一样表现出难以置信的样子。他将回到家里,对自己还活着表示庆幸,还会对所有死去的人表达哀悼之意。"

"我们仍然相信袭击将在开幕式上发生,对吗?"

"开幕式在大会场举行,罗比。那是一个开放的空间,一旦他们冲破安全防线,就会用多重的交叉火力覆盖整个会场,没人能找到藏身之处。"

"然后他们就撤退出去,飞到别处。肯特则回美国向主子表功。"

"除非我们在这里阻止他们。"

罗比说:"我们必须在这里阻止他们。我们目前是最后的一道防线。"

"多么薄弱的一道防线啊。"

"我是这么想的,如果他们有二十多个和我们俩身手差不多的家伙,我们至少能够消灭其中的一半。如果运气好,再加上我们有出其不意、先发制人的优势,也许能消灭三分之二。这样就差不多可以拯救这个会议了。"

她抬头盯着他,嘴角带着笑意。"那将是了不起的功绩。人们会说:'是罗比和瑞尔拯救了这个世界'。"

"以付出自己的生命为代价?"

"我们不能总是指望着运气,罗比,即便我们是站在正义一边。"她拿起一支手枪,检查过弹匣后别在了腰带上,接着又说,"我们需要研究在什么地方、以何种形式狙击他们才能取得最好的效果。"

"他们打算采用的战术会给我们带来一点麻烦。"罗比说明了那个房间里除了枪还有什么。

他还没说完,瑞尔就点头说:"我明白了。不过这也给我们提供了机会。"

"确实如此。"

"这么说,这场游戏首先需要的是等待喽?"

罗比说:"耐心是一种美德,而明天只有耐心才能让我们活下来。"

"你要知道,我们出手以后将面临来自两个方面的火力。"

"我们集中力量对付袭击会议的那些家伙,他们当然会向我们还手。但愿官方的安保特勤人员能够看明白究竟发生了什么。"

"到处都将是呼啸的子弹和奔跑尖叫的人群。警卫人员在一片混乱中很难做出正确的判断。"

"所以我只是说'但愿'。我们明天将分开行动。"

"形成两个火力点。"

"对。"

"但是那也意味着我们的火力不很集中。"

"没办法,不过利大于弊。"

"那就认真选好我们的射击位置。"她顿了一下,仔细看看他说,"如果这次能活下来,我还会遇到其他一系列的问题。我是个被中情局追杀的人。"

"不是被我追杀,再也不会了。我会帮你的,杰西卡。"

"你不能那么做,罗比。迄今为止你已经走得太远了,你会被他们指控犯了叛国罪。如果你现在停下来,一切都会得到原谅。但是如果你继续与敌人搅在一起,事情就不一样了。我说的敌人,恰恰就是我自己。"

"法律必须考虑情有可原的因素。"

"我们无法证明这一点。即便能够证明,可能也没什么用。你明白我们这套体制是如何运作的。"

"还不如说我们知道这套体制是如何不去正常运作的。"

"让我们先做好明天的事情吧。也许到时候这些问题都迎刃而解了呢。"尽管这么说,她仍然显得忧心忡忡。

"好吧,"罗比说,"有这种可能。"

第七十七章

清晨的天气很冷。伴随着人们的每一次呼吸,一小团白色的哈气就会升腾到空气中。纷纷走向各自车队的阿拉伯各国元首显得对寒冷的气候很不适应,他们的长袍在凛冽的晨风中抖动着。

此刻是早晨八点钟。节奏开始变得紧张起来了。与会的人们普遍感觉出,镇上的居民只是希望把这一切早点儿挨过去。这一愿望马上就要实现了,然而不会是以他们想象的那种正常方式。

开幕式会场只有一个入口和一个出口。这种格局从安全角度考虑自有其好处,但是也有它的弊端。

车队开始沿着街道行驶过来了。加拿大警方已经实行了交通管制。路两侧有一些骑着高头大马的加拿大骑警。他们身着红色制服,一副气宇轩昂的模样。然而一旦发生真实的枪战,他们就会成为最醒目的标靶。

按照计划,瑞尔和罗比早晨五点就来到了这里。

两个人都显得精神抖擞。临战的兴奋驱走了他们的疲惫。

瑞尔的位置在会场的街对面,离安保警戒线很近。无法靠得更近了,因为她已经武装到了牙齿。

罗比站到了她对面靠近会议大楼一侧的角落里,但是同样是在警戒线的外围。路的两边已经布好了移动障碍物,以防装有炸弹的汽车驶近大楼,所以路中央留出的空间一次仅够勉强通过一辆车。

这种交通瓶颈也可能带来安全方面的隐患,不过从总体上说,罗比认为会议的这种安排还是出自十分缜密的考虑。

罗比看了看表,时间快到了。他对着麦克风说:"差不多了。"

"到目前为止已经驶过了七支车队。从名单上看,还有五支车队。"

"他们希望人都到齐。再过一会儿他们就该发动袭击了。"

"我们也该动手了。"瑞尔说。

我们也该动手了,罗比暗自重复道。

最后一支车队驶过来了,车里的人们下车走进了大楼。一切就位了。

日程安排是很紧凑的。开幕式将持续四十五分钟。然后与会人员将分散到不同地点参加其他会谈和活动。开幕式是这些人在同一个时刻出现在同一个地点的为数不多的一个机会。场地四周安保人员紧张的表情证明,他们同样意识到了这一点。

罗比转移到旁边的胡同,手保持在离衣服下的枪柄很近的位置上。他看了看表,开幕式已经进行了二十分钟。

从战术上讲,袭击者不会希望在开幕式接近尾声时才展开进攻。也许有的与会者提前离开,这样就没法做到一网打尽。

罗比对着麦克风说,"我看快——"

罗比只能说到这里了。

火焰从大楼的前门和所有四个前窗同时喷了出来,同样的事情也发生在大楼的后身。

三十秒钟后大楼的正脸完全被火焰吞噬了,前门被阻断了。很快大楼的后面也出现了同样情景。

听到消防车和救护车鸣着警笛一路冲来时，罗比立刻打起了精神。

安保人员让这些紧急车辆通过了警戒线，它们在楼前发出了刺耳的刹车声。消防车和救护车里的人们一拥而下。

罗比走出胡同，手枪已上膛。

瑞尔也在街对面举起了枪。

罗比开枪了。子弹打爆了一辆救护车的前轮胎和风挡玻璃。

罗比刚从风衣下面拽出冲锋枪，瑞尔已经击毙了一个消防员。

罗比和瑞尔二话不说就向那群人集中开火，迫使他们四处躲藏。他们还没来得及还击，就有人喊道："不许动！"

罗比看到美国联邦调查局的人马和加拿大安全机构的特工从街道两端冲了过来。他们身穿防弹衣，手里端着冲锋枪。屋顶冒出了早已隐藏着的狙击手，长长的枪管对准了这些伪装的消防员和医护人员，子弹在他们脑袋旁边呼啸而过，使他们意识到任何抵抗都会导致毫不留情的杀戮。这些袭击者做了他们所能做的唯一的一件事。

他们缴械了。

一分钟后，面对着一排枪口，有二十多个人双手高举过头，齐刷刷地跪在了大街上。

罗比走上前去打招呼。妮可·万斯穿着防弹衣，右手握着手枪，脸上的笑容十分灿烂。

万斯说："谢谢你昨晚的通报，还有你发来的武器库照片。开始我们真不敢相信，但是你提供的信息很有说服力。当然话说回来，我的话对我的头儿也很有说服力。我简直难以对你说明这件事对我的职业生涯会有多么大的帮助。"

罗比看到有两个人把塞缪尔·肯特押了过来。肯特看上去对事件发生的这种戏剧性变化不是很满意,但是也没说什么,既没做无罪抗议,也没问被捕原因。

罗比一直盯着他。肯特一见到他便僵住了。罗比看见他的脸上闪过一丝无奈的笑容。

"你可以帮助我们。"罗比平静地说,"你知道我们需要什么。"

"对于我是否能够帮助你抑或是帮助我自己,我表示高度的怀疑。"

"你想声称你对这件事一无所知吗?"

"完全不是这么回事。这只是因为死人并不具备出庭做证的能力。"

"你说什么?"

"我可以对你说点什么吗?"

"说出一个名字就行。"

"不,比那简单多了。"肯特笑着说,"我想说的是,再见了,罗比。"

两个人相互盯着对方。

"罗比!"

罗比扭头看到瑞尔在街的另一边。

她喊道:"罗比,约翰逊不在这儿,他不见了!"

罗比朝跪在街上的那排人看去,一个一个地打量他们的面部。

没有迪克·约翰逊。

罗比立刻要采取行动,然而他明白已经晚了。

子弹正中肯特的面门,又从他的脑后穿出,同时崩出来的还有一大团他的脑组织。

在子弹命中前的一秒钟,罗比刚刚回头看了肯特一眼。肯特的脸上没有恐惧,只是一副听天由命的神情。

第七十八章

罗比和万斯坐在当地警察局的前厅里。大火被扑灭了,会议已经转移到另一个地方继续进行。看起初的样子,除了取消会议之外没有别的选择。但是在联邦调查局承诺担负起会议的安保责任后,与会者改变了主意,同意换个会场继续开下去。

那些袭击者都被关进了牢房,处在加拿大安全机构和联邦调查局的双重监控之下。双方联合调查团很快就成立起来了。这个世界上的所有人都很看重美国联邦调查局。加拿大与美国的亲密盟友关系使得双方机构的合作更为顺利。加拿大人最不希望发生的事情就是外国领导人在他们的国土上出现意外。

塞缪尔·肯特的尸体躺在停尸房的冰柜里。

迪克·约翰逊至今还未被捉拿归案。

"刚才喊你的那个女人是谁?"万斯问道。

就约翰逊失踪一事在街对面警告过罗比之后,瑞尔就消失在了人群当中。

"同我一道来阻止这件事情发生的人。过后我会告诉你她的情况。"

"好吧。这么说他们打算把所有这些阿拉伯国家领导人同时都

清除掉?"

"看来是的。"

"这会变成一个全球性的噩梦。"

"他们就是要制造这样的效果。"

"你们是怎么发现的?"

"听到了一些闲言碎语,东一块西一块地拼凑起了各种线索。"

"我一直觉得在这里召开阿拉伯首脑峰会有点儿奇怪。在同一个时间里八国集团首脑在爱尔兰召开反恐会议,你知道这件事吧?"

"在报纸上看到过。"罗比含混地说。

"很高兴你向我们通报了这个情况。我倒是没有别的意思,不过你为什么不让你们自己人干这个呢?我的意思是,这里不是美国,中情局处理在海外发生的事件是完全合法的。"

"不知道加拿大人是否持有同样的看法。中情局过去的某些行动使得我们与加拿大方面的关系有点别扭。我们锁定了目标后马上就想到,取得联邦调查局的支持才是最正确的选择。"都不是真话,然而这是罗比能想出来的唯一解释。

"我想不论是谁来处理,最重要的是制止了这场灾难,对不对?"

"我就是这么想的。"

"那个被杀的人呢?我们查出了他的身份,他是一名联邦法官。一个法官怎么会卷进这种事情?"

"目前还不清楚。我认为搞明白所有的一切还需要时间。如果要我猜测的话——只是个猜测——这位法官可能是被人收买了,也许他并不总是一名法官。"

"对了,他好像知道你是什么人。"万斯怀疑地说。

"在我们追查的过程中,他也许知道了我这个人。"罗比说着,避开了她的目光。

"这么说你玩消失的目的就是追查这件事情?"

罗比点了点头。

"我是否可以认为这件事与吉姆·盖德以及道格·雅各布斯的死也有某种关系?"

"还有霍华德·德克尔。"

"德克尔?他怎么会搅和在这里?"

"我不清楚,万斯。整个事情仍然是一片混沌。"

万斯有些不快地说:"别以为你说什么我都会全盘接受。我太了解你了,你善于编出一些好听的瞎话。到头来证明,它们不论多么动听,也不过都是胡扯。"

"我知道的事情已经全告诉你了。"

"你的意思是,你把能告诉我的事情都告诉我了。"她仔细地端详他,然后显然是想换一个方向来发问,"罗比,我们逮捕的那些人,他们……他们看起来像是……"

"这个世界上有很多能干的自由职业者。我们自己就训练出了一大批呢。"

"那么,他们是雇佣杀手?"她问道。

"大概是的。"

"我们必须查明是谁雇佣了他们。"

"我们也许永远都不会知道。"

"不,我们会查出来。我想盖德和雅各布斯大概是偶然地了解到了一些事情,那些家伙发现后就杀了他们,或许德克尔也是这样。"她打了个响指说,"他是众议院情报委员会的负责人,他的死肯定与此有关。"

"你这么想大概是正确的。"

"再看看吧。就像你说的,这些事情往往是一片混沌。"

是的,的确如此。罗比暗想。

"你打算什么时候回去?"万斯问道。

"我在这里还有些事需要处理,然后我就回局里报到。我敢肯定,中情局对这一结果是不会感到高兴的。有的时候,揭开真相反而让事情变得更复杂。"

"我不这么看,在这件事情上不会如此。毕竟是好人正大光明地粉碎了坏人的阴谋,任何人都无法否定这一点。而且通过这件事,美国在中东问题上得了关键的一分。我们救了所有这些人的命。我看过与会者的名单,其中有些家伙可算不上是我们的粉丝。"

"没错,有些人对我们抱有敌意。不过现在他们也许成为我们的粉丝了。"罗比站起身说,"我该走了。"

"你知道吗,罗比,我们之间的沟通是一件非常有益的事情。"

罗比在人行道上还没走出十步远,耳塞里就传来了声音:"你的三点钟方向。"

他朝那个方向看去。瑞尔在远处的角落里望着他。罗比赶紧走过去,和她一道拐进了小胡同。

"肯特死了。"罗比说。

"不难做出这样的判断。他的脑浆几乎全在大街上呢。"

"到处找不到约翰逊。"

"他起的是最后一道安全屏障的作用。肯特知道所有事情。其他那些家伙只是各司其职,一道道的防火墙使他们无法了解圈子里的内幕,所以他们不会提供给我们任何有用的线索。肯特才是关键。而约翰逊的使命就是躲在一边静观事态发展,万一出了岔子就对肯特下手,让他永远闭嘴。"

"我同意你的看法。"罗比说。

瑞尔的声音变得刺耳:"但是你为什么不告诉我联邦调查局的

事呢?"

"你需要知道吗?"

"我还认为在这件事上我们是搭档呢。"

"而我认为如果让你知道联邦调查局要扑到这里来,你大概就会有一些不同的表现。"

"这是什么意思?"

"因为你是一个通缉犯。"

"顺便问一句,关于我,你对他们说什么了?"

"我说是局里让我们两人负责调查这一事件。"

"谈到盖德和雅各布斯了吗?"

"他们认为是策划今天事件的人打死了他们。我告诉他们,我认为这个推测是正确的。"

"我估计万斯不会就此罢手。她似乎不是那种把别人的意见当成自己的调查结论的人。"

"她的确不是这种人。我这么做不过是权宜之计,只是为了给我们赢得一点时间。"

"嗯。"

"但是事情不会就此结束的,杰西卡。"

瑞尔扭头望着别处说:"我从介入此事的一开始,就知道我是不会有什么好果子吃的。"

"还是有办法的。"罗比说。

"没什么办法,罗比,这件事不像别的。它肯定会有个结果,但对我来说不会是个好结果。不过你应该是没事的。事实上假如我是你,我现在就会回到万斯那里告诉她真相。真相早晚是要揭开的,你越替我掩饰对你就越不利。"

罗比毫不为之所动。"你真想把时间浪费在这种无聊的争吵

上吗?"

"一点儿都不无聊,这关乎你的未来。"

"我哪儿都不会去,杰西卡。这是我的选择。我绝不会改变它。"

"你确定吗?"

"不要再问了。"

"但是你知道可能出现的后果。"

"有人给约翰逊下达了命令,让他在必要时干掉肯特。我一定要把这个人找出来。"

"约翰逊现在成了一个活口,罗比。人们随时可能在什么地方发现约翰逊的尸体。从这个白痴向肯特开枪的时候起,他就死定了。他们是不会让他活下去的。"

"我们也是他们灭口的对象。"罗比说。

"没错,我们是的。"瑞尔表示同意,神情突然开朗了许多。

"怎么了?"罗比注意到了她的乐观表现。

"这是一把双刃剑。他们想灭我们的口,但是为了灭口他们就得主动来找我们。"

"那我们就有了先发制人的机会。"罗比说。

"一垒打结束了,罗比,现在该我们亮一亮满贯全垒打的本事了。"

"我们究竟应该怎么做呢?"

"你必须相信我,就像我一直相信你一样。"

"你到底有什么样的计划? 我们目前什么线索都没有。"

"我已经做了一些基础性的调查工作。"她回答道。

"调查什么?"

"机灵的罗杰。"

"你知道他是谁?"

"事实上,我觉得我已经知道了。"

"有证据吗?"

"有证人。"

"我们在哪能找到这个证人?"

"我们不需要。"

她向前迈开了步子。

发现罗比没有跟上来后,瑞尔回过头说:"不管你刚才是怎么说的,如果你现在想退出,就请你立即告诉我。那我就调整一下计划,由我一个人登台去独奏。不论你是否参加进来,我都是要接着干下去的。"

"因为你要为你的朋友们复仇?"

"因为我不喜欢认输,因为我不喜欢叛徒,而且是的,因为要为我的朋友们复仇。"

"我不会退出的。"他说。

"那就来吧。"

罗比跟上了她。

第七十九章

白宫。

在外部世界的一片嘈杂和混乱之中,这里却往往表现出一种出奇的宁静,就像是肆虐的风灾里风力却相对平稳的飓风眼。而就在距离这种宁静咫尺远的地方也许就在孕育着一种可怕的骚动。

此时的白宫就处在这样一个宁静的时刻。至于骚动蛰伏在何处、爆发于何时,目前尚不得而知。

他们聚集在总统的椭圆形办公室里。在某些具有象征意义的时刻,会有许多的摄影师进入这里进行拍照。今天没有摄影师,尽管它依然是个具有象征意义的时刻。

罗比坐在一把椅子上。他的对面是中情局局长埃文·塔克。总统倚在沙发里,挨着沙发的椅子上坐的是国家安全事务助理格斯·惠特科姆。最后一个与会者是蓝人,再次出席这种高规格的场合,使他显得有点拘谨。

"我们总是遇到一些麻烦,所以你都快成这里的常客了,罗比。"总统和蔼地说。

"真不希望有这样多的麻烦,总统先生。"罗比说。

罗比穿着深色西服、白衬衣,领带和西服一样也是深色的,皮鞋擦得很亮。与旁边系着彩色领带的人相比,他看着像是参加某个人的葬礼。也许是他自己的葬礼吧。

"这起事件的相关细节正在浮出水面,但是速度不是很快。"惠特科姆说。

"我对我们能否搞清全部真相深表怀疑,"塔克说,"而且你们别指望我相信吉姆·盖德会和这件事有牵连。"他看了一眼罗比说,"对盖德还有道格·雅各布斯的死负有责任的人,必须被捉拿归案,绳之以法。"

罗比只是看着他,什么也没说。

总统清了清嗓子,其他人坐直了身子。他说:"我认为我们算是躲过了一场大劫。当然了,现在还不是庆祝的时候,因为我们面前还存在着许多问题。"

"我同意您的看法,总统先生。"塔克说,"我可以向您保证,中情局将为确保国家度过眼前的艰难时刻而竭尽一切努力。"

对塔克的这番表态,罗比和惠特科姆对视了一眼,彼此扬了扬眉毛。

惠特科姆等了等,确认总统不打算回应塔克后说道:"我也认为在我们面前仍然摆着很多问题,如果像罗比先生认为的那样,中情局里有内鬼——"

"必须郑重地指出,我强烈反对这样的说法。"塔克抢着说道。

总统抬起手说:"埃文,我们这不是法庭辩论。格斯只是说我们应该彻查到底,至少是要尽我们的一切能力查下去。"

惠特科姆继续说道:"如果中情局内部潜伏着鼹鼠,就必须把他们揪出来。已经有四个身居国家各部门重要岗位的人死了。如果不是罗比和联邦调查局,加拿大还会出现一场重大的灾难。我们目前要做的,就是如何把这两个方面的情况联系在一起。"

"当然了，"塔克说，"我从来没说过不应该进行调查。"

"一次彻底的调查。"惠特科姆强调。

"关于刺杀盖德和雅各布斯的杀手，有什么新的线索吗？"总统问道。

"还没有。"蓝人说。

大家都转头去看蓝人，仿佛刚刚记起他还坐在这里。

蓝人继续说道："不过我们希望这种情形会有所改变。"

总统问道："那个叫什么约翰逊的呢？"

"迪克·约翰逊。"惠特科姆看着他的电子记事簿说。他又抬头望一眼塔克，补充道，"这个人曾经在中情局工作过。"

总统的目光射向塔克。"本来是我们的人，现在却变成了他们的人。怎么可能出现这种事情，埃文？"

"约翰逊是个无能的家伙，总统先生。如果他后来不是下落不明，早晚中情局是要开除他的。"

"约翰逊不是唯一的一个，总统先生。"罗比说，"联邦调查局在加拿大逮捕的二十多个人里，有一半人历史上和中情局有渊源，这还不包括阿肯色州的罗伊·韦斯特。"

"罗伊·韦斯特已经被解雇了，"塔克厉声说，"我也很清除其他那些人的情况，罗比。不过还是要谢谢你指出了这个问题。"他语带讽刺地补充道。

"他们的终极目标究竟是什么？"总统说道，"很显然，清除所有这些领导人，肯定会导致伊斯兰世界的大动荡。但是这就是他们这么做的唯一理由吗？"他用质疑的目光望着周围的人。

塔克用缺乏善意的目光盯着惠特科姆，然而后者似乎没有留意。塔克又看了一眼罗比，觉得罗比和国家安全事务助理之间好像存在着某种默契。事实上，在开会之前罗比和惠特科姆的确碰过头。

惠特科姆清清嗓子后说道:"幕后策划这件事的人也许是打算在那些阿拉伯领导人死去后,把其他一些他们可以信任的人推上首脑的位置。"

"这么说是他们内部的争斗?"总统说,"加拿大的袭击事件的背后是中东内部争夺权力的派系斗争?"

"看上去是这样的。"惠特科姆说。

"哦,感谢上帝,这件事没有当真发生。"总统说。

"是啊,感谢上帝。"塔克诺诺道。

椭圆形办公室的门开了,总统的一个身边人探进头来。按照日程来安排总统的行动,是这个人的职责。

"总统先生,离下面的会议还有两分钟。"

总统点点头站起身来。"先生们,请你们随时向我报告进展,我希望了解一切最新情况。在事态没有出现新的变化之前,我们先按目前的方案干下去,但是我要求你们必须全力以赴。"

大家与总统握手道别并纷纷做出了保证。

往外走的时候罗比对蓝人说:"我们有一段时间没聊聊了。"

"你躲起来了一段日子。"

"我采纳的是你的建议。现在证明,它是个很好的建议。"

蓝人靠近罗比,压低声音问道:"她怎么样?"

罗比点点头说:"就像广告上说得那么好。"

"她的结局会如何?"

"我不知道。如果我说了算,她就应该自由了。"

"问题是你说了不算。"蓝人指出。

"就像总统说的,在事情出现新的变化之前,我们将保持目前的状态。"

"你真的认为事情还会有新的发展?"

"事实上,任何事情都是在变化的。"

"这件事未必如此。"

"尤其是在这件事情上。"罗比说。

在塔克坐进停在白宫大楼外面的那辆 SUV 之前,罗比赶了上去。

"给我们一分钟。"他疑惑地看了一眼罗比后,对自己的随员说。罗比和塔克走到了一旁。

"这个会开得挺有意思。"罗比说。

"为什么我感觉这些人是在联合起来整我?"塔克愤愤地说。

"您还能指望什么呢?是您领导的机构处在了整个事情的旋涡当中。"

"我看你真的快要被炒鱿鱼了。"

"我可不这么认为。"

塔克吼道:"你是在为我工作,罗比。"

"我是在为白宫里的这个人工作。如果您想听官话的话,其实我的老板是美国人民。"

"你说这一套没有用,这你是明白的。"

"我明白的是,有许多人都死了,而且不仅仅是坏人。"

"你究竟在说些什么?"

"一个名叫格温的女人,还有一位是乔。呃,另外还有一个叫迈克的人。"

"我不知道他们是谁。"

"他们是好人。"

"你认识他们?"

"并不真正认识,不。但是我尊重的一个人担保他们都是真正的好人。您做事要多留点神,局长。"

罗比转身离开。

"你尊重的那人是谁,罗比?你是指杰西卡·瑞尔吗?她杀了两个我的人。"

罗比回过头说:"他们也许曾经做过人,局长,但是他们不是你的人。"

罗比走了。

塔克朝着他的背影盯了一会儿,走回了自己的车。

杰西卡·瑞尔在白宫的大门外面看着这一切。

她和罗比对视了一下,便转身离开了。

第八十章

罗比坐在罗斯福岛的长椅上等待着。隔着波托马克河的对面就是肯尼迪艺术中心。这里处在这座百万人口城市的中心地带,却与外界的繁华相对隔绝,林木繁茂,幽雅僻静,宛若世外桃源。出于一种很充分的理由,今天这座小岛不向公众开放,这就使它更具有私密性了。

天气晴好,阳光明媚,而且感觉比平日更为温暖。

罗比抬头观察在空中翱翔的几只小鸟,注意力接着便转向了沿着小径走过来的那个男人。那人神态从容,看到罗比后轻轻挥了一下手,不紧不慢地走了过来。

他坐了下来,解开外套,身体向后靠在椅背上。

"天气不错。"罗比说。

"抓住那个混蛋以后会觉得更好。"国家安全事务助理惠特科姆说道。

"我也期待着这一天呢。"

"咱们开完会后我看见你和塔克谈了一会儿。"

"他只是一味地招架推诿。"

"他会是这样的,塔克真是给我们丢人现眼。不过,虽然承认这一点很难,我却不明白下一步我们应该怎么办,罗比。无论怎么努力,我们还是找不到什么线索。"

"那个叫约翰逊的杀手曾经在中情局工作过。"

"他的动机是什么呢?"

"随着这个世界出现末日危机,中情局的预算资金和势力范围肯定会扶摇直上。这是情报部门梦寐以求的两样东西。"

惠特科姆摇了摇头,"这只是一种间接推论,辩护律师会把这种说法驳得体无完肤。已经抓到的那些枪手不能提供一点有用的东西吗?"

"他们不了解内幕,只是被人雇来的喽啰而已。肯特死了,盖德、德克尔和雅各布斯也死了。所有的活口都闭嘴了。"

"这个躲在幕后的家伙还是很能干的,我不得不承认这一点。"

"尽管如此,他还是犯了一个错误。"

"什么错误?"

"他忘记了我们还是能够找到一个剩下的活口。"

"怎么回事?"惠特科姆急切地问道。

"一个女人,先生。她叫卡琳·闵楠,是中情局的医生,是她把追踪器植入我身上的。她认识罗伊·韦斯特,她也知道那份报告。"

"报告?"

"我们也称它为预言书,里面精确详细地描述了对八国集团首脑展开袭击行动的细节。一个又一个国家、一场又一场暗杀,由恐怖分子来具体实施。报告还阐述了完成杀戮后如何最大限度地在全球的这场混乱中攫取利益。"

"但是加拿大的这起袭击是针对阿拉伯国家首脑的,目标并不是八国集团呀。"

"是的,他们采纳了韦斯特的主意,然而是一种逆向的采纳。袭击的目标变成了伊斯兰国家的领导人,而发动袭击的力量——"说到这里,罗比陷入了沉默。

"不是中东国家的内部派别,"惠特科姆替他接下来说,"不像我们对总统说的那样。而塔克和他那些中情局的白痴同事却总以为,这是伊斯兰国家内部不同的治国理念引发的暴力冲突。"

"恐怕新的证据将否定他们的这种结论,先生。"

"新的证据?"

罗比举起手,向刚刚出现在路口的那个人做了个示意。

惠特科姆看见一个女人走了过来。她的脚步显得犹豫。

"我把她关在了一个隐蔽的地方,"罗比说,"因为我担心她的安全。"

卡琳·闵楠来到了他们面前。罗比说:"我应该给你们介绍一下。问题是,你们两位以前就认识。"

惠特科姆盯着女人恐慌的表情,然后转向罗比说:"我一点都不明白这是怎么回事。"

"我的一个朋友对您的过去做了一些研究,并且悟出了一些东西。您在海军学院不是喜欢和罗杰·斯托巴赫一道参加橄榄球比赛吗?他比您高两届。您只是防守先锋,而他是四分卫,然而作为他的队友您仍然感到很荣耀。你们的球队是海军的最后一个海斯曼杯得主,他是名人堂成员、超级碗年度最有价值球员。真的很厉害。"

"当年的确是的。但是我觉得我们还是应该回到手头的事情上。"

"球迷们给罗杰·斯托巴赫起了一个绰号来形容这位在场上左冲右突不停奔跑的四分卫。那个绰号是什么来着,能再说一次吗?"

闵楠用很小的声音说:"机灵的罗杰。"

"就是它,"罗比说,"机灵的罗杰。有人以这个绰号与罗伊·韦斯特联系,韦斯特就把自己撰写的报告书交给了他。后来的一切都是由此开始的。这么说吧,我不认为同韦斯特联系的那个人是您当年的队友斯托巴赫。"他指着惠特科姆说,"我确信那个人就是您。"

"我实在是搞糊涂了,罗比。你我两人已经议论过这件事,我们共同认为埃文·塔克对此负有不可推卸的责任。在总统办公室开完会后,你还追上去责问了他,而我对你的做法是完全支持的。"

"我这么做,是为了让您不要对我心存戒备。这样您就会同意来这里与我碰面,您以为我们将要讨论的内容是如何毁掉塔克的地位和前程。塔克是个蠢货,但是他毕竟不是叛徒。真正的叛徒是您。"

惠特科姆慢慢站起来,俯视着罗比说:"我无法告诉你我对你是多么失望。岂止是失望,我被你惹得很生气。"

"我的职业生涯都用来杀坏人了,先生。清除一个又一个的恶魔。每一次行动都有恐怖分子在我的枪口下毙命。我做这个很在行,我还要继续做下去。"

"在你对我提出今天这种无端的指控以后,坦率说,我不知道你今后还能不能干这一行了。"

"您的忍耐到头了?您不打算让我这样的人去执行任务、扣动扳机了?您想一劳永逸地让我闭嘴,祛除自己的麻烦?"

"如果你有一丝一毫的证据,最好现在就拿出来。"

"好吧,闵楠大夫在这里,她会为那些在您直接指挥下做出的事情提供证词,而且她还曾按照您的命令把追踪器埋进了我的体内。"

惠特科姆恶狠狠地盯着闵楠说:"如果这么做,她肯定就是在撒谎,她会被指控为犯了伪证罪,她将在监狱里待很长时间。"

"我不认为您还有机会走上法庭来接受审判。"

"一旦总统知道了这件事情,我相信——"

罗比打断了他。"总统已经知道了。我刚才对您说的这一切,都已经向他做了报告。正是总统建议我们见面谈谈的。"

"是他的建议?"惠特科姆面无表情地问道。罗比点点头。

"但是没有任何证据能把我和这些扯到一起。"

"除了站在这里的闵楠以外,我们还有别的证据。先生,在您跌倒在地上之前,您也许愿意重新坐下来。"

惠特科姆的腿在打战。他坐回长椅上问道:"你说不会有法庭审理的机会?"

"这会让整个国家都面对一种尴尬的处境,我们不需要这么做。有那么多的恐怖分子活跃在这个世界上,这种事情暴露出去只会削弱我们战胜他们的能力。您也不希望这样,对吧?"

"不,当然不希望。"

罗比抬头看看闵楠说:"谢谢你了,那边有人在等着你呢。"他指了指左边,有两个身着西装的人站在那里。

她离开后,罗比说:"顺便说一句,您的安保人员已经被撤除了。"

惠特科姆扫了一眼他来时的方向,说:"我知道了。"

"接受您的辞职大概是已经排上了日程。"

"这也是总统建议的?"惠特科姆麻木地问道。

"准确点说,是他对这个建议没有表示反对。"罗比看了看惠特科姆,问道,"您认识乔·斯托克韦尔吗?"

惠特科姆慢慢地摇摇头说:"我们没见过面。"

"他是一个退休的法警,人很好。他和肯特早就认识,而且得到了肯特的信任。他察觉出了你们要干什么,您就指使人杀了他。还有一个叫格温的女人,是个非常善良的老太太。另外有一位前中情局的特工,叫迈克·吉奥弗瑞。这些人对我的那位朋友而言就意味着整个世界。"

"你的朋友是什么人?"惠特科姆问道。然而罗比明白他是知道答案的。

罗比向右侧指了指说:"她。"

惠特科姆向罗比指的方向望去。

杰西卡·瑞尔站在离他们几米远的地方。她的眼睛只是盯在惠特科姆身上。

罗比站起身顺着小径走向出口,一次也没有回头。

位于百万人口大城市中心地带的小岛上,只剩下了两个人。

格斯·惠特科姆。

持着手枪的杰西卡·瑞尔。

值得称道的是,惠特科姆的脸上毫无惧色。

"我参加过战争,瑞尔女士。"当瑞尔慢慢走到近前时,惠特科姆用一种陈述的口吻说道,"我见过许多人的死亡。有几次,我自己也差点死了。当然了,一个人永远也不会觉得这是一件习以为常的事情,但是他对死亡的恐惧程度会由于这种经历而有所降低。"

"格温·琼斯,乔·斯托克韦尔,还有迈克·吉奥弗瑞都死了。"瑞尔答道,"是你派人杀了他们。"

"是的,是我派人杀的。不过这个世界是复杂的,瑞尔女士。"

"它同时也非常简单。"

"人们观察世界的角度不同。有时候你意识到,你发现了推动社会进步的机会,一种巨大的进步,这种时候你会情不自禁地去抓住这样的机会。这就是我们所做的事情。我们厌倦了杀戮,厌倦了动乱,厌倦了这个世界总是处于断崖式陨落的危险中。我们的目的只是想让那些能和我们谈得来的人上台掌权,从而建设一个更稳定更和平的世界。用中东国家首脑的那几条性命,来换取几百万、几千万人的安全和幸福,这又何错之有呢?"

"我来这里不是为了评价你的对错,那真的不是我关心的事情。"

她举起枪说,"除了我们掌握的之外,还有其他人参与和策划了这起事件。他们都是谁?"

惠特科姆摇了摇头,冷冷地笑着说:"你要我跪下还是站着?无论你怎么说我都会照办的。毕竟枪在你的手里。"

"你有家庭。"

惠特科姆第一次变得对瑞尔的话十分在意。他说:"我家里的人对这件事一无所知。"

"我不管那些。"

"我请求你不要伤害他们。他们是无辜的。"

"格温是无辜的,乔和迈克也是无辜的。他们也都有自己的家庭。"

"你需要什么?"

"告诉我,这件事的幕后还有谁?"

"我不能说。"

"那我就从你的大女儿开始。她住在明尼苏达州。然后是你的妻子,接着是你的妹妹。我会继续杀下去,直到你再没剩下什么家人为止。"瑞尔用枪顶住他的头问道,"还有谁?"

"我说了也没用。这些人在国外,你动不了他们。"

"还有谁?我不会再问了。"

惠特科姆说出了三个人的名字。

瑞尔说:"恭喜你。你刚刚保全了你自己的家人。"

"你保证不会伤害他们吗?"

"是的,不像某些人,我一直在遵守我的诺言。"

"谢谢你。"

"还有一件事。迪卡洛也是你派人袭击的吧?"

"她快要发现真相了。我非常不忍心对她下手,但是她造成的威胁太大。"

"你是一个混蛋。"

"嗯,我是站着还是跪下呢?"他说。

"怎么都行,真的。不过我要求你闭上眼睛。"

"什么?"

"闭上你的眼睛。"

"我不在乎看着你对我开枪。"惠特科姆答道。

"这不是为你着想,是为我自己。"

惠特科姆闭上了眼睛,等待着生命的结束。

没有枪响。过了一会儿,惠特科姆睁开了眼睛。

岛上只剩他一个人。

杰西卡·瑞尔走了。

第八十一章

"我没法扣动扳机。"瑞尔对罗比说。

这是当天下午晚些的时候。他们坐在罗比的公寓里。瑞尔一脸沮丧。

"你可以处决他,你已经得到了授权。"罗比说。

"我知道这是经过批准的。"她顿了一下说,"我让他闭上眼睛,就像你对我说的一样。他后来睁开眼睛时,我已经离开了,也是像你对我那样。"

"这是你的选择,不过我得承认你让我感到惊讶。"

她长长地吐出一口气,说道:"你当时让我活了下来,罗比,尽管这么多年的经历使得你心里很清楚,你必须向我扣动扳机。"

罗比坐到她的旁边说:"杀死你是一件不公正的事情,杰西卡。"

"我杀了不少人,和惠特科姆做的一样。"

"这可不一样。"

瑞尔反驳说:"从某种意义上,都是一样的。"

罗比没有说话。

瑞尔搓了搓脸,说道:"他只是一个人坐在那里,显得又衰老又疲惫,而且他不是一个贪生怕死的家伙。"她站起身走到窗前看看外面,额头抵在冷冰冰的玻璃上说,"我无法扣动扳机,罗比,即便我很想那么做。"

"他不是一个又衰老又疲惫的家伙。他是一个斗士,在橄榄球的球场上是这样,在别处也同样。作为一个特种兵,他在越南杀死了许多敌人,算得上威名赫赫。在担任国家安全事务助理期间,经过他的精心策划而清除的恐怖分子,比他的任何一位前任都多。他与敌人较量时总是一剑封喉,谁也不希望遇到这样一个对手。肯特明白这一点,德克尔也是。"

"你为什么对我说这些?"瑞尔问。

"是为了让你知道,你这个人比他或者我都更具有同情心。如果是我,就会毫不犹豫地向他开枪。换成他也是一样。"

"惠特科姆下一步会怎样?"

罗比耸耸肩,"我们不用操那份心。我想是不会对他进行公开审理的,你怎么看?"

"就是说——"

"就是说,你没扣动扳机不意味着别人也不会开枪,或者是把他永远关进关塔那摩的牢房里。"

"这样一个身居高位的人竟然是这样的结局。媒体一定会蜂拥而上了。"

"媒体是可以控制的。我们还是希望不要再有哪个高层的家伙试图做这种事了。"

"我会是怎样一个命运呢?"瑞尔问道。

罗比知道这个问题终究是不能回避的。她完全有权利提出这样的疑问。问题在于,罗比也不清楚这个问题的答案。

"从上边派你来处决惠特科姆这样一个事实看,我认为一切都已恢复原状了。"罗比看着她问道,"这难道不是你希望的吗?"

"我不知道,也许我永远也找不出答案。如果我无法对惠特科姆开枪,谁又能保证我以后能够再次扣动扳机呢?"

"只有你自己才是唯一能够回答这个问题的人。"

"不知道我还能不能回答这个问题了。"

"我这里还有个好消息。"

"什么消息?"

"珍妮特·迪卡洛从昏迷中苏醒过来了。"

瑞尔的眼睛睁大了。"罗比,惠特科姆可能还有别的同伙,如果他们知道她醒了过来,就可能还对她下手……"

罗比举起手止住了她。"不,不会的。"

"为什么?"

"迪卡洛是颅内出血,她不会——她永远不会恢复到以前那样了。"

"这算是好消息吗?"

"至少她还活着。"他停了一下问道,"你想去看看她吗?"

瑞尔点了点头。

两个小时后,他们站在了珍妮特·迪卡洛的床边。她的头发剃掉了,头皮上留着明显的缝合印迹,明显是经受了一场大手术。她睁开了眼睛盯着他们。

瑞尔握住了她的手。"您好,珍妮特,"她的声音有点儿哽咽,"还记得我吗?"

迪卡洛仔细看着她,没有露出认出来的表情。

"我是——"瑞尔改口说道,"我是个朋友,是很久很久以前接受过您的帮助的老朋友。"

迪卡洛捏了捏她的手指,瑞尔低下头看她,高兴地笑了。

"您会好起来的。"她说。

瑞尔又对着罗比说:"我们也会好起来的。"

不,我们不会的,罗比这样想。

几秒钟后,罗比的手机响了。屏幕上的信息很短却很明确。

上边在召唤他们。

一切又开始了。

第八十二章

这间会议室太小了,几乎难以容纳所有在座的人。桌子的一边坐着罗比和瑞尔,另一边是埃文·塔克和蓝人,还有刚刚代理国家安全事务助理的乔什·波特。波特比格斯·惠特科姆年轻很多,五十岁才出点头。罗比对于他来面对这样一个摊子并不羡慕。

塔克从桌面上把一个U盘滑了过来。罗比和瑞尔看了看,谁也没有拿起它来。

塔克说:"新的任务。"

"交给你们俩的。"波特补充道。

塔克又说:"我们再给你一次机会,瑞尔。"

"我从来没提出过这样的要求。"

"让我这么说吧。我们给你这唯一的机会。你杀死了两个中情局的人,天哪,你应该上监狱待着去。而我们给你这么个机会,你知道这是一种多么令人难以置信的宽宏大量吗?"

波特清了一下嗓子,向前探身说:"我只想指出这是一种特殊的时刻,这里的每个人都顶着巨大的压力。作为这个圈子里的新人,我还想强调的是,不要再纠缠旧账了,重要的是向前看,我想大家都会同意这一点。"

瑞尔说:"盖德和雅各布斯是叛徒。我只是没等到命令就先动手了而已。我敢肯定局里早晚会下命令处决他们的。"

蓝人补充道:"局里已经掌握了这两个人参与了阴谋活动的证据,塞缪尔·肯特留下的文件证明了这一点。所以瑞尔做的都是自觉地为国家效力。"

"胡说!"塔克打断道,"你是一个杀人犯,瑞尔,什么也改变不了这一点。"

"我们充分地了解了你的看法,局长。"波特用平静的语调说,"但是,我们刚才谈到的这个'机会',是由地位高于在座所有各位的人亲自授权的,所以还是让我们回到现在要做的事情上来吧。"

罗比没有去注意塔克或波特,他只是盯着蓝人。

蓝人低头在一张纸上胡乱画着什么。

罗比认为这不是一个好兆头。

罗比问道:"可以先给我们说说这是个什么样的任务吗?"

"就像我说的,这是给瑞尔一次机会。"塔克说道,"还记得叙利亚的艾哈迈迪吧?他还在那里兴风作浪。需要有人去关照他一下。"

"现在去那里有点冒险。"罗比说。

"如果她上次完成了任务,而不是在背后给道格·雅各布斯一枪,我们就用不着讨论这个问题了。"塔克咆哮道,"现在已经是很关键的阶段了。据我们掌握的情况,艾哈迈迪正在与基地组织合作。如果他上台的话,他将很快为基地的骨干提供物力、财力和培训,还会提供这些家伙潜入其他国家的合法身份,而看起来他很有可能会上台。这种事情显然是绝不能允许发生的。"

"我们俩都去吗?"瑞尔问道。

塔克摊开双手说:"正如罗比说的,现在去那里有点冒险。我们认为,你们两个一起去的话,成功的概率会大一些。"

"我们两人当中由谁来开枪呢?"罗比问道。

波特指着瑞尔说:"她开枪。你配合。"

"她必须完成任务,罗比。"塔克补充道,"这是官方的一笔正式交易。她为国家做了这件事,以前的事情就一笔勾销了。"

"我想要一份书面文件。"瑞尔说。

"书面文件?"塔克嗤之以鼻,"真不知道你是怎么想的。"

"我信不过你。我就是这么想的。"她答道。

"你别无选择。"塔克吼道。

波特举起手说:"冷静点,也许我们可以通融一下。"

"你把它称作'通融'也好什么也好,我不在乎。我想要的就是有上面的人确保你们会说话算话。"

"我们本来是可以把你扔进监狱的,"塔克说,"如果你清除了艾哈迈迪,按照我们之间的协议,你就不会被关进牢房里,这怎么样?"

瑞尔看着波特说:"可以,就这样'通融'吧。"

"你想让什么人来签字?"波特问道。

"比你们当中任何一个的地位都要高的人。"她说。

"那就不剩下几个人了。"

"这我当然明白。"

波特看了看塔克。塔克的身体向后靠着,双臂抱在胸前,坐在椅子上前后摇晃,两眼盯着天花板,那副神情活像是蜡笔被人夺走了的一个孩子。

"好吧,"波特说,"成交。"

瑞尔拿起 U 盘,对波特说:"很高兴能和您讲讲价钱。"

她和罗比起身要走。

"罗比,你留一下。"塔克说,"我们另外有点儿事要谈谈。"

瑞尔对罗比耸耸肩说:"我在外面等你。"

她先走了。

塔克示意罗比坐回座位,接着说:"她是个麻烦。"

"我并不这么看。"罗比说,"为什么让我跟她一道去?她不需要有人盯着。"

"因为你要确保她回来。她必须为她自己犯下的罪行负责。"塔克说。

"你说的罪行指的是她杀死了叛徒?"

"我指的是她谋杀了两个我们的人。"

"刚才答应她的交易呢?"

塔克看上去有点儿得意。"不会有什么交易。"

罗比看了一眼波特说:"你刚告诉她你们成交了。"

波特看上去有点不自在,说道:"我通常是说话算话的,罗比。但是这件事我做不了主。"

塔克用手指着罗比说:"放明白点儿,如果你告诉她真相,你就得把牢底坐穿。我们已经得到了你协助和怂恿敌人的所有证据。敌人指的就是杰西卡·瑞尔。"

蓝人继续在纸上涂画着。罗比盯着他问道:"你怎么看这件事?"

蓝人抬起头,想了想说:"我觉得你应该去,去尽到你的责任。"

罗比和蓝人彼此凝视了好一会儿。随后罗比站了起来,出门时说:"到了那边我再报告。"

蓝人在罗比离开大楼前追上了他。

"尽到责任之类的套话是出自你的嘴吗?"罗比问道。

"在刚才那种情况下,这是我能向你提供的最好的建议。"他伸出手说,"祝你们好运。"

罗比迟疑着同他握了握手。

蓝人走了,罗比也离开了大楼。

绝杀

瑞尔在车旁等着他。他们上了车。

瑞尔说:"他们找你要干什么?"

"没什么真正要紧的事情,不过现在我明白了。"

"明白了什么?"

罗比展开了一页纸。这是握手时蓝人塞给他的。

瑞尔盯着蓝人写在上面的两个字母。

两个都是小写的"t"。

她抬头与罗比对视着。两个人都知道这意味着什么。

"双十字线。"瑞尔说。

"欺骗①。"罗比说。

---

①两个小写字母 t 暗喻英文词组 double cross。double cross 指双十字,同时有欺骗、违约、出卖等含义。

第八十三章

战情室的房间比较小。为了这次的特别行动而应邀来这里就座的人也不是很多。他们是：

总统国家安全事务助理波特。

中央情报局局长塔克。

中央情报局新任的二把手。他看上去有点怯生生的，也许是因为他的两位前任一个已经被杀，另一个也永久地失去了工作能力。

国土安全部部长。

来自五角大楼的一位身材挺直、头发雪白的三星中将。

还有蓝人。

墙上嵌着一块巨大的屏幕，它能够毫无阻碍地实时播放卫星传输的视频。大家坐在一张长方形桌子的周围，椅子很舒适，每人的前面摆着瓶装水。他们在这里可以观看美国橄榄球联盟比赛的直播。

或者是观看从地球另一半的地方传来的另一种竞技活动的实况。

波特抬头看看墙上的数字时钟说："还有一个小时。"塔克点了点头。

"一切准备就绪了？"三星中将问道。

"全都准备好了。"塔克回答。他戴着耳机,随时与现场的特工人员进行沟通。在叙利亚这样的地方建立这种通信联系是很难的,但是美国情报机构有足够的能力在任何地方做到这类事情。

塔克敲击了他前面控制台上的一个按钮。画面闪出大马士革市中心一幢空置的办公大楼。狙击点就设置在这里。

"好在艾哈迈迪的那伙人对暗杀他的计划始终一无所知。"塔克说,"57分钟后,他就会再次进入瞄准镜十字线的中心位置了。"

"瑞尔什么时候到达狙击点?"波特问。

"十分钟之内。"

"罗比呢?"

"他的监控位置设在艾哈迈迪走来的街对面。"

"他们的撤退路线呢?"国土安全部部长问道。

"都安排好了。我们希望撤退不成为问题。"塔克含混地回答。

"但是任何事情都是有风险的,"波特很快地补充道,"尤其是在叙利亚那种地方。"

三星中将赞许地点点头说:"你们的人干的这种事情是需要胆量的。只派两个人,带的都是轻武器,没有其他任何后援。我们也经常把手下人派到危险的地方去,但是他们有更强大的火力,能够依赖其他很多资源。而且,我们不会把我们的人留在那里不管。"

"这两个人在我们这里是最棒的。"蓝人的评价引来了塔克和波特十分不快的目光。

"肯定是这样的。"三星中将说,"噢,上帝保佑他们。"

"上帝保佑。"蓝人嘟囔道。

塔克的耳机里传来说话声。他转身对其他人说:"罗比刚刚报告了情况。他将在五分钟内到达位置。瑞尔则在七分钟内到达狙击点。看来一切顺利。艾哈迈迪现在就要离开政府大楼了。接下来的

48分钟内他还不是袭击目标,接下来还有两分钟的时间——"

出于完全可以理解的原因,塔克的话音突然中断了。在屏幕上,大马士革的大街瞬间有无数人尖叫着奔跑起来,子弹在空中横飞,警笛发出刺耳的鸣响。

"这是怎么回事?"波特吼了起来。

塔克面对屏幕上的画面一时说不出话来。

波特攥住他的肩膀晃着问道:"究竟发生了什么?"

塔克对着耳麦大声喊叫,要求对街头的混乱做出解释。

"他们正在了解情况。目前他们也不知道是怎么回事。"

"接通罗比。"波特命令道,"他就在现场。"

塔克试图这么做,接着说:"他没有应答。他在保持静默。"

"那么就找瑞尔。找到什么人。上帝啊。"

"快看。"三星中将说。

设为狙击点的那个房间窗口里,探出了叙利亚安全部队士兵的身影。

"这些该死的家伙怎么会这么快就到了那里?瑞尔甚至还没到达呢,她连一枪都没开。"国安部部长说。

"整个行动计划已经泄露了,肯定有什么地方出了漏洞。"塔克和波特交换了一下眼神又说,"这是不该发生的事情。"

"艾哈迈迪逃了吗?他又捡了一条命?"三星中将厉声问道。

"他是不该逃掉的。"塔克只是小声地嘟囔道。

"天啊,"波特说,"我们还得不到准确的情况吗?"

"等等,"塔克说,"他们正在报告呢。"

他听着耳中传来的声音,他的表情从强烈的关注转为莫名的错愕。

"明白了。"他说。

"什么消息?"见塔克一时没说出话,波特不禁嚷了起来。

塔克转向其他人,脸色有些发白。"艾哈迈迪刚刚在政府大楼外面被人击毙了。当时他正要坐进自己的车。他确实死了,消息已通过可靠渠道得到证实。"

"感谢上帝。"三星中将说道,"但是我不明白,难道方案改变了吗?刺杀应该是等他来到酒店门口的时候发生呀。"

"方案没改变,在我们这边没有变。"蓝人平静地说。

国安部部长盯着在狙击点出出进进的那些叙利亚安全部队士兵。"我不明白的是,叙利亚人怎么能这么快就发现了我们设置的狙击点,"他转向塔克说,"这就像是他们事先知道有人要行刺一样。"

"什么地方出了漏洞,就像我刚才说的。"塔克答道,他的脸上依然毫无血色。

"但是瑞尔和罗比肯定是发现了这个问题,所以他们就转而在政府大楼门前发起了袭击。"波特很快地做出解释。

"这可说不通。"那位将军说。

"为什么说不通?"塔克问道。

"你方才说,罗比刚刚向你报告,他马上要进入酒店外面的监测位置。他还报告说瑞尔预计在七分钟内在狙击点就位。那个酒店和政府大楼离得很远。为什么罗比和局里说的是一回事,实际做的却是另一回事?看来他是不信任——"

三星中将把下面的话咽了回去,重新把注意力转到屏幕上。叙利亚士兵们仍然在狙击点的阳台上大声喊叫着什么。

中将回过头狐疑地瞥了一眼塔克。

塔克看了一眼国安部部长,发现他的目光也正在盯着自己。

塔克想说点什么却停住了,他能做的只是呆呆地盯着屏幕。

三星中将说道:"但是这次行动毕竟是成功了,而且是在,呃,非比寻常的情况下。我必须承认,这是我见过的最漂亮的一次袭击行动。"

"我也这么认为。"国安部部长说道。

"我也一样。"波特磕磕绊绊地说道,随后狠狠地瞪了塔克一会儿。

"我们的国家应当感谢罗比和瑞尔。"将军不容置疑地说。

国安部部长补充道:"我相信他们会得到奖励的。"

"如果他们能从叙利亚安全撤出的话。"三星中将不无忧虑地说道。

如果他们还能活着从叙利亚出来的话,塔克暗想。

第八十四章

除了几个特殊国家之外,对于西方人来说,叙利亚就是这个世界上最难逃离的国家了。

在这里,外国人总是遭到怀疑。

而美国人则是遭到痛恨。

刚刚刺杀了即将登台的叙利亚领导人的美国特工,在这个地方只有一件事好做:接受死刑,然后让自己切去了头颅的身躯被人们拖在大街上示众。

唯一的积极因素在于,叙利亚的边防管理并不似铁桶一般密不透风,国境线一带的局势也很不稳定,与被称为是文明摇篮的某个国家的当前政局差不多。

罗比和瑞尔对这种局面了解得很清楚。

他们还有逃出去的机会,尽管是显得很小的机会。

在艾哈迈迪还没钻进豪华轿车的瞬间,瑞尔从街对面的楼房里射出了致命的一枪。如果穿上伊斯兰女人的蒙面罩袍,按理应该是有助于瑞尔从现场逃脱的。然而叙利亚这个国家的大部分妇女穿的并不是传统的伊斯兰装束。日益世俗化的政府禁止女人在大学和其他公共场所戴上蒙住脸部的面纱。他们认为这会造成安全上的隐患,而且可能刺激极端主义思潮的蔓延。所以假如瑞尔把脸蒙上,与其说是多了一道伪装,不如说反而会招致怀疑的目光。

不过,头巾是可以戴的。头巾无法把脸庞全部遮住,然而瑞尔已经把脸部的皮肤抹得很黑,而且添上了许多假皱纹和经受日光暴晒的印迹。在黑色长袍里面,她用带子绑上了许多填充物,使自己的体重看上去增加了三十公斤。看到她弯腰走在路上的样子,人们都以为这是一位七十岁的老妇人。

瑞尔挎着一只购物篮子离开房间,与另一个男子一起耐心地站在电梯口等待着。电梯门开了,他们走了进去。下到一楼后,瑞尔迈出了电梯。

许多警察冲进了大楼,把瑞尔挤到了一边。警察抓住了和她一起走出电梯的男人,推搡着把他和其他一些叙利亚男人一道带走了。还有一些警察冲进电梯上了楼。

瑞尔在前厅等了一会儿,接着就走出了大楼。到处都是警车。许多人仍然在哭叫。还有一些人已经开始了示威游行,反复呼喊着口号。

一辆轿车被人点着了火。一些人举起枪朝天空射击。一些商店的橱窗被砸碎了。街口还发生了一起小型的爆炸事件。

瑞尔混在一群妇女当中离开现场,不久便拐进了一条小巷。

正常情况下,男人们在叙利亚的公共街巷抓过妇女进行搜身是绝对不可想象的。

然而目前不是正常情况。

警察们冲进了小巷,开始见人就抓。他们扯下行人的衣服,搜寻武器或是其他可能存在的罪证。

一个男人身上有把刀,警察当即对着他的头部开了枪。

一个女人吓得尖叫着逃跑,她的背部立刻挨了几枪。女人扑倒在地上,身上的多处伤口喷涌着鲜血。

警察快到瑞尔身边了。她不像一个刺客,只像是一个胖胖的老太太,然而警察显然已不顾这一切了。他们离瑞尔只有几尺远了,她一步步地向后退去。

瑞尔的手伸进了篮子。

警察们马上就要围住她了,他们的枪口都对着她。

瑞尔的后背靠到了一堵砖墙上。一个警察伸出手来抓她的胳膊。一旦他们发现长袍下面的填充物,一切就该结束了,他们当场就会击毙她。

有人大喊大叫的声音传进了小巷。

警察们停下来转过身去。

阿拉伯语的喊叫一声接着一声。它的意思是,"我们抓到枪手了!我们抓到枪手了!"

警察转身朝着声音传来的方向跑走了。

瑞尔的身旁迅速聚拢起了人群。一些人低下身子围着刚才遭到枪杀的尸体哭泣。

瑞尔前推后搡摆脱了众人,又闪进了旁边的一条窄巷里。她沿着窄巷快步走到了另外一条街上。这是一条繁忙的主干道。一辆出租车停到路边,瑞尔坐了进去。

"去哪里?"大胡子司机用阿拉伯语问道。

"我认为你知道我们去哪里。"瑞尔用英语答道。

罗比踩下了油门,出租车疾驶而去。

他扫了一眼后视镜,问道:"都结束了?"

"基本结束了。"瑞尔说。

她从篮子里取出遥控器,举起它说:"这个东西派上用场了。一旦他们发现叫喊'我们抓到枪手了'的声源,他们一定会火冒三丈。"

"街上多个吵吵嚷嚷的小匣子也挺好玩的。"罗比说。

他们又转了个弯后,瑞尔把遥控器扔到了窗外。

罗比又看了看后视镜,越来越多的人正在拥向大街。"他们会断定枪手已逃离了现场,所以我们目前还不算是完全自由。"

"面对现实吧,罗比,我们永远也不会有完全的自由。"

"叙利亚的安全部队发现了那个狙击点,尽管你并没有在那里露面,更没有在那里开火。"

"岂非是咄咄怪事。这证明了你那位朋友写下的两个 t 一点都不错。"

"我不知道他们在战情室里看到这幅情景会是什么感觉。"

"我人生中最大的遗憾之一,就是没看到当时他们脸上的神情,尤其是塔克那张脸。"

罗比向右转弯,接着又向左转,转弯后再次加速。交通变得顺畅了一点,可是罗比估计很快街道上就会设下路障。

从大马士革到以色列的路程很短。但是叙利亚人肯定会在这条路上重点布控,何况它又是中情局为他们设计的撤退路线,所以他们绝对不能选择去以色列。

去约旦的安曼也不远,路程只有一百五十公里多一点。但是由于难民问题,两国边界的警戒大大加强,边防哨卡严格限制人员出入,所以这条路线也不在考虑之列。

伊拉克和叙利亚两国有着漫长的边境线和许多口岸。然而不论是罗比还是瑞尔,都想不出偷渡伊拉克北部边境会有什么好处。他们极有可能死在那个地方。

只剩下了一个选项:北部的土耳其。两国边境线同样十分漫长,绵延约九百公里。距离最近的土耳其重要城市梅尔辛大约在四百公里远的地方。他们也可以选择一条更近的路线。土耳其版图上有块狭窄的地段像一根畸形的手指似的伸进了叙利亚哈法镇的北部地带。由叙利亚进入土耳其的这个手指状地带，路程要缩短许多。梅尔辛市虽然距离较远，但可以为以后的行程提供更多选择，而且这种大城市也更有助于他们隐身。此外，罗比也希望与叙利亚人拉开更远的距离，至少也要去一个比土耳其的那根手指更远的地方。

当然了，首先他们需要进入那个国家。

尽管边境线上有不少漏洞可以利用，但是叙利亚和土耳其之间不断增多的非正式摩擦也会给他们的偷渡带来麻烦。用飞机投掷炸弹、巡逻的士兵间相互开枪等现象已成为两国边境一带的常态。那里还是各种非法活动的高发地带，偷渡移民和毒品、枪支以及其他违禁品的走私交易十分猖獗。那些犯罪分子对无意中撞见的目击者通常只会做出一种反应。

杀了他们。

"我们去土耳其。"罗比说。

"我们去土耳其。"瑞尔重复道。

瑞尔没有去除自己的化装，目前还没有。她有相应的证件。如果被人拦住，她只是祈盼它们能管用。

罗比目视着前方，明白考验他们的时候到了。

他剃了光头，留了胡子，把全身皮肤的颜色染得更深，还用着色的隐形眼镜遮住了自己的蓝眼睛。他会讲一口流利的阿拉伯语，没有一点西方口音。而且，他知道，瑞尔也同样会讲。

路上果然已经设置了检查哨卡，比罗比预料得还快。他琢磨这与双十字线是否会有关系。

中东地区的安全检查比世界任何别的地方都要可怕，几乎完全没有道理可讲。你的陈述稍有问题或是你的眼神稍有不对，他们就会对你拔枪相向。

罗比缓缓地停下了出租车。前面还有三辆轿车和一辆卡车,士兵正在搜查车辆。罗比看见其中有个士兵手里拿着一张带光泽的纸。

"他们有我们的照片。"他说。

"他们当然有了。幸运的是,我们现在看着不像是照片的样子了。"

士兵们来到他们的车前,有个家伙冲着罗比大声吆喝。他把证件递过去,这个士兵仔细检查了起来。另一个士兵把脸贴在后车窗上对瑞尔喊叫。瑞尔低垂着目光递上证件,恭顺地回答盘问。士兵翻了翻她的篮子,发现了一大块面包、一包坚果、一罐蜂蜜和一瓶调料。

汽车也搜过了,没有什么不寻常的发现。

第一个士兵警惕地打量罗比的容貌,甚至伸手拽了拽他的短胡须。胡须仍然紧紧粘在罗比的脸上,他痛得大叫起来。士兵笑了,大声命令他通过哨卡。

罗比挂上挡开走了。

他们离开了大马士革。罗比一路向北驶去。

行驶了大约三百公里后,他们终于到了阿勒颇的市郊,这是叙利亚人口最多的城市。天已经黑了,他们悄悄潜入了阿勒颇,没遇到任何麻烦。

罗比和瑞尔事先在这里安排了一个安全的住处。他们换了装束,吃点东西后歇了下来,为下段的旅程养精蓄锐。

第二天早上他们蹬上自行车,加入了一个旅行团,开始了从叙利亚北部到土耳其边境的五十英里环游。这段骑车游通常需要三天时间,沿途将游览一些古老的历史遗迹和美丽的乡村风光。

他们骑到了圣西门隐修士教堂。旅行团安排在这里过夜。

这不是罗比和瑞尔的选择。他们脱离了团队继续骑行。过了米丹奇湖之后,他们沿着糟糕的路面筋疲力尽地连爬了几道山坡,又沿着下坡的山道一路冲刺到了阿扎兹。

他们马不停蹄向土耳其进发,在夜半时分越过了边境。军用飞机在他们的头上呼啸而过,向地面的目标投掷炸弹。四周漆黑的夜色中不停地响着枪声。罗比和瑞尔全然不顾这一切,只是不停地向前骑行。

两天后,他们骑在自行车上到达了梅尔辛的郊外。

过了一天,他们乘船穿越地中海抵达了希腊,从那里接着向西飞去。在艾哈迈迪血肉模糊的身体重重地跌在大马士革人行道上的一个星期之后,罗比和瑞尔回到了美国。

一踏上美国的土地,罗比就打了个电话。"我们回来了,请准备好香槟。"随后他就挂断了。

埃文·塔克慢慢地放下了电话。

第八十五章

中情局的所有颁奖典礼几乎都是秘密举行的。这是由情报界的本质所决定的,这次的仪式尤其是这样。

参加仪式的是中央情报局秘密行动处特别行动大队的部分成员。这些人是美国情报界精英中的精英。他们按照美国政府机构的命令,潜入世界上最危险的地方去搜集情报,开展隐蔽活动。这是美国的甚至也许是全世界的一支最神秘的特别行动部队。它的大部分成员过去都是军界的佼佼者。

大部分来源于部队,然而并非全部都是。

这里是中情局的一幢建筑,位于弗吉尼亚州威廉斯基地皮尔里营。仪式在这里的地下室举行。这个地点倒是很合适,因为今天表彰的就是一项秘密的地下行动,外部世界对此无从知晓。

与二十几位特工人员一道出席仪式的,有当天在战情室目睹了大马士革事件的局长埃文·塔克、国家安全事务助理波特、那位三星中将、美国国安部部长,还有蓝人。罗比和瑞尔两人分别被授予了杰出情报十字勋章。这是中情局的最高奖项,它有点类似于军人的最高奖项——美军荣誉勋章,通常都是在身后追授的。它只用于表彰特工人员在最危险时刻展现的非凡的英雄行为。

埃文·塔克宣读的颁奖词不仅提到了叙利亚,也提到了他们在加拿大的行动成果。随后,瑞尔和罗比出列接受勋章。

塔克给瑞尔颁发勋章时悻悻地说道:"事情还没完。"

"显然是还没完。"她说。

波特给罗比颁发勋章时悄声说:"注意不要站错队,罗比。"

"您也应该注意,"罗比答道,"选边站队要更明智一些。"

仪式结束后,罗比和瑞尔一道走了出来。蓝人在门口与他们打了招呼。

"谢谢你的指点。"罗比轻轻地说。

"职责所在。"

"塔克心里很不痛快。"

"很难说他还能当多长时间的局长。"蓝人答道。

"指日可待?"

"也许吧。他不会是永不陨落的一颗恒星。"

"你应当考虑接过这一摊。"

蓝人摇头说:"不了,谢谢。我早就累得不行了。"

罗比和瑞尔驶出皮尔里营向北开去。两个人都没说话。在过去的几周里,他们的付出已经达到了极限,现在两个人都已心力交瘁,疲惫不堪。

回到华盛顿市区后,瑞尔惊讶地听到罗比说了一句:"我希望你见见一个人。"

他开到楼前,把车停在路旁。过了十来分钟,背着大书包的学生开始从楼里拥了出来。

罗比下了车向她示意。茱莉·盖蒂谨慎地走了过来。"你来这儿做什么?"她问道。

"以前你埋怨我不来。现在我来了,你还是埋怨我。"

茱莉向车里瞥了一眼,问道:"那是谁?"

"上车你就知道了。"

"杰罗姆来接我。"

"不,他不会的。我已经给他打了电话说我来接你。"

他们钻进了车里。罗比说:"茱莉,这是杰西卡。杰西卡,这是茱莉。"

两个女人相互点点头,然后都有点疑惑地看着罗比。他发动汽车后驶入了大街。

"我们去哪儿?"瑞尔问。

"早点去吃晚餐。"

茱莉看看瑞尔。瑞尔只是耸了耸肩。

罗比带他们来到阿灵顿的一家餐厅。他们坐下来开始吃饭时,茱莉问瑞尔:"你是怎么认识威尔·罗比的?"

"我们是朋友。"

"你们在一起工作?"

"有时候是的。"

"我知道他是干什么的。"茱莉直截了当地说。

瑞尔说:"所以你明白他有时很烦人,是不是?"

茱莉往后一靠,露出了满脸的笑容。"我觉得我喜欢你。"她又看着罗比问道,"超级警探万斯在哪儿呢?"

"我想,她正在做一个超级警探应该做的事。"罗比答道。

茱莉转而问瑞尔:"这么说你和他是同行?"

瑞尔咬了一口面包圈,说:"我们俩做的事有点不一样。"

罗比问道:"学校怎么样?"

"挺好。你们俩在一起做了些什么?"

"做点这个,做点那个。"罗比说。

"我喜欢看新闻。我知道世界上发生了什么。最近你俩没去国外吗?"

"最近没去,没有。"瑞尔说。

"你撒谎,和他一样。"

"撒谎很不好,是吗?"

"不,我佩服会撒谎的人。我总是在撒谎。"

"我想我喜欢你。"瑞尔说。

罗比把一只手放在茱莉胳膊上,说:"我以前做得不好,茱莉。我再不会那样了。"

"意思是以后你有时会来看我?"

"是的,是这样。"

"和她一起来吗?"

"这取决于杰西卡。"

茱莉盯着瑞尔。

"我会来的。"瑞尔缓缓地说,同时不很确定地看了一眼罗比。

晚饭后他们把茱莉送回了家。茱莉拥抱了他们俩,瑞尔也笨拙地抱了抱她,然后看着茱莉走上台阶进了家门。

罗比刚启动汽车,瑞尔就问道:"到底是怎么回事?"

"什么怎么回事?不就是和她吃顿饭吗?"

"像我们这样的人不和——正常人吃饭。"

"为什么不呢?局里有这样一条规定吗?"

"我们刚刚清除了一个恐怖分子头目,罗比,而且差点就没逃出来。我们的脑袋很可能被砍下来,尸体被扔到叙利亚的某个山洞里。对一个坏蛋开枪,和一个十来岁的小姑娘吃晚餐,其中的反差太大了。"

"我以前也是这么想的。"

"你说'以前'是什么意思?"

"我曾经这么想过,但是现在我不会了。"

"我不明白。"

罗比把车开到了下个路口,向右转弯后一个急刹车停在路边,然后下了车。瑞尔也随着下了车。他们隔着车顶相互对视着。

"我不能继续做这个工作,不能把我和周围的世界割裂开了,杰西卡。我需要过正常人的生活,哪怕是一点点也好。"

"你想和那个小孩子待在一起?如果有人跟踪你怎么办?她以后的生活会怎样?"

"我们这边的人是了解茱莉的。我暗中对她也采取了一些保护措施。但是,我不能每时每刻去保护每一个人。有一天茱莉很有可能刚一走下巴士就被人一枪打死。"

"你不能天天总想着这种事。"

"噢,这就是我的想法,这就是我的生活。"他顿了一下,又问道,"你不高兴见到这个小姑娘吗?"

"很高兴,她看着是个了不起的小家伙。"

"她确实是个了不起的小家伙。我要成为她生活中的一部分。"

"你不能那么做。我们不能成为任何人生活中的一部分。我们的朋友到头来都会因我们而死去的。"

"我拒绝接受这样的结论。"

"这并不取决于你,难道不是这样吗?"瑞尔打断了他。

"那就让我们远离这该死的一切,重新开始生活。"

"是啊,这想法不错。"

"我是认真的。"

瑞尔仔细看着他,确信他是认真的。"我想我不能离开这种生活,罗比。"她说。

"为什么不能?"

"因为我只能干这个。这就是我的生活,如果我停下来——"

"我记得在这次事件刚开始的时候,你打算以后洗手不干了。"

"那是复仇。我当时没想过以后的事情。如果你想听真话,我根本就没想到我还能活下来。"

"但是你活下来了。我们都活下来了。"

两个人陷入了沉默。

瑞尔把两只胳膊架在了车顶上。"从前我不认为有什么事情能让我害怕,罗比,"她长长地吐了口气说,"然而这次我却感到害怕了。"

"它不像我们的其他行动。过去你只要谨慎小心地按照命令去做就行,你用不着更多地动脑筋思考,你只是在执行。而这次的行动我们不得不开动脑筋来独立思考。"

"而且一加一的结果不一定等于二。"

"几乎从来就不等于二。"罗比做了修正。

"这怎么能保证我们的判断肯定是正确的呢?"

"无法保证。"

瑞尔抬起了头。干燥了几日的天气又开始下起雨来,四周的一切笼罩在暗淡阴郁的氛围之中,即使是近处的物体也令人难以分辨了。

雨越来越大,罗比和瑞尔却都没回到车里。不过一分钟他们的身上就湿透了,可是两个人依然站在那里。

"我不知道我能不能去过另外一种生活,罗比。"

"我也不知道。但是我认为我们应该去试一试。"

瑞尔低头看了看自己的衣服口袋,掏出那枚杰出情报十字勋章举到眼前端详着。

"你曾经想过会得到这个东西吗?"

"没有。"

"我们因为杀了一个人而得到了它。"

"我们是因为完成任务而得到了它。"

瑞尔把勋章放回口袋,看着罗比说:"干这一行,不是你想撒手就能撒手的。"

"是的,确实没几个人做到了这一点。"

"我倒是愿意牺牲在行动现场,从此了却这一切事情。"

"看目前这个世界的模样,你也许不难实现你的愿望。"

她不由得扭过头去,说道:"格温和乔活着的时候,我知道,如果我有了什么意外,至少还会有两个人怀念我。他们是我的朋友。他们对我很重要。"

"嗯,现在你有了我。"

她盯着他。"是吗? 真的?"

"闭上你的眼睛。"罗比说。

"什么?"

"闭上你的眼睛。"

"罗比!"

"照我说的做。"

她闭上了眼睛。雨继续下着。

一分钟过去了。

她重新睁开了眼睛。

威尔·罗比仍然站在那里。

黑版贸审字 08-2013-075
图书在版编目(CIP)数据

绝杀/(美)戴维·鲍尔达奇著;朴逸,裴翃云译.——
哈尔滨:哈尔滨出版社,2017.6
　书名原文:The Hit
　ISBN 978-7-5484-3256-2

Ⅰ.①绝… Ⅱ.①戴… ②朴… ③裴… Ⅲ.①
推理小说-美国-现代 Ⅳ.①Ⅰ712.45

中国版本图书馆 CIP 数据核字(2017)第 050950 号

The Hit
Copyright ⓒ 2013 by David Boldacci.
Simplified Chinese language edition. All rights reserved.

书　　名:绝杀
作　　者:[美]戴维·鲍尔达奇 著
译　　者:朴　逸　裴翃云
责任编辑:孙　迪　李维娜
责任审校:李　战
封面设计:仙境书品
版式设计:博鑫设计

出版发行:哈尔滨出版社(Harbin Publishing House)
社　　址:哈尔滨市松北区世坤路 738 号 9 号楼　　邮编:150028
经　　销:全国新华书店
印　　刷:哈尔滨市石桥印务有限公司
网　　址:www.hrbcbs.com　　www.mifengniao.com
E-mail:hrbcbs@yeah.net
编辑版权热线:(0451)87900271　87900272
销售热线:(0451)87900202　87900203
邮购热线:4006900345　(0451)87900345　87900256

开　　本:880mm×1230mm　1/32　印张:14.5　字数:350 千字
版　　次:2017 年 6 月第 1 版
印　　次:2017 年 6 月第 1 次印刷
书　　号:ISBN 978-7-5484-3256-2
定　　价:58.00 元

凡购本社图书发现印装错误,请与本社印制部联系调换。
服务热线:(0451)87900278